宋代自叙诗研究

张治政 著

上海三联书店

目 录

第一章　绪论

第一节　研究动机与目的

北京大学古文献研究所编的《全宋诗》，是研究宋诗的重要总集。它收录宋人大部分的诗歌，若藉此考察宋诗，应能看出宋诗某一种风貌。笔者在阅读《全宋诗》时，发现宋人自我叙写的作品为数不少，此现象即引起笔者探索的兴趣。于是参考郭登峰《历代自叙传文钞》、杜联喆《明人自传文钞》二书所辑录自叙作品的类型，如自传、自叙(序)、自讼、自嘲、自箴、自赞、自寿、自挽、自题写真、自为墓志铭等，即用以自我叙写的文章，皆称为“自叙传文”。郭登峰分为“自叙传”与“准自叙传”两种，并以自叙对象而言，是本人平生的综述，或自叙代表本人某一性格之事①。笔者也循此方向，检视《全宋诗》自叙性作品。

古代大多数的诗人，都用诗抒发情感志向。自《诗经》《楚辞》以降，古典诗歌向来以诗言志、诗缘情的经典观念为文学特质，因此吟咏情性、咏物托志，均强调文学抒情作用。当代学者也由此勾勒古典诗歌“抒情传统”的独特风貌，大抵将抒情传统，作为一种现象来考察论释②。虽然这种观念对考察诗学谱系极为重要，但本文所关注的是另一个面向，考察诗人如何将视角投向抒情自身，因为自叙诗的类型，最足以代表诗人的自我认知，在诗歌史上应该有它存在的特殊意义。

---

① 郭登峰：《历代自叙传文钞》(台北：台北商务印书馆，1965 年)，2 页。

② 参见廖蔚卿：《六朝文论》(台北：联经出版事业公司，1985 年 9 月)，29—36 页。张淑香：《抒情传统的省思与探索》(台北：大安出版社，1992 年 3 月)，41—45 页。周剑之：《宋诗叙事性研究》(北京：中国社会科学出版社，2013 年 8 月)，1—5 页。关于抒情传统，可参考陈世骧：《中国文学的抒情传统》(北京：生活·读书·新知三联书店，2015 年 1 月)、高友工：《中国美典与文学研究论集》(台北：台湾大学出版中心，2011 年 8 月)、柯庆明、萧驰编：《中国抒情传统的再发现》(台北：台湾大学出版中心，2009 年 12 月)、蔡英俊：《比兴、物色与情景交融》(台北：大安出版社，1990 年 8 月)、张淑香：《抒情传统的省思与探索》等相关论著。

川合康三《中国的自传文学·诗歌中的自传》与宇文所安《自我的完整映像——自传诗》中,均注意到中国古典诗歌的自传性。他们的论述观点,不从文体方面来探讨,而是关注诗人如何叙写自我成为其创作的主题①。这两位外国学者对于"自传诗"的作品选录、阐释虽有不同,但对于发掘中国古典诗歌的自传况味,均有其重要价值。

自我叙写的作品,很难找到贴切的名词界义,且自我叙写作品的收录标准,也与各人对作品性质、分类的看法有关②。本文"自叙诗"的界义如下:所谓"自叙",是指"自我叙写",而非"自我叙事",避免受当代叙事理论的拘限。其次,谓"自叙诗",而非"自传诗",因为自传以"自我生平""自我特征""自我剖白"为基本类型,若用"自传"一词,容易与自传体裁混淆。本文的"自我",系单就诗人自身而言。譬如自我谐谑的"自我解嘲",自我检讨其想法、行为的"自我省察"。因此本文所称的自叙诗,即所谓自题写真、自警、自省、自尤、自嘲、自励、自悼、自叙等自我叙写的诗。宋人如何透过这样的自叙性作品,表现在生命学问、日常生活体验,藉此观看或内省自我意义何在?因此笔者选择宋代自叙诗为研究对象,期能从研究过程中,发现宋人自我生命书写的省思与对话。

第二节　研究范围与对象

本文采录宋人自叙诗,是以《全宋诗》为底本。《全宋诗》收录作品的原则,是唐五代入宋以后有诗的诗人,一并收录;宋亡以前有诗的诗人,入元代之后所作的诗,也一并收录,但五代十国入宋的君王,辽、金两朝的作者,则不收录③,所以本文收录范围,也以晚唐五代入宋以后至南宋遗民诗作为限。《全宋诗》编次,先以作者生年先后为序,不知生年的,则参以登第、仕履之年;以上无考者,参以交游的人物、年代;世

---

① 参见〔日〕川合康三著,蔡毅译:《中国的自传文学》(北京:中央编译出版社,1999 年 4 月),154—171 页。〔美〕宇文所安著,陈跃红、刘学慧译:《自我的完整映像——自传诗》,收入乐黛云、陈珏编选:《北美中国古典文学研究名家十年文选》(南京:江苏人民出版社,1996 年 5 月),111、112 页。宇文所安所谓"poetic autobiography",即自传体诗,但其论述并非全就体式而言。参见 Stephen Owen, "The Self's Perfect Mirror: Poetry as Autobiography", Lin Shuen-fu/Stephen Owen: *The Vitality of the Lyric Voice* (Princeton University Press, 1986), pp. 70 - 102。

② 参见谢佩芬:《自我观看的影像——宋代自赞文研究》,《新国学》第九辑,2012 年 6 月,105 页脚注 1。

③ 北京大学古文献研究所编:《全宋诗》第一册(北京:北京大学出版社,1998 年 12 月),23 页。

次无可考者，则编入书末。《全宋诗》按作者世次分编，偶有次序倒置的情形，但此情形不致影响本文的探讨①。其次，《全宋诗》搜罗虽博辑，但难免有疏漏之处，《全宋诗订补》《宋代禅僧诗辑考》已订补宋诗若干问题，而现今期刊论文，关于宋诗订补的文章已多达百余篇②，本文采录之诗除参考上述成果外，同时参考各家校注、笺释。

兹依本文界义，将《全宋诗》中检录出的"自叙诗"，表列如下：

	收录诗人数	收录作品数	备注
自题写真	41	71	《全宋诗》中，凡自题像、自题传神、自题顶相、写照、老丑戏题、记颜等，均收入"自题写真"类。 依诗人：杨万里 8 首，刘克庄 10 首最多。 按：《御定历代题画诗类》卷五四"写真类"，收唐代写真诗 6 首，宋代 18 首。
自赞	51	631	北宋 27 首，余皆为南宋诗作。此体之作，禅僧比率较文士多，其间以宏智正觉作品，近五百首。文士以周必大 54 首最多。
览镜	43	78	依时代：北宋 15 首，南宋 63 首。 依诗人：陆游 13 首，刘克庄 13 首最多。

上表，是叙写自身形象的诗，将于第二、三章讨论。又：

	收录诗人数	收录作品数	备注
自警	27	74	依诗人：陆游 16 首最多。 按：《全宋诗》有"自儆"，并入"自警"类。又以自警为题者，多见于两宋理学家，如张载、杨时、罗从彦、朱熹等。
自省	6	7	循省、省过，并入"自省"。
自规	5	24	自箴、自诫，并入"自规"。"自诫"，北宋仅 1 首，余皆为南宋之作，以陆游 6 首最多。"自规"类，仅见于南宋诗人陆游、范成大、刘克庄，以陆游 8 首最多。
自砭	3	4	郑清之《臂疼自砭》，为砭灸意，非自我批判意。
自责	14	24	自讼、自尤、自咎、责己，并入"自责"。

① 北京大学古文献研究所编：《全宋诗》第一册（北京：北京大学出版社，1998 年 12 月），23、24 页。

② 据万方数据知识服务平台检索"全宋诗"可知。http://s. g. wanfangdata. com. hk. autorpa. lib. ccu. edu. tw/Paper. aspx? q = %E5%85%A8%E5%AE%8B%E8%AF%97&f = top&p = 1。

上表收录者，系宋人以诗自我省察、自我责备的诗作。宋人最重视内向的修养，下文在第四章《自叙诗表达的人生态度》(上)第一、二节讨论。又：

	收录诗人数	收录作品数	备注
自遣	12	28	两宋各 14 首，以陆游 10 首最多。
自解	12	20	自释，并入“自解”。
自叹	13	47	自感、自嗟，并入“自叹”。 依诗人：文天祥 11 首最多。
自宽	7	8	

上表收录者，是古典诗歌最常见的情感表现，然宋人却少有悲观消极情绪。本文于第四章第三节讨论。又：

	收录诗人数	收录作品数	备注
自怜	4	5	自悯，并入“自怜”。
自伤	1	1	
自悼	7	17	自挽、拟挽歌(拟挽歌诗，除为己而作外，亦有为死者代言作，但本文所收拟挽歌诗皆为自挽)，并入“自悼”。

上表收录者，系宋人自我怜悯或自我哀悼的诗作。本文于第四章第四节讨论。又：

	收录诗人数	收录作品数	备注
自嘲	24	76	自哂、自戏、自笑，并入“自嘲”。

上表收录者，系宋人自我谐谑、自我解嘲的诗作，在第五章《自叙诗表达的人生态度》(下)第一节讨论。又：

	收录诗人数	收录作品数	备注
自喜	7	24	李昉有五首，皆以“自喜身无事”为首句。此题以方回 7 首最多。
自乐	5	6	自怡、自欢，均并入“自乐”。
自适	14	24	苏轼、苏辙、李纲、张九成有《谪居三适》诗，并入“自适”。

上表收录者，系宋人表达自适的诗，在第五章第二节讨论。又：

	收录诗人数	收录作品数	备注
自勉	10	58	自勉，南宋占 11 首，以陆游 7 首最多。自砺，郑思肖占 42 首，其有《一砺》《二砺》《三砺》……《二十砺五百字》诗，共 40 首，另有《励志》2 首。

宋人非常重视如何期勉自我、砥砺自我，将于第五章第三节讨论此类诗作。又：

	收录诗人数	收录作品数	备注
自贺	4	6	自庆，并入“自贺”。
自寿	5	8	以南宋居简禅师 3 首最多。

宋人表达心绪较为内敛，故自我庆贺，不过度张扬，此类诗总共只有 14 首，于第五章第四节讨论。下表所列，宋代自叙诗中的自传诗和纪年性的诗，后者着重纪年与日常性的叙述，本文于第六章讨论：

	收录诗人数	收录作品数	备注
自叙	28	57	凡自序、自述、自纪、述志，并入“自叙”。北宋释净瑞《自述》，实为《又述》，原《自述》失收，《宋代禅僧诗辑考》收①。
自喻	1	1	王周《自喻》，虽题“自喻”，却是一首自传诗。
纪年岁	12	159	此类作品收录原则，凡特定纪某岁之作，如三十年吟、六十六岁吟、七十九吟诸诗及纪生日诸诗。以刘克庄 56 首、方回 73 首最多，两人作品占 129 首。

以上各表所列，是宋代自叙诗的主要主题及作品。其作者以禅师、南宋诗人最多。宋代自叙诗的事类、作品数量远比唐代多，其现象应非偶然，且不止限于诗题

① 释净瑞《自述》，《全宋诗》所收为一首。《宋代禅僧诗辑考》，据《吴山净端禅师语录》辑《自述》一首、《又述》九首。因此表据《全宋诗》，故《宋代禅僧诗辑考》所收未纳入统计，然第六章论述净瑞禅师《自述》时，将于脚注说明。

“自叙”者，如白发、老病、形影神等类，也有叙写自我身体经验，或自我生命书写。因此本文也加以摘录，作为相关参考。兹表列如下：

	收录诗人数	收录作品数	备注
白发	60	96	凡白须、白髭、梳头、理发、发脱等诗，皆并入“白发”类。
齿落	9	11	龋齿，并入“齿落”。
目昏	3	42	刘克庄39首最多，其中《左目痛六言》九首、《后九首》《目痛一月未愈自和前九首》《又和后九首》，为六言和韵之作，共36首。
身体器官	11	30	所收诸诗，是书写耳、鼻、眉等诗，且有谐谑或自问自答之意，如舒岳祥《齿酬舌赠》、艾性夫《须语眉》。
老病	24	64	《全宋诗》老病书写的作品，不胜枚举。本文所收，是具有自我叙写之性质。又老去、老态、老景、告老、老面、身老等，皆并入此类。
形影神	8	14	自陶潜作《形影神》诗后，宋人多仿此而作。

上表诸诗，是由老病、老态等视角的书写。本文是以自叙诗为研究范围，而白发、齿落、形影神等诗，虽不符合本文自叙诗的界义，但本文偶尔也以上表诸诗作为诗例。本文收录之自叙诗，以主题内容分为四项：

一、叙写自身形象者，如览镜、自赞、自题写真诗。这类型的诗，具有自相形骨的共性①。

二、表达人生态度者，这类型的诗数量最多，主要有：1. 循省自警的诗。2. 自我责备的诗。3. 伶悯自悼的诗。4. 揶揄解嘲的诗。5. 期勉惕励的诗。6. 自我祝贺的诗等。这些诗的书写视角，除在自我道德修养、排遣宽慰、聊以解嘲外，也有倾向随遇自适。但宋人自叙作品涵摄不一，有些自嘲实为自遣；自宽实为自叹；但大体而言，则不外乎如何表达自我的人生态度。

三、历时性回顾者，这类型的诗近自传性，但作品数量不多；而具纪年性的诗，则就某一时间点、事件，叙写自我。

① 衣若芬：《自我的凝视：白居易的写真诗与对镜诗》，《中山大学学报》（社会科学版）第47卷第6期，2007年，51页。

四、自我身体、生命思考有关者，如耳、目、口、鼻等官能之诗；或涉形神问题的形影神诗，对其生理状态有较强烈的关心及体验。

本文主要讨论对象在自身形象、人生态度、自传纪年性质，其中涉及自我身体或对自我存在的思考，也在上述主题有所讨论。

第三节　文献回顾

本文研究之前，自叙文学的探讨俨然成形，虽然尚未出现专著，但部分学者对此之论述，业已开启研究的契机。就目前研究现况而言，不少学者关注自叙文学，但系统地探讨自叙文学，尚属不多，且还未有以自叙诗的论著呈现。与本文论题相关的研究专著，有几个面向：

讨论历代自传文学、宋代叙事性的论著，如：川合康三《中国的自传文学》，对于探讨中国自传文学有其开拓意义。川合康三关注《五柳先生传》的日常现实性，认为将日常生活的事物摄入诗篇，这种风气至中唐普及，而到宋代则为诗家日课。这种日常现实性，川合康三认为是古典文学的"形象谱系"。是书在诸多自传研究中，其重要之处，在于传主于古典文学形象谱系上的自我叙写。另外，自我写照的览镜、自题写真作品，因与自传毗邻，川合认为值得一观①。显见他对自传文本"我是谁?"的考察有所费心，期许自传文学能够由片言即见真筌的突破。

近年出版周剑之《宋诗叙事性研究》，与本文论题密切，但周剑之以古典诗歌的叙事视角审视宋代叙事诗，与本文专就自叙诗而论有所不同。作者此书由宋诗叙事性、纪实、自传诗等视角切入，显然已关注到宋诗的叙事、自传特色。其间第一章第四节"自传诗的成熟"，讨论宋诗叙事性作品，以为自身经历的自传意识，是以人生遭际变化为主要线索，为宋代自传诗形成逐事写感的表现方式②。此书将宋诗置于叙事传统作整体多元的观察，故其论述丰富，譬如论宋诗纪事、诗序的叙事性，或以代言、咏史、山水、记梦等诗为题材的观察视角，意欲在诗歌叙事传统中，建构宋诗的叙事意义，及提出一种阐释历代诗歌叙事性的前瞻设想。

宋人自我叙写生命态度方面，主要参考：William McKinley Runyan《生命史与

---

① 〔日〕川合康三著，蔡毅译：《中国的自传文学》(北京：中央编译出版社)，167 页。
② 参见周剑之：《宋诗叙事性研究》(北京：中国社会科学出版社)，51、55、59 页。

心理传记学——理论与方法的探索》[1]，是书探讨生命史研究及心理传记学，可能遭遇方法、概念的问题。其间传记研究法的“信度”问题，Runyan的关怀，是在关注个体的独特性[2]。虽然传主“缺席”，留下的日记、书信、作品、史料，可为传主心理状态的线索，但其或然性，仍可从具有相似经验、处在相似情境之他者生命史中，得出合理的推论。Runyan的研究视角，无疑为本文阐述宋人自我生命，或自传性的自叙书写，提供另一研究视域，或可从中建构特属于宋人生命史的互缘关系。

宋诗的创作、传播现象：周裕锴《宋代诗学通论》，对宋代诗学的阐释，较以往论述宋诗诗学更广泛精致。尤以论述宋诗日常性及自我内在，阐释宋诗反求于内的创作现象，是一种自觉细致的理性观察与思考。周裕锴认为宋人常见“明道见性”，也将诗提挈至道德修养，而这种内化安顿，更多呈现在个人日常生活中[3]，是宋人表现自我道德状态的当行本色。

张高评《印刷传媒与宋诗特色——兼论图书传播与诗分唐宋》，近年宋诗探讨的课题错综纷纭。张高评研究宋诗有年，尝分别从传承与开拓、新变与代雄、会通化成等，以论争诸宋诗的课题。是书以传播、接受、反馈的参照系，围绕“印刷传媒”一系列的考察，虽与自我叙写较无关涉，但对于宋诗典范的追寻，诗人身分转换及文学活动，或其作品传媒的效应，皆可见两宋诗人的活泼生态。有助笔者解读自叙诗时，不忘考虑作品外缘的交际网络。

以上所列专著，与本文论题相关的，唯川合康三《中国的自传文学》、周剑之《宋诗叙事性研究》二书，有论及自传诗。William McKinley Runyan《生命史与心理传记学——理论与方法的探索》，其研究方法，使本文对自叙诗阐释，不执着于“信度”的标准。周裕锴《宋代诗学通论》，对宋诗学理论性的阐释，能扼要指明两宋诗人创作现象。张高评《印刷传媒与宋诗特色——兼论图书传播与诗分唐宋》，对宋人创作习性、阅读接受的因依关系，也可为本文阐述自叙诗之触发点。本文希望能从上述整合贯通的论著中，得以思考、借镜，藉此开展宋代自叙诗的课题。

至于研究两宋诗人、诗作的专著，有些深入剖析诗人及其诗作，对本文自叙诗研究甚有帮助，但资料搜罗较多，且分散在各章节中引述，此处不一一列举。兹下

---

① 〔美〕William McKinley Runyan著，丁兴祥、张慈宜、赖诚斌等译：《生命史与心理传记学——理论与方法的探索》(台北：远流出版事业股份有限公司，2002年8月)，199页。

② 〔美〕William McKinley Runyan著，丁兴祥、张慈宜、赖诚斌等译：《生命史与心理传记学——理论与方法的探索》(台北：远流出版事业股份有限公司，2002年8月)，203—206页。

③ 参见周裕锴：《宋代诗学通论》(上海：上海古籍出版社，2007年12月)，123—126页。

所参考期刊论文，是与本文相关的重要文章，这些文章有的谈及自画像、自赞，有的则谈及身体，却未聚焦于宋代，如：

丸山茂《作为回忆录的〈白氏文集〉》，关注到白居易有反复回顾某些时间点的感触，丸山茂又发现这些作品，如日记、回忆录般，是诗人过去之我到现在之我的变化轨迹。而此意义于部分宋人的自叙、日常书写，都可追溯到白居易①。

埋田重夫《白居易白发诗歌表现考》，据白居易三十岁、四十岁、五十岁、六十岁时的白发诗，分析其白发诗的白发印象，如：叹老、惜春、失意不遇、贬谪、望乡、客愁、伴随声音所带来之形象、病死之吟咏、生命率直之喜悦、荣达之象征、隐栖退老、品格洁白等，是白居易诗日常性的生活日记②。

衣若芬《自我的凝视：白居易的写真诗与对镜诗》，以白居易观看自己肖像画、览镜的诗例，探讨白居易"凝视自我"的视觉经验及其反思。在检证白居易诗作前，先阐述所谓"自我形象"（self image），以如实再现或复制自我形象为文章论证前提。考察白居易览镜、观看写真诗，具有"自相形骨"的共性，并考察白居易写真诗的书写脉络，有强烈的时间感受。衣若芬也参考丸山茂、墟见邦彦的观点，即白居易特有"纪年"诗经验，并留意白居易凝视镜中影像，感知头发变白、容貌衰老的生理变化，但衣若芬称白居易耽恋"审美自我"（aesthetic self）的完好形象③。以上三篇，均以白居易为探讨对象，阐述白居易自相形骨，体认自我生命存在的变化，是三篇文章的关键。白居易透过览镜、自题写真和部分纪年的作品，藉此表达自我之存在，实为宋人最典型的标本。

又关于"镜"之"像"与"写真"之"虚实"的问题。本文参考胡若诗《唐诗中的镜与知》、乐黛云《中西诗学中的镜子隐喻》、衣若芬《写真与写意：从唐至北宋题画诗的发展论宋人审美意识的形成》、衣若芬《北宋题人像画诗析论》等文。

胡若诗《唐诗中的镜与知》，先考察镜、鉴的互训概念，认为镜反映形象时，身体或德行也可得到修正。又检验中国古典诗歌，认为镜是记录时间流逝的场域，从镜

---

① 参见〔日〕丸山茂：《作为回忆录的《白氏文集》》，收入蒋寅编译：《日本学者中国诗学论集》（南京：凤凰出版社，2008年8月），149—164页。

② 参见〔日〕埋田重夫：《白居易白发诗歌表现考》，收入〔日〕增野弘幸等著，李寅生译：《日本学者论中国古典文学：村山吉广教授古稀纪念集》（成都：巴蜀书社，2005年6月），232—256页。

③ 参见衣若芬：《自我的凝视：白居易的写真诗与对镜诗》，《中山大学学报》（社会科学版）第47卷第6期，2007年，51—57页。

中现出人生无常，似水流年成诗人最常涉及的主题①。

乐黛云《中西诗学中的镜子隐喻》，以比较文学的视角，讨论不同语境下的镜喻。认为西方诗学，镜是直接逼真反映美、反映本质、反映周缘生活，与中国诗学的隐喻性略有不同。即乐黛云所云，中国诗学镜喻，在空与虚，都是应而不藏的“真”②。

衣若芬的两篇文章，则谛审题画诗写真、写意之趣的微妙关系。从六朝至唐而唐至宋间的嬗延流续，本存在“诗学观念上之断层”③，但诗与画的衍化过程，衣若芬则以“审美意识”之转变来理解唐型、宋型文化的差异。如《写真与写意：从唐至北宋题画诗的发展论宋人审美意识的形成》认为中国抒情美典，从唐至北宋，恰是诗论至画论之时期，而其审美意识的载体，则为题画诗。

据衣若芬统计，唐五代至北宋徽宗朝止，题画诗数量遽增，令人瞩目，发觉唐人题画诗重写真，宋人则好写意，于是探讨“以画为真，感神通灵”“笔侔造化，心生万象”“形意俱足，生意盎然”“忘形得意，意外之趣”等问题。谓感通神灵，乃突破陈腔滥调为画求真之实践方式；笔侔造化，乃取决外师造化，中得心源之作用，即万象皆藏于画家之心，一种以画家精神气质决定艺术之表现；形意俱足、忘形得意，乃拈出意气所到、忘形得意、皆本立意之审美准则，写意、刻意、清意、新意、古意、生意之审美之别，为写真与传神理论，提供一绘画诠释策略。据此篇所谈的问题，唐人写真至宋人尚意的唐宋转型新变，从形象美感的欣赏转为思想深度的体察，内化个人文化格调品味。这种以形写真之处，则使宋人论画更接近人文化成之层面④。

《北宋题人像画诗析论》，则探讨北宋文人观看图像的精神内涵，分别以自题像、题时人像、题古人像三种类型为书写脉络，开展观画之下的抒情问题。如观看自题像，对画中之我，所产生真、幻之迷思；观看时人像，藉以躬省自我，不断完善自己；观看古人像，缅怀前辈丰采，或藉画言志之余，使之成为抒情对象⑤。衣若芬对

---

① 〔法〕胡若诗：《唐诗中的镜与知》，收入钱林森编：《法国汉学家论中国文学》（北京：外语教学与研究出版社，2008 年 9 月），314—326 页。

② 参见乐黛云：《中西诗学中的镜子隐喻》，收入乐黛云：《比较文学与比较文化十讲》（上海：复旦大学出版社，2004 年 5 月），89—101 页。

③ 〔日〕浅见洋二著，金程宇、〔日〕冈田千穗译：《距离与想象——中国诗学的唐宋转型》（上海：上海古籍出版社，2013 年 10 月），10、11 页。

④ 参见衣若芬：《写真与写意：从唐至北宋题画诗的发展论宋人审美意识的形成》，《中国文哲研究集刊》第 18 期，2001 年 3 月，41—90 页。

⑤ 参见衣若芬：《北宋题人像画诗析论》，收入衣若芬：《观看・叙述・审美——唐宋题画文学论集》（台北：“中央研究院”中国文哲研究所，2014 年 2 月），140—191 页。

诗画有深刻体悟，故能阐发、掌握诗画机锋中蕴含的深意，对本文写作具引导之力。

关于自我形态，本文除参杨儒宾《儒家身体观》，及其主编《中国古代思想中的气论与身体观》《身体与社会》等身体系列论著外，就自我身体、抒情而言，主要参考郑毓瑜《身体表演与魏晋人伦品鉴——一个自我体现的角度》《抒情、身体与空间——中国古典文学研究的一个反思》两篇文章。前文以"身体表演"思考魏晋人物品鉴的身体向度，阐述魏晋名士在日常生活情境，对人处事的态度，不是先天禀受的身体观，而是一种在场的身体表演。郑毓瑜认为当今对魏晋个体自觉研究，大抵重视心、神层面的探讨，若能回归到身体意识，让所谓的自我观念，落实在一系列的身体表演①，或能由此视域，重探魏晋人伦品鉴中之自我体现。

后文则省思现今中国古典文学研究，在中西语境里如何形成跨学门的对话。郑毓瑜以空间与身体研究为例，认为借西方至中国自然、空间或身体观研究成果，颇能反省所谓抒情自我或个体内心自觉之说，如重探陶潜如何经由身体体现自然意蕴，而不只停留诗人任真的观念解析。但郑毓瑜也提及跨领域诠释的困难，转换观看视域时，如何突破既定成见之思考方式②，诚然这种外缘内因的冲击，笔者皆有其深切感受。

自我形象方面：宇文所安《自我的完整映像——自传诗》，中西跨文化视域中，宇文所安的中国古典文学研究，有其创造性，为中国古典文学尤以诗学为要的当下思考，提供很好的观照。《自我的完整映像——自传诗》，尝试发掘诗歌的自我映像，分别阐释双重自我、隐密的动机、角色与智者、变形等，他由中国文学语境中考察"自传诗"，从诗人其人其世的脉络，思接千载，有别于超越现实而架构的西方诗学。宇文所安曾指出"自我成为诗的主题；自知与真实性成了问题"。换言之，诗人之我如何真实传述如实的生命经验，是宇文所安最感兴趣的问题。因此当宇文所安论及自我的自传诗：我是谁？我是什么？或谁是我？一连串问题，或许诗人自我的完整映像，诗人可能会发现他不是他所以为的那样③，应是自我藉以寻找自我的最好对应。

关于自叙，则参考王学玲《不可侵犯的忏语——明清之际自叙传文的谐谑与悔

---

① 参见郑毓瑜：《身体表演与魏晋人伦品鉴——一个自我体现的角度》，《汉学研究》第24卷第2期，2006年12月，71—104页。

② 参见郑毓瑜：《抒情、身体与空间——中国古典文学研究的一个反思》，《淡江中文学报》第15期，2006年12月，257—272页。

③ 参见〔美〕宇文所安著，陈跃红、刘学慧译：《自我的完整映像——自传诗》，110—137页。

愧》，作者将"自传"定义，转采为"自叙传文"，以明代图画自叙、自赞、自题像为文本，从谐谑与悔愧的诠释视角，探讨明代自叙传文内的言志书写，认为明人以游戏式的谐谑态度，实际上是自我调解的生存方式。其次，考察自赞特别带有诙谐戏谑的况味，认为部分自赞有宣称自我理想形象的意涵，最后论述自弔式的自叙传文书写。文中试图揭示谐谑与悔愧背后的意涵，即文本内书写者的身影，才是书写者的本相①。

曹淑娟《从自叙传文看明代士人的生死书写》，探讨明人如何通过自为墓志铭、自叙、自传等自叙传文的撰写，在自我觉察中体认此生向死的存在。作者认为这种对生命的体认，有时是属于自我省察中，贞定此生最后的性质。但濒临死亡的过程可能是一段漫长时程，所以相关书写往往偏重某一情境的共时呈现，而较少历时性经验的展示。不过部分明代文士亟欲对自我生命作一宣示，他们通常是以其真性情投射到生命的具体事件上，更有甚者如晚明殉国文士，则由生赴死，从抉择到坚决对死亡的实践②。

毛文芳《写真：女性魅影与自我再现》，关注晚明出现的一系列人物画，画中除表现人物相貌外，并着重人物的衣饰与被画人的处境，以此衬显人物的身分、意趣及爱好。认为晚明许多文士在被画时，喜欢装扮成农夫、渔翁形象，并非平日的装扮，藉以表达一种向往与志趣。是篇也探讨女性写真形象，认为女性览镜或写真，是男性期待凝视下的形象，是一种悦己者容的观看方式。最后考察文化史中的才女形象，认可与另一种怀才不遇之士的生命对应，试图阐述女性意识、自我价值时，尝试与抒情传统的脉络接轨③。

毛文芳《观看自我：明人的画像自赞》，毛文芳近年来着力于明清人物的画像析论，展开一连串的思考与对话，已有数篇重要之作。是篇以观看自我的视角，观察明人陆树声的自赞。发掘陆树声在不同场合的官服画像，既有代表荣宠得意的朝衣，也代表文职尊崇的公服，但他观像的心境与眼光总是游移于朝野之间，并以之省思，想寻觅一隐遁自适的生命型态。作者细腻地观察陆树声的画像与题赞，不

---

① 王学玲：《不可侵犯的忏语——明清之际自叙传文的谐谑与悔愧》，《淡江中文学报》第13期，2005年12月，71—112页。

② 曹淑娟：《从自叙传文看明代士人的生死书写》，收入古典文学研究会主编：《古典文学》第15集（台北：台湾学生书局，2000年9月），205—243页。

③ 毛文芳：《写真：女性魅影与自我再现》，氏著：《物・性别・观看——明末清初文化书写新探》（台北：台湾学生书局，2001年12月），283—374页。

仅有编年记事的意义，而其朝服、冠服、野服、洳塔居士像等不同着装，既有代表在朝、在野世俗身分的画像，亦有悬于塔庙供人祷祀的神圣性画像。这些画像彷佛其异样多姿的人生切面，为不同向度的自我发声，有喜悦，有忧伤；有肯定，有质疑；有赞叹，有忏悔；有宽慰，有责难，是画像、题赞与自传互文形成的一种文际关系①。除宇文所安《自我的完整映像——自传诗》外，均关注明清的自叙传文、自题写真、自题像赞。这几位学者所处理的问题，由细致的文本探讨，转向明清文化史的关怀，而文内对自叙课题的逐一勾勒，可见自叙文类已受瞩目。

至于赞体，蔡荣婷《唐代禅宗"赞"研究》考察唐代禅宗的赞，分为赞叹、咏史、抒情、阐释禅理、自叙五种。认为禅宗自赞的自我叙写，是禅师常以明白如话的方式，自由地表现个人之面貌。这样自叙的赞，可被视为自叙诗文的自我书写。唐代出现自赞、真赞的现象，象征"赞"的主体意识增强，这类型的赞，到宋代较唐五代明显增加，对于禅僧、居士的研究，具有传记文学的史料价值②。确实笔者搜罗宋代自赞时，两宋自赞的质量、数量，都可由以上所论得一印证。

综前研究成果，皆可见自叙研究的深度与多元，尤其是探讨明清自叙传文已初具规模，他们都构筑在川合康三《中国的自传文学》、郭登峰《历代自叙传文钞》、杜联喆《明人自传文钞》的视角与材料上，再深入开展研究议题。笔者则参考综上学者的论述面向以及数据方面的辑录，开展宋代自叙诗研究。

第四节　论文架构

文学主题的论著，都有它关注问题的视角。笔者研究宋代自叙诗，先确立主题架构，进而探讨相关的课题，但并未以跨学科的方式解读文本的意涵、现象，论述过程也未以某一研究方法为准据。笔者关注文本资料的搜集，着重征引相关诗料、史料，期望在数据完整而有信度的情况下，建构出属于宋人自叙诗的独特价值，使其整体风貌更为清晰。本文研究架构：

第一章《绪论》，略述研究动机、范围，而表列的自叙诗，则可了解本文的研究资

① 毛文芳：《观看自我：明人的画像自赞》，氏著：《图成行乐：明清文人画像题咏析论》（台北：台湾学生书局，2008 年 1 月），99—117 页。

② 蔡荣婷：《唐代禅宗"赞"研究》，收入逢甲大学唐代研究中心、中国文学系主办：《唐代文化、文学研究及教学国际学术研讨会》，2007 年 5 月 19、20 日，1—18 页。

料及讨论课题。之后摘述学者的研究成果，使本文的研究面向有一观照基础。

第二章《叙写自身形象的诗》(上)，探讨与自我最直接关系的镜像之我，考察两宋文士、禅师面对自我真实形貌的现时感受；其次，讨论观看画像之我，是否如睹其人；再者，探讨自我形貌的真假问题，以及不着外相的自我修悟。本章着重内我的审视观察。

第三章《叙写自身形象的诗》(下)，先讨论禅师、文士的自我形貌；其次，讨论历史人物、特定人物，或藉物象表自我形貌。此章与第二章的观看视角有别，主要是以外观的形象作为书写，探讨个人内在情趣。

第四章《自叙诗表达的人生态度》(上)，探讨宋人的警省、责备，着重在内省的重要，至于自遣、自悼，则是如何透过涵养来排遣宽解。

第五章《自叙诗表达的人生态度》(下)，探讨嘲谑、闲适、勉励、祝贺等事类。着重在对外的平衡、安顿，透过调谐自我、勉励自我，找到一个对自我态度、行为的平衡点。

第六章《具自传性或纪年性的诗》，主要探讨具自传性的自叙诗，次探讨纪年性的自叙诗。

第七章《结论》，就宋代自叙诗研究，提出研究心得、写作困境和研究展望。

第二章　叙写自身形象的诗（上）

第一节　宋代以前览镜、自题写真、自赞之脉络

宋人叙写自身形象的诗，有览镜、自题写真、自题像赞三类，前者是对镜自照，面对面的观看；后两者，则属于图像的观看。这些作品在田园、山水、咏怀、咏史等主题外，在宋代隐然形成独具一格的书写视角，这种现象值得注意。检视逯钦立编《先秦汉魏晋南北朝诗》、中华书局增订的《全唐诗》，这些作品未在宋代之前蔚为大观。唐以前，以览镜为诗题的仅南朝梁·何逊《咏照镜》诗。唐代有三十首，集中在中唐时期，以白居易为代表；自题写真诗，也集中在中唐，也以白居易最多。两晋六朝诗中的"览镜"，一部分是以女性形象为观看视角，对女性容颜、体态、丰姿、服饰的系列书写，如左思《骄女诗》：

> 吾家有骄女，皎皎颇白皙。……轻妆喜楼边，临镜忘纺绩。（《晋诗》，735、736）[①]

沈约《三妇艳》：

> 小妇独无事，对镜画蛾眉。（《梁诗》，1616）

何逊《咏照镜诗》：

---

① 文内凡征引《先秦汉魏晋南北朝诗》诗，皆见逯钦立辑校：《先秦汉魏晋南北朝诗》（北京：中华书局，1988年9月）。凡方块引文所引《先秦汉魏晋南北朝诗》，出处标示为"（《某朝代诗》，页码）"。

> 朱帘旦初卷，绮机朝未织。玉匣开鉴影，宝台临净饰。（《梁诗》，1693）

另一部分是诗人以镜观看自己，特别关注白发衰颜的现时感受，即所谓“自我叙写”的特质，如谢朓《咏风诗》：

> 时拂孤鸾镜，星鬓视参差。（《齐诗》，1436）

颜之推《古意诗》二首之一：

> 白发窥明镜，忧伤没余齿。（《北齐诗》，2283）

至初、盛唐时期，也呈显现时之感与自我叙写，如刘希夷《览镜》：

> 青楼挂明镜，临照不胜悲。白发今如此，人生能几时。（《全唐诗》（增订本），885）[①]

薛稷《秋朝览镜》：

> 客心惊落木，夜坐听秋风。朝日看容鬓，生涯在镜中。（《全唐诗》（增订本），1003）

刘长卿《正朝览镜作》：

> 憔悴逢新岁，茅扉见旧春。朝来明镜里，不忍白头人。（《全唐诗》（增订本），1482）

这几首诗的叹老之情，皆可感受时间之趋迫。薛稷以落木、秋风的凋残衰颓意象，而引起人生有限的深怀。中唐时，由汉魏六朝到盛唐所完成的古典文学规范，转向

---

① 文内凡征引《全唐诗》诗，皆见中华书局编辑部点校：《全唐诗》（增订本）（北京：中华书局，1999年1月）。又方块引文所引《全唐诗》（增订本），出处标示为“（《全唐诗》（增订本）），页码）”。

个人日常经验、体会[①],“览镜”渐成为唐宋人自我叙写常见诗题。如李益《照镜》:

> 衰鬓朝临镜,将看却自疑。惭君明似月,照我白如丝。(《全唐诗》(增订本),3215)

李益《立秋前一日览镜》:

> 万事销身外,生涯在镜中。唯将满鬓雪,明日对秋风。(《全唐诗》(增订本),3218)

权德舆《览镜见白发数茎光鲜特异》:

> 秋来皎洁白须光,试脱朝簪学酒狂。一曲酣歌还自乐,儿孙嬉笑挽衣裳。(《全唐诗》(增订本),3610)

以上的览镜诗,都以“白发”为基型。李益以“白发”作为自我生命流逝的标记,书写生命变化的痕迹。诗中的秋风意象,象征自我存在的情形,而秋序的时间感,诗人愈意识时间的迁逝,则愈意识览镜所呈现“满鬓雪”的形态。权德舆所体味的,不是迫于叹逝生命,而是落实忘世虑于形骸之外的经验描述。权德舆久居台阁,执文坛牛耳[②],其经历显达,绝非普遍文士所及,所以与一般文士的“览镜”书写,流露出时间推移的悲哀不同。

自题写真、自题像赞虽源流不同,但图像、文字间,则有其对应内涵[③]。因此予以写真传神时,往往藉由诗、赞表达画作的品鉴旨趣,或转为托兴寄情的呈显。早期“赞”的内容,多客观叙事,其功用是“纪传之事有未备,则于赞中备之”“褒贬之义有

① 关于中唐文学转向日常个人化的现象,请参〔日〕川合康三:《终南山的变容:中唐文学论集》(上海:上海古籍出版社,2013年9月),13、23、134、267页。另可参〔美〕宇文所安:《中国“中世纪”的终结:中唐文学文化论集》(北京:三联书店,2006年1月),2—5页。

② 参见蒋寅:《权德舆与唐代赠序文体之确立》,《北京大学学报》(哲学社会科学版)第47卷,第2期(2010年3月),59—62页。

③ 关于画赞、题画诗起源等课题的论著已多而可观,此不赘论。可详参李栖:《两宋题画诗析论》(台北:台湾学生书局,1994年7月),9—18页。衣若芬:《苏轼题画文学研究》(台北:文津出版社有限公司,1999年5月),13—20页。衣若芬:《观看·叙述·审美——唐宋题画文学论集》,140—142页。郑文惠:《诗情画意——明代题画诗的诗化对应内涵》(台北:东大图书股份有限公司,1995年4月),17—35页。刘佩伟:《宋代画赞研究》,《新国学》,2005年,119—136页。

未尽，别于赞中尽之”[①]。两晋六朝以后，受诗体更新影响，于是诗、赞相杂，渐为五、七言体的题画诗[②]。之后题画诗，因诗歌繁华而风行，画赞与题画诗的界限消泯，但画赞的赞语，仍有独特的风格，其体式除有散文的无韵之赞、诗歌的有韵之赞外，还受史赞、哀赞、佛教赞等影响[③]，且唐宋之际的禅宗赞，“似乎隐藏着一种写作模式”[④]，这类赞的写作模式，似有几分语录、偈颂的意味。但无论画赞的增衍转变如何，唐宋之际“各形体裁的题画作品大抵皆已成熟”[⑤]，面对各体皆具、式样纷呈的题画作品，观者不仅玩味于图像外，图像一隅以诗赞呈现的文字，则为另一种观看的意趣。

两晋六朝虽具创建性的文艺现象，却很少留心诗画的关系，唐代“写真”至宋代“写意”的审美意识实践，则诗画成为重要的课题[⑥]。清·乔亿云：“题画诗，三唐间见，入宋寖多。”[⑦]据钟巧灵统计，两宋题画诗约近五千题，如题山水画诗，占题画诗约三分之一[⑧]，显见文人对山水画的喜爱。事实上，宋人对生命主体的内向体味、追索，则主导两宋审美特性，山水景致也被阐释成人文意象：

> 所谓“以真为画”即是将自然之物人文化，这恰是唐人“以画为真”的翻转，……宋人则似从室内的窗牖向外探望，绘画是作为观想万物的凭借之一，诗人看画往往重视的是画家如何自出己意再创自然，因此多思索画家创作的用心或是抒发个人的情志感怀，有时绘画本身只是媒介，通过画作，宋人看见的是人世的兴衰变化与悲愁喜乐，……故而题写时未必倾力叙述画面的内容或物象的布置安排，对于自身从观画而产生的共鸣则多所著墨[⑨]。

---

① 张仁青说：“赞，文体名，亦作赞。赞有三义：一、美也，二、助也，三、明也。古者宾主相见辄有赞，互相称美，以致厚意，此美之义也。纪传之事有未备，则于赞中备之，此助之义也。褒贬之义有未尽，别于赞中尽之，此明之义也。”参见《中华百科全书·典藏版》：http://ap6.pccu.edu.tw/encyclopedia/data.asp?id=3725&forepage=7。

② 题画诗的演进，即赞体到诗的演进。参见李栖：《两宋题画诗析论》，9—14页。衣若芬：《苏轼题画文学研究》，17—19页。

③ “赞”的流衍与特色，详参蔡荣婷：《唐代禅宗“赞”研究》，1—18页。

④ 蔡荣婷：《唐代禅宗“赞”研究》，15页。

⑤ 衣若芬：《苏轼题画文学研究》，19页。

⑥ 唐“写真”到宋“写意”的审美意识，参见衣若芬：《写真与写意：从唐至北宋题画诗的发展论宋人审美意识的形成》，收入氏著：《观看·叙述·审美——唐宋题画文学论集》，90—136页。

⑦ 清·乔亿《剑溪说诗》卷下，收入郭绍虞编选、富寿荪校点：《清诗话续编》（上海：上海古籍出版社，1988年12月），1103页。

⑧ 钟巧灵：《宋代题山水画诗研究》（北京：中国社会科学出版社，2008年5月），2、3页。

⑨ 衣若芬：《苏轼题画文学研究》，24页。

就观者而言,除体会画家笔墨寓意其间之味外,则也透过画像以观省自己。尤其是文士、禅师对其画像自我题写,更呈显开放主、客体之我的能动关系。画作的完成,更要在形似之外,传达它的丰神韵致,因此绘画多由“形”以表现被画人物的“神”,以此决定其意味、价值①。《世说新语·巧艺》云:“顾长康画人,或数年不点目睛。人问其故,顾曰:‘四体妍蚩,本无关于妙处;传神写照,正在阿堵中。’”②唐·张彦远《历代名画记》卷五引顾恺之语:“人有长短,今既定远近以瞩其对,则不可改易阔促,错置高下也。凡生人无有手揖眼视而前无所对者,以形写神而空其实对,荃生之用乖,传神之趣失矣。”③顾恺之所谓“传神写照,在阿堵中”“以形写神而空其实对”,意指绘画所传达的丰神姿采,使人观其画像,犹睹其人,因此人内在不可见的质性,系由画家所观照对象的形象,而使得其真其显。

这种“传神写照”的品鉴方式,至唐宋更为深化,五代·荆浩《笔法记》云:“画者,画也。度物象而取其真。”又“曰:‘何以为似?何以为真?’叟曰:‘似者,得其形遗其气。真者,气质俱盛。凡气传于华,遗于象,象之死也。’”④苏轼《传神记》:“传神之难在目。顾虎头云:‘传形写影,都在阿堵中。’其次在颧颊。吾尝于灯下顾自见颊影,使人就壁模之,不作眉目,见者皆失笑,知其为吾也。……凡人意思各有所在,或在眉目,或在鼻口。虎头云:‘颊上加三毛,觉精采殊胜。’则此人意思盖在须颊间也。优孟学孙叔敖抵掌谈笑,至使人谓死者复生。此岂举体皆似,亦得其意思所在而已。”⑤

又董逌《广川画跋·卷之五·书李元本花木图》:“乐天言画无常工,以似为工,画之贵似,岂其形似之贵邪?要不期于所以似者贵也。今画师卷墨设色,摹取形类,见其似者,踉蹡其处而喜矣。……皆按形得之,岂徒曰似之为贵?则知无心于画者,求于造化之先。凡赋形出象,发于生意,得之自然,待其见于胸中者,若华若

① 参见徐复观:《中国艺术精神》(台北:台湾学生书局,1998年5月),157页。郑毓瑜:《身体表演与魏晋人伦品鉴——一个自我“体现”的角度》,72—75页。

② 南朝宋·刘义庆著、南朝梁·刘孝标注、余嘉锡笺疏,周祖谟、余淑宜、周士琦整理:《世说新语笺疏》(北京:中华书局,2007年3月),849页。“阿堵”,指眼睛,所以观其眸子,可以知人者,而郑岩指出从考古发现的艺术作品,早在上古时期已经开始孕育。如在殷墟晚期和西周早期发现的“目纹”。参见郑岩:《中国表情——文物所见古代中国人的风貌》(成都:四川人民出版社,2004年1月),42、43页。

③ 唐·张彦远《历代名画记》,于安澜编:《画史丛书》第一册(上海:上海人民美术出版社,1963年10月),71页。

④ 五代·荆浩撰,王伯敏注译,邓以蛰校阅:《笔法记》(北京:人民美术出版社,1963年3月),3页。

⑤ 宋·苏轼撰,明·茅维编,孔凡礼点校:《苏轼文集》第二册(北京:中华书局,2008年7月),401页。

叶，分布而出矣。然后发之于外，假之手而寄色焉，未尝求其似者而托意也。”[①]

由此可见，画者“度物象而取其真”，传神的妙处就在于“得其意思所在”，所谓传神、写照、写真、写像、写神、写生、传写等，皆就传神的形象、形貌来说，不过形的观照，必由鉴形而来，与鉴形最直接者，是观看镜像之我的自我形象，因为现时自我的反照，具“本真”描述性。这样的鉴形作用，也具有规范意义，足以作为借鉴，《韩非子·观行》：“古之人目短于自见，故以镜观面；智短于自知，故以道正己。”[②]《韩诗外传》：“夫明镜者所以照形也，往古者所以知今也。”[③]显然这种观看方式，是由镜像布显个人本性、行为到社会功能上的觉察。然而无论画像的形貌或镜像的形貌，都着意于画中或镜中人的某一时段的某一形样，这二者的表现，更在于都可透过对形貌的观察而获得“一形而上”的结论[④]，以及品鉴自我时的兴发体会。

综上略论览镜、自题写真、自题像赞的其中脉络，而其共性，即观其形骨之下的形象思维。兹下讨论宋代自叙诗的“自相形骨”，这种观看方式分为：藉对象（镜）映照的自己；藉图像方式复现的自己；以他者为媒介所形构的自己。就历时的视角考察上述现象，虽便于了解其中递嬗的痕迹，但较难归纳两宋人观看、叙写自己形象的共性与特色，因此本章与下一章将分类探讨，大致探讨方向为：一、“镜像之我、自我画像”；二、“真形妄相思考”；三、“自我修行体悟”；四、“藉人物形象或物象”等。由此数端论述，或可了解宋人观看自己，即在于日常生活场域中与自我的深度对话，以及观看自我之下，如何抉发其生命经验。

第二节　叙写镜像之我的诗

一、仕宦不遂，流寓之感

宋人观看镜像之我，对现时身体状态、时间迁逝、个人际遇，均有敏锐感受。他们着意容颜相貌，以抒情怀。但部分作品不谓自己形貌丑鄙，也不以特定人物形

---

① 宋·董逌：《广川画跋》，收入中国书画全书编纂委员会编：《中国书画全书》第一册（上海：上海书画出版社，1993年10月），835页。

② 战国·韩非撰，陈启天校释：《增订韩非子校释》（台北：商务印书馆，1994年11月），718页。

③ 汉·韩婴撰，许维遹校释：《韩诗外传》（北京：中华书局，1980年6月），187页。

④ 郑岩大抵指出观相与写真，不仅在观察的方法上，更在于两者之间透过对形貌的观察，而获得一形而上的结论。参见郑岩：《中国表情——文物所见古代中国人的风貌》，《中国社会导刊》，2005年，150页。

象、物象比喻形貌。这一类作品的观看方式,藉由自我叙写,恣意舒展个人情志,宛然以镜像中人,检视自我,自我表白。本节将以宋代览镜诗先后出现的主题情感,依次讨论,但两宋览镜诗以陆游的作品最多,而其情感表现,多倾向年老而执志不倦之情,故集中讨论,之后讨论与陆游表达心绪相近者,和处在宋元之际,有其时代特色的览镜诗,以及以镜作为鉴戒的诗作。

对自我身世作出响应,表达仕宦不遇之感,刘兼《对镜》诗云:

> 青镜重磨照白须,白须闲捻意何如。故园迢递千山外,荒郡淹留四载余。风送竹声侵枕簟,月移花影过庭除。秋霜满领难消释,莫读离骚失意书。(《全宋诗》1,243)①

宋初览镜诗,叙写饱经乱离、难以遇合之情,刘兼此诗可谓其写照。刘兼,两《唐书》、两《五代史》无传,据周祖譔、贾晋华考证,是五代入宋,长安杜陵人,宋初曾修《五代史》,任盐铁判官、荣州知州,他的作品可考者皆入宋所作②。《对镜》云"故园迢递千山外,荒郡淹留四载余",与其《初至郡界》诗"嘉陵江畔接荣川"、《去年今日》诗:"去年今日到荣州"之心绪、地点、时间相契③。所以《对镜》写望归乡愁中的流寓意识,令人联想志士不遇的书写况味。

刘兼另有《梦归故园》二首,同样表达流寓心绪:"桐叶飞霜落井栏,菱花藏雪助衰颜。夜窗飒飒摇寒竹,秋枕迢迢梦故山。临水钓舟横苇岸,隔溪禅侣启柴关。觉来依旧三更月,离绪乡心起万端。"又"旧馆秋寒一梦长,水帘疏影入回塘。宦情率尔拖渔艇,客恨依然在燕梁。白鹭独飘山面雪,红蕖全谢镜心香。起来不语无人会,醉倚东轩半夕阳"④。诗中的意象,侧重凄清颓唐的物态、景象,如"衰颜""寒竹""旧馆""夕阳"等,皆构成时间上的悲凉之感⑤,而诗中"故园""故山""乡心""客

① 凡方块引文引《全宋诗》,出处标示为"(《全宋诗》,册数,页码)"。
② 参见傅璇琮主编:《唐才子传校笺》(第四册)(北京:中华书局,2002年8月),372、373页。
③ 两诗见北京大学古文献研究所编:《全宋诗》第一册,244、246页。其间考证,请参傅璇琮主编:《唐才子传校笺》(第四册),372、373页。
④ 北京大学古文献研究所编:《全宋诗》第一册,239、240页。
⑤ 张兴武谓:"唐末五代诗人在物象选择上,普遍侧重于色调灰黯,具有凄凉意味的景象、物态。"而刘兼现存之诗,亦多此意象。请参张兴武:《五代作家的人格与诗格》(北京:人民文学出版社,2000年3月),192页。关于刘兼诗的诸多意象,请参李伟红:《刘兼诗集研究》(西安:西北大学中国古典文献学硕士论文,2007年6月),41—57页。

恨"等，则是刘兼切身经验的地方感——长安，加以《对镜》的"青镜重磨照白须"，与《梦归故园》其一的"菱花藏雪助衰颜"①，可见刘兼在对镜自照时，展示予读者的形象，更像一介孤独不被赏识的异乡人。而屡见摈斥的王禹偁，《览照》诗云：

> 览照笑浮生，秋霜发数茎。才高空有气，官散即无荣。贫久心还乐，吟多骨亦清。他年文苑传，应不漏吾名。（《全宋诗》2，745、746）

此诗叙写仕宦经验，最后以文章为终极关怀，将宦途不遂的遭际淡化。迁谪、流寓是文士群体中特殊的生命情境，正如林逋《读王黄州诗集》所云："坐吟行看对清秋，懒架仍移近枕头。放达有唐惟白傅，纵横吾宋是黄州。左迁商岭题无数，三入承明兴未休。红药紫薇千一古，又添杨子伴牢愁。"②林逋的相知相识，是那一份文士群体的认同旨趣，也是对文士群体谪宦时，欲尝试表现不以为忤的生命境界。相较刘兼、王禹偁览镜诗，苏舜钦《览照》，则具豪犷沉郁的风格：

> 铁面苍髯目有棱，世间儿女见须惊。心曾许国终平虏，命未逢时合退耕。不称好文亲翰墨，自嗟多病足风情。一生肝胆如星斗，嗟尔顽铜岂见明。（《全宋诗》6，3946）

此诗系年，傅平骧、胡问涛系于苏舜钦退职吴中作③。苏舜钦初任馆职，于仁宗庆历四年（1044），三十七岁，不久，便以进奏院祀神宴案，"今以监主自盗定罪，减死一等科断，使除名为民。"④于是年底离京，到庆历五年（1045）四月，抵达吴中，苏舜钦《苏州洞庭山水月禅院记》一文说"予乙酉岁夏四月，来居吴门"可证⑤，则《览照》诗，应系于庆历五年以后作。

苏舜钦对镜自照，仍然神采奕奕，豪情壮心并未因此而衰减，犹抱持着一份"剑

---

① "菱花"指镜背雕镂的图案，此借指"镜"。

② 北京大学古文献研究所编：《全宋诗》第二册，1230页。

③ 宋·苏舜钦著，傅平骧、胡问涛校注：《苏舜钦集编年校注》（成都：巴蜀书社，1991年3月），301页。

④ 参见苏舜钦《与欧阳公书》，宋·苏舜钦著，沈文倬校点：《苏舜钦集》（上海：上海古籍出版社，2011年6月），221页。或参见宋·苏舜钦著，傅平骧、胡问涛校注：《苏舜钦集编年校注》，610、611页注一。黄启方：《苏舜钦年谱及作品系年》，氏著：《两宋文史论丛》（台北：学海出版社，1985年10月），325、326页。

⑤ 参见宋·苏舜钦著，沈文倬校点：《苏舜钦集》，159页。黄启方：《苏舜钦年谱及作品系年》，326页。

埋犹有气，蠖屈尚能伸”[①]的志意。苏舜钦面对苦楚不幸的遭遇，所谓观看自己，其实是观看生命所担负的悲壮意识，但这“一种观照性的情感，则一定也是一种有深度、有广度的人生体验”[②]，换言之，苏舜钦欲建功济世之心，未能如愿，所以郁积的结果，乃在“览镜”那样日常性的琐细生活及放意山水中而发散[③]。故诗末四句所云，实试图舒解愤懑难平而又无可奈何的郁积之气。

苏轼《自题写真》云：“黄州、惠州、儋州”，可谓元祐党人流宦遭遇的生命写照。孔平仲因元祐党而受迫累，其《饶州居住谢表》云：“几死得生，自南徂北。蒙还旧秩，获处善邦。衔恩涕零，省咎心悸。”[④]“省咎心悸”的深层心理压力，是孔平仲“几死得生，自南徂北”的处境，虽明言“获处善邦”“衔恩涕零”，实则感于身为失路之人的命运不遂。而《览镜》诗的自我叙写，或多或少反映这一时期的心绪：

> 拂拭菱花试一临，貌随年改叹光阴。朱颜惨淡尘埃满，白发萧疏瘴雾侵。
> 自笑腐唇因苦学，谁知瘦骨为愁吟。平生履行无人识，嗟尔顽铜岂照心。
> （《全宋诗》16，10933、10934）

此诗写作时、地不可考，细推诗意，是迁谪岭南时期作[⑤]。“嗟尔顽铜岂照心”，当本苏舜钦《览照》“嗟尔顽铜岂见明”，苏舜钦《览照》是写遭历迁谪而产生的悲壮意识，所以孔平仲览镜之际，想到苏舜钦的顽铜形象，或许有一种慰勉作用。颈联“自笑腐唇因苦学，谁知瘦骨为愁吟”，则别有一沧桑困顿以诗而怨的生命型态。然而这一连串自我表述，其总结为“平生履行无人识”废放余生的自我喟叹。

若孔平仲《览镜》表达政治迫害的心存余悸，那么邹浩的览镜诗，则对迁谪经验自我观照、反省，如《览镜》：

> 览镜朝来心自知，鼻端色动有光辉。乡邦回首见归路，已觉欢欣生彩衣。
> （《全宋诗》21，14019）

---

① 参见《寒夜十六韵答子履见寄》。北京大学古文献研究所编：《全宋诗》第六册，3953页。

② 张淑香：《抒情传统的省思与探索》，16页。

③ 苏舜钦晚期之作除悲壮沉郁作品之外，亦多清新自然闲适之作。可参宋·苏舜钦著，傅平骧、胡问涛校注：《苏舜钦集编年校注》，18—20页。

④ 宋·孔平仲等：《清江三孔集》卷29，《景印文渊阁四库全书》（台北：商务印书馆，1983年），第1345册，1345—1521页。

⑤ 孔平仲尝徙韶州、惠州、英州，皆属岭南地区。

《览镜》：

三窜湖南与岭南，生涯破荡孰能堪。归田莫虑饥寒迫，眼下新来有卧蚕。（《全宋诗》21，14028）

《览镜戏作》二首其一：

寒时骤热热时寒，一等阴阳几百般。发脱面黄肌肉瘦，北人应作岭蛮看。（《全宋诗》21，14050）

其二：

赤脚蛮中过一年，受持读诵日精专。只应果满同诸佛，丈六金身色莹然。（《全宋诗》21，14050）

第一首《览镜》诗，写作时、地不能确考，据诗"乡邦回首见归路"，疑自岭外归还作，当属于谪归的作品。第二首《览镜》"三窜湖南与岭南"与《览镜戏作》二诗"北人应作岭蛮看""赤脚蛮中过一年"，据此，约作于徽宗崇宁二年（1103）至崇宁四年（1105），昭州。《宋史》本传与《邹道乡先生年谱》载崇宁四年："昭州移汉阳军居住"、五年"还常州"[①]可证。又邹浩《除名》诗说："前年除名窜新州，今年除名窜昭州。"[②]《别零陵》诗："昭州虽岭南，流寓盖均耳。……物我要兼忘，咄哉从此始。"[③]《移居昭州》诗："广南东西四十州，瘴疠莫与新昭侔。"[④]又《示澄庵庵主炳着》三首之三："不肯南来伴我闲，若来何法可心安。直饶参得龄铁觜，也被昭州烟瘴漫。"[⑤]皆与览镜诗的内涵相契，也可证邹浩此期的心曲。

---

① 清·李兆洛：《邹道乡先生年谱》，北京图书馆编：《北京图书馆藏珍本年谱丛刊》第21册（北京：北京图书馆出版社，1999年5月），624、625页。

② 北京大学古文献研究所编：《全宋诗》第二一册，13958页。

③ 北京大学古文献研究所编：《全宋诗》第二一册，13959页。

④ 北京大学古文献研究所编：《全宋诗》第二一册，14019页。

⑤ 北京大学古文献研究所编：《全宋诗》第二一册，14066页。

由是可见,流放岭外的元祐党人面对相似遭遇,每位文士接受的心理反应并非全然相同①,邹浩显然不意迁谪而悲哀。第一首《览镜》,以身体状态诠释谪归的欣喜之乐,从"鼻端色动"至"生彩衣",可见藉由身体的展演,由困顿向自逸转移,这或与他浸淫道学、佛学的程度表里相应。邹浩曾受学于程颐,世称道乡先生,又笃信禅学,故其诗文颇多禅偈语②。所以迁谪之际,除以道学作为自我躬省外,其《一切诸佛子》诗:"我心如虚空,无物可伦比。湖南与岭南,谁行复谁止。……圆觉首楞严,遮眼聊尔耳。幽禽忽来鸣,一切诸佛子。"③"我心虚空",虽不实然为邹浩迁谪的所有心境,但它却为邹浩心中不离日用平常之道的境位。由于邹浩身处瘴疠之乡,以用佛于世的态度,这显然是对生命忧患问题的另一消解方式。

所以"赤脚蛮中过一年,受持读诵日精专。只应果满同诸佛,丈六金身色莹然",表达自我对法身常住的生命终极意义,所谓"受持读诵"的勇猛精进,正是这一证悟生命终极意义过程中的菩萨行。但以昭州为地方感的书写经验,其实是党祸促成下时空转换的象征,因此对镜的自我凝视,似乎又从观看中看到自己身体与生命的困惑。而"寒时骤热热时寒,一等阴阳几百般",是处在这一地方的肤觉感受,"发脱面黄肌肉瘦,北人应作岭蛮看",蓦然是自我意识到自己的清晰形象,而"生涯破荡"后归田经验,是与身体意向所构出的田园意义。但在废黜放逐之中,存有焦虑与寄身方外之间,"眼下新来有卧蚕"成为邹浩生命濩落后的鲜明标记。邹浩在览镜的自我发现中,不仅指涉身体衰变,也与生命废放的挫伤有关④,以致藉由佛家"空有无碍"的关怀,遂将强烈的情感淡化,向内在消弭超越,而这也是邹浩迁谪岭外的生命型态。

兹前诗例,是北宋文士着意镜像之我时,都因仕宦、身世而有一种感伤怀忧的基调。此一基调以志士不遇为常见类型,部分作品亦含有迁徙流寓之感,尤其遭五代战乱而入宋的刘兼,或因党祸而遭迁谪的孔平仲、邹浩;靖康之难后的南宋文士,

---

① 关于流放岭表元祐党诗人贬谪心绪,请参陈乐素:《流放岭南的元祐党人》,中国社会科学院历史研究所宋辽金元史研究室编:《宋辽金史论丛》第一辑(北京:中华书局,1985年8月),1—18页。此文最后收入,陈乐素著,陈智超编:《陈乐素史学文存》(广州:广东人民出版社,2012年11月),578—610页。王水照:《"苏门"诸公贬谪心态的缩影——论秦观《千秋岁》及苏轼等和韵词》,《苏轼研究》(石家庄:河北教育出版社,1999年5月),112—128页。

② 参见曾枣庄、吴洪泽:《宋代文学编年史》(南京:凤凰出版,2010年10月),1122、1168、1169页。

③ 北京大学古文献研究所编:《全宋诗》第二一册,13961页。

④ 邹浩《送子发还零陵》诗"我自罪大当投荒,……我身踽踏瘴疠乡,……我虽弃掷五岭外"等句,可见其初贬谪废放之心曲。北京大学古文献研究所编:《全宋诗》第二一册,13962页。

如李正民、郑刚中的览镜诗，亦稍表述此一心绪，李正民《览镜》诗云：

> 览镜空惊鬓发凋，暮年踪迹逐渔樵。如无似有梅天雨，暂去还来海浦潮。粟里忘忧惟浊酒，锦城排闷且长谣。草堂日晏犹高枕，不怕当关苦见招。（《全宋诗》27，17481）

李正民曾被金人俘虏，之后南宋与金和议，才放还。检览李正民《览镜》前后诸诗，如《寄和叔》诗二首之二："飘泊柯山二十春，……。浮生种种皆为累，况是羁栖一旅人"①，《寄尹叔》："星星华发镜中新，……。二千石禄惭非称，未作瘝官谢病人"②，《怀旧》："遁迹渔盐远市朝"③，《寓居》："昔年南渡苦奔波，天幸惊禽脱网罗"④、《卜居》："吴越飘零已十年，侵寻绿发变华颠"⑤，《将之海盐刘别和叔》："杜陵衰老终辞蜀"⑥，这些诗使用的语汇、意象、典故，是他处在同一境况下的情感反应，可与《览镜》诗所传达的心绪契合，应是被金人所执之前作，况且这些诗都流露一种颠沛流离或投闲置散之感，因此《览镜》颈联以陶潜、杜甫的典故，比喻人生遭际，这时期所作的诗，其命意也深于此，在不遇、寄居之中，多少都带有自我叙写的姿态。而他被金人所执和放还之后的诗，如《德郡》诗说"三年绝域寄孤身，啮雪吞旃踵昔人"⑦，《南归》七首之一"沦身绝域久睽孤，投老归来鬓发疏"⑧，之二："三年海上牧羊群，已分沙场寄旅魂"⑨，他都未忽略被掳后的事实，所关心的是那时境况之下深刻的生命体验。又郑刚中《览镜》：

> 短发不盈梳，年来半斑白。吾今四十二，敢望能满百。负郭苦无田，安居未成宅。况复世路艰，国步日侵迫。未必松楸旁，常得看书册。区区抱短见，贫贱中外隔。寄此乡国间，踪迹亦如客。览镜酒杯空，浩歌天地窄。（《全宋

---

① 北京大学古文献研究所编：《全宋诗》第二七册，17483 页。
② 北京大学古文献研究所编：《全宋诗》第二七册，17483 页。
③ 北京大学古文献研究所编：《全宋诗》第二七册，17485 页。
④ 北京大学古文献研究所编：《全宋诗》第二七册，17486 页。
⑤ 北京大学古文献研究所编：《全宋诗》第二七册，17488 页。
⑥ 北京大学古文献研究所编：《全宋诗》第二七册，17488 页。
⑦ 北京大学古文献研究所编：《全宋诗》第二七册，17498 页。
⑧ 北京大学古文献研究所编：《全宋诗》第二七册，17503 页。
⑨ 北京大学古文献研究所编：《全宋诗》第二七册，17503 页。

诗》30,19059、19060)

郑刚中《览镜》诗说“吾今四十二”“国步日侵迫”,郑刚中生于1088年[①],则此诗约高宗建炎四年(1130)、绍兴元年(1131)间作,时宋与金作战,其间大事,如韩世忠奏捷、伪齐政权成立、秦桧代高宗向金请和、高宗驻跸临安等[②],其时国事紧迫,为郑刚中当时所处境况。因此郑刚中的《览镜》,可感觉此情境冲击下,所带来的一种自我存在的趋迫,且诗内叙述的场景,也可感受那万方多难之后,流离失所的窘困。又游九言《引镜》诗云:

引镜忽自照,山野良足嗤。定无貂蝉冠,罩此麇鹿姿。(《全宋诗》48,30125)

游九言为理学家张栻弟子,不附韩侂胄遭黜。此诗谓自己形象,不适宜戴官冠,似有不见于世,不合时宜之感,诗似此背景之下而作,《引镜》又云:“输与傍邻子,钓舸弄涟漪。空怀万卷富,共叹三纲欹”,对镜的当下,产生一种怀才不遇的失意之情,所谓“山野良足嗤”,则更衬显自己无法施展抱负而牢愁的儒士形象。

二、欲辞官养老

然则宋代文士观看镜像之我时,尚有几首作品,面对仕宦的问题,呈现不同的生命型态,表达欲告老还乡之心绪。如宋庠与乃弟宋祁,各有一首览镜诗,宋庠《因览镜照见衰年状貌有感》:

拂槛清晨念老余,只堪丘壑便悬车。暗围廓落频移眼,坐况苍华不满梳。緌绶转惭龟钮印,土膏空负鹤头锄。人生出处真难决,羡杀贤哉汉二疏。(《全宋诗》4,2262)

宋祁《揽镜》:

---

① 郑刚中生年,据《全宋诗》郑刚中小传,参见北京大学古文献研究所编:《全宋诗》第三〇册,19045页。

② 宋·李心传:《建炎以来系年要录》(北京:中华书局,1956年7月),632、718、871页。

> 晚匣写菱影，试观憔悴颜。支离骨不媚，萧飒鬓垂斑。安得长康画，致之岩壑间。（《全宋诗》4，2356）

宋庠之诗多以学问为诗，用典精赡，但此诗不过度隐晦，而且因为典故的意义确定，反成为诠释的依据，诗用“悬车”“汉二疏”典，以及“苍华”“丘壑”“紨绶”等词素，可知宋庠已届暮年的形象，并且表达对当下或未来一种辞官退隐的生命型态。汉代疏广、疏受二人归老故乡，是宋庠所认同挂冠的特定典型。宋祁的《揽镜》诗，“憔悴颜”“鬓垂斑”的生理状态，似乎更为枯老消瘦，不过末联“安得长康画，致之岩壑间”，意谓如何将自我形象置于岩石丘壑间。可见宋庠、宋祁兄弟，览镜叹老之余，欲“辞官退隐”，以获得心灵上的舒适，是他俩暮年共同的生命态度。

三、体道安乐

另外，宋人对自己生命的现时阶段或存有状态，有其恬淡适性一面。邵雍的览镜诗是能在此意义上，以其身体意向实践生命安乐的体道境界。邵雍《览照吟》：

> 其骨爽，其神清。其禄薄，其福轻。（《全宋诗》7，4665）

此诗对形神的描绘，颇像魏晋人伦品鉴观。其“骨爽”、其“神清”，即魏晋常用的“神色自若”“忧喜不至”“容貌自若”，均形塑出合乎风尚的身体范式及认同意义①，尽管如此，容貌神色不必然与质性有对应关系②，所以其“禄薄”、其“福轻”，均非由身体仪度所能推测。邵雍《观物外篇》谓：“合天地而生人”“言性者必归之天”“人之四肢各有脉也。一脉三部，一部三候，以应天数也”③，天地与人相遇的身体，不只是感觉的集合体，或生物性的存在，更可容纳万物，与天地自然亲昵对话④。因此“以身体物”“以心体物”，进而“以身观身”“以物观物”的亲切体验，是与宇宙天地的如响斯应⑤，而其“禄薄”、其“福轻”，时禄之命的不偶遭际，则如《观物内篇》云：“富贵

---

① 参见刘宛如：《从品鉴到借鉴——叶德辉辑刻〈山公启事〉与阅读》，《中国文哲研究集刊》第38期（2011年3月），183页。郑毓瑜：《身体表演与魏晋人伦品鉴——一个自我“体现”的角度》，98、99页。

② 参见郑毓瑜：《身体表演与魏晋人伦品鉴——一个自我“体现”的的角度》，77页。

③ 宋·邵雍著，郭彧整理：《邵雍集》，116、117页。

④ 参见吴光明著，蔡丽珍译；《庄子的身体思维》，杨儒宾主编：《中国古代思想中的气论及身体观》（台北：巨流图书公司，1993年3月），394、395页。

⑤ 参见方东美：《新儒家哲学十八讲》（台北：黎明书局，1993年6月），247、250、256页。

在天也,不在人也。有求而得之者,有求而不得者矣。是系乎天者也。”[1]因此邵雍《览照吟》,他思考当下存在的自我,身体是思索“道”的发源点,如果忽略身体与天地的相应,那么面对“命”的不可避免性,将会导致自我的沦丧。另一首《览照吟》,则实践自我生命的安乐:

> 凌晨览照见皤然,自喜皤然一叟仙。慷慨敢开天下口,分明高道世间言。虽然天下本无事,不那世间长有贤。自问此身何所用,此身唯称老林泉。(《全宋诗》7,4567)

邵雍《伊川击壤集》几乎记述了他日常生活体验:恬淡适性的生命情调、与万物自得之乐、穷究天人之际的生死思考等,这是他所要导出欢忧、福祸休戚与共的身体样态。据《伊川击壤集序》云:“身者心之区宇也,身伤则心亦从之矣。物者身之舟车也,物伤则身亦从之矣。是知以道观性,以性观心,以心观身,以身观物,治则治矣,然犹未离乎害者也。不若以道观道,以性观性,以心观心,以身观身,以物观物,则虽欲相伤,其可得乎!”[2]这种体道的程序,并不意味邵雍可以简单达到圣人的可能性。对于人间寄旅空间的渺小,蜷居在浩垠天地之一隅,也许每时每刻实践自己,与自己依存此世的人生态度下,才能看见生命安顿的实况。

《览照吟》末联“自问此身何所用,此身唯称老林泉”,由于不大关心出处的功利荣辱,于是自我选择回归自然后的乐园——安乐窝,置身“无限亲近,几乎当下”[3]的自然之道,与自然和谐存在。邵雍这首览镜诗,没有过度叙写衰老的形象,所谓“老林泉”,也不是生活空间受到压抑而隐退,他观看自己都是自我与天地相遇,便可朗现“以天合天”[4]的生命型态。

四、眷怀友人

无论对镜时所表达的心绪为何,文士们彷佛习惯在日常生活中,将凝视自我的

---

① 宋·邵雍著,郭彧整理:《邵雍集》,23 页。

② 宋·邵雍著,郭彧整理:《邵雍集》,180 页。

③ 〔瑞士〕毕来德(Jean François Billeter)著,宋刚译:《庄子四讲》(台北:联经出版事业股份有限公司,2011 年 10 月),106 页。

④《庄子·达生》曰:“则以天合天,器之所以疑神者,其是与。”参见清·郭庆藩撰,王孝鱼点校:《庄子集释》(北京:中华书局,1997 年 10 月),659 页。

感觉，寄寓笔墨之中。南宋以后，这种情况又较北宋多，而其意涵也更为多元。如怀念友人之作，刘一止《览镜》诗题下注："寄陈商彦秘丞"，是诗云：

> 契阔三年梦，飘零一寸心。青青今变雪，种种仅齐簪。览镜浑相似，弹冠各不任。论交如许酒，情寄一杯深。(《全宋诗》25，16707)

此诗写作时、地不详，但据诗意，除藉览镜寄怀，表明对知音久违的心绪外，时已届暮年，而刘一止寄送时人的诗作，如《送太学旧同舍及第归乡》："辇毂当年别，簪裳末路同。江湖人已老，家国恨何穷。……举鞭还送客，落日泪痕中"[①]《送邹德章教授之官合肥》二首之一："交情寄桑落，离恨渺天涯"[②]，都可见他眷怀友人之情。

刘一止《览镜》诗，因暮年而作，故心绪起伏不大。他中年时所作《自作真赞》说："枯木寒岩，形影相依。禄食而臞，孰与遯肥。四十九年，我知其非。已往不谏，来者庶几。"(《全宋诗》25，16723)《又自赞》："居闲无所乐，从仕无所愧。忽作此两言，自省过去事。害性多矣晚乃安，苦心至矣晚乃甘。咄，我无初终得丧兮，又何乘除于其间。"(《全宋诗》25，16723)他这两首自赞，均对自我回顾、省察，也可看出那种深沉强烈的个人独白，与晚境通过对镜，观看自我而产生的怀人之情不同。

五、年华易逝及老病之感

书写览镜自照的自我形象，通常多从星星白发的固定书写中，表达自己惜老、叹老的存在意义。有"太白后身"[③]之誉的郭祥正，其人其诗确有近于李白之处[④]。在元祐诗坛的典范选择中，莫砺锋认为："郭祥正在此时选择被诗坛敬而远之的李白作为典范，显然是一种不合时宜的举动。"[⑤]所谓"不合时宜的举动"，是郭祥正与李白的共同志意。他的作品每见对李白用心之处，其实是将自我的人格特质，对应到李白人格中，特立于世俗层面上。其《把镜》云：

---

① 北京大学古文献研究所编：《全宋诗》第二五册，16706 页。

② 北京大学古文献研究所编：《全宋诗》第二五册，16708 页。

③ 元·脱脱等撰：《宋史》，卷 444，13123 页。

④ 参见孔凡礼：《郭祥正与王安石》，《孔凡礼文存》(北京：中华书局，2009 年 6 月)，110 页。

⑤ 莫砺锋：《唐宋诗歌论集》(南京：凤凰出版社，2007 年 4 月)，431 页。

念念递迁谢，新新来未停。把镜览素发，不觉今年生。生世能几何，焰长烛愈短。劝君杯中物，到手莫辞满。阳春纔烂漫，花片已飞舞。纷如晴后雪，半作燕巢土。尧舜竟何在，楚汉空战争。胜负一日事，寂寥千载名。隐几聊自悲，悲竟复长啸。真体元空无，谁与我同调。(《全宋诗》13，8857)

《把镜》诗的语境，彷佛李白的五言古诗。诗表达对生命恍若风烛草露的叹逝，已非李诗的经验语言所能拘限。诗末云“真体元空无，谁与我同调”，感念生命指向死亡思考时，蕴涵着郭祥正洞察真体的本无，回归生死的初始状态。南宋许多文士，他们览镜自照，也用“白发”标记自我存在的状态，多表达年华老去。如虞俦《览镜有白发》二首其一：

拂拭青铜照病颜，勋名正堕渺茫间。缘愁白发三千丈，蚤已朝来见一斑。(《全宋诗》46，28593)

其二：

割鸡何惜用牛刀，老大无心赋畔牢。多少少年腾上速，几人曾得见霜毛。(《全宋诗》46，28593)

赵蕃《久不看镜须之白者众矣得数语寄成父兼示儿侄》：

始白才二三，今白乃四五。萧萧十数茎，底用更缕数。年来悼亡悲，老至作诗苦。外形虽由中，不应遽如许。叹息计此身，几何不埋土。(《全宋诗》49，30461)

杨公远《览镜》：

览镜颜非昔，相将老态催。青春弹指去，白雪上头来。兴逸三杯酒，诗清百咏梅。襟期除此外，万事付悠哉。(《全宋诗》67，42075)

李白《秋浦歌》十七首之十五有："白发三千丈，离愁似个长"[①]句，虞俦《览镜有白发》二首之一："缘愁白发三千丈"，即化用此意。虞俦在关注白发状况外，似隐藏落寞之感。过往的声名，此时很难再引起关注，而意气焕发的少年，也难以理解历经世事后的老大情怀。虞俦所谓的"愁"，不是愁而无聊之愁，它是岁月积淀下的孤寂清愁。

赵蕃览镜自照，直接写出时间迁逝所引发人生无常之感。赵蕃因为白发而对存在本质忧怀，在叙写自身衰朽之疾速时，虽体解生命最终目的都指向死亡，但对于人生短暂，有明显的悲伤迹象。而诗中谓"年来悼亡悲，老至作诗苦"，则已敏感意识到诗歌中的哀挽性质。

杨公远特别留意镜中之我的生理变化，观看自己年华老去的身体状态，他的《次程直学对镜》说："鬓染秋霜色，身期晚节香。闲情耽水石，幽梦绕池塘。"（《全宋诗》67，42096）秋霜的意象，或许缘自李白《秋浦歌》"不知明镜里，何处得秋霜"，杨公远面对丝丝鬓发，是否因秋霜的意象而更显落寞，蹉跎无望？但他并未如此，在悲叹老去之余，以"梅"象征自我人格风范，诗中所谓的"晚节香"，也与"梅"那幽洁坚贞之质性相通，足以显示杨公远览镜诗，对其白发形象中有一种淡泊意识的流露。

宋人览镜诗除表达老逝外，也表达对身体老病的当下感受，如杨万里《病起览镜》二首之一：

> 病起长新骨，居然非旧容。眼添佩环带，腰减采花蜂。（《全宋诗》42，26661）

以"佩环带""采花蜂"比喻自己病愈后的形象，最觉生动。又如刘克庄《晨起览镜》六首，叙写自己晚年左眼目盲之心绪，刘克庄左眼目盲时，起初心情不佳，经过一段时间后，心情稍为平复，故写下《晨起览镜》六首。其一云："投床栩栩复蘧蘧，不觉笼铜晓鼓初。服杀吾家老中垒，仰观星宿俯观书。"其二："少日手抄尤谨楷，中年目视稍眵昏。如今天罚偏盲了，烛下残书尚覆翻。"又其四："昔映仙藜临几桉，今栽甘菊满庭除。不堪立马挥新檄，只合囊萤勘旧书。"（所引《晨起览镜》六首诗，皆见《全

---

① 唐・李白著，詹锳主编：《李白全集校注汇释集评》第三册（天津：百花文艺出版社，1996年12月），1139页。

宋诗》58,36605)刘克庄皆关注"书"的对象上,似乎左眼目盲之后[①],他仍着意读书,故叙写当下读书的情景,可见其勤奋好学的学者形象。不仅如此,其五:"老去神情非叔宝,向来眉目比文渊。唯诗尚有新新意,匹似幽花晚更妍。"也以作诗疏瀹心绪,又其六:"浪占虚名不切身,机云世故解磨人。情知老态难遮掩,匣了菱花懒拂尘。"视浮名为身外之物,有一自在闲懒的生活经验,似将病痛的愤然心境,暂时得以冲淡、消却。

刘克庄在览镜之余,将日常生活中重要的对象、事情、经验等,作为一种性情之真的自然流露,他的另一首《览镜》说:

篱边尚有开残菊,乱插乌巾策杖嬉。(《全宋诗》58,36645)

所谓的"嬉",乃他晚年的真率自适,在自身病痛的颓唐之外,将此转换自我调侃的闲吟方式,为"一个自然人纯粹生命形态的展示"[②]。

六、年老而执志不倦

两宋文士对镜自照,大都着意衰老形貌,由此表达个人情怀,以陆游的作品最多,亦呈现多样的自我叙写,是宋人览镜诗最丰富者。如陆游对其老态的描述,其中的作品也有壮志未能实现之感,今集中讨论,《看镜》诗云:

局促人间百不如,每看清镜叹头颅。……乘除尚喜身强健,六十登山不用扶。(《全宋诗》39,24605、24606)

《病起镜中见白发此去七十无十寒暑矣偶得长句》:

短鬓萧条失故青,人间真似宿邮亭。……覆瓿书成空自苦,击辕歌罢遣谁

---

① 刘克庄初患眼疾时,犹能见物,之后眼疾加剧,以致目盲。刘克庄《与贾丞相书》云:"某所患目疾,初谓偶然,今百余日转甚,八月间犹彷佛见物,今则掩了右目,则左黑暗无所睹,遂恐成偏盲矣。灾厄如此,不纳禄可乎?"《览镜》六首之二所云"偏盲",即指左眼而言。《与贾丞相书》,参见宋·刘克庄著,辛更儒笺校:《刘克庄集笺校》第十二册,5372页。

② 侯体健:《刘克庄的文学世界——晚宋文学生态的一种考察》(上海:复旦大学大学出版社,2013年3月),203页。

听。(《全宋诗》39,24631、24632)

《览镜》:

白头渐觉黑丝多,造物将如此老何。……未颂中兴吾未死,插江崖石竟须磨。(《全宋诗》39,24750)

《览镜有感》:

齿如败屐鬓成丝,七十之年敢自期。……绯衫荫子逾初望,下泽还乡负圣时。(《全宋诗》39,24787)

《看镜》二首其一:

凋尽朱颜白尽头,神仙富贵两悠悠。胡尘遮断阳关路,空听琵琶奏石州。(《全宋诗》40,24866)

其二:

七十衰翁卧故山,镜中无复旧朱颜。一联轻甲流尘积,不为君王戍玉关。(《全宋诗》40,24867)

《晨镜》:

晨起览清镜,有叟鬓已皤。醎黄色类梔,面皱纹如鞾。熟视但惊叹,初不相谁何。……生当老病死,求脱理则那。切勿强撑拄,据鞍效廉颇。惟须勤把酒,暂遣衰颜酡。(《全宋诗》40,24994)

《对镜》:

面大如盘七尺身,珥貂自合上麒麟。诗家事业君休问,不独穷人亦瘦人。

(《全宋诗》40,25399)

《对镜》:

岁月虽遥迈,形容未苦癯。发如新沐润,颜似半酣朱。……悠悠随日过,不复叹头颅。(《全宋诗》40,25426)

《览镜》:

镜中老翁谁,非复少年我。……又非富贵逼,弃去自不果。无功博一饱,有罪当万坐。(《全宋诗》41,25628)

上举诗作,是陆游六十岁至八十四岁期间作[①],《看镜》(局促人间百不如)诗:"乘除尚喜身强健,六十登山不用扶",则知陆游六十岁的身体尚强健,然宁宗嘉定元年(1208)冬,其《对镜》(镜中衰颜失敷腴)诗云:"两肩耸耸似山字,曳杖更有蛮童扶。自惊何以致此老,亟欲修敬问起居"[②],这时候陆游八十四岁,已需人搀扶,其身体状况不如从前,陆游写这首诗不到两年即去世,故诗中所云,可视为离世前的身体状态。陆游览镜的自我叙写,除有白发衰颜的词汇外,其《对镜》"面大如盘七尺身",也以自我谐谑的方式形容自我形貌,但陆游对镜自照,其实是对形貌的变化异常敏锐。

陆游览镜心绪,除表达老大情怀外,重要的是一生忠爱缠绵之执志,即以天下国事为终极关怀,所以他每每览镜自照,实非无聊自闷,无病呻吟。也因如此,其《病起镜中见白发此去七十无十寒暑矣偶得长句》诗:"覆瓿书成空自苦,击辕歌罢遣谁听",《览镜》:"未颂中兴吾未死,插江崖石竟须磨",《看镜》二首之一:"胡尘遮断阳关路,空听琵琶奏石州",之二:"一联轻甲流尘积,不为君王戍玉关",《晨镜》:"切勿强撑拄,据鞍效廉颇",虽空有壮志而不受重视之慨,然处处以家国为怀,不忘匡复。故陆游见镜中鬓发今已如此,皆在直观中写出自我体会,不只是老态的身

① 陆游《看镜》(局促人间百不如),作于孝宗淳熙十一年(1184)正月,陆游六十岁。《览镜》(镜中老翁谁),宁宗嘉定元年(1208)秋作于山阴,陆游八十四岁。参见宋·陆游著,钱仲联校注:《剑南诗稿校注》(上海:上海古籍出版社,1985年9月),1251、4269页。

② 宋·陆游著,钱仲联校注:《剑南诗稿校注》,4285页。

体，且是生命终极理念。览镜赋诗的他，篇篇言“老”，但其意岂在言“老”？陆游对家国并非麻木懈怠，面对偏安自甘的南宋，虽然有不得不然之理，但尚想将一腔忠愤吐之一快。与陆游有交谊，同样怀有许国之志的喻良能，《览镜》诗云：

> 平生壮夫志，老去未消磨。其奈青铜里，萧萧双鬓何。（《全宋诗》43，27027）

喻良能所谓的平生志向，应是经世致用，竭诚报国，故其年老时仍为一生执志①，只是览镜自照，年纪老大而抚今思昔，不胜感慨。

七、鼎革世变之情

南宋末尚有几位文士，他们处于宋元鼎革之际，其览镜诗也各具特色，如文天祥《览镜见须髯消落为之流涕》：

> 万里飘零等一毫，满前风景恨滔滔。泪如杜宇喉中血，须似苏郎节上旄。
> 今日形骸迟一死，向来事业竟徒劳。青山是我安魂处，清梦时时赋大刀。（《全宋诗》68，43052、43053）

汉魏至唐宋览镜诗中，以文天祥这首写得最壮怀激烈，除情感、气氛强烈外，尚得力于用韵②。诗题已点出文天祥对镜的自我形象，虽然如此，但颔联的叙写，却不见须髯凋落，反有一种铁之铮铮的形象。此诗处处可见报国壮志的激动之情，毫不含蓄，乍读之下，犹觉满腔愤愤不平之气倾泻而来。此刻文天祥的心境，似要倾注毕生情操和志节，力挽倾颓局势。郑思肖《览镜》诗云：

---

① 《宋会要辑稿·职官七三之一》载：“（绍熙元年六月）十三日，诏知温州汤硕、知处州喻良能并别与闲慢差遣。……良能年老多病，语言蹇涩，词诉积压，处事乖方故也。”喻良能生于徽宗宣和元年（1119），据《辑稿》所云，可知其时已七十多岁，亦可知其年老心境之一斑。参见清·徐松辑：《宋会要辑稿》第一百一册（北京：中华书局，1957年11月），4017页。参见傅璇琮、辛更儒主编：《宋才子传笺证·南宋前期卷》（沈阳：辽海出版社，2011年12月），322、323页。

② 陈少松认为“萧肴豪”等韵，发音时开口度大，声音较响亮，适宜表现潇洒的风神、豪迈的气概、激动而悠长等情感。陈少松又举唐·卢纶《塞下曲》六首其三：“月黑雁飞高，单于夜遁逃。欲将轻骑逐，大雪满弓刀”之例，认为此诗所押的豪韵，境界雄壮，有将士英雄豪迈之气概。参见陈少松：《古诗词文吟诵研究》（北京：社会科学文献出版社，1997年3月），232页。按：文天祥《览镜见须髯消落为之流涕》诗云：“万里飘零等一毫，满前风景恨滔滔。……青山是我安魂处，清梦时时赋大刀。”所用豪韵，即具豪壮雄迈之气。

朝来一览镜，抱负颇峥嵘。貌古烟霞气，诗新金玉声。郊垌常鬼哭，风雨自鸡鸣。所喜不靴笠，巍冠敝屐行。(《全宋诗》69,43438)

郑思肖此诗，没有文天祥那种壮志难酬之恨，但他表明自我情操和气节，此诗写作时地，据《中兴集》二卷序云："乱后所作幸犹存焉"[①]，当于宋亡之际作，故可感受他坚定其自我人格、卓立孤介，诗中不见蹉跎岁月之感，反而有面对家国危亡、风雨鸡鸣的体味，也多了一份自负清高，绝不肯随人沆瀣一气。艾性夫《看镜》：

自摩寒镜看头颅，短发萧萧不受梳。天地风霜吾辈老，江湖烟雨故人疏。道穷分命真如纸，世乱功名不要书。纵有黄金难铸错，一编残易伴犁锄。(《全宋诗》70,44411)

陆游《看镜》有"每看清镜叹头颅"，《对镜》有"不复叹头颅"句，艾性夫《看镜》首句与之相近，观其诗意，颇像陆游七律作品，是否有陆游那份壮志，不得而知。诗第六句"世乱功名不要书"，指鼎革世变之无奈，所以诗的重心将伤老怀友之情，转至自叙身世来，不难窥出他晚年自伤心境，似隐藏一份家国身世之慨。南宋沦亡，对于当时文士有其深重影响，义不屈节的文天祥、郑思肖对镜自照呈现一种凛然、峥嵘的形象，发抒黍离之悲时，不忘道德价值之依归。艾性夫则浮沉于烟雨江湖，避世山林，但他终不能忘情于宋室。

八、以镜为鉴戒

本节最后论述览镜自照能端正自己，省视自我。袁燮《览镜》二首其一云：

朝来览镜一何衰，发秃容枯半白髭。老态侵寻光景促，着鞭从此勿迟迟。(《全宋诗》50,31010)

其二：

---

① 宋・郑思肖著，陈福康校点：《郑思肖集》(上海：上海古籍出版社，1991年5月)，68页。

工夫一日不专精，面目尘埃已可憎。何必鉴人明得失，青铜相对即良朋。（《全宋诗》50，31010）

黄庚《对镜》：

勋业梦不到，晓窗时一看。是非须内照，妍丑付旁观。……俨然瞻视处，赖汝整衣冠。（《全宋诗》69，43561）

袁燮尝云："凡身外之物，皆可以寡求而易足。惟此身与天地并，广大高明，我固有之，朝夕磨励，必欲追古人而与俱。"[①]故袁燮这种老叹的抑郁情调，被自我积极进取所弥补，因此对镜的当下，将自我看作是个人品格修养的经验性描述，将镜视之为端正自己品德的良朋，以之对自我更深层的省思，其自励意味浓厚，毫无萎靡不振之气。而黄庚观看自己，不特别关注美丑经验，他所在意的是自我省察及正视自己的仪形，显然表象的美丑如何，都不是人伦品鉴的重要准据，对黄庚而言，才德仪形并不从属先天的美丑。

综前所论，宋人着意镜像之我，一部分因览照而见衰年状貌。由于镜前映现，他们愈加关注自己当下的相貌，尤其镜中白发衰颜，让人感到时间在自我形貌留下推移的痕迹。如刘兼《对镜》："青镜重磨照白须"，王禹偁《览照》："览照笑浮生，秋霜发数茎"，邵雍《览照吟》："凌晨览照见皤然"，李正民《览镜》："览镜空惊鬓发凋"，陆游《晨镜》："晨起览清镜，有叟鬓已皤"，喻良能《览镜》："其奈青铜里，萧萧双鬓何"，袁燮《览镜》二首之一："朝来览镜一何衰，发秃容枯半白髭"等，皆就其白发特征样貌，即使他们表达的意绪不同，至少对照衰颜时，应该也会心有戚戚焉，因为最能呈显其衰貌的莫过于白发（须鬓）。

相对而言，两宋"白发"诗，如宋庠《见白发有感》："星星簪外出，冉冉鉴中垂"（《全宋诗》4，2221），《惜白发》："晓鉴霜毛乱欲飘"（《全宋诗》4，2287），李纲《摘鬓间白发有感》："鬓间垂素丝，揽镜聊一摘"（《全宋诗》27，17716），杨万里《镊白》："莫把菱花镊白髭"（《全宋诗》42，26235），汪莘《感白发》："鬓边白发休除却，时向窗前把镜看"（《全宋诗》55，34714、34715），王迈《白发吟》："明发览青铜，寸白坠华簪"（《全

① 参见清・黄宗羲：《宋元学案・絜斋学案》，收入沈善洪主编：《黄宗羲全集》（增订本）第五册（杭州：杭州古籍出版社，2005 年 9 月），1017、1018 页。

宋诗》57,35708),俞德邻《正月十日理发》三首其三:“晨梳白发照青铜,叹息光阴过眼空”(《全宋诗》67,42426),仇远《剪白须》:“临镜忽自哂,公然白纷如”(《全宋诗》70,44164)等,皆可见作者写作用意,皆由自身衰颜写起,尤其关注自己如实的形貌,与览镜诗多以白发为基型相同。就观看方式而言,他们照镜发现白发或无意间发现掉落的白发,或镊白发时,均有意流露自我形态变化,虽不必然有自我宽解的意味,然则对镜映射自身存在,终究敌不过时间流逝,而被观看之我,会不会如水月镜像,或栩栩然的梦幻世界,这才是更为内蕴的哲理。

第三节　叙写自我画像的诗

宋人观看自我画像时,有时以观画如睹其人,有时以画未竟真实,但部分的文士不去思考画像的虚实妄相,他们关心的是由观看画像之我,转向自身情志的联系,即观看我的图像,转为自我心理意向。这种自叙书写,有其图像隐喻、象征指涉,在观看传神写照中,玩味着笔墨寓意其间之味。

一、画须真的表述

宋人谓自画像能否如实表现其形象和情志,是以“真”“神”的概念界义,诗中出现“全吾真”“老更真”“更须真”“见精神”“妙入神”的表述,是关注画家能将其特质画出,能写其真,而得其意思所在,如苏辙《赠写真李道士》云:

> 君不见景灵六殿图功臣,进贤大羽东西陈。能令将相长在世,自古独有曹将军。嵩高李师掉头笑,自言弄笔通前身。百年遗像谁复识,满朝冠剑多伟人。据鞍一见心有得,临窗相对疑通神。十年江海须半脱,归来俯仰惭簪绅。一挥七尺倚墙立,客来顾我诚似君。金章紫绶本非有,绿蓑黄箬甘长贫。如何画作白衣老,置之茅屋全吾真。(《全宋诗》15,10032)

苏辙此诗,与苏轼《赠李道士》诗,似同时之作。据苏轼《赠李道士》诗序,李道士为李得柔[①],写真妙绝一时,苏轼此诗云:“五十之年初过二,衰颜记我今如此。他时

① 李得柔,一作李德柔,参见孔凡礼:《苏轼年谱》(北京:中华书局,1998年2月),782、783页。

要指集贤人，知是香山老居士。”自注：“乐天为翰林学士，奉诏写真集贤院。”[①]其时苏轼任翰林学士知制诰，故由此官职联想与其精神、意趣投合的白居易，而苏辙也有意相和，诗谓“如何画作白衣老，置之茅屋全吾真”，直将所咏之人，与理想之我合为一体。苏辙时亦在开封，任中书舍人，此期兄弟二人多有唱和[②]。但观上述二诗，他们因事冗未暇，想象白居易得闲之情，因此诗谓“如何画作白衣老”，即对观看自画像下的敏锐感受，藉“全吾真”之“真”，指涉画像外，尚有性情之真的言外之意。

苏辙《予昔在京师画工韩若拙为予写真今十三年矣容貌日衰展卷茫然叶县杨生画不减韩复令作之以记其变偶作》诗云：

> 白发苍颜日日新，丹青犹是旧来身。百年迅速何曾住，方寸空虚老更真。一幅萧条寄衰朽，异时彷佛见精神。近存八十一章注，从道老聃门下人。（《全宋诗》15，10110）

苏辙之学出入佛、道，晚年更寄心于此，他的《道德真经注》，以佛、道参验，并引《中庸》相比附[③]，此诗应是晚年注解《老子》时作。《丁亥生日》诗云：“少年即病肺，喘作锯木声。中年复病脾，暴下泉流倾。困苦始知道，处世百欲轻。收功在晚年，二疾忽已平。来年今日中，正行七十程。老聃本吾师，妙语初自明。至哉希夷微，不受外物婴。非三亦非一，了了无形形。”[④]丁亥是1107年，徽宗大观元年[⑤]，苏辙六十九岁，所以有“正行七十程”语，是诗云“老聃本吾师，妙语初自明”，与“近存八十一章注，从道老聃门下人”，可证《老子》对苏辙晚年心境、情怀上相契之处。

苏轼、苏辙二人早年有共同抱负，也有迁谪际遇，但经过几十年宦海消磨，苏辙以老子清虚自守为依归。所以他观看今昔之我“丹青犹是旧来身”，虽流露韶华不再之感，但他了解自然迁逝之理，坦然接受今日画于尺幅的我，则为更写实的我，因

---

① 宋·苏轼著，清·冯应榴辑注、黄任轲、朱怀春校点：《苏轼诗集合注》（上海：上海古籍出版社，2001年6月），1448页。

② 参见孔凡礼：《苏轼年谱》，759—785页。

③ 钱钟书云：“苏辙之解《老子》，旁通竺乾。”参见钱钟书：《管锥编》（北京：生活·读书·新知三联书店，2007年12月），720页。又《四库全书总目提要》曰：“苏氏之学，本出入于二氏之间，故得力于二氏者特深，而其发挥二氏者，亦足以自畅其说。是书大旨主于佛老同源，而又引中庸之说以相比附。”参见清·永瑢、纪昀等撰：《武英殿本四库全书总目提要》第三册（台北：台湾商务印书馆，2001年2月），1079页。亦参宋·苏辙著，陈宏天、高秀芳点校：《苏辙集》（北京：中华书局，2004年5月），《前言》，11页。

④ 北京大学古文献研究所编：《全宋诗》第一五册，10116页。

⑤ 陈垣：《二十史朔闰表》（北京：中华书局，1999年7月），132页。

此“一幅萧条寄衰朽,异时彷佛见精神”,不以老为介怀,也肯定画家能在形似之外,传达其丰神韵致。苏辙二诗,均强调写真之我的存在,同时藉此寄寓情怀,他是以弃官隐逸为理想生活的前提。尤以第二首诗,以顺物自然为理想状态,这是他晚年在颍水滨对仕隐选择的回应。又蔡枢《自题画像》:

平生陋质写难真,画史挥毫妙入神。瘦似休文宁复健,寒如东野故应贫。尘埃自笑双蓬鬓,泡影俄惊两幻身。从此山林皆独往,定无勋业上麒麟。(《全宋诗》29,18613、18614)

蔡枢以东野(孟郊)、休文(沈约)为喻,谓自己贫瘦的陋质,难写其真,但这位画家却能应目会心,“挥毫妙入神”。蔡枢,是蔡襄曾孙,《全宋诗》自《仙游县志》录诗一首,即《自题画像》诗[①],生平事迹甚尠,所以仕履际遇如何,不易考察。试观此诗,蔡枢不对画像之我持疑,所谓“泡影俄惊两幻身”,亦非对佛理有更深层的思考,而是观看时感到自己衰老,感叹生命盛衰无常,因此末联已预想将来出处,有不得意宦场而生的归园意识。

南宋王十朋作《写真自题》诗,其心绪颇似苏辙:“金章紫绶本非有,绿蓑黄箬甘长贫。如何画作白衣老,置之茅屋全吾真。”王十朋《写真自题》云:

颜苍发白少精神,传得泉南老病身。莫着金章着蓑笠,丹青写出更须真。(《全宋诗》36,22918)

王十朋于宋宁宗乾道四年(1168),任泉州知州,时五十七岁[②]。据诗“传得泉南老病身”,则诗是任泉州知州时作。诗三、四句,王十朋不在意画家画得像不像,在意的是画家能否画出他心中的隐士形象,其心之所系,与苏辙“金章紫绶本非有,绿蓑黄箬甘长贫”的志趣相同。所谓“老病身”,指王十朋暮年的身体标记,这是写实之语,因为他的妻子贾氏,抵泉州不久即过世,或许因为此事,王十朋于乾道七年(1171)去世。但《写真自题》诗,未见丧妻意绪,却透露何者才是自我安顿方式,并以托寄渔樵为念,毕竟在这场域才能脱卸人世的烦恼。

① 北京大学古文献研究所编:《全宋诗》第二九册,18613页。
② 北京大学古文献研究所编:《全宋诗》第三六册,22584页。

苏辙与王十朋观看自我时，均以“画须真”表述一种自我清高及隐逸志趣；蔡枢虽谓形貌“写难真”，但意在“妙入神”，强调形貌、精神的那份传神之趣。

二、画未真的表述

部分宋人观看自己，是以画未能逼真肖似，叙写一份情怀，刘卞功《自题写真》：

韬光晦迹居环堵，闭息凝神事事疏。漫许丹青传道貌，难将妙笔写真如。（《全宋诗》24，16042）

叶茵《记颜》：

五十一年前素昧，相逢元是镜中人。他时鹤发鸡皮样，却道今番画未真。（《全宋诗》61，38222）

何梦桂《自题画像》：

七分形貌十分心，纵有丹青画不真。萧散风神清瘦骨，分明小有洞天人。（《全宋诗》67，42213）

观上诗例分别有：“难将妙笔写真如”“却道今番画未真”“纵有丹青画不真”，表述写真的完成，无法由形似以表现被画人物之“神”，他们皆在意观看自己画像，那种内在不可见的质性，是否能藉画作传达其真、其显。苏辙、王十朋是以“画须真”为真切的自我形象，透显隐藏背后的人格特质，然则刘卞功他们则对画像之我，持怀疑态度，那种隐藏背后的人格特质，在绘画上可否实现？

刘卞功为道教人物，《全宋诗》录诗仅三首，其人多有神异事迹。宋·张孝纯《高尚处士修真记》载：“（刘卞功）乃即家之东，相去百步，筑以环堵，周围殖以椒株，独居小室，只容寝卧，以待风雨。虽炎暑不致扇，苦寒不亲火，终日闭户静坐，唯登厕便溺出户。”[①]诗谓“韬光晦迹居环堵，闭息凝神事事疏”，即《记》所载，环堵之间，

① 宋·张孝纯《高尚处士修真记》，收入陈垣编纂，陈智超、曾庆瑛校补：《道家金石略》（北京：文物出版社，1988年6月），1007页。

是一种隐逸淡泊空间氛围,它与世俗人际划出界限,暂时将不符其界义的人事区隔。

刘卞功并未真正将人际、知识完全摒弃,《高尚处士修真记》:“或访以死生祸福,则辞云不知。或求教请益,多引《周易》《庄》《老》之书为答,……平时求见而不得见者,攀环堵以窃窥伺,开户而瞻拜,……然真人素倦见于人,以人见之者寡,有录一言求一字为终生之法戒以受之,语世重如宝。”①据记、诗而言,“晦迹环堵”是栖隐人境的生活模式,而这隐逸身分所象征的性格,则是一种体道上的心灵追寻,这种体道的感受,无疑是画笔无法勾勒出自我所应具有的内在形态。

刘卞功是以一位体道的人,对画像之我持以怀疑。叶茵则是江湖诗派诗人,与陈起、徐玑、林洪等相酬唱。其卒年不详,生年据《己酉生日敬次靖节先生拟挽歌辞》三首、《既次韵或非之作解嘲》“衰齿逾五十”推算,为宋宁宗庆元五年(1199)②,而《记颜》诗说“五十一年前素昧”,则此诗已届暮年作,首二句谓与过去之我素昧谋面,观看之下,原是镜像之我;诗第三、四句,则拈出“他时鹤发鸡皮样,却道今番画未真”,可见叶茵对自我形貌变异有番体会,因此一味揶揄自己。谓“画未真”,乃知过去之我无法自住现时,所以写真的完成也止于刹那之我,虽与被画者形似,但数年后观其写真,已非当下之真实。或许叶茵真能体悟身体及写真的虚妄,他的《身后记颜》诗云:“生前喜作死规模,强把冠裳束幻躯。儿辈对人抛好语,吾家南极老人图。”(《全宋诗》61,38222)好生畏死,人之常情,但他却毫无顾忌谈其死后自画像,可见面临死生所带来的焦虑忧苦,在暮年时候似能安之若命。

叶茵诗中常见陶渊明、陆龟蒙、林和靖、苏东坡这些人物,《晚年辟地为圃僭用老坡和靖节归田园居六韵》其四:“疏牖炷柏子,日与琴书娱。已复回商飙,凉意浮郊墟。自成松菊趣,不杂轩冕居。悠悠鸟脱罟,局局兔守株。试叩塞上翁,得丧为何如。元亭抱至道,诗发道之余。利名莫能束,精神游太虚。冥想田园归,其乐无时无。”③在观看写真之余,这组诗所说的心境,不外乎是他晚年最佳写照。

南宋遗民诗人何梦桂《自题画像》说“七分形貌十分心,纵有丹青画不真”,与刘卞功《自题写真》诗一样,均表述内在精神意趣不易传写,何梦桂《自题画像》隐含诗人栖隐之意,其志趣如此,画家是否能传写其丰神,含不尽之意于形外,颇耐人寻

① 陈垣编纂,陈智超、曾庆瑛校补:《道家金石略》,1007页。
② 北京大学古文献研究所编:《全宋诗》第六一册,38196页。
③ 北京大学古文献研究所编:《全宋诗》第六一册,38230页。

味。稍检历代苏辙、王十朋、何梦桂画像，无一幅符合布衣隐士，大多以制式公服像为主，除非像苏轼是画家心中典范形象，所以他的画像则见多样。何梦桂诗中，并非关心自画像“是”与“似”的结果，诗三、四句“萧散风神清瘦骨，分明小有洞天人”，其友人方一夔《寄呈何潜斋小有洞天》诗云：“小有古洞天，仙峰戴灵鳌。何人失守卫，飞去随波涛。朅來文昌宫，还作贵人牢。贵人旧散仙，稍厌官府劳。怅然念人世，谪居领岩嶅。饥食柏树子，渴饮松枝醪。涕唾视勋业，习气余诗骚。我亦慕仙者，何时脱羁绦。终携绿玉杖，东去访卢敖。”①可见如师如友的两人，都将仙人隐士视作理想的愿望。

“洞天”，是自由无拘的神话世界，何梦桂自许隐退于此，则是他那份清高狷介。南宋遗民诗人赠诗相士为两宋最多②，何梦桂集中也多见此类诗，《赠唐乐天星翁》诗：“命固受于天，谁能跃陶钧。外物不可必，吾已反吾真。君看世上儿，疾走方纭纭。”③何梦桂饱经世故，看到世人一生经营奔走，追求尽属相对的假相，最终毕竟是要落空④，所以他以“真”返璞生命价值，所谓贵贱穷达皆由命运决定，因此他此生所衡定存在的意义，则是在乱世中寻求安顿处，所以不免吟咏“分明小有洞天人”，以慰其心灵深处的仙真愿望。

三、“亲”的表述

表述“真”与“不真”之余，宋人也将自我写真，以“亲”为关键，如陆游《赠传神水鉴》：

> 写照今谁下笔亲，喜君分得卧云身。口中无齿难藏老，颊上加毛自有神。误遣汗青成国史，未妨着白号山人。它时更欲求奇迹，画我溪头把钓缗。（《全宋诗》40，25241）

杨万里《壬午初秋赠写真陈生》：

> 居士一丘壑，深衣折角巾。谁曾令子见，忽漫写吾真。更不游方外，于何

① 北京大学古文献研究所编：《全宋诗》第六七册，42234 页。
② 参见罗宗涛：《宋代诗人赠相士诗探讨》，《政大中文学报》第十八期，2012 年 12 月，228 页。
③ 北京大学古文献研究所编：《全宋诗》第六七册，42137 页。
④ 罗宗涛：《宋代诗人赠相士诗探讨》，226 页。

顿若人。呼儿一笑看,下笔可能亲。(《全宋诗》42,26064)

这两首诗是赠送之作,所赠的对象,都是画家。陆游说“写照今谁下笔亲”,是对画家的肯定,颔联“口中无齿难藏老,颊上加毛自有神”,苏轼《传神记》:“传神之难在目。……其次在颧颊。吾尝于灯下顾自见颊影,使人就壁模之,不作眉目,见者皆失笑,知其为吾也。……凡人意思各有所在,或在眉目,或在鼻口。虎头云:‘颊上加三毛,觉精采殊胜。’”“颊上加毛自有神”化用顾恺之语,但“口中无齿”则是真实叙写,陆游体味写真的“我”,是以老年身体经验感受“写真之我”的某种意义。而末联“它时更欲求奇迹,画我溪头把钓缗”,则给人一介隐逸的渔父形象,表达自我的身体感外,也呈显他老年的适意之趣。

杨万里了解写真再现形象,都不是那个真实之我,虽然如此,但画家所画的我,似能传达其神韵。杨万里由现时的自我形貌、处境,观看画像中的我是谁呢,“呼儿一笑看,下笔可能亲”,可见画家的写真功力,能画出杨万里不为外物所挠的文士形象。

宋人从观看自我写真,到书写其写真“逼真”或“未竟真实”,其中存在着传神写照的观念,连系自我面对自我而产生的意义或意趣,并将诗作为自我经验的对话。而画家们的写真视角,则关注到文士所处的特别环境,或特定的时间点,期盼彼此契合世有知音的情感。然则所谓写其真,不全是文士的自我形象、经验的忠实记录,而文士以此用诗的自我注释,除梳理自我存在价值、意义外,偶尔也赋予自己某种典型形象。

第四节　真形妄相思考的诗

一、我是谁?对自我产生质疑

两宋文士、禅师处理自我影像真假的问题,以吾身是妄,汝影岂为真,或以即真非真,是相非相者,皆涉哲理的思考,大抵视镜像、画中的我为“物我俱幻”[①],然而各人意念有别,某些禅师、文士对主客之我,有更深的观省。如北宋瑞鹿本先禅师《明自己颂》:

---

① 参见衣若芬:《北宋题人像画诗析论》,152页。

旷大劫来只如是，如是同天亦同地。同地同天作么形，作么形兮无不是。(《全宋诗》1，452)

芸芸万物在旷劫中，如天地浑沌般，是一种现象，故《中论·观六种品第五》："是无相之法，一切处无有。"[①]诗题"明自己"者，藉此说明外在形貌是一种空相，并非形体本身的实存，所谓"无不是"，则自己与其所处空间万物都非本体实有，所谓"天地""我"的名称定义，不过是语言的表述，故瑞鹿本先此颂是就自性见的遣除，不可起自性实有的差别执。孤山智圆《嘲写真》：

泡幻吾身元是妄，丹青汝影岂为真。吾身汝影俱无实，相伴茆堂作两人。(《全宋诗》3，1542)

诗题"嘲写真"，是孤山智圆对其传神写照自我揶揄。《金刚经》："一切有为法，如梦幻泡影，如露亦如电，应作如是观。"[②]前二句云此身为梦幻泡影，以其外相为伪妄，故嘲写真之我亦应如是；第三句，佛所谓有为法不为真实，所以我之形貌虽有，写真虽在，同泡幻之非真。其《挽歌词》三首之一云："莫待归全寂无语，始知诸法本来无。"[③]《松下自遣》诗云："聚气成此身，假缘暂寄世。可怜自在性，本无烦恼系。"[④]皆见其性空一贯观念，都于有为法不足取。末句"相伴茆堂作两人"，则表示自己之结论："本我"是观看"写真之我"而成立，同时"写真之我"，又依"本我"而存在，所以何者为本我？何者为假我？两者相互的依存关系，都不能使两者独立自体而存。这一观看经验，在王安石、宗泽、周必大、刘克庄、林希逸以及稍后论述的禅诗，皆具重要意义[⑤]。王安石《传神自赞》云：

此物非他物，今吾即故吾。今吾如可状，此物若为摹。(《全宋诗》10，6676)

---

① 龙树：《中论》，收入欧阳竟无编：《藏要》二(上海：上海书店，1991年6月)，932页。

② 明·朱棣集注：《金刚经集注》(台北：文津出版社，1992年7月)，287页。

③ 北京大学古文献研究所编：《全宋诗》第三册，1499页。

④ 北京大学古文献研究所编：《全宋诗》第三册，1559页。

⑤ 孤山智圆认为此身为梦幻泡影，谓外相为伪妄等，《全宋诗订补》辑补释法演《自赞》《自述真赞》二首，其中《自述真赞》二首之一云："以相取相，都成幻妄。以真求真，转见不亲。"此即两宋禅师于自赞中，常见之思想表述。参见陈新等补正：《全宋诗订补》(郑州：大象出版社，2007年4月)，134页。

又另一首《传神自赞》:

我与丹青两幻身,世间流转会成尘。但知此物非他物,莫问今人犹昔人。(《全宋诗》10,6699)

这二首诗,《王文公文集》龙舒本题作《真赞》二首[①],今观诗意,应为同时之作,然系年不能确考。宋·李壁注解二诗时,第一首引《庄子·田子方》语,但未以老庄解释佛禅的中心问题,第二首虽征引佛典[②],也未阐发诗中佛禅心法意趣,因此李壁笺注二诗,其意不在诗意的阐释,仅注而不论。二诗谓"今吾即故吾""今人犹昔人",东晋·僧肇《物不迁论》云:"人则谓少壮同体,百龄一质,徒知年往,不觉形随。是以梵志出家,白首而归。邻人见之曰:昔人尚存乎?梵志曰:吾犹昔人,非昔人也。"[③]王安石用此典,是熟稔僧肇般若空义,其《进二经札子》曰:"切观《金刚般若》《维摩诘所说经》,谢灵运、僧肇等注多失其旨。又疑世所传天亲菩萨、鸠摩罗什、慧能等所解,特妄人窃借其名,辄以己见,为之训释。"[④]谓僧肇注多失其旨,鸠摩罗什则以一己之见阐释佛典,可见王安石认为向来研习佛学,以"格义"方法训释佛典,往往义理相违[⑤],而汉译佛典的转译者,也因润饰文句,忽略原典的意义。王安石既能为佛典注释,自然明了上述道理。

王安石的《传神自赞》,是就僧肇的空义阐发,"此物非他物,今吾即故吾",观"物",是起于见闻者之心,由心感意,因此"物"只能是"意",非实存写真之"物"。其次,现时之我为昨日之我,是藉语言辩证,以驳世人常情妄见诸法迁变的观念,因此"我与丹青两幻身,世间流转会成尘",万物所显现的像,是无自性,依因带缘,假名为物。最后诗末以"莫问今人犹昔人"作结,则一语破的世人执见,因有为诸法皆幻非实真诠,可知王安石对佛家真如、缘起之说有相当体会。检览其集中诗词、书信、

---

① 宋·王安石著,宋·李壁笺注、高克勤点校:《王荆文公诗笺注》(上海:上海古籍出版社,2010年12月),1115页。关于宋·龙舒《王文公文集》本,参见《王荆文公诗笺注》,8、9页。王岚:《宋人文集编刻流传丛考》(南京:江苏古籍出版社,2003年5月),157—159页。

② 宋·王安石著,宋·李壁笺注,高克勤点校:《王荆文公诗笺注》,999、1114、1115页。

③ 东晋·僧肇著,张春波校释:《肇论校释》(北京:中华书局,2011年4月),23页。

④ 宋·王安石撰、李之亮笺注:《王荆公文集笺注》(成都:巴蜀出版社,2005年5月),2184页。关于《进二经札子》,为集外辑编之作,故《临川文集》四库本、《王临川集》万有文库本、《王临川全集》世界书局本,均未收,但《全宋文》收。

⑤ 参见吕澄:《中国佛学源流略讲》,收入《吕澄佛学论著选集》第五卷(济南:齐鲁书社,1991年7月),2503页。

文章，于《坛经》《维摩经》《楞严经》《圆觉经》《金刚经》等多有涉猎[①]，所以王安石出入内典而有所得，应无疑虑。又宗泽《览镜偈》：

览镜影还在，掩镜影还去。试问镜中人，却归什么处。（《全宋诗》20，13667）

此诗系以诗偈为体裁，宋代自叙诗中，此体裁的作品以“自题像赞”为主，览镜诗只有此诗为四句偈。宗泽除《览镜偈》外，其他诗文如《千手眼大悲偈》《佛说偈》《卢行者偈》《题珣师休牧轩》《义乌满心寺钟记》等，约略可见他与佛家关系密切。《览镜偈》所云镜中之我，是由镜的作用性而存在，亦表其自我形象不具真实，故照镜之我，归于何处？以此诘问，实不落我执。

与禅师有所往来的周必大，自称：“兄弟二人同嗣曹溪。”[②]他在宁宗庆元元年（1195），七十岁退休，退休以后创作大量自赞诗，是两宋文士数量最多者。其中有多首与禅师相涉的自赞之作，如据诗题《青原祖灯监寺屡问予久不入山写真戏题》之语，颇有揶揄意味，略可见他与禅师交游密切，时有欣慕佛禅之意蕴，故寺院监寺屡问他何时入山修道。而他在大量的自赞诗中，亦有涉及佛理的思考，如《山谷自赞云作梦中梦见身外身福唐曾锡盛谈西湖水晶宫之胜因写予真用此意题四句》：

大患都缘有此身，笑看身外假为真。（《全宋诗》43，26804）

又《安福县岳兴院希琦求予真赞》：

僧坊何事俗尘同，索我精神阿堵中。有相要知皆是妄，发真那更陨虚空。（《全宋诗》43，26805）

《福寿院僧净皋写予及子中兄真求赞次子中韵》：

---

① 关于王安石对佛教经典之涉猎，参见李承贵：《儒士视域中的佛教——宋代儒士佛教观研究》（北京：宗教文化出版社，2007 年 10 月），50—55 页。

② 周必大《龙堂院宗愍写真求赞次七兄韵》于此诗第三句：“得法龙须随七祖”下注云：“兄弟二人同嗣曹溪。”北京大学古文献研究所编：《全宋诗》第四三册，26805 页。

摩诘文殊俱默默，从教似我与非吾。(《全宋诗》43，26806)

《僧智印写乘成平园仰山三人真求赞》：

明知诸相皆虚妄，弄假为真有甚巴。(《全宋诗》43，26806)

以上皆表述自我形象虚妄、不具真实，与王安石观点相同，由此可见他们二人均洞悉真妄问题的本质，不对外相有所执着，直契佛禅本来面目，体认空假。“弄假为真有甚巴”，用“巴鼻”意，宋·陈师道《后山诗话》：“熙宁初，有人自常调上书，迎合宰相意，遂丞御史。苏长公戏之曰：‘有甚意头求富贵，没些巴鼻使奸邪。’有甚意头、没些巴鼻，皆俗语也。”[①]大致而言，周必大以为诸相是虚妄不真实，将诸相虚妄，弄假为真，这不过是有见甚深，没有根据准则。刘克庄《次竹溪所和薛明府镜中我诗》三首其一：

搔白发翁疑是假，对青铜镜认为真。影形本合成同体，梦觉俄分作二人。(《全宋诗》58，36684)

其二：

物我乖离果孰亲，色空捏合本非真。(《全宋诗》58，36684)

又林希逸《和梯飙薛宰镜中我韵》：

菱花泓里炯相亲，久翫还疑假是真。(《全宋诗》59，37283)

《再和镜中我》：

---

① 宋·陈师道《后山诗话》，收入清·何文焕辑：《历代诗话》(北京：中华书局，1982年8月)，306页。芭蕉谷泉禅师有《巴鼻颂》六首，参见朱刚、陈珏：《宋代禅僧诗辑考》(上海：复旦大学出版社，2012年3月)，189、190页。

把照相看意自亲，是身非幻亦非真。(《全宋诗》59，37284)

刘克庄《次竹溪所和薛明府镜中我诗》三首，是和林希逸《和梯飙薛宰镜中我韵》之作。他们二人皆对镜像之我，提出真假虚妄的问题，或谓"疑是假"，"本非真"，或谓"非幻亦非真"，都与上述文士针对画像之我的看法相近。他们参究画像、镜像我之真幻，都关注主体之我如何被观看的问题，不管出于什么动机，对于再现我之思考，远不止是目之所见而已。

又与"今吾即故吾"相似的表述语句，如程俱《看镜》：

看镜恍如梦，今余犹昔余。身经几堕甑，迹寄一蘧庐。仙客有遐怨，孔兄无近书。尘缨与蕙帐，两事欲何居。(《全宋诗》25，16354)

此诗题下注："辛巳"，程俱生于神宗元丰元年戊午(1078)，卒于1144年，辛巳是徽宗建中靖国元年(1101)[①]，以此推知，诗作于二十四岁。此诗虽谓"今余犹昔余"，但未具深刻佛理思考，仅表其览镜之我当下之意绪。又陆游《对镜》：

镜中衰颜失敷腴，绿鬓已作霜蓬枯。两肩耸耸似山字，曳杖更有蛮童扶。自惊何以致此老，亟欲修敬问起居。徐徐熟视乃大笑，但记昔我忘今吾。今吾虽惫颇神王，飞仙正可折简呼。远游纵未从溪父，醉眼犹能隘具区。(《全宋诗》41，25634)

楼钥《谢舒景叔写照见赠》：

谁写衰容入画图，本来面目旧形模。几年老瘦鬓如雪，不道今吾非故吾。(《全宋诗》47，29466、29467)

陆游谓"但记昔我忘今吾"，因为现时之我为衰老形貌，故以此调侃自己，但他着意的是览镜之外的情趣，一种闲适情致之味。楼钥《谢舒景叔写照见赠》诗，所谓"本来面目旧形模""不道今吾非故吾"，似无更深层的哲理，是藉画像与现时之我今昔

① 参见北京大学古文献研究所编：《全宋诗》第二五册，16235页。陈垣：《二十史朔闰表》，129、132页。

对照,抒发叹老之情。这些文士所理解的“故吾”与“今我”的概念,绝非以佛理为本意,与王安石、周必大不同。

除孤山智圆、王安石、周必大、林希逸等言及“丹青汝影岂为真”“今吾即故吾”“笑看身外假为真”“明知诸相皆虚妄”“是身非幻亦非真”外,受佛家熏染甚深的李之仪,《自作传神赞》云:“似则似,是则不是”“大千俱空,况尔幻妄”,黄庭坚《写真自赞》云:“是与不是,且置勿道”“作梦中梦,见身外身”,李之仪、黄庭坚皆不执取一切由心所生之我见,因为大千俱空,自我已是梦妄,况画像之我更不显真实,故云“似则似”“是则不是”,这种是真非真、实相非相,不使“我”带有见闻上之偏执,即否定执实有之我的绝对性。而黄裳《贻传神》二首云:

> 默默紫玄像,萧萧青竹轩。相看谁有道,无问亦无言。
>
> 笔头何处得天真,幻化身中气与神。传取本来空是色,莫将心印向他人。(《全宋诗》16,11092)

黄裳自称“紫玄”,他凝视自我画像,是观看此在之我的存在,而画的空间氛围,因声色之“竹”,更显空明。诗三、四句,写黄裳凝视画像之感,由色尘的竹喧,感到无限意味,或体悟“色”乃因缘所现假相。第二首诗,仍以佛家的空观为基本立场,所谓“幻化身中气与神”,则与孤山智圆、王安石、李之仪有共同的见解。汪晫《写真》诗云:

> 须眉数得茎茎古,果是环谷山中人。道眼静观付一笑,借问两个若个真。(《全宋诗》53,32902)

汪晫早岁曾应科举,但见时政日非,遂绝意进取,隐居故乡环谷[①],诗首二句云“须眉数得茎茎古,果是环谷山中人”,可知他退隐后的形象;三、四句,质疑自我“借问两个若个真”,颇能透脱形相之外。汪晫曾作《静观堂十偈》,极富禅理,或许“道眼静观”,即能了知本我之真义,不在外表绘像。

由上所述,观看自我影像的书写,都对自我产生质疑,尝试从色相之外,以更透脱的方式体悟我之存在的意义,他们的书写多倾向佛理的思考,以所有相皆是虚妄

① 北京大学古文献研究所编:《全宋诗》第五三册,32895 页。

为一种内在理据。此尤以禅师为多，兹举数例，释文准《自赞》三首之三：

我已是妄，尔更妄写。妄我妄写，两重虚假。欲传吾真，须泯见闻。声色不碍，相似十分。（《全宋诗》21，14269）

释慧方《禅人写余真求赞》：

若言只这便是，大似水中捉月。（《全宋诗》22，14786）

释德洪《陈处士为予画像求颂戏与之》：

我不是渠渠是我，谩余名字落人寰。（《全宋诗》23，15334）

释道颜《自赞》：

即真非真，是相非相。龟毛拂子，兔角拄杖。自歌自舞，独吹独唱。认得师姑是女儿，志公不是闲和尚。（《全宋诗》32，20319）

释坚璧《自赞》三首之三：

喻指喻马，何劳真假。说性说心，转见病深。……真兮真兮，胡得而临。（《全宋诗》38，23855）

释居简《山中像》：

之子瘦策湘竹枝，写我委羽春耕时。……恍然因我得见伊，不知见者端为谁。（《全宋诗》53，33039）

释智愚《自赞》：

画工笔熟不识伊，白发毶毶个是谁。（《全宋诗》57，35908）

释智愚《春日对镜》:

不住复新新,来从幻里真。(《全宋诗》57,35952、35953)

释智愚《无则都寺玉几写予梦影自散席后言音不相接者十二年今上径山请赞笔老墨涩勉而书之》:

敬而远,亲而疏。……子归就父,吾不识渠。(《全宋诗》57,35967)

释可湘《自赞》:

我本无此相,硬画个模样。譬夫天台华顶峰,阴晴显晦几般状。顾陆妙丹青,也只写不像。写得像,望他顶顊头,何啻四万八千丈。(《全宋诗》63,39315)

湛堂文准《自赞》阐述诸法无我之观念,最为清晰。超宗慧方则以水中捉月为喻。禅师们了解以见闻之心去体会、认知,根本无法直契般若之知。观看画像之"我",虽是认知另一"我"之存在,毕竟也是藉心之作用由五根所认知名物之事。所以慧洪觉范"我不是渠渠是我"、北磵居简"恍然因我得见伊,不知见者端为谁"、虚堂智愚"画工笔熟不识伊,白发毵毵个是谁",这些禅师都是以疑问的观看方式,道出何者才是本来面目。唐代洞山良价有"渠今正是我,我今不是渠"之公案,可见禅宗在本来性、现实性中有其一承接理路①。

然则上述几位禅师,都未将"渠"与"我"作二元区别,也未选择遗忘自我主体身分,因为他们体悟自己所闻见的,不是那本来东西,而其所在、所以有,或自为有形,皆知性化而来,故古岩坚璧以庄子以指喻指之非指,以马喻马之非马,虚堂智愚以"子归就父,吾不识渠"的公案,均表示"即真非真,是相非相",既已明此,又何劳分辨真假呢?禅师们观看经验,最终是须面向本来性的关注,当体悟理事本有不即不

① 参见〔日〕小川隆著,何燕生译:《语录的思想史:解析中国禅》(上海:复旦大学出版社,2015年8月),83—85页。〔日〕土屋太祐:《北宋禅宗思想及其渊源》(成都:巴蜀书社,2008年12月),37—41页。

离之关系时，当外在现象不再形成一种偏执妄有[①]，才可直契第一义谛。又释可观《自题像》诗云：

> 维摩诘不坏于身，而随一相老竹庵。坏与不坏，初无欠长。到处江山风月，不是这个伎俩。(《全宋诗》27，17926)

竹庵可观以维摩诘所谓佛法身不坏，以证本来性之义。佛因真如常住，自然不会有任何烦恼，因此还原本来面目，声色形相既除，自无烦恼执着，故所谓“坏与不坏，初无欠长”。但竹庵可观在观看自我时，以维摩诘为象征，则是诗家对维摩诘形象一种中土化、游戏化之倾向，而其维摩丈室之意象，也象征屏除俗累之超脱，故宋人对其向往，形成有如陶潜般一隐士形象[②]，并藉此表达心中与之相通感的意趣。张纲《自赞写真》二首之一云：

> 堂堂莫作公侯想，是身如幻无定相。衣冠挂却神武门，便是维摩坐方丈。(《全宋诗》27，17924)

张纲尝书座右铭：“以直行己，以正立朝，以静退高天下。”《宋史》本传称其笃守[③]。诗首二句，不执于外相外，更表其清节直行的志意；三、四句，则有另一层用意。宋・胡仔《苕溪渔隐丛话前集・卷五四・宋朝杂记》载：“东坡云：‘欲挂衣冠神武门，先寻水竹渭南村，却将旧斩楼兰剑，买得黄牛教子孙。’余旧见此诗于关右寺壁上，爱之，不知其何人作也。蔡宽夫《诗话》云：‘是王嗣宗诗。’”[④]胡仔所记东坡此则故事，当时颇为流传，因东坡其人及作品，是印刷传媒之热点[⑤]，故张纲应熟悉此

---

① 大慧宗杲《题像》云：“直饶画得十分，犹是真常流注。”其实纵使画得十分相似，也只是执着于相的表现，如何打破对我之执妄，得须自行参悟。宗杲《题像》，参见朱刚、陈珏：《宋代禅僧诗辑考》，455 页。

② 参见参查屏球：《从西域之神到东土隐士——唐宋维摩诘图题诗之衍变》，《佛光学报》新一卷・第二期，2015 年 7 月，307—345 页。参见萧丽华：《汉译《维摩诘经》文献回顾及其与中国文学的关系》，《佛光学报》新一卷・第二期，，2015 年 7 月，292、293 页。张海沙：《佛教五经与唐宋诗学》(北京：中华书局，2012 年 11 月)，315—326 页。

③ 元・脱脱等撰：《宋史》，卷 390，11953 页。

④ 宋・胡仔纂集，廖德明校点：《苕溪渔隐丛话》前集(北京：人民文学出版社，1962 年 6 月)，367 页。

⑤ 详参〔日〕内山精也著，朱刚等译：《传媒与真相——苏轼及其周围士大夫的文学》(上海：上海古籍出版社，2005 年 8 月)，272—291 页。张高评：《印刷传媒之崛起与宋诗特色之形成》，《成大中文学报》第十八期，2007 年 10 月，39—71 页。

一故实。

胡仔谓东坡爱王嗣宗诗，故苏轼《袁公济和刘景文登介亭诗复次韵答之》云："何时神武门，相约挂冠服。"[①]又《再送蒋颖叔帅熙河》二首之二云："归来趁别陶弘景，看挂衣冠神武门。"[②]皆化王嗣宗诗，想见东坡喜爱之程度。《南史·卷七六·陶弘景传》："(陶弘景)脱朝服挂神武门，上表辞禄。"[③]因此王嗣宗、苏轼、张纲用"神武门"事，更揭一份隐逸情怀。而张纲以自我形象为虚妄，实也联想维摩诘所居丈室是一净土境界，也隐然对维摩诘之修为有一种倾羡之意。

二、形影神的认识：宋人形影神诗

本节主要论述宋人观看自我时，产生影像之我与本我的真假思考。另外，宋代还有一些形影神诗，如晁迥《智断身心辞》：

> 咨咨尔幻身，谁能住世久。洪纤妍媸，岂长存而不朽。(《全宋诗》1,608)

谓形体无实如幻，故不能长存不朽。晁迥部分诗作，《全宋诗》录自其《道院集要》，此集，《四库全书》编入释家类，兹检视其诗，多涉佛家义理，则《智断身心辞》的真假观，应与佛理相涉。邵雍《影论吟》：

> 性在体内，影在形外。性往体随，形行影会。体性不存，形影安在。(《全宋诗》7,4662)

仿陶潜形影神诗，但其体会则以有限之我，是否能无己无待？邵雍认为性体、形影应无别意，是不失其为一。不过自陶潜作形影神诗后，宋人所仿效者，如苏轼《和陶形赠影》《和陶影答形》《和陶神释》；李纲《形赠影》《影答》《神释》；吴芾《和陶形赠影》《和陶神释》《和陶影答形》，大致与陶潜之意相同，他们均在其人生修为上，希企与陶潜那样顺任自然，对于真形妄相是否有番体会，都不是其创作旨趣，如苏轼《和陶影答形》：

---

① 宋·苏轼著，清·冯应榴辑注，黄任轲、朱怀春校点：《苏轼诗集合注》，1619页。
② 宋·苏轼著，清·冯应榴辑注，黄任轲、朱怀春校点：《苏轼诗集合注》，1857页。
③ 唐·李延寿撰：《南史》(北京：中华书局，1975年6月)，1897页。

丹青写君容，常恐画师拙。我依月灯出，相肖两奇绝。（《全宋诗》14，9554）

吴芾《和陶影答形》：

行止每依人，人皆笑我拙。独以相从久，未能便弃绝。（《全宋诗》35，22010）

上引二诗，颇有揶揄趣味，但与真形妄相无直接必然性。其他如释文珦《寓形》：

寓形宇宙间，治身犹治木。（《全宋诗》63，39544）

仇远《形影》：

形影自相问，追随六十年。……可能学陶令，家去有园田。（《全宋诗》70，44190）

文珦禅师所谓“寓形”，未专指形体言，而是指托身之意，并从正心修身为判准，实与所谓“形”的形上思考无涉。而仇远所谓“形影”，亦未脱陶潜形影神的范畴，“可能学陶令”，已点明欲向往陶潜富于的田园情趣。由此可知，宋人探讨真形妄相时，仍着意在镜像、画像之我上，其要点则于观看之际，由欣赏转向形上思想的深刻体察，与谈到形影神的问题，呈现截然的趣味。

第五节 自我修行体悟的诗

一、禅师修行体悟的自赞诗

禅师叙写自我形象时，某些作品是写证悟的过程，体会本来面目之意，但此经验，绝非向外可求，毕竟证悟工夫，无法用言语详明，只有所谓冷暖自知，来体验自我存在的意义。因此禅师的自题像赞，常依不同情境体认佛法禅理，有些即以一种不着自我形象为表述方式；有些不费唇舌，用象征譬喻；有些修辞则冲突矛盾，显然这是禅的自在活用。兹下论述,是两宋禅师不着自我形象的自赞诗,作品内容是自我修行、开示、宗教经验等;部分语言文字,则属特有之行话、俗谚、隐语等,为禅宗最具典型性语言之特色。这些机趣横生的自赞,是两宋观看自我形象中最具独特风貌。如释惟照《自赞》:

> 自小来打硬,佛祖不奈何。放蓦苴住院,殃害杀禅和。道行阐提道,歌唱阐提歌。欢喜入地狱,谁管你阎罗。(《全宋诗》28,18268)

禅宗讲究不着形相,直契本心。惟照禅师诃祖骂佛,行止邋遢不加检束,行的是阐提道,唱的是阐提歌,谓自己是不具佛性断灭善根之人。然则明心见性与否,实不在名相我执,禅师是示人澈见自己本来面目之重要性。而末二句所云,是他不拘泥死生事相,故能作死生通达语。释居简《自赞》二首其一:

> 幼而不逊,长而无述。老而不死。贼贼。临济未是白拈,自出洞来无敌。(《全宋诗》53,33297)

其二:

> 字不识,禅不会。(《全宋诗》53,33297)[①]

惟照禅师若诃祖骂佛,那么北磵居简则不知逊顺,倨傲无礼,又谓自己不识字、不懂禅,然则这些背反,都是禅师们阐述自我自觉之意,如何向内心澈悟,证得最终本来面目,才是他们关注之处。在此他们皆表述一种自我生命体验,唯有自己直觉自己,别无他道。北磵居简虽谓不识字、不理解禅,其实他博通外学,为橘洲宝昙之后禅僧中最杰出之文学僧,所写诗文甚多,于《离骚》,欧阳修、苏轼文章皆有心得,且乐与官僚、文士谈诗论道,是继橘洲宝昙之后,另一位文士化之名僧[②]。可见北磵居简《自赞》所云,是由直契本心而论。

---

① 释道灿《自赞》:"读书不识字,行脚不会禅。"(《全宋诗》65,41185)与北磵居简表述相似。

② 参见黄启江:《一味禅与江湖诗——南宋文学僧与禅文化的蜕变》(台北:台湾商务印书馆,2010 年 7 月),206—280 页。

曹洞宗丹霞子淳禅师法嗣的释清了,《自赞》云:

信口胡说,七差八错。万劫千生,不妨快活。情愿生死轮回,肯求诸圣解脱。(《全宋诗》29,18900)

"万劫千生,不妨快活",是由禅修体验,勘悟死生分别相。其《宣和癸卯宴坐自赞》云:"如今坐断舌头,直下大千俱坏。劫外迢迢晓未明,休把虚空妆五彩。"(《全宋诗》29,18900)真歇清了着有《劫外录》,倡劫外宗风,不执着空劫的概念,所谓空劫,除佛性、真如之概念,也表示现象未分之世界,精神意识尚未开始以前之世界[①],但如何由此体悟空劫以前本来面目的自己,则要不拘泥于现实性中,因此"坐断舌头",截断无用之言词意想,以自己顿入自己,参究当下自己如其所处的精神状态,所以清了的默照禅[②],绝非如大慧宗杲批评一味地默默坐禅冥想而已[③]。

南岳龙门清远禅师之法嗣正堂明辩,其《自赞》则用杨岐宗最著名三脚驴子公案为喻,其《自赞》三首之一云:

土豹长老,悟处敲譇。滑头胜似莼菜,软顽何啻黐胶。曾被三脚驴子,踏得鼻孔成四。(《全宋诗》29,18484)

后世论禅宗,多以杨岐宗为临济或南岳,甚至为禅宗正脉,而自三脚驴子公案起,即蜚声丛林,禅僧们吟咏殊多[④],故同为杨岐宗的明辩禅师,用此则公案,自有其内在理据。《自赞》中"敲譇",未详何义,"譇",训言不恭谨[⑤],而赞中又有"滑头""软顽""黐胶"[⑥],词义或有歧出,但义当通"黐胶",可引申为执我见而倨傲。所谓"三脚驴

① 〔日〕土屋太祐:《北宋禅宗思想及其渊源》,40页。

② 关于默照禅、真歇清了、宏智正觉、劫外宗风,郑真熙于此有更详细论述,参见郑真熙:《默照禅与看话禅比较研究》,台北:台湾师范大学国文学系博士论文,2002年,71—138页。

③ 此处可参见郑真熙:《默照禅与看话禅比较研究》,99、100页。

④ 吴言生:《禅宗诗歌境界》(北京:中华书局,2001年9月),218、223页。

⑤ "譇"义,参见《教育部异体字字典》http://dict.variants.moe.edu.tw/yitic/frc/frc13178.htm。

⑥ "黐胶",《汉语大辞典》解释为"木胶",实"黐胶"有执我见而倨傲、愚惑义。参见高明道:《"猕猴弄黐胶"觅迹》,《法光学坛》卷期5,2001年,83—140页。

子"为譬喻之物，驴虽三脚，却能蹄踏，实指对体悟之境的妙喻[1]，但体悟过程无法以理性诠说，所以踏得"鼻孔成四"，似要截断执我见的知性化，以显示本来面目，故《自赞》三首之二云：

瞎老婆半夜吹火，张聋子日午闻歌。画得这般毫相，出生入死降魔。有时鼓起龙门浪，娑竭龙王不奈何。

瞎老婆吹火，张聋子闻歌，是禅宗语言中不具意涵的对应关系，一种概念之断裂。禅宗问答风马牛不相及，以此截断对立、区别，故瞎老婆、张聋子不能见闻，却能半夜点灯、日午闻歌，此事若琢磨在言句上，则专执理性客观知解。正堂明辩禅师在此示人是禅悟契机，乃石火电光中瞬间闪现的自我体悟，在此看话禅的体悟中，禅僧不能用理性解析公案，"若有拟议、思量，立刻落入第二义"[2]。"画得这般毫相，出生入死降魔"，是不执着于外相，所以能出生入死而不起分别、烦恼。正堂明辩了解本来面目是须自觉自己，所有善巧说法，仍须回到明心见性，故《自赞》三首之三："潦倒住持，不言规矩。聚三百僧，说无义语。"自我谐谑外，似要开示佛禅精义是须自我体会才得以充分展现。

圜悟克勤法嗣下最著名的此庵景元，其《自题肖像》诗云：

生平只说聱头禅，撞着聱头如铁壁。脱却罗笼截脚跟，大地撮来墨漆黑。晚年转复没刀(刁)刀[3]，奋金刚椎碎窠窟。他时要识圆悟面，一为渠侬并拈出。(《全宋诗》32，20290)

此庵景元又称元布袋、聱头元侍者，宋·释晓莹《罗湖野录》卷一载："台州护国元禅

---

① 杜松柏以"三脚驴子"比喻有、空、亦空亦有，以符契杨岐宗空有一如的观点，吴言生于此，举数例"三脚驴子"公案，或谓将奇异圣境还原于现实生活，或截断相对意识。笔者在此是依正堂明辩《自赞》三首中的语境臆解，并从第二、三首窥知，正堂明辩似有藉"三脚驴子"，以说明本来自性之意。关于杜松柏、吴言生解释，参见吴言生：《禅宗诗歌境界》，222—225 页。又关于禅宗语录里，"驴"字的使用极普遍。参见饶宗颐：《八大名号与禅学》，氏著：《澄心论萃》(上海：上海文艺出版社，1996 年 7 月)，318—322 页。

② 〔日〕小川隆著，何燕生译：《语录的思想史：解析中国禅》，194 页。

③ 按："刀刀"，当作"刁刀"，与"窠窟"对，《全宋笔记》据日刻本、石印本改"刁刀"是。见宋·释晓莹撰，夏广兴整理：《罗湖野录》，上海师范大学古籍整理研究所编：《全宋笔记》第五编一(郑州：大象出版社，2012 年 1 月)，222 页。

师，丛林雅号为‘元布袋’，初参圜悟禅师于蒋山。因僧读死心小参语云：‘既迷须得个悟，既悟须识悟中迷。迷中悟，迷悟两忘，却从无迷悟处建立一切法。’元闻而疑，即趋佛殿，以手托开门扉，豁然大彻。继而执侍圜悟，机辨逸发。圜悟操蜀语，目为‘聱头元侍者’，遂自题肖像付之曰：（诗略）。”[①]据此，此庵景元因僧人读黄龙死心禅师语录，产生疑情，即趋佛殿，当他以手托开门扉，豁然澈悟。此则故事未载述“豁然大彻”后的道理，但据其《自题肖像》云“他时要识圆悟面，一为渠侬并拈出”，大致可知景元禅师托开门之刹那，便参透迷中悟中一切分别取舍，因“门”的界限消泯，主观对立随即泯除，则能当下识自本心。同为杨岐宗的卍庵道颜《自赞》云：

> 来自三川，应缘两浙。肩担华木瓜重担，肚束马簸箕三篾。饭齩铁钉，羹煮木札。要是圆悟儿孙，丧却杨歧家法。奸汉多疑，黠儿落节。（《全宋诗》32，20319）

道颜，潼川飞乌（今四川射洪西南）人，后依浙江径山大慧宗杲[②]，故赞首二句乃自叙经历。诗第四句“肚束马簸箕三篾”，“马簸箕”，据宋·希叟绍昙《五家正宗赞》卷一云：“（马祖道一）容貌奇异，虎视牛行，得法南岳，后归蜀乡，人喧迎之。溪边婆子云：将谓有何奇特，元是马簸箕家小子。”[③]禅宗常以“马簸箕”，借指马祖道一，为禅宗常用典故。赞用马祖道一事，又云“圆悟儿孙”，因为卍庵道颜初参圜悟克勤，后谒大慧得悟，是南岳一系法脉，故有此语。赞又云铁钉饭、木札羹，别有他意。铁钉、木札（片），本难以咬动，更遑论作为饭食，道颜的用意无非是想藉此譬喻无法言诠的本来性，它到底是什么？要自己嚼破（体会）才知道，而非一味地向外驰求。由此可见杨岐教人看话禅证悟之工夫，要参禅之人向内关注，去参究公案、话头背后不可描述、想象之禅理。

卍庵道颜谓“丧却杨歧家法”，运庵普岩则谓“断杨岐正脉，灭临济纲宗”，可见参禅关键不在祖宗之法上，禅的特性若依纲宗来解释说明，则禅活泼自在，就丧失殆尽。故普岩《自赞》云：

---

① 宋·释晓莹撰，夏广兴整理：《罗湖野录》，222、223页。

② 北京大学古文献研究所编：《全宋诗》第三二册，20299页。

③ 宋·绍昙：《五家正宗赞》，收入藏经书院编：《新编卍续藏经》第一三五册（台北：新文丰出版股份有限公司，1995年5月），907页。藏经书院版。

断杨岐正脉,灭临济纲宗。猿啼碧嶂,月锁千峰。影落于阗国,人在大辽东。应缘淡泊,无分从容。谓是运庵真面目,澄潭不许卧苍龙。(《全宋诗》51,32107)

“猿啼碧嶂,月锁千峰”,指体道之境,如大慧宗杲法嗣拙庵德光《自赞》云:“听松风,对江月。冷笑老胡得一橛。”(《全宋诗》38,23759)古岩坚壁《自赞》三首之一云:“迢迢物外像,矫矫岩间松。”(《全宋诗》38,23855)这是佛家空观下之境地,物我相融,猿啼、山(江)月、迭嶂、松(松风)与自己,均是自然之存在相即相入,在此运庵普岩观看自我必有深刻启悟,谓“影落于阗国,人在大辽东。应缘淡泊,无分从容”,自我与其影像并立而未对立,以此泯除对我之执着妄想,应缘生灭流转,所以“谓是运庵真面目,澄潭不许卧苍龙”,用雪窦禅师《颂》:“无缝塔,见还难。澄潭不许苍龙蟠。”[①]因为本来面目,原无喜怒哀乐、情缘之牵动,当下的自己是契入如止水般默照的最高境界。如果说普岩禅师是用诗的物象,以契入修行体悟,那么释如净、释慧性两位禅师,则以更夸饰方式,或喻其自我体悟。长翁如净《自赞》云:

乌龟壳空索索,打一钻响剥剥。也是张拳吓野狐,描邈出来增丑恶。虽然三十年后,只管有人卜度。突出娑婆世界,一枚真个村头。行脚都无用处,推倒只好做牛。钉双角,插条尾,绿杨芳草春风里。可杀有力会耕田,卖与阎王还饭钱。不然掣电几先吃,痛拳无明业识幢。竖起漫天黑,一句不相当。拳头飞霹雳,咦,老婆心切血滴滴。(《全宋诗》52,32377)

观此赞所述,更能体会禅师讲禅解经,不作理性、观念化之论断,它无法用自己的知识予以答案,然此能体会者,则须由禅师语境中所见所思以为推索。乌龟、野狐、牛,皆为禅宗习用之物象,但就赞中所述,也许是参禅悟道之契机、实践。长翁如净离开雪窦禅师之后,遍参禅席,后入主天童寺,是宋曹洞禅传入日本的关键人物,为日本道元禅师之师,而如净所授,是承曹洞的“默照”直指人心之方[②],故此赞或有长翁如净遍参禅席之经历,并有其参证之观念,“咦,老婆心切血滴滴”,禅宗讲究直

① 北京大学古文献研究所编:《全宋诗》第三册,1683页。

② 参见黄启江:《北宋佛教史稿》(台北:台湾商务印书馆,1997年4月),288—294页。〔日〕佐藤秀孝:《曹洞宗宏智派の短篷远について——天童如净に参じて孤高な坐禅を▪いた远铁橛》,《驹泽大学佛教学部研究纪要》第六十七号,2009年3月,97—128页。

指人心，故其所引“老婆心切”公案，他对诲人不倦、反复嘱咐教导的“老婆禅”[①]，以为有碍自我直接体验。无明慧性《自赞》二首其一云：

紫霄峰下，以毒攻毒。撒土抛沙，拗直作曲。撼动四大神州，拳踢掀翻地轴。性禅没兴遭逢，切忌望空呵嘱。坐断千峰顶顭头，一任虚声听杓卜。（《全宋诗》53，32914）

禅师示人参究公案不得已时，有以毒攻毒的办法，以避免习禅者落入偏见而难得真理。无明慧性禅师所谓“撒土抛沙，拗直作曲。撼动四大神州，拳踢掀翻地轴”，看似夸饰，实则是“荡相遣执”之表现，以矛盾语句为防卫机制，防止习禅之人执泥此处（参话头、公案）受偏见制约。因而慧性所云，对抽象禅义参悟前提，必在一念抵万念之下，心无罣碍，“参的时候，把那个意思贴在那个话头上，进入那个话头的疑情里边”[②]，故他谓“切忌望空呵嘱”，表其所体悟真正的禅理，绝非老婆心切的关心叮咛，而是反求诸己，直接体验。末联中“顶顭”，字书训“顶颠”[③]，知“千峰顶顭头”为“千峰之顶”，所以无明慧性谓坐断千峰顶，即断绝种种言说、声色、是非一切相对作用之外，以此表示绝对之空境。其《辞世》诗云：“七十八年，内空外空。撒手便行，万古清风。”[④]可见澈见空性，是慧性禅师毕生实践的解脱之道。又大川普济《自赞》：

出林虎方怒，横冈蟒正嗔。世无途路客，终是不伤人。（《全宋诗》56，35165）

普济为《五灯会元》编者，尝遍参禅席，平生志于禅，赞中或有其修行体验意，佛家以“蛇”比喻嗔恚，“虎”有时比喻愤怒、恐惧，当代一行禅师有《驯服内在之虎》，即教人如何疏瀹内心的愤怒、恐惧。赞第三、四句，指心的观念既除，而能放下一切，则百般妄想尘劳不能缠绕。

综前所述，禅师这类自我叙写作品，大抵在于证悟自性，以自身修证的实践经

① 关于老婆禅，虽见褒美，但亦含轻蔑意味，参见任继愈主编：《佛教大辞典》（南京：江苏古籍出版社，2002年12月），463页。

② 释圣严：《禅钥》（台北：法鼓文化事业股份有限公司，2001年3月），67页。

③ 参见《教育部异体字字典》http://dict.variants.moe.edu.tw/yitic/frc/frc13178.htm。

④ 北京大学古文献研究所编：《全宋诗》第五三册，32914页。

验、生命精神,让他人观看自赞时,得以有启悟效用。尽管禅师们使用方法有别,本质上并没有差异。但阐释这类作品,以知识型态阐释禅的方法,都不能真正了解禅;而诗歌的言志、缘情经验,在此之下俱可泯除。但过度强调禅非理性,反知识的论述,其实也容易落入我执偏见。禅的完境,绝非抽象而范畴化的存在情境,它必须透过自我体验,去发现事物的真理,以一种交涉,体用相即不离[①],展开与禅的对话。但"禅"冷暖自知的个人体会,禅师们于此又有不得不言说,又不受名言宰制的思维,因此上述禅师这类自我叙写作品,所举之例,与其意涵无关、或举其所似、或抵牾不合、或诡辞辩证、或隐喻活用,而写物外形,则为皮相,以颠覆语言、名相所建立的价值意识。所以禅师的自赞,一方面是体道下的语言游戏、精神境界,另一方面则为启悟他者的契机。

二、周必大修行体悟的自赞诗

两宋除禅师不着自我形象,于修行体悟外,文士的自赞中,亦有个人修养体悟、省察,以周必大为代表,他的《登仕郎张武来求一言因记衰颜就以勉之》:

> 德人之容,如玉其温。参前倚衡,以瞻以仪。我愧于是,将焉取斯。(《全宋诗》43,26803)

以德操高洁之人的容止,比德于玉,可以瞻仰效法,然自己却自惭形愧,这是周必大见其衰颜后的抒发,颇有自省意味,《高沙曾忠佐良臣筑思堂以念亲傍辟书阁肖杨诚斋及予像求赞》云:

> 德行渊骞,曾参曷遗。盖生也后,其年可推。遥遥华胄,古今与稽。诚斋则贤,我愧思齐。(《全宋诗》43,26802)

---

① 笔者认为禅的完境,绝非抽象而范畴化之存在情境,它须透过自己体验,去发现事物之真理。参见颜崑阳:《从混融、交涉、衍变到别用、分流、布体——"抒情文学史"的反思与"完境文学史"的构想》,氏著,《反思批判与转向——中国古典文学研究之路》(台北:允晨文化实业股份有限公司,2016 年 4 月),193 页。杨惠南:《禅史与禅思》(台北:东大图书股份有限公司,1995 年 4 月),343 页。颜崑阳以混融、交涉为用的观念,颇适用于禅宗的知识谱系。

此赞题下注："嘉泰二年正月五日。"[①]宁宗嘉泰二年（1202），周必大七十七岁，杨万里七十六岁。这年刘讷尝绘卢陵三老图（杨万里、周必大、周必正），周必大、杨万里均有酬作，周必大有《刘讷画卢陵三老图求诗》："三人不用邀明月，九老何妨续画图。从汉二疏唐尹后，相新相近此应无"[②]，即谓当时归里后情景，周必大与杨万里交情甚深，时有书信文章来往，是年亦多唱和之作[③]。

赞题中的"曾忠佐"，杨万里《题曾良臣思堂》诗序："曾尉良臣迎母王于乐氏，母许新居成即归，于是筑第高沙。母欲迁而逝，乃虚中堂，榜之曰思。求诗，为赋四韵。"据诗序，曾忠佐生母王氏，盖改适乐氏，后欲迎母归未遂，所以筑堂思亲[④]。周必大《高沙曾忠佐良臣筑思堂以念亲傍辟书阁肖杨诚斋及予像求赞》，即缘此背景作，其时曾忠佐以周必大、杨万里肖像求赞，周必大称赞挚友之贤，自己却不能思齐，实是内省自己，勉力与之齐等，隐然也有观看自我画像之际，检讨自己过往之行止。周必大在七十九岁过世前，有《予平生愿学忠恕既以自勉亦告于人王牒正则闻而悦之归作唯斋九万里风斯下矣写衰容命之赞》：

> 中心为忠，如心为恕。勉强行之，道其殆庶。苟憯醵蔑之貌恶，而废一言于堂下，则所谓唯之与阿，不能以寸而相去矣。（《全宋诗》43，26804）

可见他以圣贤为典则，勉力修持忠恕之道。上述这几首赞诗，周必大反复质问、警省自我，绝非将道德修养随意附和，在生命的最后几年，除闲适之乐自在心中外，也未忘内在的自我修持，又此期自赞中不乏禅味者，《能仁监寺智超为予写真求赞》：

> 前生坐下一高僧，失脚中元自怨辰。但记本来真面目，何须悔现宰官身。（《全宋诗》43，26805）

禅师为周必大写像，末句"宰官身"，乃其身分、形象标记，但他谓前生是智超禅师座下弟子，又谓记得本来面目，则对佛禅应有体会。周必大与禅师交往密切，于退休后所作自赞，常有应禅师求赞而作，《予久欲游仰山而未暇行者智印写真索赞》：

---

① 北京大学古文献研究所编：《全宋诗》第四三册，26802页。
② 北京大学古文献研究所编：《全宋诗》第四三册，26793页。
③ 参见于北山著，于蕴生整理：《杨万里年谱》（上海：上海古籍出版社，2006年9月），615页。
④ 宋·杨万里著，辛更儒笺校：《杨万里集笺校》（北京：中华书局，2007年9月），2106、2107页。

> 家居只在仰山傍，自笑痴蝇冻守窗。也解分身千百亿，从来一月印千江。(《全宋诗》43，26805)

周必大虽有游往仰山之念，但自嘲未能得闲，如痴蝇守窗，拘泥不得已，但他以千百亿化身，一月印千江的佛理[①]，揶揄解嘲，概可想见其对佛禅的认识与容受情况，显然他笃实于儒家道德修养上，当已融入佛法，则他肯认"月映千江"的空有不碍，或参究本来面目之意，应非只是作弄游戏之谈而已。因此他的自赞多涉禅语，也非毫无意义为掉弄而作，如《青原祖灯监寺屡问予久不入山写真戏题》：

> 欲作青原挂搭僧，传闻米价逐时增。绕腰三篾非难事，空腹何能念葛藤。(《全宋诗》43，26805)

《堵陵智庄僧德永写余真求赞》：

> 昔方三五少年，便作阿婆心切。今以八十老翁，却学小儿口说。如何不言不语，莫问是同是别。只愿年丰饱吃饭，肚皮解了三条篾。(《全宋诗》43，26806)

"三篾""葛藤"，均禅宗公案重要语汇，《五灯会元·卷五·药山惟俨禅师》："一日，祖问：'子近日见处作么生？'师曰：'皮肤脱落尽，唯有一真实。'祖曰：'子之所得，可谓协于心体，布于四肢。既然如是，将三条篾束取肚皮，随处住山去。'"[②]马祖道一问药山惟俨修证情形，后来马祖告诉惟俨，他已能领契佛法，既然如此，便携竹蔑，随缘住山，阐扬佛法。周必大《青原祖灯监寺屡问予久不入山写真戏题》，用此禅宗故事，可能这位监寺为青原法系。

另一首《堵陵智庄僧德永写余真求赞》，德永禅僧虽然不知其法系，但这两首自赞的"三篾"意，是周必大体解禅随意自在，而无纤芥执着的一面。所以他也说"何

---

① 周必大另有一首《法华院僧祖月写余真戏赞》："老子七十七，到处遮人壁。住世更十年，化身千百亿。"可知他对化身千百亿的使用，北京大学古文献研究所编：《全宋诗》第四三册，26806 页。

② 宋·普济著，苏渊雷点校：《五灯会元》(北京：中华书局，1997 年 10 月)，257 页。

能念葛藤”，没有缠绕声色外相的葛藤[1]，实际上是他退休后的自足体验，因此才有“只愿年丰饱吃饭”的知止之意。周必大的自赞，并未提及退休后的具体情形，但他在自我修持外，屡屡与禅师应对，当是超脱世事，能在退休环境中得以自在，透见真实。又《金牛长老德铠写平园真求赞》：

经传白马，寺假金牛。祖意西来，江水东流。于我何有，色见音求。千帆任过，长对沙洲。（《全宋诗》43，26807）

赞中用禅宗祖师西来意事，但其意义则在“于我何有，色见音求。”《金刚经》：“尔时世尊，而说偈言：‘以色见我，以音声求我，是人行邪道，不能见如来。’”[2]周必大并不执着于相，了解声色之我，其实是虚妄存在。“千帆任过，长对沙洲”，则是对佛禅的体验，所谓体验是冷暖自知，故说理、论述皆莫能及，因此无消多说，赞中“祖师西来意”“千帆任过”等名目，都在于体得自己自身存在意义[3]。

周必大与同时的理学家均有密切往来，且其政治核心价值，仍以致君行道为依归。他学问赅博，于儒家经典外旁及释典能有所自得，退居期间与禅师交游论道，都足以证明他对佛禅有深厚涵养、兴趣。但他名重一时，身分崇高，不免有禅师要托其显贵者，然则观其自赞诸篇，他与禅师交往，皆出于性情、意趣甚为相得之故，而他亲身体证的佛禅意蕴，虽与禅师并无明显区别，但他终非弃俗而舍入世之人。

综前所述，宋人对镜自照，是以现时之下主体意向，与镜像之我对话，并藉此展现个人情志。而“自题写真”“自题像赞”，并非以叙事追忆的方式，观看过去之我，而是体味过去之我，并对照现时境况下的情感反应。文士的观看，大体有强烈主观意义，至于禅师则侧重体悟，以随机活用语言的方式，引发禅悟体验，是另一种观看方式的指涉作用。

---

① 关于“葛藤”，参见〔日〕小川隆著，何燕生译：《语录的思想史：解析中国禅》，164页。

② 明·朱棣集注：《金刚经集注》，256页。

③ 铃木大拙认为“本来面目”“祖师西来意”等诸多名目，其要点在乎体得自己自身。参见〔日〕铃木大拙：《现代世界与禅的精神》，收入张曼涛主编：《禅宗思想与历史》（禅学专集之六）（台北：大乘文化出版社，1978年9月），20页。又汾潭灵澄有《西来意》十首，可参考。参见朱刚、陈珏：《宋代禅僧诗辑考》，43页。又杜松柏曾论汾潭灵澄、汾阳善昭西来意颂诗，可参其相关论述。氏著：《禅学与唐宋诗学》（台北：黎明文化事业股份有限公司，1978年12月），253—255页。又“汾潭灵澄”，《禅学与唐宋诗学》作“汾潭灵澈”。

第三章　叙写自身形象的诗（下）

本章探讨两宋禅师、文士观看自我时，谓自己形貌拙陋、粗鄙。其次，讨论他们观看自我时，有时会以特定人物形象，比喻自己老丑；有时则以历史人物形象或物象，表达自我形象及志趣。

第一节　禅师叙写自己形貌的诗

宋代禅师对自我形貌的书写，有时谓自己形貌拙陋、特异，以表抒情志、证悟体验。此书写方式，在两宋禅师自题写真、自题像赞中常见，如释惟政《自题像》：

> 貌古形疏倚杖藜，分明画出须菩提。解空不许离声色，似听孤猿月下啼。（《全宋诗》3，1832）

净土惟政对自己画像，题"貌古形疏倚杖藜"，想必是自己形象古拙，据《禅林僧宝传》卷一九载，惟政禅师年老瘦臞，出门时常乘一头牛，时人称"政黄牛"[①]，故云"貌古形疏"，应可谓其写照。第二句"分明画出须菩提"，以世尊弟子中解空第一的须菩提比喻自己，是对"空性"有所体悟，因此第三、四句，似写出体悟之境，《金刚经》："佛告须菩提，凡所有相，皆是虚妄，若见诸相非相，即见如来。"又"尔时世尊，而说偈言：'以色见我，以音声求我，是人行邪道，不能见如来。'"[②]可见离声色的修行，或在声色中修行，都不能见到如来，因为仍对声色有了边见，所以净土惟政用"孤猿

---

① 宋·释惠洪：《禅林僧宝传》，《景印文渊阁四库全书》（台北：商务印书馆，1983 年），第 1052 册，1052—725 页。又可参见宋·普济著，苏渊雷点校：《五灯会元》，639 页。

② 明·朱棣集注：《金刚经集注》，56、256 页。

月下啼”示以禅趣，是像喻色空不碍之意。

禅宗语境往往出现“灰头土面”语，禅师常以“灰头土面”谓形体色相，但他们体证或有不同，释齐谧《自像赞》：

个汉灰头土面，寻常不欲露现。而今写出人前，大似虚空着箭。怨怨，可惜人间三尺绢。(《全宋诗》22，14787)

“个汉灰头土面，寻常不欲露现”二句，写自己凡俗形貌。佛、菩萨为了度化众生，而应现各种形象，齐谧禅师在此，却写自己凡俗而不欲应现在尺幅中，所以结句谓“怨怨，可惜人间三尺绢”。考察此赞背景，《五灯会元·卷十八·杨州齐谧首座》载：“(齐谧禅师)异迹颇众。门人尝绘其像，请赞”[①]，知禅师当时甚为神异，故被时人所传颂。又释道昌《自赞》：

丹青写出，剩却一个。窦入布衫，着着便破。土面灰头那畔行，水墨观音解推磨。(《全宋诗》30，19351)

月堂道昌《自赞》中的“窦入布衫”，用宋·圜悟克勤《碧岩录》四十五则“赵州布衫”公案：“我在青州作一领布衫，重七斤。……天下老和尚鼻孔一时穿却，不奈你何，自然水到渠成。苟或踌躕，你在老僧脚跟底。佛法省要处，不在多言，不在繁语。”[②]月堂道昌用这则公案，显然了解佛法精要处，不在于语言文字。“土面灰头”，即“灰头土面”，禅宗常见语，如《碧岩录》四十三则：“若不出世，目视云霄。若出世，灰头土面。”[③]《五灯会元·卷十八·杨州齐谧首座》：“个汉灰头土面，寻常不欲露现。”[④]道昌禅师此赞，描写自己凡俗肮脏、不修边幅的形象，第五句的“那畔行”，意谓自己不避污秽凡俗，要在尘世间亲自践履，以修行佛法。

除以禅宗常见语“灰头土面”，谓自己凡陋外，有些禅师则以谐谑、夸饰的用语，书写自己相貌丑陋，这些诗亦颇有趣味，释净如《慈书记写予真求赞漫书此以塞来

① 宋·普济著，苏渊雷点校：《五灯会元》，1180 页。
② 宋·圜悟克勤撰：《碧岩集》定本，收入蓝吉富主编：《禅宗全书》杂集部(六)(台北：文殊文化有限公司，1990 年 4 月)，226 页。
③ 宋·圜悟克勤撰：《碧岩集》定本，220 页。
④ 宋·普济著，苏渊雷点校：《五灯会元》，1180 页。

意》：

> 眉不修疏头突兀，鼻罂垂兮颧无骨。长怜百丑兼且讷，慈禅慈禅不我拙。名兮邈兮水里月。(《全宋诗》24,15727)

净如禅师夸饰地揶揄自己相貌，非常丑陋笨拙。诗题“漫书此以塞来意”，似随意敷衍，该是对写真的存在，没有很关注，且对名望也不甚重视，所以末句谓“名”是“邈兮水里之月”。与净如禅师同时的慈受怀深，其《自赞》云：

> 自顾个形骸，举止凡而陋。只因放得下，触事皆成就。醍醐与毒药，万味同一口，美恶尽销融，是故名慈受。(《全宋诗》24,16163)

怀深禅师省视其举止平庸鄙陋，在禅师看来，“只因放得下，触事皆成就”，才可摆脱一切执着，所以“醍醐与毒药，万味同一口”，外相的美丑也是如此：“美恶尽销融”，慈受怀深用“尽销融”语，是解消个别事物的孤立性，所谓美、所谓丑，都要从表象执求，佛理正欲从此破除我执迷妄。此赞结句云“是故名慈受”，怀深禅师，自号慈受，在此则有申明本来面目之意。世人对于禅师形象，最为熟悉者，应是民间流传的道济禅师，今存世道济的作品，也有几首自赞，对其相貌有一番描述，《影壁自赞》：

> 面黄以蜡，骨瘦如柴。这般模样，只好投斋。也有些儿差异，说禅不用安排。(《全宋诗》50,31103)

《真像沈提点求赞》：

> 远看不是，近看不像，费尽许多工夫，画出这般模样。眉如扫帚，一张大口。不会非言，只会吃酒。看看白头，常常赤脚。有色无心，有染无着。醉眠不管江海波，浑身蓝缕害风魔。桃花柳叶无心恋，月白风清笑与歌。倒骑驴子归天岭，钓月耕云自琢磨。(《全宋诗》50,31103)

道济禅师《影壁自赞》谓自己面黄肌瘦，只好投斋。《真像沈提点求赞》谓：“远看不是，近看不像，费尽许多工夫，画出这般模样。眉如扫箒，一张大口。不会非言，只会吃酒。看看白头，常常赤脚。”民间故事、庙寺的济癫形象、亦多作眉如扫箒、大口、肌瘦、持酒葫芦、赤脚的疯癫模样，可见道济此形象，在南宋以后，早已在人们心中定型。《影壁自赞》说：“也有些儿差异，说禅不用安排。”《真像沈提点求赞》说：“醉眠不管江海波，浑身蓝缕害风魔。桃花柳叶无心恋，月白风清笑与歌。”可见道济禅师的证悟体验，并非从蒲团上参求，既然体悟自性妙体，何必拘谨绳矩之中呢？所以道济禅师的行止，应有警示世人之意。

南宋以后，丛林生活倾向文士化，著名文学僧如宏智正觉、无文道灿，虽勤于翰墨吟唱，但未舍禅而吟，他们的自题像赞，仍具禅家本色，如宏智正觉《薄了固保义写予真请赞》：

> 灵灵而真，默默而神。眉毛低盖眼，鼻孔直欺唇。千华上何须问佛，百草头自然有春。一微尘里也来说法，三千界内不碍分身。（《全宋诗》31，19790）

宏智正觉是曹洞宗丹霞子淳禅师法嗣，在北宋末至南宋初丛林中相当活跃。高宗建炎三年（1129），他入主浙江天童山景德寺为住持，前后十三年，大事标榜默照禅风，四方来者（如官僚、衲子、信众）知道正觉的名声，争先聚集；而正觉入主天童期间，寺院又经一番扩建，为浙江名刹，游观者必至①。可见当时正觉禅师除禅学修养为人景慕外，其处理庶务能力，都是禅僧中独冠一时。

今存宏智正觉的诗一千余首，文章有《僧堂记》《天封寺记》等，可呈现他作为文学僧的面貌。而诗中偈颂、颂古、真赞的作品，多援禅入诗，阐发禅理，以此为方便实践。正觉的真赞，多时人求赞而作，数量近五百首，赞中对自我形象的书写，以《薄了固保义写予真请赞》：“眉毛低盖眼，鼻孔直欺唇”的形象，于集中遍见。如《禅人并化主写真求赞》：“口阔鼻隆”“鼻孔觉宽”“饥眼较大”“眉下眼深，额上骨隆”“鼻筒直，眼眶深”“鼻快筒直，眼瞋角生”“眉垂而杨，口默而方”“一鼻直，两眉低”“八字眉低，四方口阔”“眼深眉长，口阔面黄”“鼻似截筒长”“额颅高，眼孔深”“鼻直口阔，目深眉低”“鼻直口方”“眼横鼻直”“眉毛低盖眼，鼻孔直欺唇”（用《薄了固保义写予真请赞》语）、“贫眉似促”“眉棱高而眼深，鼻筒直而口阔”“发白齿豁，鼻垂口阔”“目

---

① 参见黄启江：《北宋佛教史稿》，281—285页。

深额耸，口方鼻端”“鼻直口四方，眉低眼三角”[①]，正觉十分古怪的相貌，画工所见的臭皮囊是否如此？实启人疑窦。右图是后人所绘正觉禅师像，虽眉垂鼻直，但绝非相貌古怪，或许如他所谓：“谓尔画工，那得其妙“、“邈之不真，传之不神”[②]，但他不断地对自我相貌谐谑，实已显禅机，“鼻孔”“鼻直眼横”等在禅宗中，即喻指人平常自然面目，也隐喻本来自性、佛性。禅师参悟明心见性时，隐然有不可言说的特质，因此正觉对于自我形象的谐谑，其禅理在此，既要形似，又不可形似。正觉所标榜默照禅，以放下自我，没有分别执着的心来观行方法，就如他对自我形象种种谐谑后，突然谓：“自然无我，你道是谁”[③]，除自况外，并以此开示常人如何证入禅修的境界。

晚于正觉禅师一百二十余年的无文道灿，以佛典为内学外，也雅好诗文，其《柳塘外集》，举凡诗、记、序、疏、塔铭、墓志、祭文具备，彷佛娴于诗文的宋代文士[④]，是极为出色的文学僧。道灿并未混淆其禅师身分，他了解顿悟见心，非徒诗文所能表示，《自赞》云：

图1　宏智正觉画像据《再增订佛祖道影》

> 头小面狭，眼横鼻直。难亲易忘，易见难识。刚道笑翁手脚缓缦，无准痴绝，尺寸短窄。视泰山乔岳不过一拳，视长江大河不过一滴。西天此土要横行，有祖以来无此僧。(《全宋诗》65,41185)

“眼横鼻直”已见前所论，指平常面目，也隐喻本来自性，但本来自性无法言诠，因此自己要内求观照。这种参究、体验的工夫“难亲易忘，易见难识”，西谷启治云：“即使是自己最亲近最熟悉的事物，原来在其本质性的存在方式中，是不被认识的；作为主体的自己自身如果也回归到其本(也就是在此“存在”自身当中)来看的话，它是无名的，是难以规定它是什么的。”[⑤]西谷启治对“我”的自觉体悟，不执泥主体之

---

① 北京大学古文献研究所编：《全宋诗》第三一册，19843—19883 页。

② 北京大学古文献研究所编：《全宋诗》第三一册，19852、19862 页。

③ 北京大学古文献研究所编：《全宋诗》第三一册，19851 页。

④ 参见黄启江：《无文印的迷思与解读》(台北：台湾商务印书馆，2010 年 10 月)，40—70、231—291 页。

⑤ 〔日〕西谷启治著，陈一标、吴翠华译：《宗教是什么》(台北：联经出版事业股份有限公司，2011 年 5 月)，135 页。

我带有我执之边见，显然佛法本来面目，即平常自然存在“眼横鼻直”的面貌中，无文道灿显然也明白禅的第一义谛，所以《自赞》以“西天此土要横行，有祖以来无此僧”作为结句，用禅宗最重要公案“祖师西来意”事。以公案来参悟佛法，不能执着于语言文字，若执相求禅，则带入我执的边见，此即无文道灿云：“头小面狭，眼横鼻直。难亲易忘，易见难识”，乃冷暖自知的佛祖西来意。南宋末希叟绍昙的《小师写真请赞》：

> 眉似箒粗，面如漆墨。人道慈悲，谁知恶毒。蒿篱关猛虎，宽处有威。笔管养苍龙，直中藏曲。喜臧仓沮，不遇鲁侯。忍伯夷饥，不食周粟。（《全宋诗》65，40833）

希叟绍昙“眉似箒粗，面如漆墨”的形象，类似上述禅师们的状貌，尤其“眉似箒粗”，令人想起道济禅师，但希叟绍昙是否如其所云“眉似箒粗”，或以古德为典范，今已不得知。然则赞谓“喜臧仓沮，不遇鲁侯。忍伯夷饥，不食周粟”，臧仓，是战国鲁平公之嬖人，鲁侯将见孟子，被臧仓阻止[①]，绍昙禅师用此典故，意有所指，即指朝廷佞幸。希叟绍昙处于南宋、蒙元之际，故赞用伯夷“义不食周粟”典，是因为他坚守节操，以此自况。其《题兰蕙》二首之一：“君子同其芳洁”、之二：“是以昂山有山林轩昂之志”[②]、又《题秋堂四兰》四首之四：“非素有所养，宁不为外侮凭凌者欤”[③]，均以兰为比德象征，可知希叟绍昙见赵氏政权被异民族侵略，并未完全置身事外之潇洒。

综前所见，禅师们观看自我形貌，特意写出自己鼻垂、无颧骨、眉粗、大口，面如漆墨等，均未投入一种以实际形象为主的观看视角，因此也就未以其执见介入。因为无我，所以不以自己是谁，而产生自我的偏颇。这类型以正觉禅师的书写最多，但与其他禅师一样，都有意突出其特殊性，他们对自己相貌戏谑，以颠覆在俗世中表象之我的存在，虽不免有唐突之感，但追根究柢，这些叙写种种之我，毕竟只是幻相虚妄而已。道济禅师的自赞，不单就相貌有所著墨，更可见其疯癫行止，与之所处时代较早的月林师观，其《自赞》说：“者村叟，能杰斗，踞胡床，一不守。临机掺着

---

① 参见清・焦循撰，沈文倬点校：《孟子正义》（北京：中华书局，2004 年 2 月），167—171 页。
② 北京大学古文献研究所编：《全宋诗》第六五册，40822 页。
③ 北京大学古文献研究所编：《全宋诗》第六五册，40823 页。

火星飞，惊起须弥颠倒走。”(《全宋诗》48,30381)又《禅人写师顶相求赞》说:“禅不参，道不学，个样村僧唱喏也。”(《全宋诗》48,30381)谓这村叟桀敖不逊，倚踞绳床，样样不守禅林清规，“禅不参，道不学”的形象，这种荒诞悖理的禅僧形象，颇似济癫，但皆有句里呈机之意味。

第二节　文士叙写自己形貌的诗

一、朴野、瘦癯形貌

宋代文士对自我形貌的书写，喜以朴拙、瘦臞的形象，发抒情怀。虽然对于形象的选择、喜好，皆不约而同地倾向某一类型，但其意念有别，不全以闲适为生命情调。如蔡襄《画生李维写予像今已十年对鉴观之因题其侧》:

> 清眸绿发十年前，朴野风神不易传。今日青铜莫相照，白髭垂领面双颧。(《全宋诗》7,4826)

蔡襄观看十年前画生李维所绘其写真，又对镜观看自己，颇有感触，十年前的自己，眼睛明澈、头发乌黑，朴拙如乡野之人，而今却白须满布。当下的“莫相照”，隐含逝者如斯之感和自己十年来的复杂情思。宋·蔡绦《铁围山丛谈》卷四云:“(蔡襄)伯父君谟，号‘美髯须’。仁宗一日属清闲之燕，偶顾问曰:‘卿髯甚美，长夜覆之于衾下乎？将置之于外乎？’君谟无以对。归舍，暮就寝，思圣语，以髯置之内外悉不安，遂一夕不能寝。盖无心与有意，相去适有闲。”[①]知蔡襄有“美髯须”的雅号，故诗谓“白髭垂领”，是其相貌特征。后人所绘蔡襄像，也多绘美髯貌:

观图2、图3二幅蔡襄画像，形体充腴，穿着公服，纵使绘成美髯的模样，似也不知画中人之心境，也很难体会当初李维所绘的“朴野风神不易传”。何况镜中之我，固有美髯，却已皤白，且颧骨突出、面容深陷，届已暮年衰老的身体形态。同样谓自己如乡野之人的司马光，《自题写真》:

---

① 宋·蔡绦撰，冯惠民、沈锡麟点校:《铁围山丛谈》(北京：中华书局，1983年9月)，55、56页。

图 2 蔡襄画像，据《晚笑堂画传》

图 3 蔡襄画像，福建仙游博物馆藏

黄面霜须细瘦身，从来未识漫相亲。居然不可市朝住，骨相天生林野人。（《全宋詩》9，6198）

诗云“天生林野人”，是对宦海之外的山林向往，又据诗意，应作于退居洛阳时。《续资治通鉴长编》载，神宗熙宁四年（1071），司马光五十三岁，西京留守司御史台[①]，之后居住洛阳十余年。司马光初至洛阳，多表述心迹之作，如《初到洛中书怀》诗：“三十余年西复东，劳生薄宦等飞蓬。所存旧业惟清白，不负明君有朴忠。早避喧烦真得策，未逢危辱好收功。太平触处农桑满，赢取闾阎鹤发翁。”[②]之后失意忧郁的心情逐渐舒缓，则所作诗文，较为超逸闲适，流露隐逸情怀，偶尔自嘲是乡野之人，如《闲中有富贵》诗：“闲中有富贵，迥与俗尘殊。”[③]《独乐园记》：“逍遥相羊，唯意所适。”[④]《独步至洛滨》二首之一：“紫衣金带尽脱去，便是林间一野夫。”[⑤]又宋·

① 宋·李焘撰，上海师范大学古籍整理研究所、华东师范大学古籍研究所点校：《续资治通鉴长编》第十六册（北京：中华书局，1995 年 4 月），5338、5339 页。
② 北京大学古文献研究所编：《全宋诗》第九册，6172 页。
③ 北京大学古文献研究所编：《全宋诗》第九册，6197 页。
④ 宋·司马光撰，李文泽、霞绍晖校点：《司马光集》（成都：四川大学出版社，2010 年 2 月），1378 页。
⑤ 北京大学古文献研究所编：《全宋诗》第九册，6180 页。

王辟之《渑水燕谈录》卷四载:“司马温公优游洛中,不屑世务,弃物我,一穷通,自称曰齐物子。”[①]由此可知,此期所作的《自题写真》,对自我形象的解嘲,实际是不想被浮名压抑自我之真性,希望寄傲于独乐园。

自号姑溪居士的李之仪,有数首自赞,有的极富哲理,有的则表其举止高洁,其中《自作传神赞》四首,题下注“李伯时画”四字,兹其四云:

> 意中迥有千般思,笔下原无一点尘。自笑顽冥一村老,忽从今日换精神。(《全宋诗》17,11211,后引李之仪《自作传神赞》,皆见11211页)

又《董曼老画姑溪赞》:

> 野老形容,公子刷研。谓俗则数珠挂于臂上,谓僧则髭须满于颔下。以我为牛则为之牛,以我为马则为之马。不妨随俗流通,何必分真辨假。(《全宋诗》17,11293)

《自作传神赞》其四,除自嘲是“顽冥一村老”外,也着意李公麟的精心杰作。李公麟,字伯时,号龙眠居士,是两宋冠绝一时的画家,下笔形神兼具,故李之仪云:“意中迥有千般思,笔下原无一点尘。”无论传神是否精妙,李之仪是以随俗自在之心境,观其画像,《董曼老画姑溪赞》的“野老形容”,与“自笑顽冥一村老”相同,又“谓僧则髭须满于颔下”,李之仪则展现自己不修边幅,生活随性的野老形象[②]。《董曼老画姑溪赞》后四句,则体会画中之人,与自己容貌都只是空相,所以毋须分辨真,不妨自在对待[③]。

与苏轼同乡,有“小东坡”之称的唐庚,《览镜》诗云:

> 昔我先君子,德与形气俱。褒衣佩长剑,轩昂真丈夫。我生困多难,迺类

---

① 宋·王辟之撰,吕友仁点校:《渑水燕谈录》(北京:中华书局,1981年3月),49页。

② 司马光的“林野人”“野夫”,李之仪的“村夫”形象,均表其个人隐逸的价值意义,他们可能想到乡野之人、农夫、隐士生活平和,内心状态的闲静。苏辙的《自写真赞》云:“心是道士,身是农夫。误入廊庙,还居里闾。秋稼登场,社酒盈壶。颓然一醉,终日如愚。”可为这类型形象的最佳诠释。苏辙《自写真赞》,参见宋·苏辙著,陈宏天、高秀芳点校:《苏辙集》,945页。

③ 参见谢佩芬:《自我观看的影像——宋代自赞文研究》,113页。

山泽癯。头目颇麞鼠，愧忝虎豹驹。太仓五斗米，足养蕞尔躯。谁能向天子，号饥诉侏儒。（《全宋诗》23，15024）

“先君子”者，为唐淹，北宋硕儒。唐庚《先君真赞》：“嘉祐熙宁间，西南有隐君子焉。幅巾布衣，时时出游。人间士大夫好事者，多从之游。喜谈《易》《诗》《春秋》，辞旨邃远，能得先儒所未到者。……赞曰：‘轩然其颀，幅巾布衣。清风萧萧，在人目围。’”[①]与《览镜》首四句所云，皆称赞唐淹的儒者形象，而此诗开宗明义，即对“先君子”的钦羡，显示唐庚对其父亲，有一完美印象。又谓“迺类山泽癯”“头目颇麞鼠”，自我谐谑外，是回忆父亲之后，对自我形象的强烈感受，其中透露出一种身分差异。又谓“太仓五斗米，足养蕞尔躯。谁能向天子，号饥诉侏儒”，用东方朔“但索长安米”典[②]，委婉寄托自己地位卑微，影射自己政治处境。唐庚因张商英罢相，被贬谪惠州，此诗缺乏显证是否贬谪惠州作，但观诗意，认为自己像山野臞儒，而不像德形皆具的先君子，似有自知之明，应非偶然随意之作。

综上论蔡襄、司马光、李之仪、唐庚等人作品，各人心绪、意念虽有不同，但其特色，皆以朴野形貌展示出自我的独特精神。他们关注的形象，也许意识上有着某种关联，例《史记·司马相如列传》曾载：“相如以为列僊之传居山泽间，形容甚臞。”[③]南宋以后，那些怀有深心素志的文士，在不被人们理解下，他们观看自己时，也表现出山野臞儒的韵味，周必大《梁光远以予真置邱壑中》：

野岩非汝肖，山泽称吾臞。珍重梁高士，深知谢幼舆。（《全宋诗》43，26801）

诗题下注：“庆元乙卯四月十九日自赞，时年七十。”[④]楼钥《少傅观文殿大学士致仕益国公赠太师谥文忠周公神道碑》：“庆元元年，公于是年七十矣，三上表引年，遂以

---

① 宋·唐庚：《眉山文集》卷5，《景印文渊阁四库全书》（台北：商务印书馆，1983年），第1124册，1124—353页。亦参见唐玲：《唐庚诗集校注》（上海：华东师范大学古籍研究所博士论文，2011年4月），70页。按：唐玲《唐庚诗集校注》，已于2016年由北京中华书局出版。

② 参见唐庚《览镜》注5、《闻勾景山补鳌屋丞仍闻学道有得以诗调之发万里一笑》注4。唐玲：《唐庚诗集校注》，171、130页。

③ 汉·司马迁撰：《史记》（北京：中华书局，1963年6月），3056页。

④ 北京大学古文献研究所编：《全宋诗》第四三册，26801页。

少傅致仕。”[①]庆元乙卯，是宁宗庆元元年(1195)，这年周必大退休，所以梁光远以其写真，置于邱壑之中，也暗示周必大其时已退居庐陵。周必大“野岩非汝肖，山泽称吾臞”，他关注自己瘦臞形貌，谦称自己并非隐逸山野之人，但画像中表达出他的品德志趣，也是周必大企求理想的自我形象。《世说新语·巧艺》载：“顾长康画谢幼舆在岩石里。人问其所以，顾曰：‘谢云：‘一丘一壑，自谓过之。’此子宜置丘壑中。’”[②]梁光远将写像绘于邱壑中，周必大诗也谓“深知谢幼舆”，可知此典为他们所津乐道，也隐喻画像中那位退居之士。

这年周必大作《刘氏兄弟写予真求赞时年七十》：“骨相屯，气宇尘。浊不盈，臞不清。视汝形，肖汝身。无古心，无时名。乃久生，真幸民。”(《全宋诗》43，26800、26801)他谓自己形貌凡陋、瘦臞而不能超脱尘俗，他甚为在意自我，是否能像隐士那样清放之味，虽然自谓“耕夫虽老未抛荒”[③]，然则“劳君为写山中相”[④]，这种山林隐居的形象，才是他“山泽称吾臞”，期待自己能置其于超然世外的写照。王迈《自赞善相》：

> 三分相士七分非，又似枯臞又似肥。好待功成名遂后，烦君只画着蓑衣。(《全宋诗》57，35793)

王迈，自号臞轩，刘克庄与之深交，酬唱甚多，王迈去世后，刘克庄撰《臞轩王少卿墓志铭》，叙述俩人交谊诚笃，称赞王迈是当时第一流人物。王迈有此才能，但其性格，《以喜闻过墨赠吾婿郑纯父玶》诗云：“予性失之刚，所患在急躁。”[⑤]宋·周密《齐东野语·卷四·潘庭坚王实之》条载：“实之(王迈)，莆人。登甲科，甚有文名，落魄不羁。为正字日，因轮对，及故相擅权。理宗宣谕曰：‘姑置卫王之事。’迈即抗声曰：‘陛下一则曰卫王，二则曰卫王，何容保之至耶?’上怒不答，径转御屏，曰：‘此

① 曾枣庄、刘琳主编：《全宋文》第二六五册，298页。

② 南朝宋·刘义庆著，南朝梁·刘孝标注，余嘉锡笺疏，周祖谟、余淑宜、周士琦整理：《世说新语笺疏》，848页。

③ 周必大《绍兴甲子予待试庐陵辞曹厅是秋失解后六年乃与计偕考官七人今惟提刑少监赵氏独寿而康其子仲肃来为掾即诗人堂之西辟小斋记予肄业之所写真求赞并题二诗》之二：“五十余春一远庄，耕夫虽老未抛荒。审言堂上新司户，子厚书中顾十郎。”北京大学古文献研究所编：《全宋诗》第四三册，26801、26802页。

④ 周必大《乾道中尝除延平守闽宪皆当赴而改晚得富沙趋行甚峻亦不果赴今郡人吴岷写真求赞因以遗之》：“三度除书下七闽，勒回深愧北山文。劳君为写山中相，要与邦人识使君。”北京大学古文献研究所编：《全宋诗》第四三册，26803页。

⑤ 北京大学古文献研究所编：《全宋诗》第五七册，35724页。

狂生也。'迈后归乡里，自称'勑赐狂生'。"[①]可见王迈在政治上遭遇斥逐，主要是个性正直不羁，因此际遇不遂，而有嫉恶如仇之情怀，故在失意不幸中执着自我理念，也寓含对命运的系念。因其如此，诗集中多赠相士的作品，如《赠谈星达士》《赠术士陈谈天》《赠郭五星》《赠川官五星先生》《赠郭五星若水叔清》二首《又赠刘铁面五星》等诗。

因此王迈《自赞善相》谓"三分相士七分非，又似枯臞又似肥"，其实是对自我形象、身分自解自嘲，是一种不合时宜的感触，第三、四句，则想以其长才，安定社稷，然后功成身退，无意恋栈，王迈另有《画工又作道装》："扬州节钺非吾爱，肯要腰缠十万钱。只愿天公多与寿，道巾野服伴胎仙。"[②]可证。王迈虽说"又似枯臞又似肥"，然其形象较像隐居山野间的臞儒，如《赠传神庄士仪》说自己："俨然山泽臞"[③]，又《书怀奉简黄成甫史君》说："臞儒老山泽"[④]，概可想见。不过他请画工画其蓑衣、道巾野服形象，除决意归隐山野林泉外，也有一份系念宗教之情。稍后的南宋名臣李昴英，其《自赞》：

> 岭嶙山癯，搭飒野服。煮茗松根，煨芋岩曲。且农且渔，非仙非俗。淇傍何有，秋鹤霜竹。(《全宋诗》62，38867)

今广东石壁街东源李公祠，存有李昴英石画像(图4)，画像旁则镌此赞语。观赞中自述，可与画像对应。画像中人，容貌清臞，似一介性格孤介的隐士。李昴英曾斥责宦官专权而遭贬谪，于是归隐广东文溪，《四库全书总目提要·文溪存稿》称李昴英耿介高洁，文章简劲，有干练之才[⑤]，想见画像中人，亦如清代四库馆臣所述一斑。同为山野的臞儒，王迈、李昴英都选择守拙乡里，不再卷进人事倾轧，虽然忧勤国事，但也透过释、道陶冶而保真。王迈倾向道教熏染，李昴英则多与释子深契[⑥]。在同时代的山野臞儒，我们观看两则不同的自我形象，都遭历一番又一番地挫折后，以其睿智澈悟人生哲理。

---

① 宋·周密撰、张茂鹏点校：《齐东野语》(北京：中华书局，1997年12月)，70页。
② 北京大学古文献研究所编：《全宋诗》第五七册，35793页。
③ 北京大学古文献研究所编：《全宋诗》第五七册，35714页。
④ 北京大学古文献研究所编：《全宋诗》第五七册，35726页。
⑤ 清·永瑢、纪昀等撰：《武英殿本四库全书总目提要》第四册，310页。
⑥ 李昴英诗约一百首，集中多赠送僧人、游寺之作，共约三十首。诗题中最有趣者，为《看僧披剃》诗。北京大学古文献研究所编：《全宋诗》第六二册，38847页。

图4　李昴英像，东源李公祠

山野、渔樵、躬耕之人，皆为文士宦途失意、避乱远害时，常企慕的对象。然则如此，这些对象皆有一种隐逸性质，其所处空间，也给人自在的身体感。因此虽然躬耕辛苦，饥寒忧虑，仍向此空间寻求安顿之所。如张嵲《览镜》诗："览镜知予骨相屯，便当终与老农邻。议将此地为菟圃，种药栽花二十春。"(《全宋诗》32，20538)此诗背景无从查考，张嵲壮年时遭逢靖康之乱，晚年罢归后，曾献诗希望能被任用，但不久即去世。《览镜》首二句，由照镜知道自己骨相不好，可便与老农卜居为邻，第三、四句，则希望开辟园圃，并种植草药、花卉，以遂自己归园的志趣。此诗虽呈现出张嵲想象归园后的生活，但似有不得其所的无奈，其《避贼》诗云："避贼入深谷，乘桴复悠悠。四顾江上山，群峰如荞稠。……平昔慕寻胜，所见良未俦。举世逢祸枢，我独成兹游。……已与农父言，佣耕事田畴。耘耔纡井田，蚕绩充衣裘。尚享黄发期，庶几谐首丘。"[1]又《穗粟》诗云："世乱弃禄仕，居闲食苦贫。置田上庸山，稍依农亩邻。岁入无几何，诛求方荐臻。老农幸导我，播植当自勤。晨起具糇粮，伐木西涧滨。畬田去岁秋，穑粟今年春。肥硗半百亩，良苗生已匀。监督课子弟，耘耔烦隶人。所望在一饱，讵敢悲苦辛。及此岁将晏，场功躬自亲。所得未偿费，相顾但深颦。归去且读书，愧兹百年身。"[2]

这二首诗，最引人注目者，皆因避乱而有的归园意识，此意识则由张嵲忧生之情所产生，所以身世寄托中，遂以田园生活为其核心价值。《览镜》诗虽言及田园生活，但所谓"便当终与老农邻""种药栽花二十春"，自嘲自解中，不免流露出些许落寞，与《避贼》《穗粟》二诗，强烈的归园意识相比，似淡薄了许多。张嵲或因战乱，或因迁谪，而有不得其所的无奈，但其身体意向，便是以田园构筑一个安居的空间。

二、老丑形貌

在年华老去的阶段观看自我，更多关注面容变衰，南宋陆游、周必大、杨万里、

---

① 北京大学古文献研究所编：《全宋诗》第三二册，20463 页。
② 北京大学古文献研究所编：《全宋诗》第三二册，20469 页。

刘克庄皆久寿，他们观看暮年的自己并题诗，则较其他诗人多。杨万里晚年为自己画像题诗，较之前仕履生涯多，此期大致心曲，则"不妨冷眼看升沉"，以退隐保全自身为主[①]。所以此期所作的自题写真诗，谓自己老丑外，皆寄托一份隐居的情怀。其《太守赵山父命刘秀才写予老丑索赞》诗云：

□□如斯兼儿丑，丹青写出十分真。凌烟绘像吾无望，喜在山林老此身。（《全宋诗》42，26674）

按："□□"，辛更儒据宋刻本，作"穷村"二字[②]。又此诗一题两作，另作：

香山有个狂客，恣游三十六峰。不是河南贤尹，谁赠明月清风。（《全宋诗》42，26611）

此首与上首文字全异，但表达心绪相同，意在真率高志。杨万里自题写真诗，大体是晚年退休南溪期间，六十四岁后至七十六岁作，而其晚年思想倾向，大致可见，他由"君不见褒公鄂公图凌烟""凌烟绘像吾无望"[③]转向退休之后的"有绤者巾，有藜者杖。云峤风杉，步月独往。龙伯国之民欤？无功乡之民欤？"[④]不过杨万里对自我形象的观看经验，也很难避免对个人身体形态的执着，故此期所作的自题写真诗，虽心绪较为通达，却多直言自己老丑，如《病起览镜》二首之一："眼添佩环带，腰减采花蜂。"[⑤]《赠写真水鉴处士王温叔》："髯疏鬓秃已雪霜，皮皱肉皴真老丑。"[⑥]《王时可命敏叔写予真题其上》："髹巾鹤裾，山泽之臞。"[⑦]又《赠写真刘敏叔秀才》

---

① 于北山著，于蕴生整理：《杨万里年谱》，480 页。

② 宋・杨万里著，辛更儒笺校：《杨万里集笺校》，2051 页。

③ 二句分别引自《赠写真水鉴处士王温叔》《太守赵山父命刘秀才写予老丑索赞》二诗。

④ 杨万里《写真赞》，见宋・杨万里著，辛更儒笺校：《杨万里集笺校》，3739 页。

⑤ 此诗叙写的形象，可能久病而来。诗收入卷四二，查此卷诸诗，多对生病有感。此时杨万里因患淋疾、脚病，感触较深。不过在对身体状态、境况有感外，也能适时放怀。北京大学古文献研究所编：《全宋诗》第四二册，26661 页。

⑥ 北京大学古文献研究所编：《全宋诗》第四二册，26486 页。《张功父命水鉴写诚斋求赞》诗，亦同期之作，可参。

⑦ 宋・杨万里著，辛更儒笺校：《杨万里集笺校》，3740 页。

二首其一:“又将老丑形骸子。”[①]举凡他的自题写真诗,多谓自己老丑,这些都是执着观看自己的体验,但他吟咏之际,却能自放其间,在耽于形貌、图像之外,另有深度:“清风索我吟,明月劝我饮。醉倒落花前,天地即衾枕。”[②]观看自己之余,将宦途不遂的得失之意,得以寄托、安慰,因此他七十六岁作《题三老图》[③],作为晚年的总结,更觉亲切,其谓:“二南风里君知么,添个委蛇退食人。”[④]意即唯有乐天知命之人,方可体味“委蛇退食人”。与杨万里同时的楼钥,庆元党禁后的际遇,与杨万里相同,楼钥《谢叶处士写照》序云:

> 顷在朝行,叶处士光远为余写照,置于山林中。欣然自赞,有云山林如许盍归去,盖志于归也。一归十三年,既挂冠,再寄一图。为老人星状,形容变尽,非复故吾矣。戏作长句谢之。

又诗云:

> 老我旧曾官日边,随众年除仍岁迁。母子日夜念乡国,但欲共耕绵上田。
> 叶君写照妙一世,画我形模在山水。有如虎头貌幼舆,正合置之岩石里。
> 犹记有客为谀言,盍更野服为貂蝉。我笑不答心不然,拂衣径得归林泉。
> 归来岁月不知久,十余年中何不有。此心炯炯尚如丹,只为幽忧成老丑。
> 久矣与世俱相忘,荷君念我应老苍。新图白髭添一二,岂知双鬓皆成霜。
> 两图对挂耿相照,顾盼从容成一笑。更添松竹作寿星,我已甘心就枯槁。
> 人言姿态与真同,如照止水窥青铜。明知已非故吾矣,小孙指点能呼翁。
> 君居天街号称首,侯王生面罗左右。边头飞将新立功,飒爽英气照窗牖。
> 名满四方求者多,千金造门君不呵。能事固不受促迫,应酬虽繁可奈何。
> 胡为有暇及衰朽,楚楚装池意尤厚。我今已是行路人,不须重累丹青手。
> (《全宋诗》47,29387)

---

① 《赠写真刘敏叔秀才》二首之一:“水鉴传神苦未工,传来恰恰五秋风。又将老丑形骸子,般入刘家画苑中。”北京大学古文献研究所编:《全宋诗》第四二册,26571页。

② 杨万里《又自赞》,见北京大学古文献研究所编:《全宋诗》第四二册,26657页。此诗纪事,请参罗大经《鹤林玉露·诚斋退休》条,宋·罗大经撰,王瑞来点校:《鹤林玉露》(北京:中华书局,1983年8月),63页。

③ 周必大有《刘讷画卢陵三老图求诗》诗下注:“壬戌”,则知杨万里《题三老图》诗,亦为壬戌作。

④ 北京大学古文献研究所编:《全宋诗》第四二册,26640页。

读这首诗序，可知楼钥辞官退隐之后，叶处士曾再为他写真，不过这幅写真中的我，已是年迈体衰的形貌，楼钥当年在朝廷为官时，虽然有归隐的志向，如今业已归隐，却自嘲形貌大为不同。事实上，楼钥、杨万里的遭际，均是宦途不遂，而欲隐迹山林。《谢叶处士写照》诗："此心炯炯尚如丹，只为幽忧成老丑。久矣与世俱相忘，荷君念我应老苍。"诗所说的"老丑"，乃幽忧而来，与杨万里诗中的"老丑"，感于已老年华长逝之感不同，楼钥的"老丑"，实则寄托家国身世之感，"我今已是行路人"，似有宦场失意后，或受落索之后的自我写照。两宋文士除直接叙写自我老丑外，另以特定人物形象拟喻自己老丑，如姜特立《老丑戏题》诗：

> 目深颧起貌崭然，长臂厖眉耸两肩。宛似阿罗老尊者，不妨时说小乘禅。（《全宋诗》38，24182）

姜特立此诗系年无从查考。但姜特立所填的词，如《西江月・戊午生朝》《满江红・己未生朝》《念奴娇・庚申生朝》《满江红・辛酉生朝》《感皇恩・壬戌生朝》，皆具纪年性。据上引的词，如《西江月・戊午生朝》："富贵从来自有，人生最羡长年。骎骎八秩未华颠。"《满江红・辛酉生朝》："屈指如今侪辈少，几人老后能知足。"[①]戊午为 1198 年，己未为 1199 年，庚申 1200 年，辛酉为 1201 年，壬戌为 1202 年[②]，则知这一系列纪年词，乃他七十四岁至七十七岁期间作，但这几阕词，颇有喜老知足之意，而《老丑戏题》诗，则自我揶揄外，隐约间见颓龄之感。姜特立卒年不详，《足弱》诗二首之一云："八十颓龄血气微。"[③]《嘉泰二年得京祠》诗："八十衰翁灰冷时。"[④]《感兴》诗："八秩归乡井。"[⑤]又《暮年即事》诗："八十衰翁如小儿。"[⑥]由以上诗证是取其概数，但知姜特立七十九岁前当在世。又《老丑戏题》诗首二句，写其衰老貌丑的形象，则诗当系于晚年作，因为此诗与他晚年《余行年七十有七腰围顿减殆不胜衣齿亦摇脱可念也》："陋姝何必丰脸，烂饭须要长

---

① 据引两首词，皆见唐圭璋编：《全宋词》第三册（北京：中华书局，1965 年 6 月），1606 页。
② 陈垣：《二十史朔闰表》，142、141 页。
③ 北京大学古文献研究所编：《全宋诗》第三八册，24181 页。
④ 北京大学古文献研究所编：《全宋诗》第三八册，24191 页。
⑤ 北京大学古文献研究所编：《全宋诗》第三八册，24192 页。
⑥ 北京大学古文献研究所编：《全宋诗》第三八册，24196 页。

腰”[①]，又《老饕》：“血气已衰肌肉瘦。”[②]的形象相同。《宋史》将姜特立列入佞幸传，光宗时，他以近幸的身分揽权预政[③]，晚年逐出权力核心后，一再强调自己血气衰微，似已深知死生大限，但他未因此感叹人世间生命沧桑之感，而是在耄耋之年，不断关注其身体现象。图5、图6日本清凉寺藏北宋阿罗汉画像，可为姜特立诗中所描述阿罗老尊者形象相映：

图5　十六罗汉像，日本清凉寺藏

图6　十六罗汉像，日本清凉寺藏

这两幅阿罗汉画像，形貌枯槁苍老，极像《老丑戏题》中“目深颧起貌崭然，长臂厖眉耸两肩”的阿罗汉，或许这一类型的阿罗汉，才是姜特立印象中，最佳的自我形象写照。

除姜特立以阿罗汉比喻老丑形貌外，刘克庄则以钟馗、猴行者比喻之。刘克庄《画赞》：“虽则丹青妙，其如齿发衰。远孙元未识，认作古钟馗。”(《全宋诗》58，36742)又《揽镜六言》三首之一：“背伛水牛泅磵，发白冰蚕吐丝。貌丑似猴行者，诗瘦于鹤何师。”(《全宋诗》58，36454)用“钟馗”“猴行者”形象，比喻自己丑陋不扬。钟馗故事和形象，大家耳熟能详者，即吴道子为唐玄宗所画的钟馗像，后经由

① 北京大学古文献研究所编：《全宋诗》第三八册，24178页。

② 北京大学古文献研究所编：《全宋诗》第三八册，24186页。

③ 参见余英时：《朱熹的历史世界：宋代文士大夫政治文化的研究》(下篇)(台北：允晨文化实业股份有限公司，2007年1月)，350、363页。

街谈巷说增染，钟馗形象遂多为状貌奇丑，刘克庄《记杂画·醉钟馗》诗说："坠帻长须丑，遗靴一足濡。不须诃小鬼，烂醉要渠扶。"[①]可见刘克庄所见的钟馗画像，与民间流传的钟馗形象相类。《画赞》谓自己衰老貌丑，后代子孙竟以为刘克庄是貌丑的钟馗，这是他的揶揄解嘲，如《记颜六言》三首之二："坐客惊问谁子，小孙道是吾翁。文章呼延太尉，须眉张镐相公。"(《全宋诗》58，36537)可为参照，虽然用典故事不同[②]，但皆叙写当下的观看经验，在自我形貌的对照上，想必都有所感慨，如《七十八咏六言》十首之七："钟馗七老八大，无人与换蓝袍"[③]，即表明自己老之已至。

刘克庄《揽镜六言》三首之一的"猴行者"，与其《释老六言》十首之四："取经烦猴行者，吟诗输鹤何师"[④]，即《大唐三藏取经诗话》中的猴行者[⑤]。宋·张世南《游宦纪闻》卷四载张圣者的故事中，张圣者的赞云："苦海波中猴行复，沈毛江上马驰前。"[⑥]"猴行"，指"猴行者"。考察张世南事迹，据《四库全书总目提要·游宦纪闻》："其纪年称嘉定甲戌，又称绍定癸巳，盖宁宗、理宗间人。自称尝官闽中，多记永福县事。"[⑦]张世南曾在福建任官，而刘克庄是福建莆田人，近五十年在家乡度过[⑧]，由此二人事例，知《大唐三藏取经诗话》的故事，当在南宋理宗前已流行，并在福建地区已为传播。中野美代子曾以泉州开元寺西塔的猴行者浮雕，是受印度《罗摩衍那》哈奴曼影响，并据刘克庄《释老六言》十首之四、《游宦纪闻》等，谓孙悟空传说起源于福建[⑨]。但今甘肃榆林石窟出土西夏《唐僧取经图》壁画，亦有猴行者随玄奘取经：

---

① 北京大学古文献研究所编：《全宋诗》第五八册，36414页。

② 此诗用人物典故有呼延赞、张镐，考"呼延"一姓与文章相涉者，为呼延赞。见《诗话总龟》引《倦游杂录》曰："吴善长郎中仪状魁伟，颇类富丞相，文学之誉则无焉。有轻薄子赠之诗曰：'文章却似呼延赞，风貌还同富相公。'国初有武臣呼延赞好吟恶诗，故云。"宋·阮阅编，周本淳校点：《诗话总龟》(北京：人民文学出版社，1987年8月)，386页。

③ 北京大学古文献研究所编：《全宋诗》第五八册，36567页。

④ 北京大学古文献研究所编：《全宋诗》第五八册，36692页。

⑤ 辛更儒亦云刘克庄其言，当始于《大唐三藏取经诗话》。宋·刘克庄著，辛更儒笺校：《刘克庄集笺校》第四册(北京：中华书局，2011年11月)，1317、1318页。

⑥ 宋·张世南撰，张茂鹏点校：《游宦纪闻》(北京：中华书局，1981年1月)，31页。

⑦ 清·永瑢、纪昀等撰：《武英殿本四库全书总目提要》第三册，625页。

⑧ 侯体健：《刘克庄的文学世界——晚宋文学生态的一种考察》，43页。

⑨ 参见〔日〕中野美代子著，王秀文等译：《西游记的秘密》(外二种)(北京：中华书局，2002年12月)，1页。徐晓望：《福建民间信仰源流》(福州：福建教育出版社，1993年12月)，121—128页。

图7　开元寺西塔的猴行者

图8　榆林石窟壁画的猴行者

图9　东千佛洞石窟第二窟的猴行者

榆林石窟壁画的猴形人物，与开元寺西塔所呈现的猴行者形象相似，或可谓传说、民间故事等互渗、转接的痕迹。而刘克庄适以猴行者比喻自我相貌，应见过画有猴行者的图像，或熟稔《取经诗话》故事，所以顺手拈来，状溢目前。刘克庄久寿，故对年老形态多切身体味，是集中每见记颜、览镜、纪年岁的作品。他的《庚戌写真赠徐生》云："此何人耶？问于室，室人不知，问于市，市人不知。或曰：此吾里之后村翁也。余观世所传古人物其美皙悦泽者，未必然，惟病瘁怪丑者，不容伪。"[①]可

---

① 宋・刘克庄著，辛更儒笺校：《刘克庄集笺校》第十册，4423页。

感受到他的真率之情，对于自我形象的选择，他没有请画工作过于浮夸的修饰，如镜像中的自己，就算是伛偻貌丑的老人形象，也不以为意地揶揄自己“拙貌惭君仔细看”[①]。不论是画中的钟馗，抑或镜中的猴行者，刘克庄都以最符合、最真的自我形象呈显。

第三节 藉人物表形貌的诗

一、以特定人物比拟

上节论述文士谓自己老丑，或由丑陋的人物喻己老丑，这些作品特重在面容、身体上。本节讨论以人物表其形象，以抒情志，藉特定人物表述者，着重人物整体形象和意涵，如僧道、渔父形象等，具象征意义。周必大《永丰监税黄思义写予真于大椿之下戏题》云：“鬓发皤然八十春，若为百倍比庄椿。藉令十此如彭祖，亦是鸡窠九世人。”(《全宋诗》43，26803)此诗为周必大七十七岁作[②]，故诗首句有“八十春”语，取其概数而言。因写真于椿树之下，所以诗用《庄子》椿树典，据诗题所云，这幅写真应是祝周必大寿而绘。“鸡窠九世人”，宋・钱易《洞微志》：“太平兴国中，李守忠为承旨，奉使南方，过海至琼州界，道逢一翁，自称杨遐举，守忠诣其居，见其父曰叔连，年一百二十二。又见其祖曰宋卿，年一百九十五。语次，其梁上鸡窠中有一小儿，出头下视。卿曰：‘此九代祖也，不语不食，不知其年，朔望取下，子孙列拜而已。’”[③]周必大以鸡窠小儿喻示自己，其中蕴含久寿的理想愿望。这年所作《张孜仲寅写予真倚松而立戏题》说：“未问家传黄石法，且来闲伴赤松游。”(《全宋诗》43，26803)这幅写真人物形象，因倚松而立，故周必大联想汉代张良愿弃人间事，从赤松子游[④]，藉以表其希企游仙隐逸之思，遂长生之愿。但他也与禅师过从甚密，故部分自赞，可见其对佛禅有相当理解及兴趣，颇有佛家色彩，也因此自喻是

---

① 刘克庄《再赠钱道人》二首之一：“拙貌惭君仔细看，镜中我自觉神寒。”见北京大学古文献研究所编：《全宋诗》第五八册，36149页。

② 此诗题下注：“壬戌”，为嘉泰二年(1202)，周必大七十七岁，这年自赞诗有十六首之多，为退休期间创作最多的一年。

③ 此条引自《绀珠集》卷十二。见宋・朱胜非编：《绀珠集》，《景印文渊阁四库全书》，(台北：商务印书馆，1983年)，第872册，872—510页。

④《史记・卷五五・留侯世家》：“今以三寸舌为帝者师，封万户，位列侯，此布衣之极，于良足矣。愿弃人间事，欲从赤松子游耳。”汉・司马迁撰：《史记》，2048页。

“禅僧”,如《德回上人写予真求赞》:

非律非禅自在身,免丁不纳没公凭。明知未是庞居士,且可题为破戒僧。(《全宋诗》43,26805)

《觉报长老道谌写予兄弟真求赞次七兄韵》:

身凡心圣古卢能,未着袈裟已是僧。冷暖自知师莫问,但看老色几分增。(《全宋诗》43,26805)

这二首自赞多涉及佛家语汇、故事,显示他对佛禅当有体会,在仰慕丛林修证之余,谓“且可题为破戒僧”“未着袈裟已是僧”,认可了自我身分转换,也是由于他对佛教有其体解之处,能调侃自己,表白心意。与周必大同时之人的项安世,他谓“狂道士”“病渔翁”,也有其深意在,其《自赞》说:

将军下笔枉施功,羽箭贤冠事不同。桐柏宫中狂道士,枝回洲上病渔翁。(《全宋诗》44,27349)

此诗编入项氏《平庵悔稿》卷六,据《平庵悔稿》卷六下注:“丙辰”。① 宋·陈振孙《直斋书录解题》:“‘悔稿’者,以语言得罪,悔不复为也。自序当庆元丙辰,后编自丁巳终壬戌。”②庆元丙辰,为宁宗庆元二年(1196)③。但检视集中前后卷数诸诗,并据项安世于庆元年间前后事迹,则知《平庵悔稿》编次上有失序之处④,因之此期诗作系年不可尽据。然则卷六诸诗,唯诗题编次偶有错置,创作时间大致在庆元元年、二年左右,此时党禁已起,项安世被编置伪学的党籍⑤,回到江陵家居。项安世曾因在朝的理学家举荐贤士,进入权力核心,后却遭执政的官僚,将“道学”士大夫

① 宋·项安世撰:《平庵悔稿》,收入《宛委别藏》(南京:江苏古籍出版社,1988 年 2 月),287 页。
② 宋·陈振孙撰,徐小蛮、顾美华点校:《直斋书录解题》(上海:上海古籍出版社,1987 年 12 月),606 页。
③ 陈垣:《二十史朔闰表》,141 页。
④ 参见李更:《宛委别藏本〈平庵悔稿〉小识》,《中国典籍与文化》,2009 年(总第 70 期),62—69 页。
⑤ 参见宋·佚名编,汝企和点校:《续编两朝纲目备要》(北京:中华书局,2013 年 11 月),63、64、83、85 页,并参是书校者整理有关“庆元党禁”纲目表,327、328 页。

摈除权力核心之外[1]。而卷六所作,如《江陵为浏阳柳氏作云山书院歌》《五月七日乞池州添倅得请》《过王师岭堠见荆门郢州山》等诗,都可见他遭罢黜后的行迹、心曲。

因此《自赞》谓"桐柏宫中狂道士,枚回洲上病渔翁",则其心志如何,应不难想见。举荐贤士之用意,是为了改善当时的政治,理念则无悖于"致君尧舜上",不幸此一理想秩序,遭保守官僚压制,举凡沾溉道学之名的文士,悉受党祸。"桐柏宫",为浙江天台的著名道观,项安世以桐柏宫中的狂道士自我解嘲,是他在权力场域中表白心迹,不愿与韩侂胄之流同处,表明自身人格狷介不群。因此党案黜落之后,他托志家乡江陵枚回洲上的渔父,放棹投竿之际,呈显不同的身心气象及自我价值抉择,换言之,渔父的身影,已然隐喻自己退隐不做官、闭门著述的闲散放任[2]。

以渔父比喻自我形象者,都与退隐情怀有密切关系,陆游《题传神》:"湿云生两屦,细雨暗孤篷。悔不桐江上,从初作钓翁。"(《全宋诗》41,25631),这首诗系年,宁宗嘉定元年(1208)冬作于山阴(今浙江绍兴),时陆游八十四岁[3],诗中似有一种壮志未酬而产生的怀归意识。此期所作《自咏》诗[4],其二首之一:"纷纷世态但堪悲,一念萧然我亦奇。醉里猖狂醒自笑,梦中虚幻觉方知。江湖重复风波恶,齿发凋零岁月驰。安得中原路如砥,渭川钓伴待多时。"(《全宋诗》41,25630)从"安得中原路如砥,渭川钓伴待多时"来说,陆游"悔不桐江上,从初作钓翁",实际上,他并未真正忘怀国是的隐士,而是晚年退居家中,时时刻刻仍想着匡复中原的豪情,只是壮怀志意,并不被朝廷重视。显然此诗的渔翁,与那种自放于山水之间,与鸟兽同居的隐士不大同调。项安世、陆游以特定的人物形象,寄托切身经验,这些人物形象,在特定的历史语境中被诗人使用,虽然它不是特定典籍中的人物故事,但由于道士、渔翁皆具有某种典型的特征,所以在古典诗中常见。

兹下所用的特定人物形象,颇具仙道色彩,因为是道教人物,是以诗中所用的人物与语汇,一般诗人较不常用。白玉蟾,是道教南宗正统,丹鼎派中最杰出之仙

---

① 参见余英时:《朱熹的历史世界:宋代文士大夫政治文化的研究》(下篇),270—315页。

② 宋·陈振孙《直斋书录解题》云:"当庆元中得罪时论居江陵,杜门潜心,起居不出一室,送迎宾友未尝踰阈。诸书皆有论说(《项氏家说》),而《易》为全书。"宋·陈振孙撰,徐小蛮、顾美华点校:《直斋书录解题》,24页。

③ 宋·陆游著,钱仲联校注:《剑南诗稿校注》,4275页。

④ 于北山:《陆游年谱》(北京:中华书局,1961年12月),458页。

才[①],常年游于方外,修道求仙,并有淑世的精神。其《徐处士写予真》诗云:

　　心潜天地笑藏春,月珮云衿绝一尘。前世率陀天上客,今生大宋国中身。(《全宋诗》60,37626)

首二句有仙隐之思,后二句称自己前世是兜率天之客,今生是大宋之身,似道教谪仙的色彩,即"天上罪谴者需要被罚到人间解罪,然后历劫回归天上"的循环类型[②],如《可惜》诗:"人间何似神霄府,我今面目蒙尘土"[③],《菊花新》(清晨雁字)词:"业债俱消,还未了、甚时已"[④],《水调歌头》(昔在虚皇府):"昔在虚皇府,被谪下人间"[⑤],又《水调歌头》(误触紫清帝):"误触紫清帝,谪下汉山川。既来尘世,奇奇怪怪被人嫌"[⑥],《贺新郎·赠紫元》:"业债须教还净尽,这一回、尝遍红尘苦"[⑦]。

上引诗词均见其谪仙意识的自我叙写。然则特谓大宋之身,一方面不无心系此世家国之思,观壮年所作《嘉定甲申(1224)闰月五日闻皇帝升遐》诗,特别为大宋皇帝去世而作,则可与"今生大宋国中身"的心境参照,但他所谓的"大宋",则象征身处偏安政权内的国家本位意识,据其弟子彭耜《海琼玉蟾先生事实》载:"先生……贯通三氏,其究禅樾,欲求其为僧以光丛林,……先生笑曰:'吾中国人也,生于中国,则行中国之道理也,若以夏变夷,背天叛道。'"[⑧]另一方面似未能对乱离现世忘怀、舍离,《海琼玉蟾先生事实》:"人有疾苦,或草或木,或土或炭,随所得予之饵者辄愈。"[⑨]此事看似神异,但由此可见,白玉蟾也以济助世人为终极关怀。《海琼玉蟾先生事实》记载白玉蟾事迹颇为详细,其中说:"兼善篆隶,尤妙梅竹,而不轻作,闲自写其容,数笔立就。"[⑩]白玉蟾《自赞》三首之三:

---

① 宋·白玉蟾:《白玉蟾全集》,文山遯叟萧天石主编:《道藏精华》第十集之二(台北:自由出版社,1990年1月),3页。此集据同治戊辰重镌《白真人集》影印。

② 李丰楙:《罪罚与解救:〈镜花缘〉的谪仙结构研究》,《中国文哲研究集刊》第七期,1995年9月,117页。此类似结构,可参〔美〕Joseph Campbell 著,朱侃如译:《千面英雄》(台北:立绪文化事业有限公司,1997年7月),16—35页。

③ 北京大学古文献研究所编:《全宋诗》第六〇册,37571页。

④ 唐圭璋编:《全宋词》第四册,2567页。

⑤ 唐圭璋编:《全宋词》第四册,2570页。

⑥ 唐圭璋编:《全宋词》第四册,2570、2571页。

⑦ 唐圭璋编:《全宋词》第四册,2579页。

⑧ 参见宋·白玉蟾:《白玉蟾全集》,33页。

⑨ 宋·白玉蟾:《白玉蟾全集》,31页。

⑩ 宋·白玉蟾:《白玉蟾全集》,37页。

神府雷霆吏，琼山白玉蟾。本来真面目，水墨写霜缣。（《全宋诗》60，37636，以下所引《自赞》，页码同）

这三首自赞，不妨看作是自写之真的自题赞。他用淡笔在素缣闲写自我形貌，描摹的自己，原是仙界雷霆吏，今谪为琼山白玉蟾。叙写至此，可知白玉蟾描绘的自我形象，藉由揭示本真的自我体会上，实呈现一神话层次的本体自我。大抵释道人物，都会在人间世保留一种玄秘性格，所以其身分、行迹、修炼历程或因某些特殊因缘，变形成一神化性人物。

白玉蟾以道教善神霄雷法的仙人为自我理想形象，则非单纯游仙托怀之意。他早年寻师访道，因其因缘得陈楠受丹法、雷法，因此自称“玉府雷霆吏”①，集中作品，如《华阳吟》三十首之二六：“家在神霄九气天”②，《曲肱》诗二十首之三：“归去神霄朝玉帝，依前命我掌风雷”，又之十：“向来我本雷霆吏”③，《贺新郎·别鹤林》：“昔在神霄府。是上皇娇惜，便自酣歌醉舞”④等，皆见其神化形象。在道教谪仙谱系中，获致成仙之前，得经历种种修炼。其中足以勾勒白玉蟾云游修道历程的，如《云游歌》《快活歌》《种桃斋写神赞》等，皆见他对自己际遇的叙述，这些自我叙述，皆具自传性的写实之感。

据《云游歌》：“行得艰辛脚无力，满身瘙痒都生虱”“知堂嫌我身繿缕”“道友笑我何风颠”“衣衫破碎风刮骨”“犹自冻得皮迸血”⑤，又《快活歌》：“或狂走，或兀坐，或端坐，或仰卧。时人但道我风颠，我本不颠谁识我”⑥，宋·苏森《跋修仙辨惑论序》亦载白玉蟾：“蓬头赤足，……或狂走，或兀坐，或镇日酣睡，或长夜独立，或哭，或笑，状如风癫。”⑦这一介像乞丐而怪异疯癫形象，即如许多释道人物那般，这或许成为仙佛的必然形象、过程，白玉蟾不计较个人举止怪异，其实是期许自己能于

① 宋·苏森《跋修仙辨惑论序》：“先生姓白，名玉蟾，自号海南翁，或号武夷翁，……，则言十九岁师事陈泥丸，九年学炼金液神丹，……奉行诸家大法，独于雷法，尤着验焉，……尝自称‘玉府雷霆吏’。”参见宋·白玉蟾：《白玉蟾全集》，1154、1155页。

② 参见宋·白玉蟾：《白玉蟾全集》，831页。按：《华阳吟》三十首，《全宋诗》失收。

③ 所引《曲肱》二诗，均见北京大学古文献研究所编：《全宋诗》第六〇册，37663页。

④ 唐圭璋编：《全宋词》第四册，2579页。

⑤ 北京大学古文献研究所编：《全宋诗》第六〇册，37568、37569页。

⑥ 北京大学古文献研究所编：《全宋诗》第六〇册，37654页。

⑦ 宋·白玉蟾：《白玉蟾全集》，1154、1155页。

人间世中安时处顺。

另《种桃斋写神赞》云："南海琼山子，香山居士孙。习文不若陆贾，习武不如孙膑。八千余里琴剑，二十一年水云。偶过庐山之下，痛饮蟾溪之滨。纵饶画得十分似，何似天边一月轮。"(《全宋诗》60，37636）白玉蟾早岁究览群籍，有任侠之风，最终却以慕道希仙为其毕生志向，他自称是白居易后裔，但"习文不若陆贾，习武不如孙膑"，虽然自谦未有文韬武略的才能，其实是淡泊无求之意，赞后半云"八千余里琴剑，二十一年水云。偶过庐山之下，痛饮蟾溪之滨"，则为他云游漂泊期间的写照，但此仅几笔轻描淡写，虽然不像《云游歌》的感受真切，却写出其道心修养。而《云游歌》《快活歌》《跋修仙辨惑论序》，诗、序特别标举身体形态，兹先观二幅白玉蟾像：

白玉蟾《自赞》三首之二："千古蓬头跣足，一生服气餐霞。"诗中"蓬头跣足"形象（并见图 10、11)，则为他最显著的特征，《水调歌头》(吃了几辛苦)："蓬头赤脚，街头巷尾打无为"①，又《水调歌头・自述》："虽是蓬头垢面，今已九旬来地"②，我们寻索的白玉蟾：蓬头跣足的本来面目，是否体会一切皆幻的大悟呢？在云游方外，习炼丹功，不受俗务一丝牵累后，是否已和神仙同游同息？但透过文本，白玉蟾的形象因其神异事迹，被人们所熟悉而存在。

图 10　白玉蟾画像，据《仙佛奇踪》

图 11　白玉蟾画像，据《白玉蟾全集》

① 唐圭璋编：《全宋词》第四册，2568 页。
② 唐圭璋编：《全宋词》第四册，2588 页。

二、以历史人物比拟

诗人观看自己时，因人事际遇的动情，引发、怀想可与其生命经验相契的历史人物，于是藉其人事，以达抒吟之意。它由典籍中人物为类喻对象，与上述用较抽象、虚构的特定人物形象不同。如苏轼、陆游，用孟浩然骑驴事；李之仪、黄庭坚所用李白、颜回事，可略窥一斑。先以孟浩然骑驴事为例：

骑驴作为诗人一种的身分标记，多有隐逸不仕的特质，而后人会选择以孟浩然为典型，因《唐摭言・卷十一・无官受黜》记载：孟浩然在唐玄宗面前吟“北阙休上书，南山归敝庐。不才明主弃，多病故人疏”，于是玄宗不悦“因命放归南山，终身不仕。”[①]这条故事亦为《新唐书》本传所据，虽然事不足征信，但却突显孟浩然高隐不仕的精神，这也是后人以为典范最可贵之处。据张伯伟考证，最早是王维画孟浩然骑驴图，两宋之际多有记孟浩然骑驴图，而骑驴故事，虽在唐代已流传，却未引起诗人注意，自苏轼在诗中反复吟咏后，遂产生影响[②]。苏轼《赠写真何充秀才》：“又不见雪中骑驴孟浩然，皱眉吟诗肩耸山。”[③]苏轼以风雪中孟浩然骑驴吟咏之状，比喻自我形貌，想必是孟浩然品格孤高，是东坡身分认同的自我标示，诗又谓“黄冠野服山家容，意欲置我山岩中”，东坡谓自己写真如山野之人，欲置身于山岩之中，或许如此，才能避免俗世红尘的纠葛。在东坡以后，南宋诗人在观看自己时，仍不忘以孟浩然骑驴之状来比拟自己，陆游《览镜》：

> 此头那可着貂蝉，瘦似骑驴孟浩然。一事比渠差省力，闭门无句与人传。（《全宋诗》40，25134）

此诗是宁宗嘉泰元年（1201）秋作于浙江山阴[④]，陆游七十七岁，隐居家乡，这时期

---

① 五代・王定保著，《唐摭言》（北京：中华书局，1960 年 5 月），121 页。较王定保稍晚的孙光宪《北梦琐言・卷七・孟浩然赵嘏以诗失意》亦载此事，惟文字稍异。参见五代・孙光宪撰，俞钢整理：《北梦琐言》，朱易安、傅璇琮等主编：《全宋笔记》第一编一（郑州：大象出版社，2003 年 10 月），87 页。

② 张伯伟：《骑驴与骑牛——中、韩诗人比较一例》《再论骑驴与骑牛——汉文化圈中文人观念比较一例》，26、55 页。张伯伟二文论孟浩然骑驴形象流衍、接受甚详，氏著：《东亚汉籍研究论集》（台北：台湾大学出版中心，2007 年 7 月），23—85 页。禅宗语录里，“驴”也极普遍出现，其中有其特别涵义，在此禅宗思想与诗学之间是否有不同文本的互涉，尚可探讨。参见饶宗颐：《八大名号与禅学》，氏著：《澄心论萃》，318—322 页。

③ 北京大学古文献研究所编：《全宋诗》第一四册，9205 页。

④ 宋・陆游著，钱仲联校注：《剑南诗稿校注》，2839 页。

夏、秋间所作诸诗，除安贫自励、抚时感事外[1]，也有感年老而自嘲自解。陆游观看镜中自己“瘦似骑驴孟浩然”，以孟浩然的形瘦喻自我形象，也暗指自己年老贫困。不过陆游没有选择杜甫骑驴意象[2]，以比喻自己穷寒，反用孟浩然事标示自我，这除了受苏轼影响有关外，当是晚年用世志意不顺遂的情况下，以性格清放，与世俗疏离的孟浩然为自我形象典范。刘克庄《记颜》：“灞陵雪中耸肩客”，也用孟浩然事，谓自己有高士之特质。可见这些诗人笔下用孟浩然事，均喜爱他那种骑驴吟诗的清旷之味，或许孟浩然骑驴诗画，诗画空间的风雪灞桥，即给人一种气氛美学的感受，再加以稗官野史载述孟浩然放归南山，无怪乎骑驴典故，已为后人用为隐逸的最佳标记。

宋人观看自我时，以唐代诗人拟喻其形象，尚有李之仪用太白事、周必大用杜甫事（但其出处自李白诗）。李之仪《自作传神赞》四首其一云：“似则似，是则不是”，其二云：“时雌时雄，时白时黑”，均用禅语中所习见之矛盾语句，以此模棱方式，不受语言羁束。然则李之仪《自作传神赞》《姑溪自赞》《李伯时画姑溪濯足图赞》，其背后意涵，是以君子志于道为从。李之仪与苏轼、黄庭坚等交游甚密，因党争倾轧，宦途颠沛，谪居安徽当涂后，自取“姑溪居士”，潜处贬地的李之仪，对功名利禄或虚实真假，想必有另番深刻领会[3]。

《自作传神赞》其二：“休论捉月骑鲸，到了众人皆醉。”《姑溪自赞》云：“有时端委以即事，忽尔卖针而买醉。”“偶乘扁舟，一日千里。若遇胜境，终年不移。故能屈御手调羹而亲饷，命力士脱靴而不疑。予私淑诸人也，故欲与之同归。”（《全宋诗》17，11292、11293）全用李白典，李之仪当对李白深致倾慕，李之仪另有《谒李太白祠》诗、《李太白画像赞》《李太白赞》等可参，李白晚年依附其族叔李阳冰于当涂，李之仪亦尝谪居当涂，故联想李白处境，倍觉殷切。况且李白倦游翰林，未堪大用，盖与遭谤有关，安史之乱起，因入永王璘幕府，以反叛罪被囚而长流夜郎，此种种遭际，皆能与李之仪身世共鸣。因此他观看自己，不在意画中形象之展现，而是着意其背后所隐藏之深度内涵及精神，将一己之情志性灵寄托于李白谪仙人之形象，故对自我形象美丑之属性，未成为他最终关怀，然此对画中我之思考，则又带出更深刻之问题。盖言其志外，实有深刻反省之感受，乃我之存在本身，究属何义？

---

① 参见北山：《陆游年谱》，385 页。

② 杜甫蹇驴事，为陆游常用典故，但此处却选择孟浩然典，其用意当有区别。关于陆游骑驴诗，参见钟晓峰：《文化意象与自我形象：论陆游的骑驴诗》，《清学学报》新 45 卷第 3 期，104 年 9 月，416—450 页。

③ 参见谢佩芬：《自我观看的影像——宋代自赞文研究》，113 页。

李之仪与释子多有交契，如道潜禅师（参寥子）等，其部分作品，除援引释典外，亦多为禅师作赞，故其自赞多涉禅理，则不足怪。兹观《自作传神赞》其二云："不是徐翁异身，又非丰干指出。盖优哉游哉，聊以卒岁。浮沉于物，而不胶于物者也。"此用释道二典，盖表其精神逍遥状态。"不是徐翁异身"，语出《太平广记》卷一引晋・葛洪《神仙传・老子》中之徐甲事，徐甲年幼时，曾任老子佣工，老子出关远行，欠徐甲佣资七百二十万钱，于是徐甲诉之关令尹喜，之后老子使徐甲成枯骨，尹喜为徐甲叩头请命，老子又使徐甲复生①。

"丰干指出"，则用丰干饶舌事。丰干禅师，与寒山、拾得契交，时丰干云游，适闾丘胤来守台州，问丰干所从何来，丰干回答：天台国清寺来。闾丘胤又问：彼地有何贤达？丰干说：寒山文殊，遁迹国清，拾得普贤，状如贫子。闾丘胤到任三日后，亲往寺院，谒寒山、拾得，二僧大笑云：丰干饶舌，弥陀不识②。

李之仪特别拈出徐甲、丰干二事，乃因他体悟外在形貌不过空相罢了。而赞末化用庄子典，《庄子・山木》曰："浮游乎万物之祖；物物而不物于物，则胡可得而累邪！"成玄英疏："物不相物，则无忧患。"③此一精辟批注，即李之仪所欲强调者，是以人生荣枯、苦乐、穷达，果若能不累于物，自身则能超脱执障之外，随缘而适，活泼自在，故此种心灵自由不受拘限，乃自我观照中最直接之实相。李之仪虽以李白为托情言志之对象，仍不忘此安心法，须惟内所证，自家体验，他因受禅风沾溉，故多能从中洞澈迷真执妄，当展开画幅而目击形貌，终能体现另番禅慧的观看方式。周必大《李卿月子西记予七十七岁之颜求赞》：

> 太白天才丐后人，有时佳句似阴铿。我无饭颗哦诗苦，枉被渠嘲太瘦生。（《全宋诗》43，26803）

周必大因李卿月之子写其真而作赞，又因画家姓"李"，故用李白典实。末句用李白《戏赠杜甫》诗："饭颗山头逢杜甫，头戴笠子日卓午。借问别来太瘦生，总为从前作诗苦。"是诗宋蜀本《李太白文集》未收，之后李白诗文集诸本皆未收錄④，但周必大

---

① 参见宋・李昉等编：《太平广记》（北京：中华书局，1986 年 3 月），4 页。

② 参见闾丘胤《寒山子诗集序》，见唐・寒山、拾得著，项楚注：《寒山诗注附拾得诗注》（北京：中华书局，2000 年 3 月），931、932 页。

③ 清・郭庆藩撰，王孝鱼点校：《庄子集释》，668 页。成玄英疏，参见 669 页注八。

④ 此诗及各本收录情况，参见詹锳主编：《李白全集校注汇释集评》第八册，4422、4423 页。

用此诗故实，则诗在南宋宁宗以前当已流传。周必大藉“太瘦生”揶揄自我，其实是指自己形貌瘦臞，他在退休后所作的自赞，数次提到自己瘦臞形貌，如《梁光远以予真置邱壑中》：“山泽称吾臞”，《南城吴氏记予七十三岁之颜》：“十目所视，人焉瘦哉”，《直省官李端义求平园真赞》：“非诗苦，瘦如许”皆为实写。当有人写其真而求赞，周必大于赞中，毫不隐讳地表达老瘦，也是他观看画像之际，由视觉引发的最直接感受。

李之仪、周必大均藉李白事，表其情志，而与李之仪往来的黄庭坚，不仅娴于内典，也与禅僧交游，故集中多见颂佛之作，或多为禅师作诗、赞、序、墓志铭等作品。而其写真自赞，颇类李之仪诸赞之作，皆以历史人物形象，表个人志趣，其间亦多涉禅理。黄庭坚《写真自赞》五首前有序，序云：

> 余往岁登山临水，未尝不讽咏王摩诘《辋川别业》之篇，想见其人，如与并世。故元丰间作能诗王右辖之句[①]，以嘉素写寄舒城李伯时，求作右丞像。此时与伯时未相识，而伯时所作摩诘，偶似不肖，但多髯尔。今观秦少章所蓄画像，甚类而瘦，岂山泽之儒故应臞哉。少章因请余自赞。(《全宋诗》17，11691，凡以下引用《写真自赞》五首，皆见 11691、11692 页)

此序略叙《写真自赞》之缘由，回忆往年登山临水，讽咏王维辋川篇什，而想见其人；末段则云，李公麟所画王维像，与秦觌所蓄王维画像不类，此则引发黄庭坚对形貌之看法。然则李公麟所画或许在于突显不求形似之趣味性，但黄庭坚乃藉“岂山泽之儒故应臞哉”之形貌问题，表白志趣，并有透悟荣辱安危的处世态度。《写真自赞》五首之一云：

> 饮不过一瓢，食不过一箪，田夫亦不改其乐。而夫子不谓之能贤，何也。颜渊当首出万物，而奉以四海九州，而享之若是，故曰人不堪其忧。若余之于山泽，鱼在深藻，鹿得丰草，伊其野性则然。盖非抱陆沉之屈，怀迷邦之宝。既不能诗成无色之画，画出无声之诗。又白首而不闻道，则奚取于似摩诘为。若乃登山临水，喜见清扬，岂以优孟为孙叔敖，虎贲似蔡中郎者耶。

---

① 参见黄庭坚《摩诘画》：“丹青王右辖，诗句妙九州。物外常独往，人间无所求。袖手南山雨，辋川桑柘秋。胸中有佳处，泾渭看同流。”北京大学古文献研究所编：《全宋诗》第一七册，11554 页。

黄庭坚谓田夫处于清苦之境况，但依旧不改其乐，然则夫子不以为贤，为什么呢？颜回亦如田夫一箪食，一瓢饮，且不改其乐，然与田夫貌同神异者，乃在于“不堪其忧”，不论穷达与否，都以士志于道为依归。因此黄庭坚谓自己如鱼在深藻，如鹿得丰草般，徜徉山水之间而自得其乐[①]，是依其本来意志而然，盖非那种与世相违而隐居不仕之人。黄庭坚一再地表其心迹，以王维为追慕典范，所谓登山临水之意向，难道只是优孟着孙叔敖衣冠，仿其神态[②]，或与蔡邕形貌相似的勇士[③]而已吗？黄庭坚观看自我画像时，其着意之处，是由外在形象以透显内在不可见之质性。故第一首自赞，以历史人物表其志趣，也藉由人物与人物之间的微差形象或意趣，展现出观看的乐趣。

其二云：“吏能精密，里行媚卹，则不如兄元明，而无元明忧疑万事之敝。斟酌世故，铨品人物，则不如其弟知命，而无知命强项好胜之累。盖元明以寡过，而知命以傲世。如鲁直者，欲寡过而未能，以傲世则不敢。自江南乘一虚舟，又安知乘流之与遇坎者哉。”则藉其兄弟之个性、处世态度，以衬显自己[④]，且以最亲密的兄弟比较，那种观看之体验感则更觉微妙、现实。此赞云“如兄元明”，为黄大临，字符明，黄大临事见黄庭坚《书萍乡县厅壁》：

> 余之入宜春之境，闻士大夫之论，以谓元明尽心尽政，视民有父母之心。然其民嚣讼异于他邦，病在慈仁太过，不用威猛耳。至则以问元明，元明叹曰：“天子使宰百里，固欲安乐之，岂使操三尺法而与子弟仇敌哉！昔汉宣帝患北海多盗贼，起龚遂为太守。及入见，见其老而悔之。遂进而问曰：‘北海之盗，陛下将胜之邪，将安之邪？’”然后宣帝喜见于色，曰：‘张官置吏，固欲安之也。’余尝许遂，以为天下长者也。夫猛则玉石俱焚，宽则公私皆废。吾不猛不宽，唯其是而已矣。故榜吾所居轩曰‘唯是’而自警。”庭坚曰：“夫猛而不害善良，宽而不长奸宄，虽两汉循良，不过如此。萍乡邑里之间，鸱枭且为凤凰，稂莠皆化为嘉谷矣。”[⑤]

---

① 参见谢佩芬：《自我观看的影像——宋代自赞文研究》，129、130页。

② 出自《史记·卷一二六·滑稽列传·优孟》，汉·司马迁撰：《史记》，3201页。

③ 出自《后汉书·卷七十·郑孔荀传·孔融》，南朝宋·范晔撰，唐·李贤等注：《后汉书》（北京：中华书局，1973年8月），2277页。

④ 参见谢佩芬：《自我观看的影像——宋代自赞文研究》，130页。

⑤ 宋·黄庭坚著，刘琳、李贵先、王蓉贵校点：《黄庭坚全集》（成都：四川大学出版社，2001年5月），745页。

此文所叙,黄大临为令以仁慈为怀[①],确如"吏能精密,里行媚卹",故黄庭坚称许其兄,谓两汉循良之官吏不过如此,然不免有忧疑万事之敝。而"其弟知命",为黄叔达,字知命,宋·胡仔《苕溪渔隐丛话前集·卷五二·邢敦夫》:

> 王直方《诗话》云:"双井黄叔达,字知命,初自江南来,与彭城陈履常俱谒法云禅师于城南。夜归,过龙眠李伯时,知命衣白衫,骑驴,缘道摇头而歌,履常负杖挟囊于后。一市大惊,以为异人。"[②]

就此看来,黄叔达狂放超俗不羁[③],确能傲世,但不免有强项好胜之累。黄庭坚不如兄能寡过,亦不如弟能傲世,实则他安其所守,依乎中庸之道,所以愿如一叶虚舟,随流而处,无论出世入世,喜怒哀乐,荣辱危安,皆能率性而为,与"外物之分位相适应"[④]。其三:"或问鲁直似不似,似与不似,是何等语。前乎鲁直,若甲若乙,不可胜纪。后乎鲁直,若甲若乙,不可胜纪。"黄庭坚先以自我为焦点,采取禅宗随机提问方式,却不预设答案。之后在此赞中云:"吏能不如赵张三王,文章不如司马班扬",黄庭坚以赵广汉、张敞、王尊、王章[⑤]、司马迁、班固、扬雄等诸人,藉此表达自己于吏治、文章外,对浮沉世事的安住自在,故他对"颀颀以富贵酖毒,而酖毒不能入其城府。投之以世故豺虎,而豺虎无所措其爪角",坚持在抗尘走俗之前,得以超脱现实形质之牵累束缚。

其四:"道是鲁直亦得,道不是鲁直亦得。是与不是,且置勿道。"其五:"似僧有发,似俗无尘。作梦中梦,见身外身。"皆具禅宗语偈之味,其动机用意,不再拘限以历史人物为观照对象,反由佛禅意蕴作为隐喻符号,泯化二元主客分别。这五首自赞,尽管有禅偈式的表白,然大致上都藉人物以托情、观省自我。黄庭坚自题像赞,于北宋最多,另有《张大同写予真请自赞》云:

---

① 关于黄大临于萍乡事,参见王兆鹏:《黄大临考》,收入王兆鹏、王可喜、方星移著,《两宋词人丛考》(南京:凤凰出版社,2007年5月),60、61页。

② 宋·胡仔纂集,廖德明校点:《苕溪渔隐丛话》前集,354页。

③ 关于黄叔达事,参见郑永晓:《黄庭坚年谱新编》(北京:社会科学文献出版社,1997年12月),318、327页。

④ 徐复观:《中国人性论史——先秦篇》(台北:台湾商务印书馆,2010年7月),127页。

⑤《汉书·卷七二·王贡两龚鲍传·王骏》载:"八岁,成帝欲大用之,出骏为京兆尹,试以政事。先是京兆有赵广汉、张敞、王尊、王章,至骏皆有能名,故京师称曰:'前有赵、张,后有三王。'"汉·班固:《汉书》(北京:中华书局,1964年11月),3066、3067页。

> 秀眉广宇，不如鲁山。槁项黄馘，不如漆园。韬光匿名，将在双井。谈玄说妙，热谩两川。枯木突兀，死灰不然。虚舟送物，成百漏船。（《全宋诗》17，11692）

鲁山，即元德秀，《新唐书·卷一九四·元德秀传》载："德秀善文辞，作《蹇士赋》以自况。房管每见德秀，叹息曰：'见紫芝眉宇，使人名利之心都尽。'"[①]漆园，见《庄子·列御寇》："宋人有曹商者，为宋王使秦。其往也，得车数乘；王说之，益车百乘。反于宋，见庄子曰：'夫处穷闾阨巷，困窘织屦，槁项黄馘者，商之所短也；一悟万乘之主而从车百乘者，商之所长也。'"然曹商行径，为庄子不齿，遂以舐痔讥之："舐痔者得车五乘，所治愈下，得车愈多。子岂治其痔邪，何得车之多也？"[②]

黄庭坚谓自己无元德秀、庄子那种忘却名利之筌的修养，但仍希企归隐家乡，韬光匿名，适性谈玄说妙，如枯木死灰般不受外物干扰，可惜似未尽如人愿，仍不能如虚舟般逍遥，而是如百漏船般纷扰极多[③]。可见黄庭坚似未全然摆落心为形所累之牵绊，或许仍在意此世君臣亲朋之义，其《任运堂铭》云："余已身如槁木，心如死灰。但作不除须发一无能老比丘，尚不可邪？"[④]所谓"尚不可邪"，则可与上述心情参互。又《张子谦写予真请自赞》云：

> 见人金玉满堂而不贪，看人凤阁鸾台而不妬。自疑是南岳懒瓒师，人言是前身黄叔度。（《全宋诗》17，11692）

不贪不妒，则能无营无欲之常乐，盖黄庭坚出仕之时，尽历忧患，而能悟及此理。三、四句以南岳懒瓒禅师、黄宪拟喻，无关实指，而以戏谑方式传达观看自我时似是而非、似非而是之感受，而云"前身"者，乃不执滞今我、昔我之自我对立的认知判断。《戏题戎州作余真》云：

> 前身寒山子，后身黄鲁直。颇遭俗人恼，思欲入石壁。（《全宋诗》17，11727、11728）

---

① 宋·欧阳修、宋祁撰：《新唐书》（北京：中华书局，1975年2月），5564页。
② 清·郭庆藩撰，王孝鱼点校：《庄子集释》，1049、1050页。
③ 此段叙述，参见谢佩芬：《自我观看的影像——宋代自赞文研究》，136页。
④ 宋·黄庭坚著，刘琳、李贵先、王蓉贵校点：《黄庭坚全集》，1502页。

显然以前身的寒山及后身的自己比拟，为处于政争中之自喻自解自省，“颇遭俗人恼”，似有难以直言者，而诗题曰“戏题”，洵非游戏心态而然。黄庭坚于哲宗元符元年(1098)六月迁谪四川戎州，心境颇为抑郁，名其居室为“槁木寮”“死灰庵”[①]可知，而《与东川提举书》三云：“某闲居杜门，蓬藋柱宇，鼪鼯同径，寒灰槁木，不省世事。故非至亲至旧可以通书，而又不以罪谴点染为嫌者，未尝敢修笺记。以是待罪部下，累月不能作状一道。衰病之迹，万里投荒，一身吊影，其情可察。”[②]尤可为“思欲入石壁”之内证。然则与“前身”有关之作品，于集中不乏多见，《以梅馈晁深道戏赠》二首之二：

前身邺下刘公干，今日江南庾子山[③]。

《观崇德墨竹歌》：

直谓子美当前身[④]。

《墨蛇颂》：

自疑怀素前身[⑤]。

由上诗例，黄庭坚是随着想要强调中心意旨不同而调整，要之都取各人重要特质以为比附。然则诗中不同指涉对象，虽意义歧异，都可由指涉的人物典实，以体会诗人之用意。黄庭坚《写真自赞》有赞序，则对写作之因缘提供自白[⑥]。不过黄庭坚观看自我时，每以不同人物视角来换位体解自己，似也了解真知不可得，故他所观看之自我，都是一种并立而不分立的状态。

---

① 郑永晓：《黄庭坚年谱新编》，299页。
② 宋·黄庭坚著，刘琳、李贵先、王蓉贵校点：《黄庭坚全集》，1861页。
③ 北京大学古文献研究所编：《全宋诗》第一七册，11388页。
④ 北京大学古文献研究所编：《全宋诗》第一七册，11620页。
⑤ 北京大学古文献研究所编：《全宋诗》第一七册，11734页。
⑥ 此段叙述，笔者参考谢佩芬：《自我观看的影像——宋代自赞文研究》，139页。赵毅衡：《苦恼的叙述者》(成都：四川文艺出版社，2013年3月)，60、61页。颜崑阳：《李商隐诗笺释方法论——中国古典诠释学例说》(台北：里仁书局，2005年11月)，116—118页。

张侃《辛巳自赞》《戊寅自赞》，似黄庭坚《写真自赞》之书写方式。《辛巳自赞》未以典故人物为比附，但表白志趣上，可与《戊寅自赞》参照，兹附此并论。张侃生卒年不详，事迹则略见大概，《四库全书总目提要·张氏拙轩集》《全宋诗》皆据集中诗文，知其于宁宗嘉定十四年（1221）监常州犇牛镇酒税，迁为上虞丞，理宗宝庆二年（1226），知句容县[①]。其《辛巳自赞》云：

徐永升画时，予弱冠而缀文。赵可大画时，予三十而有立。钱诵画时，予究道之出入。盖尝晦其声名，谢其等级。恶脂韦而取容，与傲世而长揖。客问直夫，处事太执。直夫俛而笑曰：人各是其所习。（《全宋诗》59，37163）

据诗题“辛巳”及赞中自叙，当为宁宗嘉定十四年（1221）为监酒时作。赞云“予弱冠而缀文”“予三十而有立”“予究道之出入”，似孔子言十五志于学，三十而立，四十不惑，五十知天命语，知其创作心境约略中年之时。《四库提要》曰：“而侃独志趣萧散，浮沉末僚，所与游者，如赵师秀、周文璞辈，皆吟咏自适。”[②]“浮沉末僚”，似赞云“处事太执”而致，但他却以“傲世而长揖”，表其志趣萧散。此与《戊寅自赞》用意相同。诗题“戊寅”，戊寅为1218或1278年[③]，然《辛巳自赞》若中年之作，则1278年，诗人约九十余岁，故《戊寅自赞》不得直系于此，此赞与《辛巳自赞》心境相类，当系于1218年，较可信无疑。《戊寅自赞》云：

有伯夷之清，而无万世之准。有孟郊之古，而无一代之名。能操守而冰洁，视富贵如云轻。前乎直夫是一臞叟，后乎直夫是一书生。既不能润乎诗书，又不能事乎纵横。客有过者曰：嘻，视彼拙貌，徒污丹青。（《全宋诗》59，37163）

此赞以伯夷、孟郊与自身相比照，自知虽不及两人，但能操守而冰洁，视富贵如浮云，显然张侃虽沉浮下僚，尚能乐道自处。其另番深意，乃在穷达遭际，非一己所能宰制之外，藉以观省自己，即为文或为官，均不能事尽而有所作为。两首诗赞最后

① 参见清·永瑢、纪昀等撰：《武英殿本四库全书总目提要》第四册，312页。北京大学古文献研究所编：《全宋诗》第五九册，37099页。

② 清·永瑢、纪昀等撰：《武英殿本四库全书总目提要》第四册，312页。

③ 陈垣：《二十史朔闰表》，144、149页。

以宾主设问方式结束,但所谓"客"者,实则诗人自己,张侃谓自我形貌拙陋,绘其写真,只会污损画卷。张侃尚友古人、赏心千载,是对伯夷、孟郊存在本质之理解,交契之处,则不以表象的形迹求之,所谓"视彼拙貌,徒污丹青",则对画像之我之疏离,他不关心画像之我是否形似写实,更遑论被色相所拘囿,也许是他在洞见世情后,直契心灵境界之深刻体悟。

刘克庄除以猴行者、钟馗比喻自己状貌不扬的形象外,在其诗集中,《览镜》《记颜》等诗用的人物典故,往往成为他着力描写自我形象的材料。《揽镜六言》三首之三:

> 蚊睫僾然不见,蝇头老矣停披。盲左邱明作传,瞎张太祝工诗。(《全宋诗》58,36454)

《揽镜六言》三首之二谓"顾我七十余老",可知诗作于七十余岁时。《史记·太史公自序》有"左丘失明"语[①],唐·孟郊则有《寄张籍》诗:"西明寺后穷瞎张太祝,纵尔有眼谁尔珍"句[②],刘克庄用这二个典故,言下有年老目衰之意,因此《揽镜六言》三首之二说:"雾中看花不真",其三说:"蝇头老矣停披"。但《揽镜六言》确切的系年,应七十八岁(1264 甲子)左右作,据刘克庄友人林希逸《后村先生刘公行状》:"甲子秋,以目眚谢事,……丁卯,又目亦苦赤障。"[③]但《揽镜六言》诗虽以前贤左丘明、张籍自比,观其诗意,尚能调侃、豁达,则目眚应不致严重。不久症状突发以致目盲,大概在八十岁前,因此多不胜颓衰忧伤之感。今举数例可知,《七十九岁吟》十首之十:

> 虽瞎吾眼犹劬书,平生无泪如唐衢[④]。

《赠括苍管生二绝》其一:

---

① 汉·司马迁撰:《史记》,3300 页。
② 唐·孟郊著,韩泉欣校注:《孟郊集校注》(杭州:浙江古籍出版社,1995 年 12 月),272 页。并参 273 页注七。
③ 宋·刘克庄著,钱仲联笺注:《后村词笺注》(上海:上海古籍出版社,1980 年 7 月),361 页。
④ 北京大学古文献研究所编:《全宋诗》第五八册,36596 页。

八十瞎兼挛，形骸槁木然[①]。

《赠谢子杰校勘六言》三首之一：

我自号病居士，君无戏盲老翁[②]。

《目盲》：

日啖荔枝三百颗，不知天罚一只眼[③]。

《记医语》，自注："医言余目有青晕侵眸子。"诗云：

昔作红颜子，今为碧眼胡[④]。

《小雪后二日》二首之一：

吾评世间病，至惨莫如盲。亲友不觌面，子孙惟认声[⑤]。

又《与洪帅侍郎》：

某目眚，只是岁除前两三日，及岁朝一两次略有所觏[⑥]。

《与丞相书》：

某所患目疾，初谓偶然，今百余日转甚，八月间犹彷佛见物，今则掩了右

① 北京大学古文献研究所编：《全宋诗》第五八册，36601 页。
② 北京大学古文献研究所编：《全宋诗》第五八册，36658 页。
③ 北京大学古文献研究所编：《全宋诗》第五八册，36665 页。
④ 北京大学古文献研究所编：《全宋诗》第五八册，36667 页。
⑤ 北京大学古文献研究所编：《全宋诗》第五八册，36668 页。
⑥ 宋·刘克庄著、辛更儒笺校：《刘克庄集笺校》第十二册，5336 页。

目，则左黑暗无所睹，遂恐成偏盲矣。灾厄如此，不纳禄可乎[①]？

又《念奴娇·丙寅生日》词：

跛子形骸，瞎堂顶相[②]。

《念奴娇》(自填曲子自歌之)：

自填曲子自歌之、岂是行家官样。眼瞎背驼方引去，羞杀陈抟种放[③]。

《最高楼》(臣少也)：

今耄矣，……生有限，望犹奢。补还瞎子重开卷，放教跛子出看花[④]。

自七十八岁(1264甲子)至八十岁(1266丙寅)期间，刘克庄饱经眼病之苦，则其心绪难免波动。尤以左目病痛，如《目疾》《左目痛六言》九首《后九首》《目痛一月未愈自和前九首》《又和后九首》，心绪起伏甚大。值病痛发生时，人之心理状态，较善愁敏感，因之对时间、当下境况，感受特别强烈，但刘克庄晚年颇知足惜老，因此愈能适时对生命苦难自我承担。丙寅，距刘克庄去世不到三年，丙寅之后，他因一番深刻体验，反能"既有丘明、子夏之疾，黑白如故，往来交际，饮笑自如。"[⑤]

刘克庄还有几首《记颜》诗，也用人物典，《记颜》二首之二：

恰才纔犹两髡，倏忽已双皤。昔似卫洗马，今成郭橐驼。窝中老康节，龛里活弥陀。纵使加冠剑，其如丑怪何。(《全宋诗》58,36479)

---

① 宋·刘克庄著、辛更儒笺校：《刘克庄集笺校》第十二册，5372页。
② 宋·刘克庄著、钱仲联笺注：《后村词笺注》，190页。
③ 宋·刘克庄著、钱仲联笺注：《后村词笺注》，197页。
④ 宋·刘克庄著、钱仲联笺注：《后村词笺注》，308页。
⑤ 此段话见林希逸《宋修史侍读工部尚书龙图阁学士正议大夫致仕莆田县开国伯食邑九百户赠银青光禄大夫后村先生刘公行状》，宋·刘克庄著，钱仲联笺注：《后村词笺注》，363页。

西晋时曾任太子洗马的卫玠，容仪秀异，为众人所仰慕，刘克庄用此典，是以极具反差的形象，藉此突显“丑”的效果，故第四句用郭橐驼事，唐·柳宗元《种树郭橐驼传》：“郭橐驼，不知始何名。病瘘，隆然伏行，有类橐驼者，故乡人号之‘驼’。”[①]刘克庄评论自己年老伛偻的形态，就算戴冠佩剑，怎奈还是丑陋呢？想见他自剖其形貌，竟如此恳切。《题旧记颜》诗：

> 晚节免羞彦回面，后生愿识李邕眉。（《全宋诗》58，36644）

又《丙寅记颜六言》二首之一：

> 八十余戴白老，五纪前琢玉郎。（《全宋诗》58，36650）

也是以截然不同的形象，表示他观看自己的意趣。《南史·卷二八·褚彦回传》：“彦回幼有清誉。……时父湛之为丹阳尹，使其子弟并着芒屩，于斋前习行。或讥之，湛之曰：‘安不忘危也。’彦回时年十余，甚有惭色。……美仪貌，善容止，俯仰进退，咸有风则。”[②]褚彦回容止优雅，年少时，曾穿草鞋练习行走，而感到羞赧。刘克庄以此自比，实谓自己年老貌丑，不介意此事。

次句用《新唐书·卷二〇二·李邕传》：“人间传其眉目瓌异，至阡陌聚观，后生望风内谒，门巷填隘。”[③]李邕因眉目奇特，所以观看者怀以好奇趣味的心态聚观，刘克庄用此谓其容貌，则对于自己的容貌特色，体验得极具精微，他六十七岁作《癸丑记颜》诗：“怪奇昔有观邕者，老丑今无看玠人。”[④]也着意李邕形貌怪奇的特性。刘克庄以“卫玠”“褚彦回”为美容止的审美准则外，也以“琢玉郎”事形容之，苏轼《定风波》：“常羡人间琢玉郎。”傅干注云：“琢玉郎，言其美姿容如玉也。”[⑤]刘克庄使用这些典故，所寄寓的则非耽于美的对象描摹，而是另一种戏言，别出心裁的自我叙写，它皆缘于叹老的诗人，并未完全失去自得其乐之故。

---

① 唐·柳宗元著，《柳宗元集》（北京：中华书局，1979年10月），473页。

② 唐·李延寿撰：《南史》，748、749页。

③ 宋·欧阳修、宋祁撰：《新唐书》，5757页。

④ 北京大学古文献研究所编：《全宋诗》第五八册，36393页。

⑤ 宋·苏轼著，清·朱孝臧编年，龙榆生校笺，朱怀春标点：《东坡乐府笺》（上海：上海古籍出版社，2009年7月），218页。

刘克庄晚年对“老”的身体感，除老病之敏锐感受外，对其形貌反复描述，皆见其坦白真率[①]，晚年的作品，也不难读出归园田居的平淡意识，故《记颜》二首之二：“窝中老康节，龛里活弥陀。”以邵雍的安乐窝，为惯看风花雪月的生活场域，以禅家口吻谓龛室里的活弥陀，则不妨在俗世中无罣碍地过活[②]，这即是他晚年退休的氛围。虽诗每每以老丑形象自我谐谑，但其自身始终向田园意识回归，所以常期望以归隐、躬耕的隐者为念。又如《记颜六言》三首之三：

非牛溪负苓者，即鹿门采药翁。(《全宋诗》58，36537)

“牛溪负苓者”，据唐・王绩《负苓者传》载，文中子在白牛溪畔讲道，谈及《周易》时，有位担着茯苓的老人经过，阐明《易》的道理后，随即离开，亦不知其姓名[③]。“鹿门采药翁”，用庞德公携妻子登鹿门山采药隐居事[④]。刘克庄用这些隐逸的故事，俨然从文士身分转换至晦迹绝仕的隐者，但刘克庄仍不改一惯诙谐姿态，又《记颜》：

唤做农夫却逢掖，道是禅和又幅巾。灞陵雪中耸肩客，天津桥上皱眉人。(《全宋诗》58，36607)

试观诗意，既具躬耕形象，也具文士形象，既用隐逸高士之典故，亦用禅家启悟之故事[⑤]。然其如此，因刘克庄素有学养，故对韶华老去之感，皆能适时转换心境，不被

① 参见侯体健：《刘克庄的文学世界——晚宋文学生态的一种考察》，201、256 页。

② “活弥陀”，似用布袋和尚事，以表其寝卧随处的自得之情，可参见刘克庄《己未生日》：“久向优场脱戏衫，亦无布袋杖头担。化弥勒身千百亿，问绛人年七十三。”北京大学古文献研究所编：《全宋诗》第五八册，36522 页。

③ 唐・王绩著，韩理洲校点：《王无功文集五卷本会校》(上海：上海古籍出版社，1987 年 11 月)，174、175 页。

④ 南朝宋・范晔撰，唐・李贤等注：《后汉书・卷八三・逸民列传・庞公》，2776、2777 页。

⑤ “灞陵雪中耸肩客”，用孟浩然风雪吟诗事，苏轼《赠写真何充秀才》诗云：“又不见雪中骑驴孟浩然，皱眉吟诗肩耸山。”为刘克庄此诗所本。参见北京大学古文献研究所编：《全宋诗》第一四册，9205 页。又《北梦琐言・卷七・郑綮相诗》：“诗思在灞桥风雪中驴子上。”五代・孙光宪撰，俞钢整理：《北梦琐言》，88 页。郑綮所谓“诗思在灞桥风雪中驴子上”，实用孟浩然事，据清・冯应榴考襄阳风雪吟诗事：“郑虔、王维皆有图流传，……唐彦谦《忆孟浩然》诗：‘郊外凌兢西复东，雪晴驴背兴无穷。句搜明月梨花内，趣入春风柳絮中。’则襄阳驴背寻诗事，当时已传之矣。”宋・苏轼著，清・冯应榴辑注，黄任轲、朱怀春校点：《苏轼诗集合注》，560 页。然则孟浩然驴背吟诗，要以苏轼《赠写真何充秀才》：“又不见雪中骑驴孟浩然，皱眉吟诗肩耸山。”影响最深，后人吟咏，多翻用此二句，其影响所及至汉文化圈之韩国诗人，如李承召 (转下页)

外在形象所拘限束缚。因此诗中着意种种形象表现，是他那种："游戏人间又一年，非儒非佛复非仙"[①]，也是他观看自我的直接展示，并且用以自况之意。

第四节 藉物象表形貌的诗

除以人物表自我形象外，尚有藉物象以拟喻自我形貌及志趣者，这些诗均以体物、言志、寓理为其结构，在叙写手法上则具多样性，更以其生理感觉如视觉、听觉、肤觉等，为主观经验之联想[②]。如理学家邵雍《自作真赞》：

> 松桂操行，莺花文才。江山气度，风月情怀。借尔面貌，假尔形骸。弄丸余暇，闲往闲来。（《全宋诗》7，4580）

邵雍此赞以"松桂""莺花""江山""风月"这些物象，喻其品格志趣，更呈现出自适闲乐之主体生命。邵雍《集壤集》中以"闲""静""乐"出现频率较多，适可反映其安乐、体道之咏。此赞引用的自然物象，以其物理、物情，体现不同的生命风貌，虽由外物以显，但其精神是内归之生命体验，绝非客观之科学分析，所以邵雍观物，是一种以心灵经验、感触，甚或是纯粹性情感、直觉之观照，职言之，邵雍观物，若不知安乐所在，则不能见其生命本真之闲静。然谓体道之咏，禅僧表现方式，如释惟照《自题肖像》诗云：

> 雨洗淡红桃萼嫩，风摇浅碧柳丝轻。白云影里怪石露，流水光中枯木春。（《全宋诗》28，18267）

（接上页）《题婿李学正家藏八画·孟浩然游霸桥》："驴背吟肩耸似山"、黄枲诗《孟浩然像》："驴背吟肩耸玉山"。转引张伯伟：《骑驴与骑牛——中、韩诗人比较一例》，37 页。又"天津桥上皱眉人"，参见《祖堂集·卷十一·保福和尚》："有人问：'纔施三寸，尽涉糅胡，如何示徒，免负于前机？'师云：'收拾看。'学云：'大众咸委。'师云：'汝也是天津桥上皱眉僧。'"参见南唐·静、筠二禅师编撰，孙昌武、〔日〕衣川贤次、〔日〕西口芳男点校：《祖堂集》下（北京：中华书局，2007 年 10 月），500 页。

① 《七十四吟》十首之九，见北京大学古文献研究所编：《全宋诗》第五八册，36539 页。

② 关于此段论述，参见廖蔚卿：《从文学现象与文学思想的关系谈六朝巧构形似之言的诗》，收入中外文学编辑部编：《中国古典文学论丛——册一：诗歌之部》（台北：中外文学月刊社，1976 年 5 月），39—70 页。

按“春”一作“清”，此诗录自释晓莹《罗湖野录》，诗末有：“咦，你是何人”[1]语，在惟照禅师眼中，写入纸幅的，并非是禅师对这幅自画像执迷，反而是对一切自我形象描述之疏离，是自己体禅状态的表现。物初大观《偈颂》五十一首之四九云：“见见之时，雨洗淡红桃萼嫩。见非是见，风摇浅碧柳丝轻。见犹离见，白云影里怪石露。见莫能及，流水光中古木清。”[2]物初大观此颂，正反映惟照禅悟体验，“雨洗淡红桃萼嫩”，乃观看自己时对我之认识，存在观者之我（主体）与画像之我（客体）的分别，故物初大观云“见见之时”。

诗第三、四句，物初大观云“见非是见”“见犹离见”，乃观看时见与离见之尚游移无定，然已渐离开主客二元之分别。末句“流水光中古木春”[3]，大观云“见莫能及”者，乃观者见之，莫能以言说指称，一经指称，则落言诠，故一切流水光中，生意盎然，物我之一如，与《自题肖像》中所呈现种种春之景致，颇有相通之处。禅师对于自我形象描述，以物象表述时，均有一种不陷溺分别取舍之心，故以况喻为之，实不得已之方便法。又释师体《自赞》：

岁寒节操，水月精神。随所住处，无过任真。咦，今古江山今古意，一番雨过一番新。（《全宋诗》35，22334）

释祖珠《自赞》：

月色照幽谷，泉声落断崖。水光山色里，一块烂枯柴。（《全宋诗》38，23729、23730）

师体《自赞》谓岁寒节操，犹如镜花水月，此揭无住之真谛，故随所住处，任其自然，不以主观我对自我之观照，而后禅师总结所云，今昔时空之迁变代谢，如一番雨过一番新，无时无刻不紧随因缘流转，而此世存在之我，亦依因缘而然。释祖珠则以“水光山色里，一块烂枯柴”为喻，就“一块烂枯柴”言，于山水风景中之腐朽枯柴，为祖珠禅师对主体之洞见，此洞见即舍弃对我之执迷，幻躯生死，乃日常现象，所

① 宋·释晓莹撰，夏广兴整理：《罗湖野录》，257页。
② 北京大学古文献研究所编：《全宋诗》第六二册，38951页。
③ “流水光中枯木春”，物初大观偈颂作“流水光中古木清”。

以月色照幽谷、泉声落断崖、水光山色里，皆纯乎自然之存在体验。

南宋文士中如杨万里、周必大，其自题写真、自赞，谓老丑、瘦臞时，也有藉物象以喻者，杨万里《严陵决曹易允升自官下遣骑归写予老丑因题其额》诗云：

玉泉半潭冰，钓台万壑雪。汝往访客星，剩挟一磨衲。（《全宋诗》42，26657）

此诗因题"严陵决曹易允升"者，故诗三句皆用严光典，末句以袈裟为喻，不刻意显露自己老丑状貌。他关注之趣向，是否想象那深山寺院老僧枯禅之境，抑或老僧于行处坐卧间，已了悟外在形貌之空相？杨万里并未透露更多讯息，但寄心于磨衲，与他老年之生活方式，当不会没有关系。又《赠写真水鉴处士王温叔》，亦以"松""柳"为喻，诗系于六十四岁，致仕南溪作（此诗系年已见前论），故诗云："我不如森森千丈松，我不如濯濯春月柳""君不见褒公鄂公图凌烟，腰间羽箭大如椽。君不见浣花醉图粉墨落，日斜泥滑驴失脚"（《全宋诗》42，26486），诗以"千丈松""春月柳"拟喻，可窥其老境。后谓唐开国功臣之褒国公段志玄、鄂国公尉迟恭[①]，浣花草堂之杜甫，乃其自身内在精神之对应。

但褒公、鄂公典，实由杜甫《丹青引赠曹将军霸》："褒公鄂公毛发动"语化出；后用杜甫典，亦由黄庭坚《老杜浣花溪图引》诗所化。可见悲天悯人、关心家国之杜甫，才是杨万里之依归。然昔时老儒杜甫未能一抒怀抱，今已届老迈之我，实感有所不容已于言者，故我不如"千丈松""春月柳"，或有回顾反省自我之姿态。

而周必大于退休后作《太和贡士陈诚之记予颜欲置远明楼昔白傅年七十一写真诗云鹤毳变绿发鸡肤换朱颜予今年适同感而赋此》："鹤毳鸡肤吾老矣，只宜蓑笠钓船中"（《全宋诗》43，26801），《聂倅周臣写真求赞》："便当紫绶朝冕旒，念我青笠操渔舟。携此鼠目而麞头，归来高阁包春秋"（《全宋诗》43，26801），《一甲子前与济源李綦仪之游从赣上今其婿谢幼学传示衰容为题四句》："自笑头颅并目睫，依然如鼠复如麞"（《全宋诗》43，26804），所谓"渔舟""蓑笠"，表其退居意绪，而以"鹤毳鸡肤""鼠目麞头"，喻自我老丑形貌，画家在构设其形象是否以拟真为焦点，现已不得

① 杨万里此用褒公、鄂公事，或化自苏轼《赠写真何充秀才》诗："勋名将相今何限，往写褒公与鄂公。"北京大学古文献研究所编：《全宋诗》第一四册，9205 页。

知,但可发现周必大常在自赞中,言己老丑、瘦臞,则似有一种观照本来面目之意、不着形象所致罢。刘克庄尝谓自己形象是“猴行者”,周必大《英德邵守之纲记予衰颜戏题数语》也说:

使君燕颔虎头,法当万里封侯。宜伯蜀而之广,绘象祠于两州。铃阁虽非麟阁,胡为画此猕猴。亦如杭人效穆仲献笑于坡代俳优耶。(《全宋诗》43,26802、26803)

他自我谐谑,说自己长得像“猕猴”,间接表述韶华难留之感。但他常以丑陋凡状的物象拟喻自我形貌,应不会只停留观看画像的印象观感,这其中有他自我品鉴之意趣,《友人曾无疑示予真索赞》说:“谁知郑驲多佳客,也着骀佗一恶人”[①](《全宋诗》43,26800),《高沙曾忠佐良臣筑思堂以念亲傍辟书阁肖杨诚斋及予像求赞》:“诚斋则贤,我愧思齐”(《全宋诗》43,26802),或谓“使君燕颔虎头,法当万里封侯”,皆可看出周必大评赞他者仪容举止,以衬显自己鄙陋,并有他欣慕向往的名士风度。

周必大在其自赞中,也用“鹤”“树”等物象,表其形象、情志,《南城吴氏记予七十三岁之颜》:

蟠木离奇,病鹤摧颓。(《全宋诗》43,26801)

又《绍兴甲子予待试庐陵辞曹厅是秋失解后六年乃与计偕考官七人今惟提刑少监赵氏独寿而康其子仲肃来为掾即诗人堂之西辟小斋记予肄业之所写真求赞并题二诗》其一:

而今年貌那堪画,手种堂前树亦苍。(《全宋诗》43,26801、26802)

以“病鹤”形象,或联想“树”苍老的意象,喻自己老瘦,不过他的自赞并非都局限于衰颜的问题上,其《游元龄登仕写予真求赞》:

---

① “郑驲”,“驲”可训为“驿”,是“郑驲”即“郑驿”。《史记·卷一二〇·汲郑列传·郑当时》:“每五日洗沐,常置驿马长安诸郊,存诸故人,请谢宾客,夜以继日,至其明旦,常恐不遍。”汉·司马迁撰:《史记》,3112页。

闲伴长松与龟鹤，免将开落问东风。（《全宋诗》43，26802）

《门客郑安世写寿星求赞》：

谁把江西一幸民，强摹南极老人星。穷龟鹿鹤朋三寿，伴我松根劚茯苓。（《全宋诗》43，26802）

诗中“松”“龟”“鹤”“鹿”等象征长寿的祥瑞之物，均为祝颂作用，在写真、题赞酬对过程，反映画像之人的心理欲求，能长寿而康，但周必大有的自赞呈显这些物性之际，乃托物写其品格志趣，《使臣周允写平园老叟真于松竹龟鹤间戏赞》：

松可以傲霜雪，竹可以延风月。龟巢叶而养气，鹤鸣皋而戢翼。置闲身于四物，聊窃名于五一。（《全宋诗》43，26807）

画家将其写真绘于“松竹龟鹤”间，祝颂延年益寿之意明显，也隐喻画像之人道德情操，这或是画家的匠心用意。虽浮现眼前的这些物象，仅存在于尺幅中，但周必大似乎满意这幅写真，甚符合其品格志趣，将松竹用以比德性质，涵养其间，所寄寓正是自己淡泊高洁的性格。他还有一首《使臣李汝发写平园真求赞》云：

人皆炎热之畏，我爱夏日之长。耳百尺之松风，挹双沼之荷香。……尚从游于留侯，免形似乎六郎。（《全宋诗》43，26808）

夏日节序，他想到松风、荷香，但也有可能是出现在尺幅的景象。大体而言，这夏日情景，在其回忆中，应有那份清爽闲适之趣。诗另用一则荷花故事，《大唐新语·卷九·谀佞》：“（杨）再思又见易之弟昌宗以貌美被宠，因谀之曰：‘人言六郎似莲花。再思以为不然，只是莲花似六郎耳。’有识咸笑之。”[①]周必大反用此意来谐谑自己，但他未再多说，要令人会意一笑。

南宋遗民诗人缪鉴有《自题小像》一首，亦藉物象以表其情志，缪鉴生平大略不能尽考，知入蒙元后隐居，其《效颦集》毁于兵燹，《全宋诗》今收其诗二十五首、断句

① 唐·刘肃撰，许德楠、李鼎霞点校：《大唐新语》（北京：中华书局，2004 年 5 月），143 页。

共五句[①]。其《解嘲》诗云:“燕帘风里茶烟外,自选唐诗教子孙。”《白发》诗云:“老矣无心竞寸阴,不知公道为何人。”[②]大抵可见晚年心境。《自题小像》诗云:

白发苍颜,溪藤兔颖。水月光中,梅花弄影。(《全宋诗》71,44618)

“溪藤”,借指纸;“兔颖”,借指毛笔。首二句大抵言写真的年老形貌,无多深意。后二句以物象为喻,宜有佛禅之思,如禅师观自己画像不着相之体悟。谓“水月光中,梅花弄影”,自观物之心而言,即随所住处,自在而然。缪鉴事迹不能详征,但观集中诗有《赠僧》《提悟空寺》,是偶有吟诗而禅之心情,或可想见。

相较上述几首藉物象以表自我形象,多倾向寓理之体现,姜夔《自题画像》亦以物象表拟,但清空高洁中有几分仙气:

鹤氅如烟羽扇风,赋情芳草绿阴中。黑头办了人间事,来看凌霜数点红。(《全宋诗》51,32061)

首句可知其形象,着鹤氅[③],持羽扇,颇具魏晋高士之神采。宋·周密《齐东野语》卷四《姜尧章自叙》载:“参政范公(范成大)以为翰墨人品,皆似晋、宋之雅士。”[④]则可与诗相证。今见姜夔画像,都作持羽扇像,如图12、图13。

试觇清人叶衍兰绘的姜夔,行止风雅从容,宛如晋、宋雅士。叶衍兰工画,尤善人物摹写,故对人物的姿态、品德、志趣、轶事等,定有充分了解,此幅姜夔画像,是最能够与姜夔交契,展示其品貌之丰采。

按:姜夔《自题画像》诗,录自元·陆友仁《研北杂志》,清·厉鹗《宋诗纪事》《全宋诗》亦辑自《研北杂志》。夏承焘《姜白石词编年笺校·杂考·十二》云:“冒广生先生告予:‘《研北杂志》所载白石绝句,其第三句“黑头办了人间事”,非宰相不能当。殆白石为石湖题像,《杂志》云自题画像,误矣。’敬观先生曰:‘石湖园中有凌霄

① 北京大学古文献研究所编:《全宋诗》第七一册,44618页。

② 二诗均见北京大学古文献研究所编:《全宋诗》第七一册,44620页。

③ 鹤氅,道教中又称羽毛衣,为魏晋名士喜服的服饰,而宋代隐士穿道服者也不乏其人。参见张蓓蓓:《宋代汉族服饰研究》(苏州:苏州大学博士论文,2010年5月),73页。

④ 宋·周密撰,张茂鹏点校:《齐东野语》,211页。

图 12　姜夔画像　清·叶衍兰绘

图 13　姜夔画像，据《古圣贤像传略》

峰，其凌霄花甚著名，见石湖诗集。白石题像云：‘来看凌霄数点红’，当是为石湖像。其第一句‘鹤氅羽扇’句亦用宰相事。案《诚斋集》有和范至能参政云：‘梦中相见慰相思，玉立身长黑漆髭’与良玉所图（宋·白良玉作姜白石道人画像）亦合。今传白石像是范成大像无疑矣。”[①]于北山云：“据今人考订，此乃题石湖画像，非自题也。近日刊行之本，亦有以石湖像误为白石像者。”[②]冒广生、夏静观、夏承焘，皆就诗本身语言，特揭此诗非姜夔自题像，于北山赞成此说，但他们在解悟此诗言外之意的可能性时，则较宽泛。《杨万里范成大资料汇编》未录姜夔此诗，或以此诗无客观之实据，以为姜夔为范成大题像者。

姜夔《悼石湖》三首其一：“尚留巾垫角，胡虏有知音。”[③]《雪中访石湖》诗：“三战渠未降，北面石湖范。先生霸越手，定目一笑粲。”[④]均与白石道人之神采不同。然《石湖仙·寿石湖居士》词云：“须信石湖仙，似鸥夷翩然引去。浮云安在，我自爱绿香红舞。容与。看世间、几度今古。……见说胡儿，也学纶巾欹雨。”此阕是白石自度曲，为范成大贺寿作，故以“石湖仙”为名，将范成大比功成身退之范蠡，又写他

① 宋·姜夔著，夏承焘笺校：《姜白石词编年笺校》（上海：上海古籍出版社，1981 年 5 月），298 页。
② 于北山：《范成大年谱》（上海：上海古籍出版社，1987 年 11 月），418 页。
③ 北京大学古文献研究所编：《全宋诗》第五一册，32038 页。
④ 北京大学古文献研究所编：《全宋诗》第五一册，32039 页。

出使金朝之经验[①]，词中可见范成大脱俗之神采，似可与姜夔《自题画像》为附会之比。但白石个性与石湖有狷逸、端直之别，殆二人出处不同，一为宦情无有、转徙江湖，一为致君泽民之道不遂，故姜夔《自题画像》云题范成大像者，以客观因素而论，则不得信征。以物象拟喻自我心境者，苏轼《自题金山画像》诗最为知名：

> 心似已灰之木，身如不系之舟。问汝平生功业，黄州惠州儋州。(《全宋诗》14，9624)

此诗于徽宗建中靖国元年(1101)，自虔州北归常州，抵真州，游金山寺作[②]。末句有作："黄州儋州惠州""黄州惠州崖州"[③]，儋州、崖州今属海南，虽次序、地名小异，都不碍诗人之用意及读者诠释意向，其用意都在直抒胸臆，感怀平生羁旅无依。此时北归之苏轼，适见李公麟以前所绘自画像，似有一种自宽自嘲自豪意味。大抵苏轼北归途中，虽尝答人叙迁谪艰苦，但其心境已如槁灰之寂静，不患得患失，不系之舟虽意味漂泊无定之感，未尝不可有随所住处之体会，虽"黄州惠州儋州"，皆是无用世机会之贬所，何来功业可言？然则此是自嘲反话，亦未尝不可兼其豪放一面。苏轼作此诗不久后，即病逝，故此诗正是东坡凝炼一生，希望自己为后世所认识之面向[④]。观今存苏轼像，如图14、图15，赵孟頫绘苏轼戴东坡巾，眉宇秀爽，持竹杖貌；孙克弘则绘戴笠、着屐、持竹杖貌[⑤]。清·郑绩《梦幻居画学简明·论肖品》："何谓肖品？绘出古人平素性情品质也。……盖子牙抱负王佐之才，于时未遇，隐钓磻溪，非泛泛渔翁可比。即戴笠持竿，仍不失为宰辅器宇也。岂写肖渔翁便肖子牙耶？推之写买臣负薪、张良进履，写武侯如见韬略，写太白则显有风流，陶彭泽傲骨清风，白乐天醉吟洒脱，皆寓此意。倘不明此意，纵炼成铁铸之笔力，描出生活之神情，究竟与斗牛匠无异耳。"[⑥]观此二幅画像，皆具东坡精神意趣之形象，概可想见

① 此词与评析，见宋·姜夔著，陈书良笺注：《姜白石词笺注》(北京：中华书局，2009年7月)，57、61页。

② 孔凡礼：《苏轼年谱》(北京：中华书局，1998年2月)，1404页。

③ 宋·苏轼著，清·冯应榴辑注，黄任轲、朱怀春校点：《苏轼诗集合注》，2475页。

④ 参见衣若芬：《北宋题人像画诗析论》，156、157页。

⑤ 苏轼持竹杖形象，以《定风波》词："竹杖芒鞋轻胜马，谁怕。一蓑烟雨任平生"最知名。词见宋·苏轼著，清·朱孝臧编年，龙榆生校笺，朱怀春标点：《东坡乐府笺》，167页。

⑥ 郑绩此则资料，收入俞昆编著：《中国画论类编》(台北：华正书局，2003年10月)，574、575页。

其为人清迈放达,令人展卷有"揽余烈而揖清风"[①]之感。

图 14 苏轼画像 元・赵孟頫绘

图 15 苏轼画像明・孙克弘绘

① 此话引宋・曹勋《题三苏图后》,见吴文治主编:《宋诗话全编》肆(南京:凤凰出版社,2006年10月),3435页。

第四章　自叙诗表达的人生态度（上）

关于宋人如何自我叙写，除观看自我形象的诗外，还可藉由其他自我叙写的作品，观看宋人如何表达自我性情、态度。这些作品如：自警、自责、自叹、自悼、自嘲、自适、自励、自贺等，虽叙写自我的视角不同，但都源于实际生活境遇，一种自我亲身性体验。本章将讨论宋人自我态度的自叙诗，由自我言行举止、事件、生命等相关的叙写，以抉发宋人在生活经验中的自叙况味。因作品收录繁多，为诠释方便，适时将作品主题、情感表达相近者，并为一类讨论，本章讨论的范围有：警省、咎责、自遣、自悼四类。

第一节　循省自警

一、克己涵养的省察

宋人的自叙诗，有些是反求于己的日常体验，自我内化的安顿。他们将诗提挈至自身修养，以儒家为立身处世的根据，体现伦理道德的价值。他们在克己复礼的体验中，"礼"如何与自我调谐，则显重要。但两宋文士所关注的礼（理），虽渗透自身日用行常的修养，但也与人际关系他者的存在为前提。宋初张齐贤《自警诗》云：

> 慎言浑不畏，忍事又何妨。国法须遵守，人非莫举扬。无私仍克己，直道更和光。此个如端的，天应降吉祥。（《全宋诗》1,503）

诗言慎言、忍事、不道人非、克己无私、直道，这种对自我内在的严格自律，即道德修养之基础。若以自身修养为关注焦点，则外在环境不管变得如何恶劣，心的本性及功能，当在克己中不被私欲所掩蔽，且诗中以进德修业为端的，也将国家社会责任，

内化为一种道德的自觉。范纯仁《自警》,则自叙其仕履以为戒惧:

忆昔为小官,位卑职易营。朋知喜其勤,民口亦见称。中间忝台谏,已觉言难行。然赖识者恕,尚谓无欹倾。数年忽遭遇,用大过其能。名虚称不实,任重力难胜。具瞻不可欺,举动招讥评。士论固不与,自知亦甚明。禄厚难报答,徒滋骄侈萌。子孙忘艰难,服用饶夸矜。清白素风减,冗长浮费增。亲旧多责望,厚薄贻怨憎。贫贱胜富贵,古语信可凭。请病蒙罢免,方幸忧责轻。俄复统一道,抚民帅边兵。寇狂适偃蹇,民疲未苏醒。胜负系司命,休戚及群民。细务委将佐,大事禀朝廷。所禀有违从,委择有不精。差失虽毫厘,致败或丘陵。殒身何足道,误国玷家声。可不常惕惧,临渊履春冰。庶几免危溢,书此为心铭。(《全宋诗》11,7405)

范纯仁是范仲淹次子,神宗熙宁二年(1069),因反王安石新法遭罢黜[①],诗有"中间忝台谏,已觉言难行""具瞻不可欺,举动招讥评""请病蒙罢免,方幸忧责轻"等句,则知此诗当在罢黜以后作。范纯仁反对新法,是为救弊,指新法聚敛民财,忧心边疆不宁。因此叙说其心志,情感激越,但仍不时自我警惕省察,临渊履薄将自我认可的社会道德价值,以修己安人、安百姓为关怀理念。范纯仁既"书此为心铭",不然理解他内在觉察的实践,找到安己涵养的省察工夫,而得以自警自己。但安己的方式,须时时刻刻省察,不可间断,彭汝砺《自诫》诗云:

居方贵由礼,待物当竭诚。诚亡鄙虑见,礼去骄心萌。曾参日三省,杨子嗟四轻。勉旃践此诫,蛮貊犹可行。(《全宋诗》16,10483、10484)

又李复《自省》:

理容本求妍,造次遽成丑。兢兢早夜思,犹或失于偶。放而不知察,美种杂稂莠。吾居日三省,参也吾所友。(《全宋诗》19,12409)

---

① 范纯仁时为同知谏院。参见清·毕沅编著,标点续资治通鉴小组校点:《续资治通鉴》(北京:中华书局,1979年6月),1653页。

彭汝砺《自诫》谓“礼去骄心萌”、李复《自省》谓“放而不知察”，说明此一放逸状态，自身欲望直接呈露，故不自觉中，心性将受其影响。因此礼于心性修养上有功能化的重要性，亦为道德伦理的一贯之道。因此稍推究二诗所述，谓“居方贵由礼，待物当竭诚”“曾参日三省”“兢兢早夜思，犹或失于偶”“吾居日三省”等句，殆无不以克己复礼为依归，正心诚意，省察警惕自己言行，尽可能不去踰越。但他们二人对省察警惕的实践过程，实未能从心所欲不踰矩，实现自己与礼的完全一致，合乎准绳[①]。

南宋时，从朱熹学习的金朋说[②]，其《修身吟》：“克己工夫熟，磋磨日日新。形端仪表正，汤圣自盘铭。”[③]亦有相似的表述，以此自我警省。金朋说诗收录于《碧岩诗集》，部分诗作除吟咏历史人物外，多仿《伊川击壤集》，颇类邵雍诗风。《修身吟》云克己工夫，在于“苟日新，日日新，又日新”上，与前所论彭汝砺、李复的诗相同，可想而知，他们皆对耳目感官之欲，可能引起偏蔽本心的弊端有所警觉。《修身吟》所谓“形端仪表正”，可见容仪之礼的重要，容礼在日用行常或遭受特殊境遇中表现一种对人处事的姿态。两宋文士警省自己的诗，以修身养性为其核心，均见之于他们在生活上如何实践，他们要求自我，须时时警省，不敢松懈，并多戒慎怠惰。宋代自警诗以陆游最多，亦最能看出文士平日涵养一段工夫，兹首论陆游诗，如《自儆》二首其一：

出仕每辞荣，归休但力耕。俭勤贫亦足，戒惧祸终轻。学自不欺始，智由无事行。书绅及铭座，勉勉尽吾生。(《全宋诗》40，25390)

其二：

经术吾家事，躬行更不疑。仁常为己任，清每畏人知。古训必三复，危途仍十思。兢兢死方已，宁论迫期颐。(《全宋诗》40，25390)

陆游在退居之后，警惕省察自己，乃根据个人生涯经验而来，他以“仁”为己任，则“仁”为他道德学问修养的终极关怀，故于兢兢业业、勤勤勉勉中，这则是他后天所

① 对于礼的完成一致性，参考土田健次郎论述程颐“理”的概念而来，参见〔日〕土田健次郎著，朱刚译：《道学之形成》(上海：上海古籍出版社，2010 年 4 月)，208 页。

② 参见陈荣捷：《朱子门人》(台北：台湾学生书局，1982 年 3 月)，161 页。

③ 北京大学古文献研究所编：《全宋诗》第五一册，32198 页。

下的修养工夫。又《自警》：

旦暮置规君勿怪，修身三省自先师。（《全宋诗》39，24387）

《自诒》二首之二：

庄语畏如俳，端居要若斋。（《全宋诗》40，25261）

《自规》：

一日能用力，三年亦有成。修身在我尔，勉勉尽余生。（《全宋诗》40，25404）

《自诒》：

上药养神非近效，善言铭座要躬行。（《全宋诗》41，25498）

陆游这些诗作，均强调修身躬行的重要，且警惕自己要竭其吾力，持之以恒，因为心性修养，与外在后设的规范准绳有关，看似平常而直接的亲身实践，实际上要长期坚持下去，极为不易。至于想成为尧、舜、孔子等圣贤之道，亦先从修身起而不敢稍有怠惰，故陆游《自警》：

努力戒惰偷，尧舜可庶几。（《全宋诗》40，24925）

又《老学庵自规》：

尧德被四表，其本在身修。……易箦汝所知，垂死勿惰偷。（《全宋诗》40，25189）

"惰偷"，指懈怠苟且，可见陆游对于怠惰，至死绝不轻忽。陆游常予人以志士难酬、忧心国事之形象出现，但由这些诗例，陆游俨然是一介修身砥行的儒者形象。他藉

由外在的刻苦勤奋,扩充内在道德心性而自我提升①。又他在《自儆》云:

造道浅深看应物,修身勤惰验齐家。(《全宋诗》41,25696)

《自儆》二首其一:

不须更守庚申夜,留取三彭儆惰偷。(《全宋诗》41,25699)

均述及"惰"之情形,凡此皆陆游对怠惰自我警省,作一修身的根本说明,他之所以反复自叙,当可证明他对道德修养的自觉,使不失其所操持。

陆游每以怠惰自警,理学家朱熹的自警诗,也以勤劳精进为其基本立场。虽常存警省之意,以戒怠惰,是前贤涵养省察之要,但在朱熹的思想中,更显而易见。朱熹《日用自警示平父》诗:

圆融无际大无余,即此身心是太虚。不向用时勤猛省,却于何处味真腴。寻常应对尤须谨,造次施为更莫踈。一日洞然无别体,方知不枉费功夫。(《全宋诗》44,27592)

欲成就圣贤之道,必须践履至日常生活中,此与上述陆游所云大旨同归一处。朱熹对自己所下的工夫,时时有反省自谴之辞,而其思想型态,在于一生穷索中屡经转折,故他于后天的持敬、穷理、读书工夫②,自有亲切之体味。此诗,朱熹认为道德实践中"修"的工夫,必先对自我有所察识,因修身不仅包含外在规范准绳的"礼",亦包含内在、主观面,尤其自我如何用上工夫,使其"心"得其正的问题③,因为自我

① 关于陆游诗中的形像,参见莫砺锋:《陆游诗中的学者自画像》,《南京师范大学文学院学报》第2期,2003年6月,20—26页。何映涵:《陆游晚年人生志趣新探》,台湾大学中国文学研究所:《中国文学研究》第三十六期,2013年7月,75—111页。

② 参见钱穆:《朱子学提纲》(台北:东大图书股份有限公司,2001年6月),120页。刘述先:《朱子哲学思想的发展与完成》(台北:台湾学生书局,1984年8月),69页。

③ 朱熹《日用自警示平父》首句所说的"太虚",其实是应接自我内、外在诸问题各得其止的"心"。推其诗意,若未能诚意正心,则存养之功未有得焉。朱熹及其后学,有时以"太虚"形容心,故此处不指太虚之气。参见蔡家和:《唐君毅对船山"心性理气"概念之阐发—以〈中国哲学原论·原教篇〉为例》,鲍绍霖、黄兆强、区志坚主编:《北学南移:港台文史哲溯源(学人卷I)》(台北:秀威信息科技股份有限公司,2015年4月),160页注25。

内在的偏党、退惰，都会妨碍德性生命的消长。《孟子·公孙丑上》云："必有事焉而勿正，心勿忘，勿助长也。"[①]朱熹诗中所说，则与孟子有相同表述，即由养心以达内外诸种问题之调适一致。

南宋末崇尚朱熹之学的丘葵，曾步韵《日用自警示平父》诗，其《次晦庵先生韵自警》云：

> 我非欠缺圣非余，此性皆由气与虚。欲认存亡为出入，莫嫌粗粝慕膏腴。
>
> 仰钻未得有门入，酬酢方知讲学疏。一息犹存毋敢懈，从今要下死工夫。（《全宋诗》69，43905）

姑不论丘葵步韵之作，是否探得朱熹本义，但末联说"一息犹存毋敢懈，从今要下死工夫"，显然了解朱熹《日用自警示平父》之诗意，所谓"要下死工夫"，《朱子语类》卷十五云："须穷极事物之理到尽处，便有一个是，一个非，是底便行，非底便不行。凡自家身心上，皆须体验得一个是非。若讲论文字，应接事物，各各体验，渐渐推广，地步自然宽阔。如曾子三省，只管如此体验去。"[②]即不断向前努力，以渐进、扎实的步骤穷理。这或许丘葵早年有志于朱熹学问思想，在有所深造后，才能有"要下死工夫"的这般体验。

二、习癖上的自警

宋人循省自警的作品，其内涵多从道德修养上琢磨，在此警省自我内外在仁义礼智的操持。然而尚有其他循省自警的诗，却表达了不同面向，从日常体验中，由不同视角切入叙写自己，如写珍惜光阴、写身体疾病、家居等，由这些日常体验以自我警省。韦骧《骧每恶晏起强酒二癖因作诗自警》：

> 晏起已嗟为惰甚，讵堪酒病复相婴。未忧居养能移气，当念怀安实败名。
>
> 便腹亦尝嘲睡癖，腐肠非是醉时清。辰乎径去谁能止，壮志毋宜恃晚成。（《全宋诗》13，8441）

① 清·焦循撰，沈文倬点校：《孟子正义》，203页。

② 宋·黎靖德编，郑明等校点：《朱子语类》（一），收入宋·朱熹撰，朱杰人、严佐之、刘永翔主编：《朱子全书》第十四册（上海：上海古籍出版社、合肥：安徽教育出版社，2002年12月），463页。

韦骧诗题谓已有“晏起”“强酒”二癖，以此作诗警省。晏起虽与怠惰有关，但也因韦骧自己嗜睡成癖。诗第七句“辰乎径去谁能止”，用扬雄《法言·问明》：“辰乎，辰！曷来之迟，去之速也，君子竞诸”[①]，韦骧感叹光阴易去，要及时珍惜，因此欲增进道德涵养，或想成就凌云壮志者，都应及时把握。宋人作诗警惕光阴易逝，稍后所举诗例可见。此处再述韦骧酒癖，其《陶掾书斋小饮》诗说：“把酒相欢外纷扰，吟诗大句破妖魔。”[②]又《减字木兰花·劝饮酒》词：“金貂贳酒。乐事可为须趁手。且醉青春。白发何曾饶贵人。”[③]饮酒为部分文士的习癖，而韦骧饮酒着重内在情性的发抒，以饮酒尽可能表现旷达的真义，但也如他《骧每恶晏起强酒二癖因作诗自警》诗题指出，也表明他对饮酒过量，有一理性的警省。

三、警省光阴易逝

古今中外之人珍惜光阴之例不遑枚举，宋人自警诗亦有感光阴流逝，如黄裳《自警》：

> 一日少一日，一年无一年。……忧乐波生水，光阴箭去弦。几时能得了，坐卧莫忘禅。(《全宋诗》16，11061)

陆游《自警》：

> 人生非金石，寿夭不自知，一日复一日，亦或至耄期。……一寸学古心，自视犹可为。(《全宋诗》40，24925)

陆游《自警》：

> 生世如梦境，淹速无定时。少壮不可恃，况汝迫耄期。……余日真几何，得酒且伸眉。(《全宋诗》41，25569)

---

① 汉·扬雄撰，汪荣宝义疏，陈仲夫点校：《法言义疏》(北京：中华书局，1987年3月)，193页。

② 北京大学古文献研究所编：《全宋诗》第一三册，8448页。

③ 唐圭璋编：《全宋词》第一册，218页。

此三首诗虽感光阴流逝，但未见惆怅哀伤之意。黄裳注重日用行常的修行，较偏向直观中体悟而言。而陆游二诗，据诗“耄期”语，知是其晚年之作，一诗负崇敬圣贤重道之心；一诗则见闲散之趣，都未因耄耋之期而生怅悼之念。也知他们面对岁月不居、时令转徙时，仍将治心放在首位，并以之自勉。

四、身体方面的自警

宋人警省自我，会视身体情况进而警惕自己读书、写作不宜过度，该量力而为。邹浩《自警》：

> 看书勿苦多，多看目力眊。作文勿苦多，多作心力耗[①]。初虽莫觉悟，久乃成悔懊。维心神所居，惟目神所造。开阖出入间，神伤气亦暴。所以古真人，丁宁有深告。平时当勤行，况复处炎燠。况复病初愈，力始胜巾帽。（《全宋诗》21，13963）

据诗中自叙，可知他刚病愈不久，不宜太劳心费神。读书、写作为文士生活重要部分，但其刻苦往往个中人方能体会，文士或用力于此，也因此易致衰病[②]，邹浩即其一例。其他诗人如范成大、杨万里也因病而警惕文字劳心，范成大《或劝病中不宜数亲文墨医亦归咎题四绝以自戒末篇又以解嘲》其一：

> 作字腕中百斛，吟诗天外片心。习气吹剑一吷，病躯垂堂千金。（《全宋诗》41，26014）

其二：

> 意马场中汗血，隙驹影里心灰。吉蠲笔墨安用，付与蛛丝壁煤。（《全宋诗》41，26014）

---

① “耗”，原作“糟”，按：今据正德本、四库本改。参见北京大学古文献研究所编：《全宋诗》第二一册，13963页。

② “病”在诗歌反复出现，在唐代有重要的发展，尤其中唐至宋代诗歌逐渐趋向日常化，以“病”为诗题的诗愈来愈多，尤其眼疾为常被诗人所关注，或许因科举之业、刻苦勤奋读书，加以学习环境较贫苦，光线不大充足有关，以致容易患上眼病。参见〔法〕胡若诗：《唐诗与病》，收入钱林森编：《法国汉学家论中国文学》（北京：外语教学与研究出版社，2008年9月），327—344页。

其三：

诗成徒能泣鬼，博塞未必亡羊。刚将妄言绮语，认作锦心绣肠。(《全宋诗》41，26014)

其四：

解酲纵无五斗，且复月攘一鸡。(《全宋诗》41，26014)

杨万里《淋疾复作医云忌文字劳心晓起自警》二首其一：

半似枯禅半似痴，也无何虑与何思。偶看清晓双双蝶，飞遍黄花一一枝。(《全宋诗》42，26656)

其二：

荒耽诗句枉劳心，忏悔莺花罢苦吟。也不欠渠陶谢债，夜来梦里又相寻。(《全宋诗》42，26656)

据诗题，范成大、杨万里的医者不约而同地皆劝他们二人不宜文字劳心。范成大虽以此警戒，然则却自我解嘲，其《或劝病中不宜数亲文墨医亦归咎题四绝以自戒末篇又以解嘲》之一说："病躯垂堂千金"，揶揄幽默中看不出对自我身体衰病的感伤。其二："吉蠲笔墨安用，付与蛛丝壁煤"，虽稍有不能文墨之憾，另一方面却有"解酲纵无五斗，且复月攘一鸡"旷达之胸襟。不过这样的襟怀，对诗人而言，最能纾压、疗愈而使自身臻于"旷达"心境的，还是那份吟诗、读书之事。

杨万里说的"淋疾"，似患泌尿系统疾病，其《去岁四月得淋疾今又四月病犹未愈》诗："去岁四月病，如今一岁来。越吟三百日，凉剂二千杯。极痛过于割，通身总是灾。花时久断酒，红药为谁开。"[①]此诗收入其诗集卷四二，诗题云"去岁四月"

① 北京大学古文献研究所编：《全宋诗》第四二册，26660 页。

“今又四月”，据卷四一有《癸亥上巳即事》诗、卷四二《甲子初春即事》六首，则“去岁四月”，指宁宗嘉泰三年(1203)，“今又四月”，指1204年。杨万里卒于丙寅(1206)，知《去岁四月得淋疾今又四月病犹未愈》《淋疾复作医云忌文字劳心晓起自警》二诗，于1204年作，杨万里七十八岁。《去岁四月得淋疾今又四月病犹未愈》谓“极痛过于割，通身总是灾”，同卷《送载良辅药者归城郛》诗有：“君欲问淋疾，便是法外刑”[①]语，可见杨万里此期饱受疾病折磨，他虽叙写晚年久病不愈，身体困劣的状态，却没有全因生病而郁结，不能自已，反而警省自我，记得医者一番提醒，但晨起以诗自警，似也未能忘吟诗之癖。可以说诗人感于身体疲病中，吟诗也是一种心灵疗养。陆游暮年有《小疾自警》：

> 老来土弗强，举箸辄作病。造物盖警之，何啻三下令。而我不自珍，若与疾竖竞。岂唯昧摄养，实亦阙忠敬。颠踣乃自诒，何用死不瞑。自今师古训，念念贵清静。羔豚昔所美，放斥如远佞。淖糜煮石泉，香饭炊瓦甑。采蔬撷药苗，巾羃相照映。膨脝亦宜戒，仅饱勿惮剩。隐书有至理，要使气常胜。因之戒友朋，苦语君试听。(《全宋诗》40，25333)

《书警》二首其一：

> 束带接一客，伸纸报一书。未为甚疲劳，已觉不枝梧。唯有袖手坐，俨然如斋居。尚惧精神衰，药石以自扶。(《全宋诗》41，25549)

其二：

> 情欲虽害人，要是自惑溺。吾观日用事，饮食真勍敌。乃知匕箸间，其祸甚衽席。堂堂六尺躯，勿为口腹役。(《全宋诗》41，25549)

陆游《小疾自警》，系于宁宗嘉泰四年(1204)秋于山阴作[②]，时八十岁。又《书警》二

---

① 北京大学古文献研究所编：《全宋诗》第四二册，26662页。
② 参见宋·陆游著，钱仲联校注：《剑南诗稿校注》，3414页。

首,系于开禧三年(1207)冬山阴作[①],八十三岁。虽已届暮年,但陆游一向重视饮食养生,所以诗云“采蔬撷药苗”“膨脝亦宜戒”“药石以自扶”“勿为口腹役”等,陆游以为饮食不当,容易腹胀气,所以特别戒口腹之欲,他了解人年纪大,代谢较慢的问题;也知饮食宜清淡;对药理、药用植物应略懂一二,因此能适时警省自己,格外注意身体。然则他说“念念贵清静”,亦注重自我内在的恬静安定,身心既然不是封闭的对象,那么注重内在的舒张状态,身体的感觉也会如是,可看出陆游对于身心的关注,并未只重视饮食而忽略心性之修养。

五、家居自警

宋人循省自警,除对心性、身体的省察外,也关乎到外在环境,在家闲的生活中,仍赋诗自我警惕,如陆游《修居室赋诗自警》:

> 荒园二三亩,败屋八九间。初至如逆旅,忽逾四十年。屋日已朽蠹,我老不自还。茅可刈之野,木可伐之山。尚复不能具,日夜忧其颠。况我虚幻身,念念随化迁。齿堕发亦缟,镜中失朱颜。其危甚于屋,何恃能牢坚。丰汝梨与枣,养汝汞与铅。防疾如待敌,爱气如守关。谋于履霜初,惧在横流前。书绅铭席端,虽老尚可全。(《全宋诗》41,25579)

荒园中的“居室”,不仅给予陆游各种意念、回忆,也是与其身体亲昵、生命安顿之所。陆游晚年退居山阴后,虽不像高士般栖迟隐逸,但他躬耕读书,与邻里间互动,在怀有忠厚仁爱之心中,则是一种较为自在的身体感。他晚年愈发重视存养的重要,因此由修理居屋联想自己垂垂老矣的身体经验,也以此警惕省察自我。《家居自戒》六首其一说:“曩得京口俸,始卜湖边居。屋财十许间,岁久亦倍初。艺花过百本,啸咏已有余。犹愧先楚公,终身无屋庐。”[②]其二:“勿言闻道晚,努力补黥劓。”其四:“疾病当治本,神医古难遭。哀哉有限身,日与利欲鏖。”其五:“恕物学者心,省事虑亦长。吾过固多矣,责彼何暇详。”透过诗的空间书写,彷佛看到诗人闲静欣然的生活图景,然则看似闲散自在的田居之乐,暗示了自我道德情操与彻底遁

---

① 参见宋·陆游著,钱仲联校注:《剑南诗稿校注》,4037页。

② 北京大学古文献研究所编:《全宋诗》第四〇册,25285页。以下所引《家居自戒》诗,出处页码亦同。这首诗可知陆游的屋产,显然购置的住屋,靠官俸而扩建十余间。但这十几间房屋,多半是草屋,尚不能跟高官贵族的田园居第相比。参见程民生:《宋代物价研究》(北京:人民出版社,2008年11月),589页。

世的人不同，也意识自己要安于贫穷而不愿妥协追求利益，所以由居屋修缮及日常家居生活的书写，藉此展现他克己内省、淡泊自守的儒者形象。又《自规》："陆君拙自谋，七十犹粝食。"[①]《自规》："曲肱饮水彼何人，汝独何为厌贱贫。"[②]皆可见其贫居自警的叙写。又《书戒》诗：

> 我幼事父师，熟闻忠厚言。治身接物间，要使如春温。鞭朴不可弛，此语实少恩。但能交相爱，余亦何足论。家贫赖奴婢，炊汲与麿门。余力具茗药，夕饭或至昏。有过尚当贳，况可使烦冤。出仕推此心，所乐在平反。宁坐软弱废，促驾归丘园。吾老死无日，作诗遗子孙。（《全宋诗》41，25558）

诗作于陆游八十三岁[③]，无论陆游是否接受官职，抑或退隐，儒家知识分子的典范，不仅代表陆游毕生追求的一种理想状态，而且在自我修养中有其重要作用。陆游晚年淡泊自甘，强调省察，在他看来君子之学的知识，实则隐含躬身实践的生活方式。

刘克庄有《贫居自警》三首，亦深刻表达穷居困处的情景：

> 昨者匆匆掷印归，六年岑寂闭柴扉。岁荒奴仅拾残穗，日晏婢方羹苦薇。宁渴莫赊邻近酒，尽寒不着借来衣。中年但祝身强健，要卧松风坐钓矶。赤粟黄虀味最深，此生不恨老云林。鬼神每瞰高明室，天地皆知暮夜金。夸士燃脐犹殉货，先贤覆首或无衾。一瓢千驷同归尽，莫为浮云错动心。客过吾庐语至晡，旋营盐酪刈薪刍。酒兼麟脯不时有，饭与鱼羹何处无。自注：荆公云：何处无鱼羹饭吃。力穑勿忘家世俭，堆金能使子孙愚。俗儿未识贫中乐，妄议书生骨相臞。（《全宋诗》58，36270、36271）

据诗意，此组作品是刘克庄中年遭迁谪后作。仕宦不尽人意，是文士出处的重要课题。因此刘克庄历经几次政争中，放情山水与经世济时，清狂不羁与委靡不振，重名轻利与忧谗畏讥，均构成他多面的自我形象[④]。此组诗字里行间流露出郁结后

---

① 北京大学古文献研究所编：《全宋诗》第四〇册，24900 页。
② 北京大学古文献研究所编：《全宋诗》第四〇册，24986 页。
③ 诗系于开禧三年（1207）冬山阴作。参宋・陆游著，钱仲联校注：《剑南诗稿校注》，4067 页。
④ 参见侯体健：《刘克庄的文学世界——晚宋文学生态的一种考察》，188 页。

的疏狂之气,勾勒他跌宕不羁,抵触流俗,以清狂自命的真率性情。他坦然接受去官后的贫居生活,并以此自警,是其内心涵养的最好诠释。穷居困处可能影响刘克庄的身体,却不能改变其内在的省察。

大体而言,两宋文士警省自我的书写,对于内在涵养之价值,不是由其政治成就决定,他们无意以声望膨胀自我,反能从关切道德之我发展中,体验克己、不怠、持守的重要且更多关注日常性身体、空间,藉此以反身修德。钱穆谓宋理学家:“大体退在野,不竞在朝”①,这或可反证部分两宋文士,虽在政治上未见大用,但退于在野时,仍躬省儒家“修身以俟之”持续的修身过程。

第二节　自我责备

本节讨论宋代自叙诗的“自讼”“自责”“自尤”等作品,部分“自我责备”的诗,具省察之意,但谴责意味更为浓厚,且诗句中的语气,则有严刻罪己的意思。

《论语・公冶长》云:“已矣乎!吾未见能见其过,而内自讼者也。”②孔子感慨自己还未见过,有过失而能自我咎责的人。看似言重,实则孔子对“内自讼”的重视,人常未意识自己的所作所为是“过错”,而过错的反应,也是性情与德性的距离,过错是人性情的缺欠,因此“内自讼”的关键处,是在于认识自身情性与德性之间的差距,将其言行之过,反身自省,不断地检视调整③,那么对于两宋以道自任、修身进德的知识分子而言,定了解孔子此话的深意。

一、宦途上的责躬省过

宋人责备自我与心性修养相契,着重士之所以成为士的一种内在精神④。他们以诗克己自责,仍法“内自讼”的道德自律,将所谓修身在己,持身已严,落实到内

① 钱穆:《宋代理学三书随札》(台北:东大图书有限公司,1983 年 10 月),192 页。又可参见王德毅:《宋代士大夫的辞官风气》,收入宋史座谈会主编:《宋史研究集》第三十五辑(台北:兰台出版社,2005 年 7 月),1—23 页。尤其 22 页,宋人能行道则出仕,不能行道则辞官的部分论述,可与钱穆所言印证,也与笔者所论两宋文士退于在野时,仍躬省儒家“修身以俟之”持续的修身过程相同。

② 魏・何晏集解,宋・邢昺疏:《论语注疏》,清・阮元校勘:《十三经注疏》(台北:艺文印书馆股份有限公司,2001 年 12 月),46 页。影印清嘉庆二十年重刊宋本。

③ 参见吴小锋:《古典诗教中的文质说探源》(上海:华东师范大学出版社,2016 年 5 月),122、123 页。

④ 参见周裕锴:《宋代诗学通论》,19、133、134 页。

在生命中。然则有些自我责备的诗，叙写宦途情况，或写因某事而究责之心情，虽然诗的内容不相一致，但皆可见其反躬自责的态度。如宋初的宋庠《自讼》：

> 右辅朱幡守，南宫革履臣。孤萤难助日，病木独依春。暗懦疑蛇客，愚忠数马人。谁知温省树，自诫鲁堂绅。监令车中席，江山扇外尘。何当能浼我，初不疆均茵。事往方成悔，猜除且莹神。由来矜百炼，从此惜千钧。素发惭华冕，虚舟谢要津。洗心良有谓，佞佛不无因。案上仙书㢲，斋中梵氎巾。更须穷僻地，香火报昌辰。(《全宋诗》4，2228、2229)

仁宗皇祐三年(1051)，宋祁之子与张彦方交往，张彦方伪造敕牒，为人补官，包拯上奏谓宋庠不约束子弟，并谓宋庠对国事无所建白，于是宋庠出知河南府，后徙知许州、河阳[①]。据《自讼》诗序云："余自洛移许，公余有宴坐之胜，偶感曩事，多所悔尤，类非他人所知，因题曰自讼。"[②]知诗在迁谪许州作，序谓"偶感曩事，多所悔尤"，究指何事，语焉不详，或指纵溺侄子之事。《宋史》本传："晚爱信幼子，多与小人游，不谨。御史吕诲请敕庠不得以二子随，帝曰：'庠老矣，奈何不使其子从之。'至亳，请老益坚，以司空致仕。"[③]可见宋庠晚年亦因厚爱儿子遭致物议。

《自讼》中的他悔尤责己，或其子侄与行止不端的人相交有关外，在宦场上被弹劾无所建白，其心绪不免有所轇轕，所以悔尤责己大体可知。而诗"南宫革履臣"用郑崇典故[④]"谁知温省树"用孔光典故[⑤]，实则以汉代大臣象征其身分及自白心曲。《自讼》亦云"孤萤难助日，病木独依春""事往方成悔""洗心良有谓"等，宋庠对自己的所虑所行，应有具体了解，即使未厉言斥责自己，但他将其子侄所犯的过失，以及国事无所建白，自觉是自我内在的缺失而自我承担，直接面对迁谪或遭众人议论，但此一责己方式，还是形成内心的压力焦虑，因此"佞佛不无因""案上仙书㢲"，似托庇释道来安顿自己，赎其前愆。

---

① 参见元・脱脱等撰：《宋史》，卷284，9592、9596页。

② 北京大学古文献研究所编：《全宋诗》第四册，2228页。

③ 元・脱脱等撰：《宋史》，卷284，9593页。参见宋・李焘撰，上海师范大学古籍整理研究所、华东师范大学古籍研究所点校：《续资治通鉴长编》第十五册，4845页。

④《汉书・卷七七・盖诸葛刘郑孙毋将何传・郑崇》载，郑崇多能谏诤，故汉哀帝每听到革履声，笑说："我识郑尚书履声。"参见汉・班固：《汉书》，3255页。

⑤《汉书・卷八一・匡张孔马传・孔光》载，孔光居官谨慎，故"兄弟妻子燕语，终不及朝省政事。或问光：'温室省中树皆何木也？'光嘿不应，更答以它语，其不泄如是。"参见汉・班固：《汉书》，3354页。

宋庠晚年出判亳州，因英宗恩赐，其子得以从之。英宗治平元年(1064)，宋庠六十九岁，在安徽亳州作《淮南自讼》诗：

偶然人乏贰中枢，赐罢犹专督府居。发白自伤闻道晚，心丹谁识报恩余。淮天目极风帆驶，韩野魂销宰树疏。却顾病身何所用，只堪归钓颍滩鱼。(《全宋诗》4,2259)

宋庠写这首诗，距其离世尚不到三年，或可视为其晚年表白自我之作。首四句先回忆曾在国家权力核心的自己，次就近期的自己，因年老请求辞职，蒙受皇帝恩宠，也自我愧责不克职守。此时的心境，因外境"风帆""宰树"，成为他暮年漂泊与死亡的具体化，最后"只堪归钓"，是宋庠老病之残生余年的寄托。检览《续资治通鉴长编》治平元年以后诸事，宋庠已远离政治核心，就算洞悉国家政治的变化，宦场倾轧的顺逆起伏，但这些已事不关己，他特别着意皇帝恩赐，未能称职而报恩的自我责备。

宋庠之弟宋祁，亦有《自讼》诗三首：

史藁虽残得自随，兵符未解定堪蚩。淹留正似周南老，戏剧何争灞上儿。铅笔用多毛秃落，鬓髯愁罢雪纷垂。十年尚滞成书奏，可验相如属思迟。

有人多病卧遥帷，误舍寒耕失故畦。每畏宾朋嘲乘雁，宁教子弟爱家鸡。淹中学废心都塞，辕下鸣余耳更低。自顾上恩无一报，何颜岁晚望金闺。

坐毡无客冻鸱愁，谈树萧然两见秋。执戟不知身寂寞，写书犹得罪风流。官闲无日惭轩鹤，机尽多年谢海鸥。借问殿科能免否，杜陵男子有耕畴。(《全宋诗》4,2509)

《宋史》本传："坐其子从张彦方游，出知亳州。兼集贤殿修撰修。……修《唐书》十余年，自守亳州，出入内外尝以稿自随。"[1]故《自讼》三首之一"史藁虽残得自随"句，当指在亳州修撰《唐书》事。而其系年，据皇祐三年(1051)，宋庠因其侄子受牵连，与宋祁同时出知亳州，知《自讼》三首，应在此时出任外职期间作。诗谓"史藁虽

① 元·脱脱等撰：《宋史》，卷284,9596、9599页。

残得自随”，本传亦称“出入内外尝以稿自随”，依常理推断，他因“官闲无日惭轩鹤”，得以携带自撰或编修官所撰的稿，批阅修改[1]。诗虽未明言“自讼”何事，但“自顾上恩无一报，何颜岁晚望金闺”，颇有因皇帝恩宠而生悔愧责己之意，尤其因为儿子的问题而被贬官，心绪难免起伏，所以他谓“机尽多年谢海鸥”“借问殿科能免否，杜陵男子有耕畴”，未必真是栖迟隐逸的生命型态，只是一种以此为远避的心理状态。又云“有人多病卧遥帷，误舍寒耕失故畦”[2]，显然隐喻、象征他不得已的情绪、感受，也加深经历之事件的回忆。由此看来，宋祁的自白，虽在官闲、修撰史书上获得暂时宽慰的纾解，但内心似乎有一时无法排遣的焦虑，自省自责中是近于矛盾的自我剖析。相较宋庠、宋祁的责己之意，郑刚中《自讼》，其谴责更为强烈：

> 我昔贫时冬少袴，四壁亦无唯有柱。自从脚蹈官职场，暖及奴胥妻子饫。
> 线因针入敢忘针，入室古云当见妒。云衢跌足泥淖寒，涕泣牛衣复如故。
> 衔恩省咎到骨髓，万罪一愚难自恕。山深坐觉困烟瘴，天阔日思沾雨露。
> 性中不爱宾客诗，亦或未然工部句。文章谁谓不得力，陋儒岂是冠相误。
> （《全宋诗》30，19129、19130）

诗首四句自叙从前清寒难捱之状，及进入官场后的情形。自第五句起，则隐喻因某人事关系，家境又回到从前之贫寒，且写出那份愤懑、悔愧、咎责的复杂心绪。诗说“衔恩省咎到骨髓，万罪一愚难自恕”，所谓“恩”，应指“帝恩”，其《偶书》说：“帝恩容贷比天宽，天见孤臣涕泪潸。……第引沧浪澡心骨，尧云终自不违颜。”[3]《循省》又说：“僦居栽竹暮清幽，絷系其如是楚囚。高枕亦成惊枕梦，小窗长作客窗愁。扪心罪在愚臣戆，肉骨恩归圣主优。日有省循千点泪，临风分付与江流。”[4]观其诗意，颇有悔恨自己因邪佞之人而遭罢黜，不能报隆恩之意。所以郑刚中省察自己、指责自己迂愚刚直。“性中不爱宾客诗，亦或未然工部句”，虽明言不爱刘禹锡诗，但刘禹锡两赋玄都观桃花事，藉以宣发情绪，为人知悉。郑刚中亦或未然间，或以刘禹

---

① 参见李则芬：《漫谈新旧二唐书》，收入氏著：《隋唐五代历史论文集》（台北：台湾商务印书馆，1989 年 7 月），4 页。

② 李商隐《回中牡丹为雨所败》二首之一有“有人惆怅卧遥帷”句，宋祁化用为“有人多病卧遥帷”，但据通篇诗意，当与李商隐牡丹诗无涉。

③ 北京大学古文献研究所编：《全宋诗》第三〇册，19138 页。

④ 北京大学古文献研究所编：《全宋诗》第三〇册，19144 页。

锡、杜甫其人其诗,喻意自我,寄托心志。何况藉由书写,是他用以深自咎责,看待自我境遇的绝佳方式。

上述构成自我责备的因素,多与宦途不尽人意有关,陆游亦有几首同类型的自讼、自责诗,但其心绪起伏不大,《自责》:

> 穷途敢恃舌犹存,小筑城西十里村。未挂衣冠惭士节,免输薪粲荷君恩。文章跌宕忘绳墨,学问荒唐失本原。仕宦一生成底事,子孙世世记吾言。(《全宋诗》39,24802)

此诗作于光宗绍熙三年(1192)山阴家居[①],陆游六十八岁,钱大昕《陆放翁先生年谱》绍熙元年(1190)条载:"又以十年间两坐罢斥,罪非一端,而诗为首,谓之'嘲咏风月',……且作《绝句》云:'放逐尚非余子比,清风明月入台评。'……过冬日饮酒对梅花,醉则拥纸衾熟睡,甚自适也。"[②]可见陆游被劾去官,已能由哀感中转化为不受宦途牵绊的生命内涵,往后则闲居近山阴二十年,故观《自责》诗谓己"未挂衣冠惭士节,免输薪粲荷君恩",亦着眼去官后想要闲隐的心态。但他所谓的自责,应指所作的文章没有准则、且尚未能穷究学问根源,他对宦途上的失意,虽有豁朗的看澈,却亦藉其经验告诫后辈,隐约地透露他反躬责己的意味,而此陆游的另一首《自讼》,更为明显:

> 年少宁知道废兴,抟风变化羡鲲鹏。贪求但欲攀分寸,痛定方惭乞斗升。灵府已能澄似水,俗缘更觉薄于僧。挂冠且喜身萧散,二顷宁须退可凭。(《全宋诗》40,25131)

诗作于宁宗嘉泰元年(1201)山阴家居[③],时七十七岁。颔联所云,可见陆游自责之严。贪欲、妄念的诱因,往往纠缠本心,如何透过对这些诱因的否定而回复本心,即他对君子固穷的体认,因此才有"灵府已能澄似水,俗缘更觉薄于僧"句。末联所云,与前首《自责》诗用"挂冠"之意相同,"二顷",反用苏秦典故之意,《史记·卷六

① 参见宋·陆游著,钱仲联校注:《剑南诗稿校注》,1842页。
② 清·钱大昕著,田汉云点校:《陆放翁先生年谱》,收入陈文和主编:《嘉定钱大昕全集》(增订本)第四册(南京:凤凰出版社,2016年3月),603、604页。
③ 参见宋·陆游著,钱仲联校注:《剑南诗稿校注》,2830页。

九·苏秦列传》:"苏秦喟然叹曰:'此一人之身,富贵则亲戚畏惧之,贫贱则轻易之,况众人乎!且使我有雒阳负郭田二顷,吾岂能佩六国相印乎!'"[①]这是陆游对仕与隐的回应,无论在心灵上的闲散自乐,抑或环境生活上的贫苦穷困,他的闲居是基于道德正直的自我诠释,在遭挫的壮志豪情之际,也流露出他退居山阴下的反思[②]。对陆游来说,晚年退居山阴的选择,既非超然世外,也绝非疵议时政的决然退出,而是对一己之本心的真诚无欺。

二、言行方面的自责

宋代文士虽然宦途失意,但却反身注意个人行止的问题,并且责躬省过,想要实践君子志于道,据于德,依于仁的理念,这是儒家自古而然的典例。然则在这精神性的重要问题上,也有愈来愈多以道自重的人,过度苛责于人,严厉评价于人,以致激变不近人情。邵雍对此有其看法,《责己吟》云:

> 不为十分人,不责十分事。既为十分人,须责十分是。(《全宋诗》7,4616)

以过度苛责的方式对待他人,邵雍认为如果尚未达到知行兼备的境界,就不该十足地过份要求,而是先反躬自己。因对修身的君子而言,他必须反身而求,对自我内在生命与外在行为,深刻细微地省察,除非成为圆善的圣人,才能十足地指责他人的过失。邵雍存养省察的修身体验,也希望寡过、不贰过,反躬自责为道修行不易,《安乐窝中自讼吟》:

> 不向红尘浪着鞭,唯求寡过尚无缘。虚更蘧瑗知非日,谬历宣尼读易年。
> 发到白时难受彩,心归通后更何言。至阳之气方为玉,犹恐钻磨未甚坚。(《全宋诗》7,4533)

邵雍在安乐窝展示的生命型态,是安于当下的体验,但退省之际,重视德性生命一

---

① 汉·司马迁撰:《史记》,2262页。

② 陆游《自诘》诗:"修行力量浅,触事常寡悰。端居本无事,奈此百忧攻。今晨默自语,世岂不汝容。漱濯临清流,啸歌荫长松。缓步有夷途,远眺多奇峰。野叟时相寻,村酒亦自醲。于道忽少进,一扫芥蒂胸。轑釜本常情,宁说饭后钟。"也可见其心态。诗参见北京大学古文献研究所编:《全宋诗》第四一册,25574页。

贯的涵养、持守,因之蘧伯玉“年五十而有四十九年非”、孔子“五十以学易,可以无大过”事,责省自己修身的体验,行远自迩。至于“唯求寡过”,则重视“内自讼”,其《诫子吟》:“欲成令器须追琢,过失如何不就新。”[①]又《寒夜吟》:“责己重以周,与人不求备。唯是大圣人,能立无过地。”[②]换言之,有过即改,于反躬中是直心而动,绝非画饼之谈。

李复《潏水集》卷一,有《自省》《自讼》《自暴》诗,此三首诗,应同时之作,其中也因行止问题,自我责备,如《自讼》:

> 前善后随非,失于任私意。短长莫可欺,明者未免蔽。改过心每惮,责人夫何易。(《全宋诗》19,12409)

所谓“改过心每惮”,是改过之后于“不贰过”,或“寡过”维持上的不易;“责人夫何易”者,与邵雍“不过份责人”意似。李复明白“私意”造成的弊害,故以此责躬自己。圣人因无私意、私心,不须戮力检束自己,但李复则须在此处下工夫。宋人责躬自己不够完善,会适时告诫自己言行应慎重,或对其言行自我辩白、悔愧,李复《自暴》:

> 交际知其心,莫良占辞气。……人惧有失言,恝尔绝于世。(《全宋诗》19,12409)

《论语·卫灵公》曰:“不可与言而与之言,失言。”[③]孔子对言说的态度,并不强调言说所要传达、陈述的内容,而是特别考虑应该说话的情境与说话对象[④]。李复所谓的“人惧有失言”,即了解孔子所云“失言”的涵意,责省自己言说的情境及对象,在“修辞”和“修为”上的重要。又贺铸《自讼》:

> 朝朝复暮暮,是是与非非。迹寄升沉路,言投祸福机。(《全宋诗》19,12544)

---

① 北京大学古文献研究所编:《全宋诗》第七册,4539页。

② 北京大学古文献研究所编:《全宋诗》第七册,4540页。

③ 魏·何晏集解,宋·邢昺疏:《论语注疏》,138页。

④ 参见蔡英俊:《“修辞立其诚”:论先秦儒家的语用观——兼论语言活动与道德实践真伪的问题》,郑毓瑜编:《中国文学研究的新趋向:自然、审美与比较研究》(台北:台湾大学出版中心,2005年9月),88页。

此诗题下注："元丰戊午六月滏阳赋。"元丰戊午，即神宗元丰元年(1078)，贺铸二十七岁，改官滏阳都作院[1]，据诗意可知贺铸抑郁不得志，诗谓"言投祸福机"，是否因其为人狂狷以言语得罪于人？其《庆湖遗老诗集自序》云："铸少有狂疾，且慕外监之为人，顾迁北已久，尝以'北宗狂客'自况。"[2]因其年少性格如是，故此时宦场不遂的自我责备，应就其态度而发，因失言失行，乃人际互动往来问题所在。但亦有不畏人言，直道而行，如王安石《自讼》云：

> 孔子见南子，子路为不怡。欲从公山氏，勃郁见色辞。道如天之苍，万物不能缁。弟子尚不信，况余乏才资。明知古人仁，语默各有时。苟出不自慎，果为听者疑。白圭尚有磨，驷马犹能追。一言成不智，虽悔欲何为。(《全宋诗》10,6548)

面对北宋内外困敝，王安石以其异乎常人之迫切时代感，力主变革[3]。此诗系年不能确考，但观其用典及诗内之意，应别有深意。儒家的内圣外王之学，就王安石经世治道的气概，当知此特殊涵义，因此面对政治倾轧、变化，王安石已隐然将治道重任担在肩上。《自讼》显然有意用孔子典故，为自我辩白、期许。《论语·雍也》："子见南子，子路不说。夫子矢之曰：'予所否者，天厌之。天厌之。'"[4]又《论语·阳货》："公山弗扰以费畔，召，子欲往。子路不说，曰：'末之也已，何必公山氏之之也。'子曰：'夫召我者而岂徒哉？如有用我者，吾其为东周乎？'"[5]孔子虽向子路辩白，但关于去见南子的目的，孔子并未透露其内心想法。又公山弗扰一事，也引起子路不悦，但周文疲弊，孔子的治道关怀，是重建周制，以逐步实现其心中理想的政体，故回答子路"如有用我者，吾其为东周乎"，王安石亦然，用此二典，自任以天下为重。

不过也谓孔子"道如天之苍""弟子尚不信"，且续云"况余乏才资""苟出不自慎，果为听者疑""一言成不智，虽悔欲何为"等，警戒自己言行不可不慎。王安石对

---

① 参见夏承焘：《贺方回年谱》，收入氏著：《夏承焘集》第一册《唐宋词人年谱》(杭州：浙江古籍出版社、浙江教育出版社，1997年6月)，275页。又贺铸所说"慕外监之为人"，外监，指四明狂客贺知章。

② 宋·贺铸著，钟振振校注：《东山词》(上海：上海古籍出版社，1989年12月)，520页。

③ 参见漆侠：《宋学的发展和演变》(石家庄：河北人民出版社，2002年10月)，327、328页。

④ 魏·何晏集解，宋·邢昺疏：《论语注疏》，55页。

⑤ 魏·何晏集解，宋·邢昺疏：《论语注疏》，154、155页。

现实政治的深刻认识，在其阐发儒家价值理念的影响效应中，确实招惹不少风波[①]，或许《自讼》乃王安石对其理想沦为论诤的自责警省。

三、责备怠惰

宋人责备自我亦与警省有相同之处，对自我要求，多戒慎怠惰，陆游《习懒自咎》诗云：

> 习懒多遗事，时能害睡眠。獾骄残竹笋，鼠横啮床毡。犸子巡篱落，狸奴护简编。人间有俊物，求买敢论钱。（《全宋诗》40，25406）

陆游的自警诗，警惕怠惰，这首则因怠惰而责备自己。诗中的"獾""鼠"，有其习性、害处；"犬""猫"亦有其习性、长处，陆游认为萌生怠惰的心，即动物有其根本的习性般。心性长期在某种环境逐渐养成的特性中，均可能导致行止正或不正的问题，所以他说"习懒多遗事"，指出习惯懒惰，容易有其过失[②]。但有志于改掉怠惰的人，其关键处在亲身实践的过程，不敢松懈，如陈文蔚《责己》：

> 圣人当耳顺，吾年已逾再。日觊有新功，迩来如稍怠。嗟尔性虽驽，敢不鞭其退。须教十二时，此心无不在。书此当盘铭，终身以服佩。（《全宋诗》51，31930）

诗首二句，知陈文蔚大致年岁。其《克斋集》有多首生日诗，颇有年老惜福知足之意，这首是严以律己的责己之作。陈文蔚自觉未达圣人在耳顺之年的修为，对于懈怠可能引起的弊端，也有所警觉，因此以严格的态度警省自己。实际上，中壮年的陈文蔚，早已能反省过失，其《夜坐有感年四十》诗："仲尼切戒取人恶，孟子真能不动心。嗟我痴顽何所得，但能于此惜分阴。"[③]又《十月三夜省愆二绝》之二："孔子

---

① 王安石虽一再强调变法背后有其道德性命之学，但在道学家眼中，王安石并不曾真正见到儒家之道。详见余英时：《朱熹的历史世界：宋代文士大夫政治文化的研究》（上篇），157 页。参见书第三章《"同治天下"——政治主体意识的显现》。

② 参见陆游《自责》诗云："凡心未免更诗字，习气犹思议古人。……何时一切消除尽，终作无怀上古民。"参见北京大学古文献研究所编：《全宋诗》第四〇册，25174 页。

③ 北京大学古文献研究所编：《全宋诗》第五一册，31945 页。

九思频点检，曾参三省重绸缪。事来若也能思省，事过何因有悔尤。”[①]皆不难想见他责躬省过，似也觉察知行，作为修身实践的重要。

四、读书非求仕进而自讼

宋人亦有谓学问、读书非求仕进，因而作诗自讼，薛季宣《自讼》：

> 学问非干禄，宦游端为贫。生惭挽船令，羞杀采芝人。求牧知平陆，无浆卖棘津。读书心愧否，何日是来春。(《全宋诗》46,28624)

南宋薛季宣，号艮斋，为事功之学，叶适《温州新修学记》评其学说云：“故永嘉之学，必弥纶以通世变者，薛经其始而陈(傅良)纬其终也。”[②]薛季宣的事功，是考虑国家现实趋势，致君行道是其读书为宦之抱负，因此他督责自己。颔联“挽船令”，唐·孙樵《书何易于》云：“何易于尝为益昌令，……江南刺史崔朴，尝乘春自上游多从宾客，歌酒泛舟东下，直出益昌旁。至则索民挽舟，易于即腰笏引舟上下。刺史惊问状，易于曰：‘方春，百姓不耕即蚕，隙不可夺。易于为属令，当其无事，可以充役。’刺史与宾客跳出舟，偕骑还去。”[③]

薛季宣用此典故，是不能为民福祉而惭愧，并藉以讽刺某些官宦气焰嚣张。“采芝人”，用商山四皓典，藉表自己未能遁世隐居。颈联“求牧知平陆”句，用《孟子·公孙丑下》典，孟子至齐国平陆，谓孔距心云，凶荒饥馑，人民受苦，并以牛羊、牧场、草料为喻，“曰：‘今有受人之牛羊而为之牧之者，则必为之求牧与刍矣。求牧与刍而不得，则反诸其人乎，抑亦立而视其死与?’曰：‘此则距心之罪也。’”[④]孔距心自知卸职之罪，则能知其过失，此反映薛季宣的心曲，愧责自己欲任事而不能实践其心中构想，所以次用吕望曾在棘津卖浆[⑤]，后遇周文王得展抱负事，以自己“无浆卖棘津”，自谦其愧乏才能也未能受知用，所以“读书心愧否”，他知道读书绝非以

---

① 北京大学古文献研究所编：《全宋诗》第五一册，31946 页。

② 宋·叶适著，刘公纯、王孝鱼、李哲夫点校：《叶适集》(北京：中华书局，1961 年 12 月)，178 页。

③ 清·董诰等编：《全唐文》(北京：中华书局，1983 年 11 月)，8333、8334 页。

④ 清·焦循撰，沈文倬点校：《孟子正义》，265、266 页。

⑤ 吕望遇文王之前，是何种身分，学者有不同见解，今据薛季宣诗“无浆卖棘津”，知吕望曾为卖浆者，郑刚解释郭店简，亦以为吕望曾在棘津卖浆。参见张卉：《郭店简〈穷达以时〉“吕望为牂棘津”考》，发布日期：2013 年 12 月 28 日，1—10 页。复旦大学出土文献与古文字研究中心网站论文：http://www.gwz.fudan.edu.cn/SrcShow.asp? Src_ID=2200。

显达为要,而是致君行道之理想实践的可能。

五、女作家愁闷无聊的自责

朱淑真诗有一种深闺清愁,她有《自责》二首:

> 女子弄文诚可罪,那堪咏月更吟风。磨穿铁砚成何事,绣折金针却有功。
>
> 闷无消遣只看诗,又见诗中话别离。添得情怀转萧索,始知伶俐不如痴。(《全宋诗》28,17978)

这两首诗因弄文看诗,而生惆怅无聊之情,因此责怪自己。朱淑真有感写作,未若女红之事来得有意义,何况闷腾腾的心绪,看诗只会满怀离愁。诗虽谓责己,实则自惭孤独,是抒发自己细腻微妙的心理经验。

六、丧女之恸的悔愧咎责

本节最后论述苏洵《自尤》诗,此诗是宋人自我责备的代表作品。上述论述的作品,无论内在之我或外在宦场上,不至于有悔过自忏之情。这首《自尤》则因丧女之恸,有其沉重的悔愧负罪。今将序一并迻录,因诗、序多异文,兹参《嘉祐集笺注》[1],凡异文用夹注标出。《自尤》叙云:

> 余生而与物无害。幼居乡闾,长适四方,万里所至,与其君子而远其不义。是以年五十有一,而未始有尤于人,而人亦无以我尤者。盖壬辰之岁,而丧幼女,始将以尤其夫家,而卒以自尤也。女幼而好学,慷慨有过人之节,为文亦往往有可喜。既适其母之兄程浚之子之才,年十有八而死。浚本儒者(《笺注》"浚"上有"而"字),然内省("省",《笺注》作"行")有所不谨,而其妻子尤好为无法。吾女介于("于",《笺注》作"乎")其间,固为其家之所不悦。适会其病,其夫与其舅姑遂不之视而急弃之,使至于死。始其死时,余怨之,虽吾之乡人亦不直浚。独余友人发闻而深悲之,曰:"夫彼何足尤者,子自知其贤,而不择以予人,怨("怨",《笺注》作"咎")则在子,而尚谁怨。"余闻其言而深悲之。其后

---

① 凡标《笺注》者,皆自宋·苏洵著,曾枣庄、金成礼笺注:《嘉祐集笺注》(上海:上海古籍出版社,2001 年 4 月),511—513 页。

八年，而余乃作《自尤》之诗。

又诗云：

五月之旦兹何辰，有女强死无由伸。嗟予为父亦不武，使汝孤冢埋冤魂。生死寿夭固无定，我岂以此辄怨（“怨”，《笺注》作“尤”）人。当时此事最惊众，行道闻者皆酸辛。余家世世本好学（“学”，《笺注》作“儒”），生女不独治组紃。读书未省事华饰，下笔亹亹能属文。家贫不敢嫁豪贵，恐彼非偶难为亲。汝母之兄汝叔舅，求以厥子来结姻。乡人婚嫁（“婚嫁”，《笺注》作“皆嫁”）重母族，虽我不肯将安云。生年十六亦已嫁，日负忧责无欢欣。归宁见我悲（“悲”，《笺注》作“拜”）且泣，告我家事不可陈。舅姑叔妹不知道，弃礼自快纷如云。人多我寡势不胜，只欲强学非天真。昨朝告以此太甚，捩耳不听生怒嗔。余言如此非乃（“乃”，《笺注》作“尔”）事，为妇何不善一身。嗟哉尔夫任此责，可奈狂狼如痴麐。忠臣汝不见泄冶，谏死世不非陈君。谁知余言果不妄，明年会汝初生孙。一朝有疾莫肯视，此意岂尚求尔存？忧惶（“惶”，《笺注》作“恒”）百计独（“独”，《笺注》作“惟”）汝母，复有汝父惊且奔。此时汝舅拥爱妾，呼卢握槊如隔邻。狂言发病若有怪，里有老妇能降神。呼来问讯岂得已，汝舅责我学不纯。急难造次不可动，坚坐有类天王尊。导其女妻使为孽，就病索汝襦与裙。衣之出看又汝告，谬为与汝增殷勤。多多扰乱莫胜记，咎汝不肯同其尘。经旬乳药渐有喜，移病余舍未绝根。喉中喘息气纔属，日使勉强飡肥珍。舅姑不许再生活，巧计窃发何不仁。婴儿盈尺未能语，忽然夺去（“去”，《笺注》作“取”）词纷纷。传言姑怒不归觐，急抱疾走何暇询。病中忧恐莫能测，起坐无语涕满巾。须臾病作状如故，三日不救谁缘因。此惟汝甥汝儿妇，何用负汝漫无恩。嗟余生女苟不义，虽汝手刃吾（“吾”，《笺注》作“我”）何言。俨然正直好礼让，才敏明辨超无伦。正应以此获尤谴，汝可以手心自扪。此虽法律所无奈，尚可仰首披苍旻。天高鬼神不可信，后世有耳犹（“犹”，《笺注》作“尤”）或闻。只今闻者已不服，恨我无勇不复冤。惟余故人不责汝，问我此事久叹呻。惨然谓我子无恨，此罪在子何尤人。虎跑牛触不足怪，当自为计免见吞。深居高堂闭重键，牛虎岂能逾墙垣。登山入泽不自爱，安可侥幸遭麒麟。明珠美玉本无价，弃置沟上多缁磷。置之失地自当尔，既尔何咎荆与榛。嗟哉此事余有罪，当使天下重结婚。（《全宋诗》7，4372）

苏洵有三子三女，长子、长女、次女均早卒，幼女十六岁同表兄程之才结婚，于诗序中“壬辰之岁”，仁宗皇祐四年(1052)郁郁而死[①]，又据诗序“其后八年”，即仁宗嘉祐四年(1059)，苏洵作《自尤》诗。这首诗为苏洵对其女儿的遭遇，直接表白心迹之作，事后多年，诗中仍有苏洵痛苦、怨恨、怜惜、悔咎、愧责等轇轕的心绪。宋·周密《齐东野语·卷十三·老苏族谱记》载：“老泉有《自尤》诗，述其女事外家，不得志以死，其辞甚哀，则其怨隙不平也久矣。”[②]苏洵之女在程家备受苛刻、冷落，以致诗有“归宁见我拜且泣”句，苏洵护女心切，不免语气激愤，故诗中遣辞哀感之外，激愤之情，也跃然纸上。

关于此事，如周密所云“怨隙不平也久”，此后苏家与程家断绝往还数十年。诗序谓己性格“是以年五十有一，而未始有尤于人，而人亦无以我尤者”，颇具君子能够和而不流，中立不倚。然则其友人谓“子自知其贤，而不择以予人，咎则在子，而尚谁怨”，所以诗云“只今闻者已不服，恨我无勇不复冤。惟余故人不责汝，问我此事久叹呻。惨然谓我子无恨，此罪在子何尤人”，则强烈诘问自我，虽是程家的问题而造成悲剧，但其实是自我因素导致而成。整首诗于个人修养、处世都有深切的咎责省躬，似乎这一介老人，文章立论皆经国大道，持守自励的生涯，无以怨尤的性格背后，又如何平却由丧女之恸，而加诸在其心中那愤懑、惩咎之情呢？正是此诗，才得以理解苏洵剖述自我意味的不幸身影。

第三节　排遣自解

本节论述的自叙诗，大部分为自遣、自解、自叹、自宽等诗，这些作品的主体意识，在传统诗歌谱系，大体是抒发排遣自己的情感，就其内容主题而论，部分作品有死生之怀、人生苦短的喟叹，遭遇横祸的排解，是非荣枯、壮志未酬之感叹等，皆由存在而引生的种种遭遇，类似吉川幸次郎所谓“推移的悲哀”，即人意识自己在存在时间上所引起的悲哀[③]。汉魏以后的知识分子，虽自不同的遭际境遇，他们面对这

---

① 宋·苏洵著，曾枣庄、金成礼笺注：《嘉祐集笺注》，513、514 页。

② 宋·周密撰，张茂鹏点校：《齐东野语》，235 页。

③ 〔日〕吉川幸次郎著，郑清茂译：《推移的悲哀——古诗十九首的主题》，《中外文学》第 6 卷第 4—5 期，1977 年，25 页。

些存在困境，该如何自处与安顿、排解自我①，有不同的关心方式。然则宋人的主体情怀，有其时代价值意义，重视日常生活、内省自觉的宋人，对其遭际境遇的经验表述，不乏宋调情趣。但宋人排遣自解的自叙诗，无论内容、意向，仍是古典诗歌谱系的抒情要素，即自抒胸臆（self-expression）的自叙性叙写模式②。但本节不论古典诗歌抒情传统的建构，或某些抒情主题的创变之迹，其讨论范围，即宋人如何表述“排遣自解”，以呈显他们表述自我的人生态度。

一、死生之怀，人生苦短

本节论述依序，首先由时间引生的人生无常感为开端，这除是古典诗歌抒情之源《古诗十九首》的主题情怀，也是人之存在的典型情结③。五代入宋的刘兼，《偶有下殇因而自遣》诗云：

> 彭寿殇龄共两空，幻泡缘影梦魂中。缺圆宿会长如月，飘忽浮生疾似风。
> 修短百年先后定，贤愚千古是非同。南柯太守知人意，休问陶陶塞上翁。（《全宋诗》1，234）

刘兼偶然见到孩童死亡，心中那份戚戚之情，无处而不增酸悲怀，对生命短暂、无常的难以预计，不免有忧生之嗟，《古诗十九首》：“人生寄一世，奄忽若飙尘。”④刘兼即有此生命存在的喟叹。他身处动荡纷争的五代末年，入宋以后宦途不得意，此诗未联系其现实境况，但末联所云，颇能表其想法，即对生命的自处，乃浮生若梦。换言之，他见生命流逝，未感到虚无颓放，抒发孩童之死所带来如此沉重的生命感后，

---

① 参见蔡英俊：《比兴、物色与情景交融》，34—36页。又颜崑阳认为，蔡英俊《比兴物色与情景交融》之《“抒情自我”的发现与情景要素的确立》一节，即针对陈世骧、高友工之说提出响应与修改。他接受“抒情传统”的基本观点，但从“古诗十九首”的个人抒情特质、魏晋的时代环境与文人的生命存在意识及“诗言志”与“诗缘情”的辨析，将“抒情传统”的历史起点，从陈世骧“起于诗经”之说，改为“起于古诗十九首”。颜崑阳：《从反思中国文学“抒情传统”之建构以论“诗美典”的多面向变迁与丛聚状结构》，《东华汉学》第9期，2009年6月，8页。

② 参见陈世骧：《中国文学的抒情传统》，5页。颜崑阳：《从反思中国文学“抒情传统”之建构以论“诗美典”的多面向变迁与丛聚状结构》，34页。

③ 前注已指出蔡英俊对陈世骧“抒情传统”之源的修正，改为起源于《古诗十九首》，萧驰于《“书写声音”：〈古诗十九首〉诗学质性与诗史地位的再检讨》，也认为《古诗十九首》为抒情传统之源，并引诸学者之说，肯定《古诗十九首》所表现的离别、失意和人生无常，为人类情感的共相、基型或情意结。参见氏著：《玄智与诗兴》（台北：联经出版事业股份有限公司，2011年8月），25、42页。

④ 逯钦立辑校：《先秦汉魏晋南北朝诗》，330页。

则回到自我观照,表述人世虚幻与生命无常。

宋人自遣、自解的诗,表达死生之怀时,都因他人过世而吟咏排遣,虽有悲惋忧生之嗟,但仍约束其情感的过度表现,故而内心深悲,遣辞用字却不大毕露,符合诗贵含蓄之意。上述刘兼的诗,是“偶有下殇”的感发之作,死者与刘兼之关系并不熟悉。但下列二诗,作者与诗题中提及的人物,关系较为密切,所以表达的情感强烈。兹先论第一首,吴芾《予与王瞻叔韩通一林梅卿余知默徐彦才六人皆同庚也一登政路五上禁涂其四久已物故所存者独知默与予耳今日得报知默又已云亡念年齿至此予亦岂久于世者乎怅然有感于怀因成数语以自解》:

> 同庚非不多,达者能有几。七十二年间,六人而已矣。其四迹已陈,止予二人尔。今朝闻讣音,其一又不起。嗟予独何人,偶尔未见鬼。自度如许衰,宁久红尘里。念此梦幻身,谁能保终始。失者虽或非,得亦未为是。死者固可悲,生亦不足喜。幸然已挂冠,万事不到耳。何妨日凭栏,乐此佳山水。仍更日开樽,赏此新桃李。时时命歌童,唱个陶真理。倘或未溘然,亦足娱暮齿。(《全宋诗》35,21862、21863)

据诗题,可知吴芾怅然成诗之大概。年龄相同的六人,其为政际遇也相彷佛,然则年齿渐衰,生命逐渐枯萎,所存的二人,其间一人今又离世,故谓成数语以自解,则有白衣苍狗的深刻体会。首四句云“同庚非不多,达者能有几。七十二年间,六人而已矣”,据此,吴芾作此诗约七十二岁,时已致仕。又诗“其四迹已陈”至“幸然已挂冠”等句,皆对生死的关怀,他自知其身体乃“念此梦幻身,谁能保终始”,因此谓“失者虽或非,得亦未为是。死者固可悲,生亦不足喜”,世间之事多有变迁,得失是非,不由人定。面对死去之人,令人悲伤,生者之我,也不值得庆幸。吴芾认为生死变化,即春夏秋冬四时交替,他作诗为死者追念,也意识自身存在的有限性,大限之期不远矣。

故他在这期间所作的诗,如《生朝偶成》云:“人生能几许,今已迫衰谢。”[①]《病中有作》:“但速赐之死,莫令我知觉。一生缠世网,正欲解其缚。”[②]《述怀》:“行年七十五,奄忽遂溘先。……有生则有死,如行者言旋。我是久行客,亦自应息肩。

① 北京大学古文献研究所编:《全宋诗》第三五册,21862页。
② 北京大学古文献研究所编:《全宋诗》第三五册,21863页。

念人处一世，动为世网缠。”[①]皆是此身存在的感悟。但晚年的吴芾面对生命渐逝的压力感，却也适时转换心境，把握生命溘然而逝前的人生体味。于是“何妨日凭栏，乐此佳山水。仍更日开樽，赏此新桃李。时时命歌童，唱个陶真理”，日常琐碎的计较，此起彼伏的是非得失，都在这空间氛围一一洗净。他喜爱陶潜的诗，多有和陶之作[②]，可见陶诗生命诗情，在其心中的回响，因此在悼念同庚的友人之后，能转悲惋为平淡。

另一首是王炎《二十五日闻德莹弟讣音越三日悲不能禁以小诗自解》：

我以官为累，君因病得衰。岂知成永诀，不及待归期。遣至书来疾，赍回药去迟。余生来日短，终不免深悲。（《全宋诗》48，29805）

王炎由于为官关系，不能及时而归，以致死别，而有更怆痛悲怀之情。故在悲怀之情中追忆过去，喟叹“余生来日短”，表白人此世存在的限制与困境。然此悲怀，则是一体两面意，为德莹弟的死，悲哀忧伤；也为自知不能免的死亡，寄托悲慨。

由上述诗例，宋人以诗自遣、自解，表达死生之下的抒情意旨，是对自我存在此世时间上意义焦虑的问题。以下再论二诗，虽未对死亡哀悼，但吟咏人生苦短，郭祥正《自释》二首：

去日不可追，来日已无多。衰颓复自念，迁谢当奈何。贤达并贱愚，百岁同消磨。不如咏觞酌，徘徊眄庭柯。流翠自成幄，好风时经过。憎爱理兼忘，虚淡神所和。运尽即随尽，葬骨南山陂。

遭时如尧舜，击壤欢且歌。归田尚叨禄，天宠固已多。敢复邀长年，寓景随流波。有酒即觞酌，风日眷清和。俯悲秦晋士，含饥避干戈。（《全宋诗》13，8888）

其一云“去日不可追，来日已无多。衰颓复自念，迁谢当奈何”，与吴芾的诗相同，均契合抒情传统下诗人对自我存在，于时间推移意识中的心境表现。郭祥正有感于

---

① 北京大学古文献研究所编：《全宋诗》第三五册，21863 页。

② 《全宋诗》卷一九五六，收吴芾的诗，多和陶之作，如《和陶停云》《和陶劝农》《和陶归鸟》《和陶形赠影》《和陶咏贫士》《和陶挽歌词》《和陶桃花源》等诗，可见陶潜之情怀在其心中的回响，参见北京大学古文献研究所编：《全宋诗》第三五册，21833—21842 页。

人之一生时间奄忽现象，他提起“不如咏觞酌”“有酒即觞酌”，以饮酒表现对有限生命的独特感慨，藉酒宣发情绪之时，以获得暂时的泰然。只不过消愁解忧后，不免兴发“运尽即随尽，葬骨南山陂”深切哀感，并未真正的超脱豁达，反而有时不我与的意味。

其二末联云“俯悲秦晋士，含饥避干戈”，用秦晋围郑，烛之武退秦师事，抒发有志而抑郁不伸的表现，其《郑州太守王龙图赞之出家妓弹琵琶即席有赠》诗云：“我作短歌公听取，人世百年能几许。乐极哀来古所悲，不如立功当此时。”[①]莫砺锋谓郭祥正诗，立意凡庸，无精警可言[②]，但也因此直白，才可知其表露无遗之心志，透露他欲施长才、抱负的渴望。

二、生老病催之感

宋人警省、责备的自叙诗，部分诗人因老病而注意身体状况，他们大多克制自己、约束自己，所以吟咏之际，偏向理性的省察。排遣自解的自叙诗，究竟以诗吟叹慰藉，因之情感强欲自宽，所以写自己老病感叹后，却又强说排遣、宽慰、豁达之语。这类作品较多，今按《全宋诗》编次依序论述。中唐至宋代诗歌趋向日常化，以“病”为诗题的作品明显增多，尤以眼疾常被诗人所关注，梅尧臣《自感》二首其一：

> 左目忽昏花，愁心乱剧麻。文书都莫见，药物近凭他。眸子终何似，形躯且愿嘉。唯期一开泰，再望日中鸦。(《全宋诗》5,3167)

朱东润《梅尧臣集编年校注》云：“至和三年丙申(1056)九月改元，史称嘉祐元年，尧臣年五十五岁。岁初在扬州。……端午以后，尧臣到达汴京。”[③]《梅尧臣集编年校注》为按年编次，故今据《自感》二首前后诗作，如《平山堂杂言》诗有：“芜城之北大明寺”，“芜城”，借指扬州，“大明寺”，为扬州名刹；《和张民朝谒建隆寺二次用写望试笔韵》[④]，诗题中的“建隆寺”，亦为扬州名刹，则梅尧臣《自感》二首，当在扬州春季作。《自感》诗，写左眼突然视力模糊，难免忧虑加剧，最后却写出“唯期一开泰，再望日中鸦”的自我宽慰语，以解消因眼疾困绕的忧虑。此期梅尧臣因与友人多唱

---

① 北京大学古文献研究所编：《全宋诗》第一三册，8740 页。
② 莫砺锋：《唐宋诗歌论集》，424 页。
③ 宋・梅尧臣著，朱东润编年校注：《梅尧臣集编年校注》(上海：上海古籍出版社，2006 年 11 月)，825 页。
④ 宋・梅尧臣著，朱东润编年校注：《梅尧臣集编年校注》，838、839 页。

和、游历，心绪并无太大起伏。他的好友欧阳修，也因眼疾而自遣，其《眼有黑花戏书自遣》云：

洛阳三见牡丹月，春醉往往眠人家。扬州一遇芍药时，夜饮不觉生朝霞。天下名花惟有此，罇前乐事更无加。如今白首春风里，病眼何须厌黑花。（《全宋诗》6，3759）

欧阳修于仁宗皇祐元年（1049）三月十三日作《颍州谢上表》说："睛瞳虽存，白黑纔辨。……所冀疗治有验，瞻视复完。"[①]可知《眼有黑花戏书自遣》诗，当作于此时，欧阳修四十三岁。诗追忆往日赏花情趣，也见其胸怀洒落，末联"如今白首春风里，病眼何须厌黑花"，也未因眼疾而引起一种抑郁无助的情绪，却以诗自解自嘲，呈显个性的真趣。也许欧阳修"以风节自持""志气自若"[②]，能不将流俗之事营于胸中，才能沉浸物象，得其理趣，乃能在日常生活上，流露出他对生命观赏玩味的态度。

上述是关于眼疾之例，兹再举与其他老病有关者，略述如次，曹勋《感齿发之衰作诗自解》：

我生饱艰苦，初年心已衰。况今七十化，形惫聊支持。头童渐不束，齿败余墙围。发落尚尔尔，齿豁良依依。鱼蟹强剥啄，梨栗亦空施。岂唯意倦怠，咀啮徒攒眉。老妻谙其苦，饭颗必若糜。佐以推饭物，批抹烦刀挥。不知更十年，此身何可支。昔闻张苍老，相国力乃疲。金盘厌羔腻，玉乳环蛾眉。至真瀹元精，芳润充丰肌。闲出天下论，用为汉室奇。我今何有哉，丰悴理所宜。不然举此志，中有浩气怡。外形以为得，彼美当虚辞。（《全宋诗》33，21102）

据诗"况今七十化"语，则诗为曹勋七十岁作，其《新岁七十以人生七十古来稀为韵寄钱大参》七首之一："熙熙端是太平人"，之二："林间风味慰平生"[③]，及《山居杂

---

① 宋·欧阳修著，李逸安点校：《欧阳修全集》（北京：中华书局，2001 年 3 月），1327 页。洪本建笺注《眼有黑花戏书自遣》诗，亦引《颍州谢上表》例，参见宋·欧阳修著，洪本健校笺：《欧阳修诗文集校笺》（上海：上海古籍出版社，2009 年 8 月），1362 页。

② 参见《宋史》本传，元·脱脱等撰：《宋史》，卷 319，10380 页。

③ 北京大学古文献研究所编：《全宋诗》第三三册，21088 页。

诗》九十首之五:"吾年今七十,非杖或能行"[①],皆与这首《感齿发之衰作诗自解》表达的心绪、身体状况不同。曹勋生年不详,《全宋诗》谓其卒年七十余[②],也许他七十岁以后身体每况愈下,所以有此自解之作,因此诗第三句谓"况今七十化,形惫聊支持",已非《山居杂诗》九十首之五"安能勉筋力,笑傲云霞轻"可相比拟。

面对"齿败""发落"衰暮之年的身体感,曹勋不免慨然自叹。世间无物不受时间推移的摧残,何况已届暮年凋伤的境遇,然则诗中却转谓老妻的体解用心"老妻谙其苦,饭颗必若糜。佐以推饭物,批抹烦刀挥",叙写至此,那种老夫老妻之间相互扶持的形象,宛在目前,但也不难发现他屡屡呈显其身体迟暮的困境。不过之后笔锋一转,以张苍晚年事迹[③],自叙自己虽无此幸,但仍可藉怡志养神,改变形质,以此宽解安慰,而非一再自我吟叹。又李吕《予一病七十日心事牢落作诗自解》云:

> 抱病懒巾栉,自度作黄冠。披褐襟便短,拖鞋步稍安。忘机任俗薄,遮眼把书看。未必不为福,善乎能自宽。(《全宋诗》38,23824)

李吕因病而孤寂无聊,故藉诗排遣,而"善乎能自宽",可见以诗抒情,确实能使其落寞郁闷暂得安慰。不过宋人书写自己老病而以诗解慰者,仍以陆游的作品最多,如《予宿疾多已失去独气痛时作赋诗自宽》:

> 疾久难全去,扶持度岁年。垣墙完罅隙,匕筯禁芳鲜。渐减观书课,常储买药钱。乡人多不识,谁与问沉绵。(《全宋诗》40,25040)

《悲齿落自解》:

> 年运而往君自宽,此生毕竟有衰残。语讹嚼废寻常事,只作儿童毁齿看。(《全宋诗》40,25376)

这两首诗是陆游退居山阴作,《予宿疾多已失去独气痛时作赋诗自宽》诗说"疾久难

---

① 北京大学古文献研究所编:《全宋诗》第三三册,21199页。以下所引此诗,亦见此页码。

② 北京大学古文献研究所编:《全宋诗》第三三册,21032页。

③《汉书·卷四二·张周赵任申屠传·张苍》载:"苍免相后,口中无齿,食乳,女子为乳母。妻妾以百数,尝孕者不复幸。年百余岁乃卒。"汉·班固:《汉书》,2100页。

全去，扶持度岁年"，陆游苦其老病的身体，久不能痊愈，只能扶持度衰年；"匕筯禁芳鲜""常储买药钱"，可见他因老病而劳神无奈；末联云"乡人多不识，谁与问沉绵"，乡人不知陆游老病的状态，似也未能给予资助、安慰，因以赋诗自宽。事实上，陆游是以其涵养的工夫宽解安慰，所以强欲自宽而真能暂获自宽者。《悲齿落自解》诗谓"语讹嚼废寻常事，只作儿童毁齿看"，对于身体的衰残，陆游认为这是人生必定之事，虽有叹老的意绪，却也坦白直率。韩愈《落齿》诗云："语讹默固好，嚼废软还美"，钱仲联谓韩愈感于齿发早衰见于诗文者多矣[①]。陆游化用韩愈诗句，因韩愈是唐贤悲齿发诗的代表诗人，但韩愈是表其早衰之意，陆游则已届暮年。陆游对其老年的身体，具敏锐神经，尽管他说以寻常事看待，但他对其身体困境的调侃，完全是一种情感的体会。每个人面临年老衰残时，都尝试要让自己心灵获得抚慰，两宋文士如此，陆游也不例外。陆游晚年大致在山阴闲居度过，山阴的地方感，带有他日常生活的氛围，他虽要在此生活中，寻找宁静淡泊的本质，然则却因老病，油然而生叹老之情，但陆游不大流露老病之后的消极感，虽自我排遣，也未一味地伤感，又《老态自遣》云：

> 似见不见目愈衰，欲堕不堕齿更危。谁令汝年八九十，常欲强健宁非痴。
> 目昏大字亦可读，齿摇犹能决濡肉。若知用短百无忧，此理正如夔一足。
> 蒙眬龁𪘁俱有味，笑侮莫听傍人喙。但令孙曾能力耕，一饱不妨还美睡。
> （《全宋诗》40，25456）

《古寿人至闻五郎颇有老态作长句自遣》：

> 齿落发斑儿亦老，志衰力惰我宁悲。埋盆便可为池看，折竹何妨作马骑。
> 点诵内篇庄叟语，长歌半格白公诗。此身未死须安顿，除却山村百不宜。
> （《全宋诗》41，25674）

《病中自遣》三首其一：

---

① 此诗和钱仲联所评，皆见于唐·韩愈著，钱仲联集释：《韩昌黎诗系年集释》（上海：上海古籍出版社，1984年8月），172页。

孤灯如露萤，熠熠北窗下。我亦气仅属，厌厌迫衰谢。平生更事熟，生死等昼夜。行年八十五，八十九已化。虽云病恼侵，处此亦闲暇。人扶时出门，清溪带茆舍。(《全宋诗》41，25707)

其三：

即今况已病，百衰相俱见。虽然亦自重，未忍悲秋扇。(《全宋诗》41，25707)

由宁宗庆元五年(1199)，陆游七十五岁作《予宿疾多已失去独气痛时作赋诗自宽》，至嘉定二年(1209)秋，八十五岁作《病中自遣》三首[①]，其间约十年。这些诗例，隐约有家居亲切之情，无宦途失意之感，但叙写身体的情况，则以老病为主调。

《老态自遣》《古寿人至闻五郎颇有老态作长句自遣》二诗，年迈的陆游，感受到身体衰退与时限交迫，因此自叙“目愈衰”“齿更危”“发斑”的老去身体状态，他自知“常欲强健宁非痴”，身体终究不能永保健旺，只能安顿自我，旷达看待。所以《老态自遣》诗，多以放达、戏谑之语排遣，如“目昏大字亦可读，齿摇犹能决濡肉”“蒙眬觥虒俱有味，笑侮莫听傍人喙”，面对身体机能的老化，陆游反而能安于境遇，自我解嘲当下的身体状态，而未深受困陷于生命流逝的悲哀。

但他也因儿子颇有老态作诗自遣，所谓“齿落发斑儿亦老，志衰力惰我宁悲”，除怜悯儿子老态外，也慨叹自己，但都没有消极之感，陆游在此残年余生的岁月，却能以“埋盆便可为池看，折竹何妨作马骑”的真率自在生活，也能吟咏《庄子》、白居易诗，作为心灵的疗养寄寓，末联谓“此身未死须安顿，除却山村百不宜”，不管生命逝去与身体老去，显然陆游置身于山阴的境遇，确有一份修持自身德性的工夫，所以安顿之处，该是对其生命的观省、理解，体悟四时交替的必然过程。

而此《病中自遣》三首其一、及其三的表述更为清晰，此二首诗谓“我亦气仅属，厌厌迫衰谢”“平生更事熟，生死等昼夜”“即今况已病，百衰相俱见”等句，可见时间推移的悲哀意识，因病更显而易见，《庄子·至乐》曰：“生者，假借也。假之而生生者，尘垢也。死生为昼夜。且吾与子观化而化及我，我又何恶焉。”[②]庄子体察自然

---

① 宋·陆游著，钱仲联校注：《剑南诗稿校注》，2560、4497页。

② 清·郭庆藩撰，王孝鱼点校：《庄子集释》，616页。

随顺变化，澈透生死之理，而陆游面对自己老病年衰，藉此观照自然递嬗之道，对待必归于衰谢的生命，因此他“虽云病恼侵，处此亦闲暇”，暂时消解怀有老病年衰的忧虑之心，然则他就身体的实际情况，以“秋扇”的典故、意象，借汉代班婕妤的色衰爱弛比喻自己，宛然也有韶华难再的怅念之感。

不过宋人透过书写，排遣自己的情感，确实未过度地沉浸在伤感中，也绝非忘情的淡漠，与陆游同样久寿的杨万里，其《自遣》云：

> 莫将一病苦忧煎，山尚能游石可眠。匹似病风兼病脚，老夫犹是地行仙。(《全宋诗》42，26660)

此诗有安于当下所遇而随顺之意，杨万里了解生病会造成身心的忧愁煎迫，故想要转换因病束缚的心境，认可自己尚能悠游，尚能闲适。虽由风寒引起的病症和脚病让他饱受苦痛，但以“地形仙”譬喻自己，看来他随遇的抒怀，至少还能转换、安顿自我，就像传说中漫游人间的神仙一样，忧乐进退之间，从容自在，这也衬显杨万里自身修为的体现。

三、贫困自遣

观前自叙作品，发抒死生之怀、生老病催之感，多出自其主观心灵体验，而自然之物大致为触媒作用。宋人对生命奄忽、日益老病的现象，随着时间推移的积累，引发咏味及感受，都没有过度呈露不可自拔的深沉悲感，或许是与大部分宋人较内省式的心理有关，但也可能无论悲慨深挚，犹不免“止乎礼义”，不违诗教温柔敦厚的意旨。但不管如何，宋人面对此身存在之困境，均表达一种宽慰自解，面对贫困生活亦如是，李觏《自遣》：

> 富贵浮去毕竟空，大都仁义最无穷。(《全宋诗》7，4332、4333)

陆游《自遣》：

> 客少胜纷若，家贫亦晏如。(《全宋诗》40，25342)

陆游《自遣》：

唯有褐裘并豆饭,尚能相伴到期颐。(《全宋诗》40,25412)

陆游《自叹》:

恶杀常根食,安贫但缊袍。(《全宋诗》41,25545)

戴复古《杜门自遣》:

富贵在天求不得,光阴转地老相催。平生任达陶元亮,千载神交共一杯。(《全宋诗》54,33573、33574)

真山民《观书自叹》:

皓首抱遗经,堪怜误一生。空共蠹虫饱,自作忍饥声。(《全宋诗》65,40884)

邱一中《自宽》:

仙都有敕到林泉,谁信祠官无俸钱。陶醉犹能麾客去,颜饥何至乞人怜。鹿蕉已是今无梦,枸杞曾传昔有仙。饿死亦堪垂不朽,无缘个个珥貂蝉。(《全宋诗》72,45525)

以上诗例,北宋仅一首,余皆南宋作品。真山民为南宋遗民诗人,是否即真实姓名,尚无确考。邱一中诗,《全宋诗》自明万历《兰溪县志》录诗一首,但生平无从详考,引方志的作品,或有不可尽据者,但此不论及真伪,仍并为讨论。李觏与戴复古二人,一者视富贵如幻泡,一者视富贵由上天安排,皆不欣慕财富,李觏诉诸于儒家道德仁义的修持,戴复古则千载相接于陶潜,在某种程度上,都对自我观省、要求,所以自遣、自叹中,仍不失其砥行。

而观陆游之作,他颇能体味颜回居陋巷却不改其乐,陶潜箪瓢屡空却能晏如之意。因此他表示"尚能相伴到期颐",自己在贫苦穷困之际,仍然能维持前后一贯的安贫自甘,这与儒家求其放心的工夫并行不悖。真山民自叙观书之感,其意不在皓首穷经而耽误平生,若是,则不至于写出“空共蠹虫饱,自作忍饥声”,对他而言,皓首仍不变其志,只要对经典有兴趣而沉浸其中,贫困并不妨碍他读书求道的衷心。

邱一中《自宽》诗,据首联“仙都有敕到林泉,谁信祠官无俸钱”,他可能因年老退休而担任祠禄官职。宋代的祠禄官虽无职事,但仍予以俸禄,有优待礼遇之意①。不过他用蕉鹿梦的故事,因年纪老大对人生得失无常,宜有感触,“颜饥”,当用颜回居陋巷事,藉以自宽自解,末联“饿死”,似暗用伯夷、叔齐饿死首阳山事,但也可能只是直接表白,不过末联有以品格操守为重而不愿达官显要之意。

四、是非荣枯

另有些作品,则抒发是非得失、荣枯穷达,李觏《自解》诗云:

> 人生何苦要多才,百虑攒心摘不开。夜月几曾无梦处,春风只管送愁来。
> 秃毫强会悠悠事,浮世无过满满杯。看取秦坑烟焰里,是非同作一抔灰。(《全宋诗》7,4349)

张耒《自遣》四首其一:

> 是非得失一区区,蚊蚋啾啾共一壶。不学退之求羽翼,惟凭一梦到华胥。(《全宋诗》20,13254)

张耒《自遣》四首之四:

> 浮世荣枯理易观,不劳重取朽龟钻。(《全宋诗》20,13254)

观李觏《自解》谓“百虑攒心摘不开”,颇见其心灵抑郁苦闷,却不知为何故。“春风只管送愁来”,春风已非单纯的自然景象,在此氛围也成忧愁的特质外现,而“满满

① 参见龚延明:《宋代官制辞典》(北京:中华书局,1997年4月),609页。亦可参见梁天锡:《宋代祠禄制度考实》(香港:龙门书店,1978年),是书对宋代祠官制度、选任、祠官的宫观分布等有详细阐释。

杯”的消怀，也未必能暂得纾解，整首诗读来不见死生、老病、贫困的喟叹，那么该是感叹人事的倾轧轇轕。张耒之作，情绪表达较不强烈，《自遣》其一，颇能于谐谑中看淡得失，所以在世俗的不甚得意，其实也只是百年浮世，梦游华胥，因此其四，能以理性、澄澈的心怀，看待人世穷达、盛衰。

五、宦途失意

文士投身宦海之中，终究都得百般历练，所以当他们转为抒情式的吟叹，不能无心理情境的因素，如王禹偁《自宽》：

> 身世龙钟且自宽，追量才分合饥寒。朝中旧友休夸贵，箧里新诗不博官。晓发静梳微霰落，夜琴闲拂古风残。会须归去沧江上，累石移莎拥钓滩。(《全宋诗》2,744)

王禹偁说“身世龙钟”，指自己失意颓丧的遭际，王禹偁有几首因量移而作的诗，其心绪都与现实政治产生关联，试观《自宽》诗意，他应是宦途不顺遂，才表述想要离去的心绪，但尚且自宽，应是心中原有丘壑之念，才能转换自我遭际上的宠辱得失。至于郭祥正《自遣》诗云：

> 骨相殊屯贱，无官只有阶。半生萍梗过，两鬓雪霜排。(《全宋诗》13,8911)

王禹偁自谦不才，故有“追量才分合饥寒”句，郭祥正则是面相不佳，因此过了半辈子仍宦途失意，以诗自遣。南宋遗民诗人方回有《自释休官之意》诗，与上述作者自叙其宦途失意不尽相同：

> 七载休官学老农，间关垂死脱兵锋。折腰早觉身难屈，饶舌悬知世不容。已幸栎阳归旧质，可能稷嗣冀新封。时清犹作茹芝老，杜叟斯言我愿从。(《全宋诗》66,41629)

萧启庆曾将宋元之际的文士大体归为三类，即“忠义”“遗民”“贰臣”，而方回又为遗民中的“边缘型”,因其政治态度模棱两可,虽出仕元朝,却又罢官归田[①]。此诗据诗题及首四句所述,则知南宋亡国,方回改仕新朝后辞去官职。检读方回诗作,在出处的问题上,其实多见悔愧自责,或多有怀故国之作,或藉闲适聊作自我宽慰。但与之同时期的周密,其《癸辛杂识·别集上·方回》却云:“其处乡专以骗胁为事,乡曲无不被其害者,怨之切齿。……及北军至,忽不知其所在,人皆以为必践初言死矣。遍寻访之不获,乃迎降于三十里外,鞑帽毡裘,跨马而还,有自得之色。郡人无不唾之。遂得总管之命,遍括富室金银数十万两,皆入私橐。……年已七旬,不归田野,乃弃其妻子,留连杭邸,买少艾之妾,歌酒自娱。”[②]周密讥评方回人品,后世多引其说,但周密或与之有私愤,所以极力诋讦,昌彼得则认为方回尚性理之学,撰文皆崇正辟邪,议论平实,尊尚朱子,于魏了翁、真德秀等人也有所推重,故不能以周密一已之说作为论定[③]。

虽然《自释休官之意》诗,没有所谓抗节自守的情操,且挂冠之后的心理状态,也非完全在淡泊闲适之中,仍可见其折腰屈身的煎熬和考验,他的《会鹤朧郑高士庵为予写神走笔赋杂言》说:“我不羡渠乘大马食肥肉,我不羡渠寝细毡居华屋。富贵两字输与渠,奈渠未免一字俗。”(《全宋诗》66,41634)又《野趣居士杨公远令其子依竹似孙为予写真赠以长句》说:“野态愁容本难画,问言何得此奇怪。……腰围不用黄金带,象笏紫袍贫已卖。只消结束作樵翁,看山独立长松下。”(《全宋诗》66,41674)这二首诗,是他观看自我影像之后的感触,也可证其《自释休官之意》谓“折腰早觉身难屈”,实含一种对过往身分的悔咎自责,因此作此诗自我劝慰宽解[④]。

---

① 参见萧启庆:《宋元之际的遗民与贰臣》,氏著,《元朝史新论》(台北:允晨文化实业股份有限公司,1999年5月),100、110页。据陈得芝统计归降和出仕元朝者八十三人,占25.3%,部分文士出仕未久,即回归退隐。其原因是南士在元朝始终受压抑且所任多学官,升迁极难,职卑位微。参见陈得芝:《论宋元之际江南士人的思想和政治动向》,收入氏著,《蒙元史研究丛稿》(北京:人民出版社,2005年11月),584、585页。

② 宋·周密著,吴企明点校:《癸辛杂识》(北京:中华书局,1988年1月),250—252页。

③ 昌彼得:《增订蟫庵群书题识》(台北:商务印书馆,1997年10月),330页。

④ 方回老年之后,于诗中多寄以表达人生浮世及对自我存在意义的嗟叹,这些与他在进退失据的出处问题上不无关系,如《三十年吟》:“三十年为世,吾今迫六旬。儿时前辈尽,乱后善人贫。未测前途闇,空追往迹陈。所亲化埃土,犹入梦魂频。”《六十吟》五首其一:“六十衰年万事尝,西风回首战争场。科名官职俱虚幻,学问文章总废忘。死见几人饶酷毒,生怜此老尚昂藏。故应许似篱边菊,百种花残独傲霜。”其三:“开岁当为耳顺翁,知非又过十秋风。尚多儿女婚姻□,□使田园伏腊空。迎菊作诗先自喜,设茶当酒未为穷。顽躯定不缘愁死,纵死还如不死同。”《八月初一日》:“吾生遽如此,六十一衰翁。功过差相掩,时几大不同。冥冥终日雨,忽忽半秋风。食尽囊无物,今年始是穷。”参见北京大学古文献研究所编:《全宋诗》第六六册,41463、41464、41555、41556、41623页。

六、壮志未酬

文士期待能一展长才抱负，凌云壮志，然则终究付诸东流。陆游许多作品，都可窥见其时心境，如《自遣》诗云：

> 踽踽人间未死身，乡闾共敬六朝民。……也知世俗谁知我，犹待君王猎渭滨。(《全宋诗》40，24986)

陆游期以报国、收复故土的壮志，一生都未实现，自退居山阴后，亦无从报国效力，但由于已届老境，渐将此责任意识淡化。南宋时，与主张抗战的陆游、陈亮、辛弃疾多有唱酬的刘过，其《自叹》云：

> 群公列屋居，官贵辄鼎台。……书生穷蹇甚，一笑百祸胎。何时业债尽，面目还本来。(《全宋诗》51，31822)

此诗前二句，有讥讽权贵之意，或指朝廷苟安一隅，当朝权贵只图目前安逸，不以国是为重，因此以布衣终其身的刘过，确有不平义愤之气，而以嘲谑之语发出"书生穷蹇甚，一笑百祸胎"。南宋政权的基本性格，原有所谓保守性存在，为维护己身特权与固定化的官僚群[①]，不免就其自身利益因应政治关系变化立场，但刘过只为奔走抗金，不谄权贵，因此在朝廷对外政策主战、和议的摆荡中，志士叹息。

清·邵晋涵《书龙洲集后》云："南渡自和议既成，士大夫皆厌厌无气，独龙洲以布衣慷慨，扬历兵间，不忘恢复之志，伏阙上书，指陈无顾忌，有国士之风。生平为朱子、南轩所许，游辛稼轩、陈同甫之间而终于潦倒。"[②]熟悉宋代史事的邵晋涵谓，刘过具国士之风而终于潦倒，可谓了然刘过其间的心曲。从宋以至清代，在儒将的观念下，不赞成英雄式的正义作风[③]，因之岳飞、辛弃疾等终究失败，何况一介布衣的刘过。陆游《澹斋居士诗序》云："盖人之情，悲愤积于中而无言，始发为诗。不然，无诗矣。……绍兴间，秦丞相桧用事，动以语言罪士大夫。士气抑而不伸，大抵

---

① 〔日〕寺地遵著，刘静贞、李今芸译：《南宋初期政治史研究》(台北：稻禾出版社，1995年7月)，47、73页。

② 清·邵晋涵：《南江文钞》，《续修四库全书》集部，第1463册(上海：上海古籍出版社，1995年)，491页。据南京图书馆藏清道光十二年胡敬刻本影印。

③ 参见刘子健：《岳飞》，氏著：《两宋史研究汇编》(台北：联经出版事业公司，1997年4月)，202页。

窃寓于诗，亦多不免。"[1]所谓悲愤积于中而不敢直言，乃就当时情势而发，刘过生年虽晚于秦桧主事的年代，但他毫不掩饰"指陈无顾忌"，不周旋于官场环境，却肆意批评，是其性格使然之故，所以壮志难伸，一生不能有所作为，也切中事实。

七、家国之变的悲慨：文天祥自叹诗

两宋文士出仕进退的问题上，以宋元鼎革之际面临最大考验。上述的人物如陆游、刘过虽表其壮志未酬、欲图存匡复之感，但他们最终或罢官退居，或放迹江湖，还不至于面对改朝世变之下的冲击，而生不胜哀伤的亡国之思。方回虽为南宋遗民，但也未能以忠君死国，寻其自我定位。然则如本节开头所云，宋人对于存在困境，他们该如何自处与安顿和排解自我，有不同的关心方式。当宋人面临的是更严峻的改朝换代，其主体情怀，应有其时代价值及意义，尤其牵涉两宋以来道学的价值阐释。事实上，属于上述"忠义"型，壮烈殉节的文天祥，他是两宋继承程朱道体之说最具典型之例，当他正义凛然，宁死不降，除是程颢讲求"谨独"的写照外[2]，也是确乎君子的德义之勇。而宋人自叙诗中的"自叹"类，也以文天祥诗最多，这些作品有一种处于国家倾危处境的时代特色，以及个人强烈的家国情怀，隐然对于家国沦亡之际有所抉择，这在两宋之间的自叙作品并不多见。其《自叹》云：

> 长安不可诣，何故会皋亭。倦鸟非无翼，神龟弗自灵。乾坤增感慨，身世付飘零。(《全宋诗》68，42987、42988)

《自叹》：

> 草宿披宵露，松餐立晚风。乱离嗟我在，艰苦有谁同。祖逖关河志，程婴社稷功。身谋百年事，宇宙浩无穷。(《全宋诗》68，43023、43024)

《自叹》：

---

① 宋·陆游著，孔凡礼点校：《陆游集》(北京：中华书局，1976年11月)，2110页。

② 参见萧启庆：《宋元之际的遗民与贰臣》，100页。劳悦强：《文内文外——中国思想史中的经典诠释》(台北：台湾大学出版中心，2010年6月)，376页。

瑟瑟秋风悲,烈烈寒气骄。蒲柳先已零,松柏何后凋。……唯有南山石,千载一岧峣。(《全宋诗》68,43041)

《自叹》:

门掩牢愁白日过,不应老子坐婆娑。虽生得似无生好,欲死其如不死何。王蠋高风真可挹,鲁连大节岂容磨。东流不尽铜驼恨,四海悠悠总一波。(《全宋诗》68,43053)

《自叹》三首其一:

猛思身世事,四十七年无。鹤发俄然在,鸾飞久已殂。二儿化成土,六女掠为奴。只有南冠在,何妨是丈夫。(《全宋诗》68,43063)

其二:

北辙更寒暑,南冠几晦冥。家山时入梦,妻子亦关情。惆怅心如失,崎岖命复轻。遭时命如此,薄分笑三生。(《全宋诗》68,43063)

其三:

疾病连三次,形容落九分。几成白宰相,谁识故将军。暗坐羞红日,闲眠想白云。苍苍竟何意,未肯丧斯文。(《全宋诗》68,43063、43064)

《自叹》:

海阔南风慢,天昏北斗斜。孤臣伤失国,游子叹无家。官饭身如寄,征衣鬓欲华。越王台上望,家国在天涯。(《全宋诗》68,43066)

《自叹》:

一片心如千片碎，十分须有二分存。沙边黄鹄长回首，江上杜鹃空断魂。(《全宋诗》68,43074)

《自叹》：

可怜大流落，白发鲁连翁。每夜瞻南斗，连年坐北风。三生遭际处，一死笑谈中。赢得千年在，丹心射碧空。(《全宋诗》68,43077)

《自叹》：

功业羞前辈，形骸感故吾。屡判嵇绍血，几无庆公须。落落惟心在，苍苍有意无。江流总遗泪，何止失吞吴。(《全宋诗》68,43079)

感伤、乱离、悲愤，都是兹上诗例反复诉说的主题情感，同样值得注意的是诗中所用的意象、典故、地名等，皆出自于文天祥对于国家、身分、记忆的象征。这些作品均有种特别敏感的心理反应，由于文天祥是在宋元鼎革的历史情境中，体会强烈地遭际变化，所以写诗自叙其心绪哀痛，实则早已深知君臣间的大义名分。所以即使"长安不可诣"，他仍以"祖逖关河志，程婴社稷功"为之绸缪，可见一种坚忠节义和君臣相契的内涵①。

至于《自叹》三首其一："二儿化成土，六女掠为奴。只有南冠在，何妨是丈夫"，这种身受骨肉死别、离散的痛苦，换作他人，皆难以抑制撕心裂肺之痛，但文天祥以南冠楚囚典，坚持自我品德操守。钟仪，春秋楚人，被郑国俘虏后，献于晋国，他虽是羁囚，仍不忘楚国衣冠、乐调，范文子曰："楚囚，君子也。言称先职，不背本也。乐操土风，不忘旧也。称大子，抑无私也。名其二卿，尊君也。不背本，仁也。不忘旧，信也。无私，忠也。尊君，敏也。仁以接事，信以守之，忠以成之，敏以行之，事虽大必济，君盍归之。"②

---

① 文天祥用程婴匿孤存赵的故事，其实也以程婴比喻自己，表白自我的忠烈义气，如《使北》八首其五："程婴存赵真公志，赖有忠良壮此行。"又《无锡》："夜读程婴存赵事，一回惆怅一沾巾。"也可略见一端。二诗见北京大学古文献研究所编：《全宋诗》第六八册，42993、42995 页。

② 《左传·成公九年》事，参见晋·杜预注，唐·孔颖达疏：《春秋左传正义》，清·阮元校勘：《十三经注疏》(台北：艺文印书馆股份有限公司，2001 年 12 月)，448 页。影印清嘉庆二十年重刊宋本。

因此文天祥谓“只有南冠在,何妨是丈夫”,乃藉此砥砺自己,置之身死于度外,也以钟仪“乐操土风,不忘旧也”,表白自己心无时不系于故土之念。其《有感》诗,题下注:“丁丑岁八月十七日,家人陷。今恰三周,而予在行既十阅月矣。有感而赋。”是诗云:“故旧相思空万里,妻孥不见满三秋。……一死皎然无复恨,忠魂多少暗荒丘。”[①]他虽对妻儿之深挚悲怀,但最后仍忠于赵宋,从容就义。

自叹诸诗,或写“孤臣伤失国,游子叹无家”,以失国孤臣,睹物游子,嗟叹“家国在天涯”世变的悲戚之感;或写“一片心如千片碎,十分须有二分存”,于流离颠沛,亡国破家之事,无不亲身体会的愤慨。约元世祖至元十六年己卯(1279)深秋,他已被执进燕城(今北京),有《己卯十月一日至燕越五日罹狴犴有感而赋》十七首、《己卯岁除》诗,题下注云:“当时望旦夕死,不自意蹉跎至今”[②],表自己自尽殉国不成,则《自叹》谓“一片心如千片碎”,表其失国之恸,却尚不能一死报国。又《自叹》所谓“三生遭际处,一死笑谈中。赢得千年在,丹心射碧空”,其实是“留取丹心照汗青”之意,为求一死,以成全节的最好方式。换言之,文天祥其实已透脱自我存在意义的困境,其《去年十月九日余至燕城今周星不报为赋长句》云:“只今便作渭水囚,食粟已是西山羞。悔不当年跳东海,空有鲁连心独在。”[③]可知速求“死”,乃他实践儒家最高德性“仁”的终其之义。

《宋史》本传论文天祥曰:“自古志士,欲信大义于天下者,不以成败利钝动其心,君子命之曰‘仁’,……宋至德祐亡矣,文天祥往来兵间,……以图兴复,兵败身执。我世祖皇帝以天地有容之量,既壮其节,又惜其才,留之数年,如虎兕在柙,百计驯之,终不可得。观其从容伏质,就死如归,是其所欲有甚于生者,可不谓之‘仁’哉。”[④]“崇道德”,是元代史臣修撰《宋史》原则[⑤],“论”谓“我世祖皇帝以天地有容之量,既壮其节,又惜其才”,实具有一种政治意义上的褒美言辞,而“论”以儒家核心价值的“仁”评论文天祥,除将他视为与儒家道德体系相联系的圣贤外,其动机应不

---

① 北京大学古文献研究所编:《全宋诗》第六八册,43075、43076页。

② 诗注见北京大学古文献研究所编:《全宋诗》第六八册,43072页。岁己卯,为宋帝昺祥兴二年(1279),是年,陆秀夫背赵昺崖山殉国,张世杰遇飓风覆舟而死,文天祥被执入燕城,宋亡。庚辰,则为元世祖至元十七年(1280),文天祥四十五岁,有《庚辰四十五岁》诗,此年多追忆去年的感兴之作。又关于1279年诸事,可详元·佚名撰,王瑞来笺证:《宋季三朝政要笺证》(北京:中华书局,2012年7月),500—505页。纪年部分,参见陈垣:《二十史朔闰表》,149页。

③ 北京大学古文献研究所编:《全宋诗》第六八册,43077页。

④ 元·脱脱等撰:《宋史》,卷418,12540页。

⑤ 参见裴汝诚:《略评〈宋史〉“崇道德而黜功利”的修撰原则》,氏著:《半粟集》(保定:河北大学出版社,2000年6月),1—12页。

仅止于史书编撰的问题，对元代史臣而言，标榜宋代道德学问，即像文天祥这样成仁取义的忠良，其实也是元代为巩固政治，把儒家伦理纲常看作治国的关键。

宋人排遣自解的作品，多由遭际境遇的经验感受，吟叹、抒解其情感，虽投射的情感多以伤感为基调，但仍可见部分宋人学习如何宽解自我，虽偶有英雄愤慨之作，但也不局限个人处境，乃是以家国大事为关怀。但无论如何，综上所论的作品，几乎没见到悲观消极的心绪。

第四节　怜悯自悼

宋人还有些自叙诗，题以“自悯”“自闵”“自怜”，这些作品表现的内涵，有怜悯自己贫穷、老大，宋人书写这类“自悯”“自闵”“自怜”的作品约莫五首，北宋有三首，余皆南宋陆游之作。这类作品与排遣自解的主题书写近似，然其意绪则有一份哀悯同情。甚有题以“自伤”“自悼”“自挽”之类的诗作，面对死亡的自我哀悼，则于时间推移的悲哀中，对于死亡问题意识，体会更为深刻，这与排遣自解的自叙诗写到人生无常的心绪，有些差异。本节论述方向，是观看宋人在自我怜悯、哀悼的自叙诗，有何心绪、意义。

一、非悼念的哀怜

此小节讨论自怜之作，不具悼念之情者。这类作品，多写个人贫穷困苦之情，年华老逝之感等。毕仲游《自怜》：

> 自怜贫病也为儒，灯火相亲十岁余。昔作儿童今已老，案头犹有未看书。（《全宋诗》18，11939）

《宋史》载毕仲游列入元祐党籍，“坎壈散秩而终，年七十五”[①]，可知他晚年在政治上难施作为，担任闲散的官职而至去世。这首诗既写穷苦老病，且有衰暮之感，似晚年在此形势下所作，然诗虽自怜上述的情形，却没有一再消沉、自怨自艾。“案头犹有未看书”，生活虽贫苦，还能藉读书解慰，为其精神依托，故《即事》二首其一：

① 元・脱脱等撰：《宋史》，卷281《毕士安・曾孙仲衍仲游》，9525页。

“屋破风斜漏不休,布衾无里卧穷秋。贫家未说田家苦,狼籍残书湿自收。”①心境尚宽和,《病中》诗:“闲后题诗醉后歌,身名官业任蹉跎。不知老境何形状,但觉新来病痛多。”②与《自怜》诗意相符,皆未见心绪强烈波动。毕仲游的曾祖为毕士安,官至宰相,未置田园和上等宅第,也不为子孙置田产③,虽其用意是让子孙自立而成其贤士,但不治第殖产,和朝廷赐予的优渥待遇并不相称。毕仲游谓自己清贫,且未具其曾祖有宰辅的身分,晚年闲职家居,虽增盖二十余间小屋④,但住屋疏陋“屋破风斜漏不休”的情况,即反映其贫困生活,与达官显要的上等宅第,十分悬殊。

又郑刚中《自怜》:

木偶漂来万里身,自怜藏拙向三春。人穷但有哦诗债,意懒终无下笔神。

屋后云深鸡失晓,厨中饭尽鼠嫌贫。五更小雨却堪喜,数垄寒蔬色已新。(《全宋诗》30,19142)

首句“木偶漂来万里身”,化白居易《卜居》诗:“且求容立锥头地,免似漂流木偶人”⑤,“木偶人”,见《战国策・齐策三・孟尝君将入秦》,苏秦谓孟尝君:“今者臣来,过于淄上,有土偶人与桃梗相与语。桃梗谓土偶人曰:‘子西岸之土也,挺子以为人。至岁八月,降雨下,淄水至,则汝残矣。’土偶曰:‘不然。吾西岸之土也,土,则复西岸耳。今子东国之桃梗也,刻削子以为人。降雨下,淄水至,流子而去,则子漂漂者将何如耳。’”⑥后人多借土偶、桃梗(桃人、木偶人)漂流,比喻己身漂泊。白居易因卜居之故,故谓“免似”,郑刚中虽化用白居易诗,然其本意,借指自己漂泊流徙不定,其《寄别左与言》诗云:“寒生坐孤穷,浪迹远羁寓。”⑦可知他漂泊寄居的孤苦失意。

---

① 北京大学古文献研究所编:《全宋诗》第一八册,11939 页。

② 北京大学古文献研究所编:《全宋诗》第一八册,11940 页。

③《宋史》本传载毕士安:“仕至辅相,而四方无田园居第,没未终丧,家用已屈。”元・脱脱等撰:《宋史》,卷281,9522 页。也可参见陶晋生:《北宋士人的起家及其家族之维持》,氏著:《宋辽金史论丛》(台北:联经出版事业股份有限公司,2013 年 11 月),266、267 页。

④ 参见程民生:《宋代物价研究》,589 页。两宋文士的诗作,偶有自叙其住屋十余间的情形,可能举概数而言,事实上可能更多,但这些住屋,多半是茅屋,不能与高官的上等宅第相比。

⑤ 唐・白居易著,朱金城笺校:《白居易集笺校》(上海:上海古籍出版社,1988 年 12 月),1242 页。

⑥ 西汉・刘向集录,范祥雍笺证,范邦瑾协校:《战国策笺证》(上海:上海古籍出版社,2006 年 12 月),589 页。

⑦ 北京大学古文献研究所编:《全宋诗》第三〇册,19046 页。

《自怜》未明言因何故漂泊无定，但诗句中却有一种不得已之情，“自怜藏拙”，虽是自谦之辞，但也因有所感触而慨叹、怜惜，郑刚中所欲言者，应该不纯粹是理想落空之感，可能面临生活艰难困顿，故谓“厨中饭尽鼠嫌贫”。郑刚中是北宋入南宋的名臣，陈亮《中兴遗传序》谓其“能臣”[①]，晚年治理四川有政绩，却遭秦桧等朝官罢免、弹劾，殿中侍御史余尧弼说他：“天资凶险，敢为不义，专与异意之徒，合为死党。妄用官钱，纵使游士摇唇鼓舌，变乱黑白。……刚中怒形于色，不容总司举职，朝廷不得已，为之易置，则又扬言以为己能，自古跋扈籓镇敢如此否。”又上奏他：“奢侈贪饕、妄作威福、罔上不忠、败坏军政五罪。”[②]郑刚中被指责专擅、跋扈，虽与宋代政治权力、制度有关外[③]，实则也是性格过于刚直，故宦途中屡招嫉恨。因此《自怜》诗，表达志意不得伸外，有其性格原因，但漂泊无依，贫穷困苦之感，也许由外缘因素而起，北宋灭亡后，或曾体验过的颠沛流离，抑或贬谪后生活型态的转变。末联描写田园情状，除表现雨后勃勃生机外，也呈显对自我生命的感悟，似不再一味感叹自身，而是回归田园自然中，观看之际，也转移自我的视角。

陆游有两首《自闵》诗，“闵”，同“悯”，后多作“悯”，知“自闵”，即自我怜悯意。第一首《自闵》，宁宗嘉泰四年（1204）冬作于山阴[④]，陆游八十岁，诗云：

> 破帽羸骖厌垢氛，挂冠归伴故溪云。年光疾病占强半，日景睡眠居七分。
>
> 庐冢萧条频霣涕，交朋零落久离群。残年岂复行孤学，自闵犹尊昔所闻。（《全宋诗》40，25339）

诗首二句，可见陆游骑驴形象及隐逸的身分标记，“破帽羸骖”，实则戏谑自己生活贫困，杜甫、陈师道都有写到自己“蹇驴破帽”的形象，他们穷寒落魄的骑驴形象，也可能成为陆游标榜自我身分的象征，以之定位自我、确认自我[⑤]。在晚年退居山阴的漫长岁月，从濩落不为世所用的壮怀豪情，转为躬耕、读书的退隐型态，其间老年

① 宋·陈亮撰，邓广铭点校：《陈亮集》（增订点校本），收入邓广铭著：《邓广铭全集》第五卷（石家庄：河北教育出版社，2005年7月），194页。

② 此事于绍兴十七年（1147）九月丙子，详见宋·李心传：《建炎以来系年要录》，卷156，2540页。

③ 两宋政治尊重祖宗之法的原则，其用心重点不在外忧而在于内患。这部分邓小南有详细述论，请参见氏著：《祖宗之法：北宋前期政治述略》（北京：生活·读书·新知三联书店，2006年9月），第六章《概览："祖宗之法"对于两宋政治的影响》，422—494页。

④ 宋·陆游著，钱仲联校注：《剑南诗稿校注》，3431页。

⑤ 参见钟晓峰：《文化意象与自我形象：论陆游的骑驴诗》，422、423页。

生活的闲淡意识，更多向自我内化、安顿，故诗谓“厌垢氛”，乃远离尘世，不愿被太多的外务干扰。诗题“自闵”，则陆游应有其哀怜心绪，诗第三句谓老病的时间感；五、六句写朋友多已零落的伤感，均见为何有自悯之念。此诗作于冬天，诗有“破帽羸骖”的自我形象，又有“庐冢萧条”的死亡、肃杀意象，可想见岁末容易引发伤逝的情怀，也因天气寒冷而更能感受生活窘迫的处境。但陆游自悯另一层意涵，即结句谓“自闵犹尊昔所闻”，曾子云：“尊其所闻，则高明矣；行其所知，则光大矣。”[1]陆游暗用曾子的话，是就“残年岂复行孤学”而来，他跟宋代理学家一样，注重内省、存养的工夫，所以结句所云的“自闵”，应有其“尊其所闻，行其所知”的一番心境及感触，但这不完全是由生活穷困窘迫，或对朋友伤悼怀念后的体会。陆游另一首《自闵》：

主人元是客，儒上却成僧。垂老贫如昔，经春醉未曾。褰衣身伛偻，顾影发鬅鬙。忽忆东冈路，扪萝试一登。(《全宋诗》40，25370)

此诗宁宗开禧元年(1205)作于山阴[2]，陆游八十一岁。他七十二岁作《丙辰上元前一日》诗说：“弊裘破帽发鬅鬙，宛似山房罢讲僧。身病不禁连夜雨，家贫只挂旧年灯。”[3]诗中形象与《自闵》的形象相同，他强调自己像山僧一样，可略见其处境、心态，但这并非有欣慕佛禅的意绪，而是想象僧人清苦自立的形象以比喻自己。《自闵》虽谓自己年事垂老、贫困，但尾联“忽忆东冈路，扪萝试一登”，却兴起闲游赏览之意，而诗归结在此，应是陆游适时转换心境的结果。

宋人“自怜”“自悯”，虽自叙怜悯，但皆未一直沉浸叹怜之中，转换情绪后，最终是不意贫苦老病的宽解自在。

二、追悼自伤

本小节讨论因追念死者而生的自伤之情，邵雍《自悯》诗云：

天无私覆古今同，手足情多骤一空。五七年来并家难，六十岁许更头风。常情不免顺世俗。私计固难专仆童。安得仙人旧查在，伊川云水乐无穷。

---

① 此段为《汉书·卷五六·董仲舒传》中董仲舒引曾子语，见汉·班固：《汉书》，2511页。

② 宋·陆游著，钱仲联校注：《剑南诗稿校注》，3519页。

③ 此诗作于宁宗庆元二年(1196)。宋·陆游著，钱仲联校注：《剑南诗稿校注》，2232页。

（《全宋诗》7,4504）

邵雍的诗，很少表达自伤哀怜之情。学者论述邵雍其人其诗，大都着重他闲适安乐的一面。但《自悯》诗，颔联“五七年来并家难，六十岁许更头风”，“五七年”，即五十七岁，“家难”，即家中遭遇不幸之事，据邵雍儿子邵伯温，在其《闻见录》卷二十云：“伯温上世范阳，以中直笃实、读书谨礼为家法。大父伊川丈人尤质直，平生不妄笑语。年七十字有九，以治平四年正月初一日捐馆。初无疾，不食饮水者累日。除夜，康节先公以下侍立左右，伯温方七岁，大父钟爱之，亦立其傍。”[①]邵伯温记载七岁时，除夕那天祖父垂危的情景，当时气氛哀戚，邵伯温尚能记忆犹新，则邵雍当时心绪定更为沉痛悲悼，所以追忆往事，犹不免触念伤感。

邵雍居父丧期间不到二年，同父异母的弟弟邵睦忽然过世，邵雍作《伤二舍弟无疾而化》《听杜鹃思亡弟》《书亡弟殡所》《南园南晚步思亡弟》诸诗[②]。尤以《伤二舍弟无疾而化》除原题二首外，又作一首七古又作一绝，其中七古的《伤二舍弟无疾而化》诗云：“兄既名雍弟名睦，弟兄雍睦情何足。居常出入留一人，奉亲教子如其欲。慈父享年七十九，四人稚子常相逐。其问同戏彩衣时，堂上愉愉欢可掬。慈父前年忽倾逝，尔弟今年命还促。独予奉母引四子，日对几筵相向哭。”[③]可见死别、不幸纷至沓来之感，《自悯》第二句“手足情多骤一空”语，即指此事。又据“六十岁许更头风”，《自悯》当作于六十岁以后，虽诗叙写自伤之意，但其谓“常情不免顺世俗”，或许是邵雍遭历这些不幸后，体认尘世常情之中的随应世俗。因此“安得仙人旧查在，伊川云水乐无穷”，显然他能在上述不幸处境超脱出来，而现实空间的“安乐窝”，不就是邵雍所身处令其自在的“闲静”处所？邵雍因为够乐天旷达，所以遭受人生境遇的各种不幸，在自伤之后，摆落了对悲痛哀悼的执念。

自我哀悯的自叙诗，仅有邵雍回忆亲人死别而表其自伤之意。其他怜悯自悼

---

① 宋·邵伯温撰，查清华、潘超群整理：《闻见录》，收入朱易安、傅璇琮等主编：《全宋笔记》第二编七（郑州：大象出版社，2006年1月），255页。郭彧《邵雍年表》系邵雍五十四岁，父古逝世，但于《前言》谓邵雍五十七岁，父亲邵古去世。邵雍生于1011年，今据《闻见录》“治平四年”，为1067年，邵雍正五十七岁。知《邵雍年表》系年为手植之误。见宋·邵雍著，郭彧整理：《邵雍集》，3、584页。又唐明邦谓邵雍五十七岁，其父过世。见氏著：《邵雍评传》（南京：南京大学出版社，2001年4月），48页。又邵雍《伤二舍弟无疾而化》又一首：“慈父享年七十九”句，于此皆与《闻见录》所记相符。见北京大学古文献研究所编：《全宋诗》第七册，4503页。

② 参见北京大学古文献研究所编：《全宋诗》第七册，4504页。宋·邵雍著，郭彧整理：《邵雍集》，585页。唐明邦：《邵雍评传》，48、49页。

③ 北京大学古文献研究所编：《全宋诗》第七册，4503页。宋·邵雍著，郭彧整理：《邵雍集》，259页。

的诗品,更深层的自伤情怀,即“自伤”“自悼”“自挽”诸什,对于死亡课题的体认,生命存在的趋迫及其心理焦虑,应是这类型作品的基本情调和特质。兹先论“自伤”诗,两宋诗人以“自伤”为题,具伤悼之感的,唯陆游《自伤》一首:

> 朝雨暮雨梅子黄,东家西家鬻兰香。白头老鳏哭空堂,不独悼死亦自伤。
> 齿如败屐鬓如霜,计此光景宁久长。扶杖欲起辄仆床,去死近如不隔墙。
> 世间万事俱茫茫,唯有进德当自强。往从二士饿首阳,千载骨朽犹芬芳。
> (《全宋诗》40,24963)

宁宗庆元三年(1197),陆游七十三岁,是年五月,其妻王氏过世,年七十一岁。此诗“白头老鳏哭空堂”,即指此事[①]。首句“朝雨暮雨梅子黄”,点出江南四、五月间梅子黄熟的季节阴雨绵绵,所以此空间氛围,更容易引起离愁伤绪,而陆游的妻子,在黄梅季节过世,可想见陆游孤离、伤悼的心理状态愈更强烈。自“不独悼死亦自伤”至“去死近如不隔墙”等句,皆是陆游对其妻过世后的心理反应,不难体会他也意识生命最后关头“死亡”即将来到,尤其年老多病的身体状态,自知离死亡不到一墙之隔的距离。其实在生命无常的前提下,对所有人而言,皆不可确定,不只解决方案如此,连问题本身也是[②],陆游虽然悲悼自伤,但没有一直消沉抑郁,他“深化死亡的‘接受’为安身立命的道理表现”[③],诗谓“世间万事俱茫茫,唯有进德当自强。往从二士饿首阳,千载骨朽犹芬芳”,他所关怀的是:能否完成自己生命历程的道德使命,践行仁道,死而后已[④]。所以他举伯夷、叔齐二例,死后立德的不朽,以暂时宽解死亡的威胁。陆游对死生大事,早已看清死亡是所有人不可规避的事实,因此再怎么悼念、悲愤死亡都不是切实的办法,唯有不断地进德修业,或许当此身面对死亡之际,才能看澈而淡定宁静。

---

① 于北山:《陆游年谱》,347、354页。亦另可参见黄启方:《陆游记梦诗考释》,氏著:《宋代诗文纵谈》(台北:商务印书馆,1997年8月),196、197页。

② 参见〔英〕齐格蒙·包曼(Zygmunt Bauman)著,陈正国译:《生与死的双重变奏:人类生命策略的社会学诠释》(台北:东大图书股份有限公司,1997年4月),148、149页。

③ 傅伟勋:《死亡的尊严与生命的尊严》(台北:正中书局股份有限公司,2009年10月),55页。

④ 陆游的终极关怀是具儒家性格,尤其孔、孟的生死观和终极关怀为其最好的典范。关于儒家的生死观,请参傅伟勋:《死亡的尊严与生命的尊严》,160页。本段论述陆游生命历程,亦参考傅伟勋在160页中的论述。

三、自我哀悼

像伯夷、叔齐“不降其志，不辱其身”[①]，饿死首阳山的表现，南宋徐琦有《濒死自悼》诗：

> 每说天兵出守疆，忽闻劲敌犯睢阳。火焚郡邑人民苦，血染江淮鬼物伤。忠报君恩名不朽，孝随亲死义难忘。皇天后土宜知鉴，白日英魂腾剑光。（《全宋诗》65，40862）

《全宋诗》录徐琦诗，仅此一首。徐琦在南宋灭亡后，父子四人举家殉国[②]。此诗即殉国之前作，据诗可知南宋情势危急，徐琦也因战乱而濒临绝境。诗首四句云，江淮地区遭战火摧残，元世祖至元十二年(1275)，元军南侵，伯颜率军侵占建康(今南京)、常州(今江苏常州)等地，李庭芝固守扬州(今江苏扬州)，本年，元军攻陷江西诸郡县，十三年(1276)，伯颜拘押文天祥，七月扬州失陷，李庭芝、姜才不降遭杀害，其时淮东一带沦陷[③]，不久，元军攻取都城临安(今杭州)，此当时江淮地区之局势。

南宋初年，江淮曾因战乱而农地荒芜[④]，百姓贫苦。徐琦此诗背景，即为南宋存亡前的保卫战，概可想见江淮地区百姓遭劫的惨烈之状。故徐琦写这首诗，是生命处在极限之境况中，身心遭受战乱摧挫，面对亡国之痛，内心难免有一种道德责任的咎责感。因此他说“忠报君恩名不朽，孝随亲死义难忘”，舍生取义成为他“不降其志，不辱其身”的最有效方式，末联所云，则见其忠烈激越，对于濒死之际，他以高尚的道德精神超克死亡。然则深知徐琦其人其诗的背景，之后遗民诗人当隐痛实深。郑思肖《自挽》诗云：

> 堂堂男子不封侯，与命为仇死未休。陷虏有歌春梦断，哭天无地夜魂愁。九清风露极玄处，万古虚空自在游。痛恨莫能生报国，从今阴鹭溥南州。

---

① 《论语·微子》：“子曰：‘不降其志，不辱其身，伯夷、叔齐与。’”魏·何晏集解，宋·邢昺疏：《论语注疏》，166页。

② 北京大学古文献研究所编：《全宋诗》第六五册，40862页。

③ 参见元·佚名撰，王瑞来笺证：《宋季三朝政要笺证》，376—448页。明·陈邦瞻编：《宋史纪事本末》(北京：中华书局，1977年5月)，1151—1157、1161—1165页。

④ 梁庚尧：《南宋的农地利用政策》(台北：台湾大学出版中心，1977年2月)，133页。

(《全宋诗》69,43417)

此诗题下注"德祐乙亥腊作",德祐,是宋恭帝赵㬎年号,乙亥为1275年[①],即元世祖至元十二年。郑思肖于此诗下标注写作日期,实有深意。郑思肖有《陷虏歌》,诗题下注"德祐乙亥十二月廿八日作,又名断头歌",是诗云:"德祐初年腊月二,逆臣叛我苏城地。城外荡荡为丘墟,积骸飘血弥田里。城中生灵气如蛰,与贼为徒廿六日。……足大宋地,首大宋天。身大宋衣,口大宋田。……我有老母病老病,相依为命生余生。欲死不得为孝子,欲生不得为忠臣。"[②]《陷虏歌》写苏州"积骸飘血弥田里"之惨状,可与徐琦《濒死自悼》"血染江淮"互证,当时遭历如此,故郑思肖《自挽》诗有"陷虏有歌春梦断,哭天无地夜魂愁",也以此悲悼愤慨。

郑思肖集有《大义集》一卷,题下注:"德祐初年乙亥十二月初二日寓吴陷虏时,我年三十五。"其自序云:"德祐乙亥冬,有不可遏之兴。"[③]收录在《大义集》的《自挽》《陷虏歌》均标明日期,可见郑思肖对此事,殆深痛可哀。《自挽》诗谓"痛恨莫能生报国"之意,实因《陷虏歌》所云,家有老母须奉养,故"欲死不得为孝子,欲生不得为忠臣",在这两者间的冲突与抉择下,他最后往往将国家存亡的隐痛,托之于诗画,其云:"我罹大变,心疚骨寒,……所谓诗,所谓文,实国事、世事、家事、身事、心事系焉。"[④]也将画中的自然物象,成为其情感意向的象征符号[⑤]。《自挽》诗末句"从今阴鸷溥南州",哀悼死于国乱的百姓,也暗指自己生为宋臣,死为宋鬼。李庭芝、姜才等就义后,郑思肖曾作《五忠咏》[⑥],椎心泣血,极为愤慨,但他恨不能有所作为,舍生取义,以死忠为最高道德的依归,然则他的大半生却以不朽的孤独"独行

---

① 陈垣:《二十史朔闰表》,149页。

② 北京大学古文献研究所编:《全宋诗》第六九册,43422页。又"欲死不得为孝子,欲生不得为忠臣",郑思肖尝自题像赞云:"不忠可诛,不孝可斩"等语,检《郑思肖集》,似未见此像赞语。郑思肖此话,明代《姑苏志》《武林梵志》《吴都文粹续集》等地方志皆载,而明代所辑《宋遗民录》亦引明·卢熊《苏州府志》中《郑所南小传》。以上所引,皆不见于宋载籍中。《郑所南小传》,请见明·程敏政辑:《宋遗民录》,收入王民信主编:《宋史资料萃编》第四辑(台北:文海出版社,1981年10月),339、340页。据知不足斋丛书本影印。

③ 宋·郑思肖著,陈福康校点:《郑思肖集》,22页。

④ 宋·郑思肖著,陈福康校点:《郑思肖集》,196页。其实郑思肖在持志守节的南宋遗民当中,种族意识最具强烈,有种以示决绝之意。也可参见萧启庆:《宋元之际的遗民与贰臣》,106、107页。

⑤ 郑思肖亡国之后画兰花的事,读者当耳熟能详。高居翰《隔江山色》第一章《元代绘画的肇始》第四节的部分有论述遗民画家,可以参看同样在宋亡之后隐居苏州的郑思肖、龚开的创作心绪。参见〔美〕高居翰著,宋伟航等译:《隔江山色:元代绘画,1279——1368》(北京:生活·读书·新知三联书店,2011年11月),8—12页。

⑥ 参见北京大学古文献研究所编:《全宋诗》第六九册,43420、43421页。

独住、独坐独卧、独吟独醉、独往独来古阖卢城”[①]，持续严格的道德修持。

徐琦、郑思肖均处在宋元鼎革之际，而蒙元乃北方异族，所以元军南下对当时南宋的社会、文化等必造成世变，且两宋以来道德性命之学，逐渐形成普遍存在的现实。因此徐琦、郑思肖的自悼，除哀悼用意外，亦坚定其立场，在亡国无可奈何中，以就儒家应尽义务的道德践履。这也是两宋哀挽自悼的自叙诗中，难得看到必须严肃、悲恸面对国家沦亡的课题。

兹下论述宋人自拟挽歌辞。北宋孤山智圆有《挽歌词》三首，题下注云："二月二十八日作至二十九日终"[②]，可知《挽歌词》是自挽之作，除此之外，北宋其他禅师、文士的作品未见诗题有"自悼""自挽"者。孤山智圆《挽歌词》三首，其一云：

> 莫待归全寂无语，始知诸法本来无。

其三云：

> 陶器一藏松树下，绿苔芳草任纵横。（以上见《全宋诗》3，1499）

这是智圆禅师，临终前证悟自性之故，而以诗自挽，实则向弟子开示，一切迷执虚妄。如果这是佛禅对死生之道的澈悟，那么宋代文士，除南宋朱棣自题"自作挽歌辞"外，所谓的挽歌辞，皆摹拟陶潜《挽歌诗》而作。陶潜作《挽歌诗》，或谓将去世之作，或谓魏晋时人习尚如此[③]，不过《挽歌诗》是陶潜体解生死之语，宋人仿此也表达自己对死生大事的体悟。兹先论朱棣《自作挽歌辞》云：

> 忧幽坐南轩，万壑取我囚。疾雷且不闻，焉知草虫愁。强颜理编简，阅世如东流。滔滔竟不返，谁复操戈矛。天涯念孤侄，携母依诸刘。书来话悲辛，心往形辄留。先茔托仙峰，山僧扫梧楸。二女随母住，外翁今白头。伯氏尚书郎，名字腾九州。仲兄中武举，气欲无羌酋。棣华一朝集，荆树三枝稠。堂堂

---

① 参见郑思肖：《十方禅刹僧堂记》。郑思肖说的"古阖卢城"，即阖闾都城，以借指苏州。宋·郑思肖著，陈福康校点：《郑思肖集》，284页。

② 北京大学古文献研究所编：《全宋诗》第三册，1499页。

③ 晋·陶潜著，龚斌校笺：《陶渊明集校笺》（修订本）（上海：上海古籍出版社，2011年9月），378页。也可参见王叔岷：《陶渊明诗笺证稿》（北京：中华书局，2007年6月），497页。

> 相继去,遗我归山丘。漆园梦方觉,白衣云正浮。凭陵若蹈空,何处停华辀。故乡岂不怀,屋食良易谋。自我识废兴,于天无怨尤。平生喜闻诗,此诗当挽讴。不须生刍奠,君从二兄游。(《全宋诗》33,20774)

《全宋诗》谓"朱槔,字逢源",胡可先则谓"朱槔,字逢年",订《全宋诗》之误[①]。朱槔,父朱森,朱松之弟,朱熹之叔。诗云"伯氏尚书郎,名字腾九州。仲兄中武举,气欲无羌酋。……堂堂相继去,遗我归山丘。……不须生刍奠,君从二兄游。"所谓"伯氏尚书郎",即长兄朱松,字乔年,号韦斋,朱熹的父亲,其职曾任尚书度支员外郎,于高宗绍兴十三年(1143)去世;"仲兄中武举",即仲兄朱柽,字大年,曾为承信郎(承信郎,为宋代武臣官名)[②]。诗云"堂堂相继去,遗我归山丘",谓两位兄长去世,不舍死别之情,也标示自己与入葬之人的身分、意义已然不同。"不须生刍奠,君从二兄游",谓自己不以祭奠悼念,而愿追随兄长神游,此追怀之心态,知兄弟间情感甚笃,而哀悼追怀之念悲挚。诗也有"阅世如东流""滔滔竟不返""漆园梦方觉,白衣云正浮"之枨触,朱槔感到此生于人间世,如庄周梦蝶、白衣苍狗,在虚幻无常的时间性中,意味着人生易逝的气氛。此诗自叙、自悼中,自知生命不可回复走向死亡,因之他作诗哀挽逝者,并没有过分宣泄哀伤的情感。

郭祥正《拟挽歌》五首,未和陶潜《挽歌诗》韵,其他吴芾《和陶挽歌词》三首、叶茵《己酉生日敬次靖节先生拟挽歌辞》三首,均为步韵之作。郭祥正《拟挽歌》五首其一:

> 百年苦役役,一死已休休。惟我方自适,妻子空悲愁。满樽奠美酒,满盘荐珍羞。我终不可起,汝情谩悠悠。送我入蒿里,寂寞无春秋。(《全宋诗》13,8902,以下文内论述郭祥正《拟挽歌》五首,皆见同页码。)

首句所云,乃诗人偶尔都会流露人生如苦役之念,第二句谓"休休",《拟挽歌》五首言及"休休"凡两见,应是谓自己死后所保持的状态,故"惟我方自适",即写死后方能悠然自得其乐,此正与生者(郭祥正之妻)悲伤沉重的看待死亡,形成反差。"满

---

① 胡可先:《〈全宋诗〉辨证辑补举例》,收入宋代文哲研究集刊编辑委员会编辑:《宋代文哲研究集刊》(台北:里仁书局,2011年6月),32、33页。

② 参见朱承铎纂:《新安月潭朱氏族谱朱子世系》,收入宋·朱熹撰,朱杰人、严佐之、刘永翔主编:《朱子全书》第二七册,667、668页。

樽奠美酒，满盘荐珍羞”，供奉的美酒、肴馔，成为死亡象征的对象，也是对死者仪式化的追悼。“送我入蒿里”，则是虚构死者所存在的空间地方，“入”，则表述自己跨进死亡阈限，“寂寞无春秋”，则是对死人世界的想象。

《拟挽歌》其二：“形坏影亦灭，有神竟何依”，借形影神讨论死生问题，他知道此身有限性，因此唯有“神”方能于有限中无限化，故云“儿孙汝勿泣，朋旧汝勿悲”，因为终究“冥默终相期”，郭祥正思考死亡：我之死与之后他者死亡的关系，绝非无意义的虚无，而是最终在自然运化中的精神相遇。其三说：“生前势有殊，死去分始齐。……鸿雁任南北，日月随东西。陵谷亦已变，道化复何为”，他认为人生前的荣辱得失，所谓乐与不乐，如梦非梦中，其实死后都无分别。“鸿雁”“日月”，是依自然时序而迁移、代替，因此郭祥正感悟人间世的运行时态，这般循环变化，又有何为，还要求什么呢？郭祥正此处藉物象阐明人的自然代谢，就某种程度而言，也可能是对生者予以精神上的宽慰。

其四说：“于生动以扰，既死静且潜。黄土假面目，青草为鬓髯。……回嗟在世人，不识此理廉”，他想象自己死后的静谧，而无生前人事纷扰躁动，他是让死后的自己回归自然大地，但也不禁嗟叹世人能有此体悟的人，毕竟是少数。

其五：“枯骨蝼蚁余，空棺蔓草缠。欲诉既无路，欲窥不见天。休休可奈何，达道乃自然”，以墓葬后蔓草缠绕、骨骸枯寂的场景，隐喻死者长年归宿在此的孤独感，但或许不刻意穷探死生道理，随顺死生为自然而然的变化，才能体悟生命于死生之间的存在意义。《拟挽歌》五首，毫不忌讳自白死亡，未流露对死亡的焦虑与恐惧，但郭祥正所谓的死亡价值，是死后自适自乐，故未关注社会对于死者褒扬的意义上。

吴芾有《和陶挽歌词》三首，检《全宋诗》吴芾诗，以文渊阁四库全书《湖山集》为底本，《湖山集》卷一，皆吴芾和陶之作，依诗题计有二十一题“和陶”，《全宋诗·吴芾一》所收吴芾“和陶”诸什，即按《湖山集》编次。惟《全宋诗·吴芾十》录其《和陶影答形》，为四库本所不载。但《全宋诗》的增补依据，也依四库馆臣所据的《永乐大典》，唯这首诗，《永乐大典》所引《湖山居士集》，误作《胡山居士集》[①]，所以四库本《湖山集》失收，《四库全书总目提要·湖山集》云：“所载卷目，殊抵牾不合。原本亡佚，无从核定。今据《永乐大典》散见各韵者，采辑编订，厘为十卷。”[②]可见编辑的

① 北京大学古文献研究所编：《全宋诗》第三五册，21833、22010 页。
② 清·永瑢、纪昀等撰：《武英殿本四库全书总目提要》第四册，221 页。

情形,又《提要》云:“其后退闲者十有余年,年几八十,乃渐趋平淡。和陶诸诗,当作于其时,亦殊见闲适清旷之致。”[①]

《提要》据其创作心绪,推断吴芾“和陶”诸什,为其年老奉祠之后所作[②]。吴芾《和陶读山海经十三首韵送机简堂自景星岩再住隐静》之四说:“我年七十五,木末挂残阳。”[③]《和陶挽歌词》其一:“吾年七十五,寿命不为促。仕仅五十年,出处粗可録。”[④]又《和陶示周续之祖企谢景夷韵寄朱元晦》,诗题“朱元晦”即朱熹,此诗末二句有谓:“安得缩地杖,一到建溪滨。”[⑤]“建溪”,借指福建。朱熹五十四岁,结庐武夷[⑥],朱熹生卒年为1130—1200,吴芾则为1104—1183,据此推知《和陶示周续之祖企谢景夷韵寄朱元晦》诗,是吴芾八十岁作,以上皆可证《提要》所说。但《提要》云“亦殊见闲适清旷之致”,当指部分“和陶”诗作,因吴芾《和陶悲从弟仲德韵哭陈泽民》《和陶始作镇军参军经曲阿韵哭陈能之》,均为悼念他者之作,而《和陶挽歌词》三首,则为自悼之作,其一云:

> 吾年七十五,寿命不为促。仕仅五十年,出处粗可録。人生会有尽,自应身就木。寄语亲旧辈,不必为我哭。百年如一梦,吾梦今始觉。亦既了万缘,无殆亦无辱。所欠唯一死,得死今已足。(《全宋诗》35,21841)

吴芾以陶潜、白居易为学习典范,但为何七十五岁作《和陶挽歌词》有自挽之意?他在七十二岁左右,作《予与王瞻叔韩通一林梅卿余知默徐彦才六人皆同庚也一登政路五上禁涂其四久已物故所存者独知默与予耳今日得报知默又已云亡念年齿至此予亦岂久于世者乎怅然有感于怀因成数语以自解》:“同庚非不多,达者能有几。七十二年间,六人而已矣。其四迹已陈,止予二人尔。今朝闻讣音,其一又不起。嗟

---

① 清・永瑢、纪昀等撰:《武英殿本四库全书总目提要》第四册,221页。
② 吴芾六十七岁年老奉祠,七十一岁龙图阁学士致仕。见北京大学古文献研究所编:《全宋诗》第三五册,21833页。
③ 北京大学古文献研究所编:《全宋诗》第三五册,21840页。
④ 北京大学古文献研究所编:《全宋诗》第三五册,21841页。
⑤ 北京大学古文献研究所编:《全宋诗》第三五册,21836页。
⑥ 清・王懋竑:《朱子年谱考异》,收入宋・朱熹撰,朱杰人、严佐之、刘永翔主编:《朱子全书》第二七册,292页。另可参见陈荣捷:《朱子之居——五夫里、武夷、与建阳》,氏著:《朱子新探索》(台北:台湾学生书局,1988年4月),139—142页。饶宗颐:《建阳・考亭:朱子晚年故居》,氏著:《澄心论萃》,378、379页。

予独何人，偶尔未见鬼。自度如许衰，宁久红尘里。”[①]可见当时吴芾怅然追念同庚友人，亦已意识自己大限之期不远，而七十五岁《病中有作》：“吾年七十五，一朝忽患疟。仍害及老妻，对床更撼铎。寒时寒如冰，热后热如灼。……愿天少垂怜，疾痛且阔略。但速赐之死，莫令我知觉。……我非畏死人，久已办棺椁。”[②]又《述怀》：“我爱白乐天，千载共称贤。行年七十五，奄忽遂溘先。……今夏疾疢作，已分归黄泉。偶然得无事，固荷天见怜。但我有一语，恰欲与天言。有生则有死，如行者言旋。我是久行客，亦自应息肩。”[③]

可知吴芾七十五岁患疟病，甚为苦痛，自知该面对死亡，因此《和陶挽歌词》其一，是老病后自悼的心绪。他于《病中有作》说“但速赐之死”《述怀》说“亦自应息肩”，《和陶挽歌词》其一说“所欠惟一死，得死今已足”，他晓得“有生则有死”的定理，直言无讳求其一死，乃对死亡自我承当外，另体悟“亦既了万缘，无殆亦无辱”，因缘灭尽、浮生如梦之后的大觉。《和陶挽歌词》其二：

> 嗟我在生日，一饮数十觞。有时无酒饮，亦复泼醅尝。今日虽有酒，罗列在我傍。对之徒自叹，与世隔风光。所幸埋骨地，不离云外乡。魂魄时一游，此乐犹未央。（《全宋诗》35，21841，文内论述《和陶挽歌词》其三，亦见21841）

此诗是想象死后遭遇的情形，首四句，回忆生前饮酒经验，与生后“今日虽有酒，罗列在我傍”的意义不同，祭奠时的酒醴，他只能对佳醪而徒自叹息，因为此时的自己，是脱离身体而存在的“神”，但他颇能宽慰，因为坟茔是远离尘嚣外，可以无羁自由的诗性栖居。《和陶挽歌词》其三，却想象埋葬荒郊后的冷落孤寂之感：“荒郊何所有，四面俱岧峣。荣木望秋落，亦已成枯条。青松为我夕，白石为我朝。”不同于第二首所谓的“不离云外乡”。死后的冷落孤寂，要如何自处以获得安顿？他说：“仍幸二亲墓，相去无几何。今得从之游，欢喜如还家。我心既欢喜，安用挽者歌。有人来奠我，但问山之阿。”双亲的坟茔，刚好在邻近之处，意谓死后能陪伴双亲，而重温家的归宿感，因此何须用悼念死者的歌，替我哀悼呢？

叶茵《己酉生日敬次靖节先生拟挽歌辞》三首，是生日时所作的挽歌，其一云：

---

① 这首诗于论述宋人“排遣自解”的自叙诗已有阐释，此不赘。诗参见北京大学古文献研究所编：《全宋诗》第三五册，21862、21863页。

② 北京大学古文献研究所编：《全宋诗》第三五册，21863页。

③ 北京大学古文献研究所编：《全宋诗》第三五册，21863页。

> 放浪宇宙间,世事笑局促。骎骎影中人,不受时采录。奄然长夜归,赍志空山木。昔日堂上欢,今夕堂下哭。哭之欲其生,予亦不自觉。天道元无私,纷纷徒宠辱。素心唯坡僊,一死万事足。

其二:

> 自古皆有死,载歌酹清觞。嗟予早失怙,艰阻亦备尝。母兮岁六十,终古青松傍。陟冈恸伯氏,忘簪悲孟光。后波逐前波,同归溟漠乡。飘风相飞旐,举铎声央央。

其三:

> 重云翳苍柏,零露栖白萧。骨肉慕音容,慌惚哀空郊。肴核班几席,椒浆浇岧峣。人归天已沫,纸钱悬枯条。逝者如此耳,暮暮仍朝朝。暮暮仍朝朝,人兮奈若何。未死不能乐,既死空有家。僮仆几恩怨,交朋几悲歌。若人会斯语,属和纷阳阿。(以上三首,均见《全宋诗》61,38219)

叶茵生卒年无从确考,《全宋诗》据《己酉生日敬次靖节先生拟挽歌辞》三首、《既次韵或非之作解嘲》诗,推算为其生年卒年为1199? —?[①],可知叶茵为南宋末诗人。《己酉生日敬次靖节先生拟挽歌辞》其一,预知死后的自己,可以放逸不受拘束,徜徉宇宙间,大笑人世中一切的局促。不过叶茵又想象生者对死者追悼的沉痛之感,但自己已无法知觉,而人世聚散、纷纷计较,回归天道后,只是徒劳罢了。叶茵因向往东坡超凡的死生智慧,因此表达"年来万事足,所欠惟一死"[②],看澈死生的豁达心态。

其二,为回忆追念亲人作,先自叙年幼丧父,备尝艰辛,后叙其母亲、兄长相继过世,可知其内心悲悼生命的飘逝之感,虽体悟"自古皆有死"的定理,然由"后波逐

---

① 北京大学古文献研究所编:《全宋诗》第六一册,38196页。

② 苏轼《赠郑清叟秀才》诗云:"年来万事足,所欠唯一死。"叶茵谓"一死万事足",乃化此二句而来,谓自己仰慕东坡豁达的心态。诗见宋·苏轼著,清·冯应榴辑注,黄任轲、朱怀春校点:《苏轼诗集合注》,2238页。

前波，同归溟漠乡”，也非只感叹亲故的凋零，似隐藏一种想亲身经历死亡的况味。尾联云“飘风相飞旐，举铎声央央”，呈现丧礼仪仗，此应是想象自己死后的出殡之礼。

其三，先写入葬后萧飒的空间氛围，及亲人面对生离死别的悲悼之情。“人归天已沬”句，“沬”，叶茵自注：“音昧。”唐·陆德明《经典释文·卷二·周易音义·丰传第六》：“沬，微昧之光也。”[①]可知诗云“天已沬”，即天已微暗，此时场景是“纸钱悬枯条”，表现亲人离开后的凄清感。诗云“暮暮仍朝朝”凡二次，又云“未死不能乐，既死空有家”，人在世时受纷纷扰扰的俗务影响，但死后朝朝暮暮间，却与孤寂、疏离为伍。

吴芾、叶茵所作的和陶挽歌辞，皆以东坡“年来万事足，所欠惟一死”，直接看待死亡。但他们第三首和陶挽歌辞，吴芾是“我心既欢喜，安用挽者歌”，叶茵则“既死空有家”，表达意绪不同，叶茵自我哀悼之余，想象死后的孤离，于是希企他者能体解其内心的感触，“若人会斯语，属和纷阳阿”即可见其盼切。

两宋自悼的诗，除徐琦、郑思肖表达亡国深切之恸，郭祥正《拟挽歌》“冥默终相期”，朱槔《自作挽歌辞》“君从二兄游”，吴芾《和陶挽歌词》“今得从之游”，叶茵《己酉生日敬次靖节先生拟挽歌辞》“同归溟漠乡”，他们因死亡迫切的存在，遂产生特殊的忧思之情，期待死后能与亲友相聚，认为死亡的地方，应是可以安顿、归宿的空间。

由本章的探讨，宋人的自我叙写有一面向，是以道德修养为其目的，尤其自我省察工夫。宋人出入唐贤诗而有所得，但自叙诗中的“自警”“自讼”“自规”“自尤”“自箴”“自省”等，检索《全唐诗》均未见。或许唐人无意在诗题呈现其诗中有关自我省察的讯息，宋人则明确在诗题中表达，且更自觉内省的实践。复次，宋人的排遣自解，大体受宋型文化影响，有别于唐诗本色，唐人重于景物和情意间的交递作用；宋人多具理性态度，更倾向情感散发后的内敛表现，但面临鼎革之际的忠烈文士则表现不同。不过对于死亡的问题，唐宋人均不愿言明，唐诗中不见“自挽”诗，“自悼”仅薛令之《自悼》一首，然此诗并非哀悼死亡之作，而是怜悯自我。唐宋诗中的许多挽歌辞，大体为皇亲、大臣而作，也与自己无涉。死生大事，是生命学问的首要课题，而重视内省工夫的宋人，“自挽”“自悼”的诗不多，可见言说“死亡”，是人们普遍的忌讳性话题。

---

① 唐·陆德明撰，黄焯断句：《经典释文》（北京：中华书局，1983年9月），29页。

第五章　自叙诗表达的人生态度（下）

本章讨论范围有：揶揄解嘲、随遇自适、期勉惕励、自我祝贺，这些类型的自叙诗，与第四章论述的方向相同，即关注宋人如何表达自我性情、态度。

第一节　揶揄解嘲

本节论述宋人的自嘲、自哂、自戏、自笑诗，其中自戏，仅一首，讨论的作品，以自嘲最多。自《史记·滑稽列传》《笑林》《世说新语·排调》《大唐新语·谐谑》，以至明人纂辑的《笑府》《古今谭概》等，内容虽博杂，但大体而言，谐谑文本的载述、书写，概表现诙谐、幽默、讥讽、敏捷、博识等特质，有些作品在谐谑背后，寓意深远，有教化功用。宋代苏、黄之后，此风尤盛，其间以晚明的作品最多，既有辑录民间作品，亦有文人创作，但这些谐谑作品，虽承继《史记·滑稽列传》《笑林》等之余绪，却有其时代特色，倾向世俗化、市民化，综合雅俗共赏之趣，俨然形成喜爱谐趣是一种时尚趋向[①]。但所谓的谐谑风尚，应视为社会文化现象，而非一般的文学现象[②]。本节关注的焦点，是宋人自嘲诗的创作意图及作者本意，着重于作诗是自我发抒内心的情趣，与上述的谐谑载籍以幽默、诙谐为风趣的文化品格不尽相同。

《文心雕龙·谐隐》曰："昔华元弃甲，城者发睅目之讴；臧纥丧师，国人造侏儒

① 参见吴承学：《晚明小品研究》（南京：江苏古籍出版社，1999 年 9 月），第十章《谐谑风趣》，330—332、343、345 页。

② 参见颜崑阳：《论唐代"集体意识诗用"的社会文化行为现象——建构"中国诗用学"初论》，45 页。另可参见〔英〕柯林武德著，何兆武、张文杰、陈新译：《历史的观念》（增补版）（北京：北京大学出版社，2010 年 1 月），224—226、499 页。

之歌；并嗤戏形貌，内怨为俳也。”[①]宋人部分的自嘲诗，即有“内怨为俳”的意味，因其内心怨怒、抑郁，而以嘲讽方式表现之。但《谐隐》篇，于揶揄解嘲的诙谐之词，着重在“意归义正”、有所匡正的问题上，并重视文体之雅正的意义，虽谓怨俳的作用，不过也认为一味地游戏诙谐，则“无所匡正”“无益时用”“无益规补”[②]。宋人的揶揄解嘲，并非把诗看成是道德学问之余，如汉代东方朔、枚皋般玩物的游戏之作，而是在吟咏之间，疏导内心的愤懑、忧愁，以之释然于怀，自我调谐。

宋人另一部分的自嘲诗，即在宋诗学的理趣范畴，具思理的风趣化，颇能从日常无聊的生活琐事、寻常景物中，发现谐谑的诗材。宋诗中的理趣，或戏言而近于《庄子》语，或受禅宗沾溉，尤其禅风中具有游戏意味的特性，禅师用以表达乐道或悟后禅悦的体验，而宋人藉此方式，以谐谑自我的姿态，表现其轻松揶揄的人生情趣，转换生命存在的困境[③]。不过两宋几乎没有发现禅师“自嘲”“自戏”的诗，仅见孤山智圆《病起自嘲》一首，或许禅师谐谑，聊以解嘲的日常话语，应该都记述在禅宗语录。而两宋文士的自叙诗，仅有一小部分的自赞诗，接近禅宗赞的思想及体式，就自嘲诗的书写，也难以看出与禅宗的直接关联，其实两宋文士当已将佛禅内化为自我情感体验之中，就如同受陶潜、杜甫、白居易、李商隐典范的影响一样，“其高绝者，不在句法，而在于文字以外之‘深际’”[④]。

一、仕宦的自嘲

宋人的自嘲诗，大略有仕宦的自嘲、贫困自嘲、对身体的自嘲、日常生活的自嘲等，不外乎所谓揶揄解嘲，实际是他们对其遭际的聊以解嘲。如仕宦方面，王禹偁《量移后自嘲》：

可怜踪迹转如蓬，随例量移近陕东。便似人家养鹦鹉，旧笼腾倒入新笼。（《全宋诗》2,740）

---

① 南朝·刘勰著，詹锳义证：《文心雕龙义证》（上海：上海古籍出版社，1999 年 12 月），526 页。关于“内怨为俳”的论述，可参见是书，527 页，注释三的部分论述。

② “意归义正”“无所匡正”“无益时用”“无益规补”，参见南朝·刘勰著，詹锳义证：《文心雕龙义证》，530、531、533、546 页。

③ 此段论述参见周裕锴：《宋代诗学通论》，318—323 页。也可参见龚隽：《尊戒与慢戒——略论禅风中的“游戏三昧”与内外法度》，氏著：《禅史钩沉：以问题为中心的思想史论述》（北京：生活·读书·新知三联书店，2006 年 8 月），73 页。

④ 饶宗颐：《杜诗以理义高妙见胜》，氏著：《澄心论萃》，68 页。

《续资治通鉴长编》载太宗淳化四年(993)正月辛卯:“合祭天地于圜丘,以宣祖、太祖升配。大赦天下。”[1]即南郊大礼。王禹偁《南郊大礼诗》十首其一云:“迁客生还知有望,商山不敢读离骚。”其八:“收尽洛南迁客泪,全家潜望日边归。”[2]王禹偁因南郊大礼,离开商州,随例量移解州团练副使,领全家赴任[3],《量移后自嘲》即作于此时,约四十岁。据是诗自叙其踪迹,如随风飘转的蓬草,可见官宦流落之状,所以申述其间为宦的感触,末二句自嘲如笼中鹦鹉,因之前贬谪商州,而今遇赦量移解州,像“旧笼腾倒入新笼”似的,诙谐戏谑中,表其从宦不得自由,不遂人意。其《量移自解》诗云:“商山五百五十日,若比昔贤非滞留。试看江陵元相国,四年移得向通州。”[4]也有相同心绪。“元相国”,指元稹,元稹曾贬谪通州司马,不久白居易亦贬江州司马,以白居易为典范的王禹偁,自然深知元、白二人故事,所以以此宽解,也可见王禹偁虽自嘲其量移处境,但他未流露太多的愤懑失意,在逢大赦之际,内心是充满感激,而少怨怼之气。但“旧笼腾倒入新笼”像诗谶般,王禹偁四十二岁,又遭黜官至滁州,《自笑》云:

> 年来失职别金銮,身世漂沦鬓发残。贫藉俸钱犹典郡,老为郎吏是何官。开樽暂喜愁肠破,堆案仍劳病眼看。自笑不归田里去,谩将名姓挂朝端。(《全宋诗》2,753)

这种“身世漂沦”,流离转徙的遭遇,是他最切身的感受,其《东门送郎吏行寄承旨宋侍郎》:“宦途多龃龉,身计颇悲凉。”[5]又《送林介》:“昔予贬商洛,相送远涉溱。今予谪滁上,语别清淮滨。”[6]他自笑宦途上的迁谪,其实也将自己身世之感并入,所谓自笑,虽因迁谪意绪引起,但其实是讥笑自己,没有及早脱离宦途,归隐田园,而受羁缚。诗中谓“开樽暂喜”,只是贬官后,稍稍的慰藉之词,想必其时心里定不好受,故作《自笑》将内心郁闷,以嘲讽之语宣泄出。宋庠《和吴侍郎翩号乐城居士今

---

① 宋·李焘撰,上海师范大学古籍整理研究所、华东师范大学古籍研究所点校:《续资治通鉴长编》第四册,745页。
② 北京大学古文献研究所编:《全宋诗》第二册,727、728页。
③ 参见徐规:《王禹偁事迹著作编年》(北京:中国社会科学出版社,1982年4月),103、104页。
④ 北京大学古文献研究所编:《全宋诗》第二册,740页。
⑤ 北京大学古文献研究所编:《全宋诗》第二册,674页。
⑥ 北京大学古文献研究所编:《全宋诗》第二册,675页。

复职守陕临歧自哂二绝》：

竹圃云斋谢病还，更将禅号拟香山。诏恩叙旧君何让，从古英贤不得闲。（《全宋诗》4，2283）

催拜连翩凤诏飞，乐城幽概愿相违。高云出岫虽无意，且待商岩作雨归。（《全宋诗》4，2284）

诗题"鄬号"，《庄子·秋水》："证鄬今故，故遥而不闷，掇而不跂，知时无止。"郭象注："鄬，明也。"[①]知"鄬"有表明意，故"鄬号"，为表号，即表字别号。自号乐城居士的吴侍郎，宋庠《元宪集》中有数首写给吴侍郎的诗，其中有《次韵和吴侍郎自号乐城居士》，间接可证"鄬号"之意；又有《次韵和资政吴育侍郎见赠》等诗，可知吴侍郎，当指吴育。《全宋诗》录吴育诗六首，句一句[②]，不见宋庠所和的原题之作。据上引宋庠和吴育自哂诗，诗题"今复职守陕"，《续资治通鉴长编》载仁宗皇祐三年（1051）十二月："戊戌，资政殿学士吴育知陕州。"[③]知宋庠和诗，当在此时。又欧阳修《资政殿大学士尚书左丞赠吏部尚书正肃吴公墓志铭》云："丁父忧，去官。起复，恳请终丧。服除，加拜翰林侍读学士，且召之。公辞以疾，上恻然，遣使者存问，赐以名药，遂以知汝州。居久之，又辞以疾，即以为集贤院学士、判西京留守司御史台。疾少间，复知陕府，加拜资政殿大学士。"[④]

据此可知，吴育数次托病推辞官职，其意不在身体染疾，不堪任责[⑤]，而是不愿为官，想要闲暇生活，因此宋庠诗中的自哂，实谓吴育因复职的关系，尔后很难再有无拘无束的闲情逸致，故诗谓"乐城幽概愿相违"。上引欧阳修《吴公墓志铭》亦云："自公罢去，上数为大臣言吴某刚正可用，每召之，辄以疾不至，于是召还。"[⑥]故诗中谓其英贤，是实情话，但"从古英贤不得闲"，赞赏其才德杰出外，带有几分的诙谐语调。

王禹偁、吴育，必须接受仕宦宠辱、得失之间的考验，他们二人也都欣羡白

---

① 此引《庄子》文及注，分别见清·郭庆藩撰，王孝鱼点校：《庄子集释》，568、569页。

② 北京大学古文献研究所编：《全宋诗》第五册，3361、3362页。

③ 宋·李焘撰，上海师范大学古籍整理研究所、华东师范大学古籍研究所点校：《续资治通鉴长编》第十二册，4120页。

④ 宋·欧阳修著，洪本建校笺：《欧阳修诗文集校笺》，858页。

⑤ 两宋文士辞官的事例，参见王德毅：《宋代士大夫的辞官风气》，21页。

⑥ 宋·欧阳修著，洪本建校笺：《欧阳修诗文集校笺》，858页。

居易的为人处世,但宋庠诗中的吴育形象,让其友人诙谐应对,与王禹偁屡遭贬谪后所透露的自嘲心绪不同。迁谪,是文士主体意识常见的型态,但即使不遭迁谪,有些文士在其职上也非顺遂,不过王禹偁曾任馆职,他在直宿时的心情相当平静,可能与担任馆职较优容的心态有关,但也有人在馆阁期间,道出编校的辛劳和无奈,北宋陈襄因繁冗的编书、校书,不能专心从事自己兴趣所钟之事,久之反而有不能以所长名世的失落感[①],而担任地方职的文士,他们也难免因官府文书而劳形,唐庚《自笑》二绝:

> 案头故纸如拨山,三年只有马上闲。贵官眼高不解颜,紧推不去何其顽。(《全宋诗》23,15049)
>
> 平生所学尽虚谈,为吏文书百不谙。唤作参军真漫浪,军中底事更须参。(《全宋诗》23,15049)

此二首诗,据其二"唤作参军真漫浪"语,应是唐庚任利州司法参军时所作[②]。其《调华阳尉》诗云:"家世传儒素,平生学古文。"[③]《自笑》其二亦谓"平生所学尽虚谈",可知其抱负所向,乃饱读诗书,砥砺自己才能学识,以就功名,所以《自笑》二绝,自嘲其职,则有不能申其所能而实现自己的心志,他的《除凤州教授非所欲也作诗自宽》亦云:"故纸终日翻,毛锥几年阁。百函无力致,诸公谁说着。"[④]可见他任凤州教授之职,也颇无聊无奈。

《自笑》其一首二句所云,知他案牍劳形之状,稍有休憩闲暇之情的时间甚短,因此唐庚为官不惬意,一部分应是案牍劳形所致。第三句"贵官眼高不解颜",即嘲讽上位之人,多不能体谅下属之境况;末句"紧推不去何其顽",以戏谑方式比喻公文繁冗,饶有趣味,尤以"紧推""顽"描写生动,不失幽默本色。

第二首,知其不熟谙公文处理,尽管所任之职,难免令人无奈、生厌,但他还是以戏谑之语,道出任司法参军职之情境,由此自我调侃,以宽解不能施展长才的无

---

① 参见成明明:《北宋馆阁与文学研究》(北京:中国社会科学出版社,2007年12月),260、356页。

② 唐庚二十四岁及第,不久赴任,他说自己任利州治狱掾。狱掾,即狱曹属吏,此为泛称,当指司法参军职。参见马德富:《唐庚年谱》,收入四川大学古籍整理研究所、四川大学宋代文化研究数据中心编:《宋代文化研究》(第三辑)(成都:四出大学出版社,1993年11月),209—211页。也可参见北京大学古文献研究所编:《全宋诗》第二三册,14991页。

③ 北京大学古文献研究所编:《全宋诗》第二三册,15048页。以下所引是诗,亦见此页码。

④ 北京大学古文献研究所编:《全宋诗》第二三册,15033页。

奈。又其《调华阳尉》诗谓"薄俸不禁分"，由于薄仕清俸，因此养家餬口的生计问题，就该考虑他的另一首《自笑》：

已白穷经首，仍丹许国心。……儿馁嗔郎罢，妻寒望藁砧。(《全宋诗》23，15050)

聊以自嘲中，语及家计情况，至为恳切。而韦骧《自守》诗云："薄仕功名未许高，懒随时辈强譊譊。……清贫我乐人毋诮，不独扬雄解解嘲。"(《全宋诗》13，8440、8441)虞俦《连日将行泥涂风雪因作二诗一以自嘲一以自解》亦云："薄宦才堪鸡肋比。"(《全宋诗》46，28589)皆自叙其薄仕的处境，而托以嘲谑之词。

二、贫困自嘲

杜甫《狂夫》诗云："厚禄故人书断绝，恒饥稚子色凄凉。欲填沟壑唯疏放，自笑狂夫老更狂。"杜甫自叙贫困艰难之状，也托为嘲谑之词，自笑疏狂之中，可见其旷怀[①]，而宋人虽对贫困揶揄解嘲，也恰在于藉此纾解抑郁烦闷之气，如司马光《自嘲》：

盘飧罗新蔬，充腹不求余。穷巷书扃户，闲轩卧读书。有心齐塞马，无意羡川鱼。世道方邀逐，如君术已疏。(《全宋诗》9，6107)

陆游《自笑》：

自笑谋生事事疏，年来锥与地俱无。平章春韭秋菘味，拆补天吴紫凤图。食肉定知无骨相，珥貂空自诳头颅。唯余数卷残书在，破箧萧然笑獠奴。(《全宋诗》39，24310、24311)

陆游《贫中自戏》：

---

① 唐・杜甫著，仇兆鳌注：《杜诗详注》(北京：中华书局，1999年9月)，743页。又本文对杜甫《狂夫》诗的疏解，参考清人朱翰注，亦见同页码。

种枳为篱草结庐，人间知足更谁如。涧深松老忘荣谢，天阔云闲任卷舒。门冷并无残客迹，家贫常读绝编书。有金可散还关念，多事从来笑汉疏。(《全宋诗》40，25335)

陆游《自嘲》：

野叟身常杂佣保，茀圃荒庭自锄扫。小儿耕养堇堇足，大儿游宦垂垂老。朝餐未破百瓮齑，晚饷犹存两囷枣。舂粳但备翁作糜，储帛纔堪孙裂褓。贤愚元自一王尊，痴钝宁论万冯道。可怜对客犹自矜，谈道能令君绝倒。(《全宋诗》40，25436)

胡仲弓《自笑》：

自笑谋生拙，多应涉世疎。为贫趋斗禄，因病试方书。榕叶寒侵户，梅花深结庐。焚香坐清夜，吟到晓钟初。(《全宋诗》63，39820)

以上诗例，尽管他们生活不充裕，表现心绪有别，但皆能不囿于贫穷困顿。司马光《自嘲》诗，自叙其家居情形，他对饮食最低限度的要求，只希望“充腹不求余”，他安贫若素而无怨言，在冷落偏僻的小巷“闲轩卧读书”，其《和吴冲卿病中偶书呈诸同舍光时亦卧疾》说：“病来门不扫，秋草翳吾庐。……药物从无继，箪瓢自有余。”[①]“箪瓢自有余”与“充腹不求余”意思相同，显然不以贫困为意，于病中也颇能自甘如此。但司马光的自嘲，不全然以嘲谑方式，宣泄贫困的郁闷之情，诗第五、六句谓“有心齐塞马，无意羡川鱼”，于出处进退间，希望超然于得失、祸福之外，无意临渊羡鱼。可见其自我解嘲，是认知置身在纷纭万变的世间中，实不得已之感，故安贫之际，希望将生命价值转向于淡泊宁静的状态。

至于陆游的表达更为直接。其《自笑》《自嘲》《贫中自戏》三首诗，写作时间不同，最早的是《自笑》诗，孝宗乾道八年(1172)，陆游四十八岁，因四川宣抚使王炎召辟陆游为幕僚，此诗即取道利州(今四川广元)途中作[②]，时陆游有《上虞丞相书》

---

① 北京大学古文献研究所编：《全宋诗》第九册，6109页。

② 参见宋・陆游著，钱仲联校注：《剑南诗稿校注》，253、4623页。于北山：《陆游年谱》，114页。

《上王宣抚启》,可知其时大概。《上虞丞相书》云:"某行年四十有八,家世山阴,以贫悴逐禄于夔。其行也,故时交友醵缗钱以遣之,峡中俸薄,某食指以百数,距受代不数月,行李萧然,固不能归。归又无所得食,一日禄不继,则无策矣。儿年三十,女二十,婚嫁尚未敢言也,某而不为穷,则是天下无穷人。伏惟少赐动心,捐一官以禄之,使粗可活,甚则使可具装以归,又望外则使可毕一二婚嫁。"①又《上王宣抚启》云:"伏念某禀资凡陋,承学空疏,虽肝胆轮囷,常慕昔贤之大节,乃齿牙零落,犹为天下之穷人。抚剑悲歌,临书浩叹,每感岁时之易失,不知涕泗之横流。昨属元臣暂临西鄙,获厕油幕众贤之后。"②因此陆游《自笑》所谓"自笑谋生事事疏,年来锥与地俱无",确实是他遭遇贫困的直接写照,这股因贫困的郁闷之情,也藉由吟咏以抒发解嘲,风尘仆仆的川蜀路上,他担忧日后的生计,自知相貌凡陋不能达官显宦,然诗中没有太多的愤悱之语,末联"唯余数卷残书在,破箧萧然笑獠奴",是以家仆携带的破箧残书,对比此时颠沛贫困的处境,随以谐谑。

《贫中自戏》,宁宗嘉泰四年(1204),八十岁作于山阴③,诗中流露的心绪,无上述《自笑》那种自嘲颠沛贫困之苦。此诗不局限于贫穷困顿,叙写归隐田园时自适知足的价值,颔联"涧深松老忘荣谢,天阔云闲任卷舒",四时代谢,人事衰荣,往往令人直觉生命推移的悲哀,在无法逆转的人生岁月,晚年的陆游最终还是体悟到宠辱、得失皆忘的自适之意。虽退隐家贫,但也因此无官事繁冗,而能"常读绝编书",这种读书兴味,也正在此时方可体会。结句"多事从来笑汉疏","汉疏",指汉代的疏广及其侄疏受。《汉书·卷七一·隽疏于薛平彭传·疏广疏受》载疏广告诉疏受云"功遂身退,天之道""宦成名立,如此不去,惧有后悔""归老故乡,以寿命终"等话④,于是二人归老故乡。

北宋宋庠《因览照见衰年状貌有感》有"羡杀贤哉汉二疏"句,是宋庠所认同挂冠的特定典型⑤。但陆游却谓"笑汉疏",因为仕履不同,唐·杨巨源《和卢谏议朝回书情即事寄两省阁老兼呈二起居谏院诸院长》:"宠位资寂用,回头怜二疏。"⑥唐·刘驾《读史》诗:"唯有汉二疏,应觉还家晚。"⑦陆游所谓"笑汉疏"的嘲谑用意

① 宋·陆游著,孔凡礼点校:《陆游集》,2086页。
② 宋·陆游著,孔凡礼点校:《陆游集》,2039页。
③ 宋·陆游著,钱仲联校注:《剑南诗稿校注》,3421页。
④ 汉·班固:《汉书》,3039、3040页。
⑤ 宋庠此诗,于本文第二章第一节业有论述,可参看。
⑥ 中华书局编辑部点校:《全唐诗》(增订本),卷333,3718页。
⑦ 中华书局编辑部点校:《全唐诗》(增订本),卷585,6831页。

或在于此。换言之,陆游揶揄自己的生活经验,是随着退隐生涯的增长,将生命观照融入生活化,因为他倜傥不拘于人世宦情的羁绊,躬耕的贫困生活,尚能闲适自在,与汉代疏广、疏受年老时,犹有"如此不去,惧有后悔"的心绪有所差别。

另一首《自嘲》,宁宗开禧二年(1206),八十二岁作于山阴[①]。诗虽描绘退隐之后田园生活的贫苦,但不见窘迫无计之状,"朝餐未破百瓮齑,晚饷犹存两囷枣。"于诙谐中自足欣慰。诗也提及"小儿""大儿"的生活情况,陆游此时可能想念往昔父子相聚的情景,是年春天,陆游《村夜》诗自注云:"时子虡调官行在,子龙阻风西陵,子修在闽,子坦在海昌,予与子布、子遹守舍。"[②]夏天作《孤寂》诗云:"晚境诸儿少在傍。"[③]这时年岁老大的陆游,但求温饱之余,希望家庭团聚,享受天伦之乐。

诗末四句谓"贤愚元自一王尊,痴钝宁论万冯道。可怜对客犹自矜,谈道能令君绝倒",陆游《南唐书·卷四·宋齐丘》其传末论曰:"方五代之际,天下分裂大乱,贤人君子皆自引于深山大泽之间,以不仕为得。而冯道有重名于中原,齐丘擅众誉于江表,观其人,可以知其时之治乱矣。"[④]五代政治纷攘,贤人君子多隐居不仕,陆游谓冯道"有重名于中原",实则"知其时之治乱",对冯道周旋其间的行径,深不以为然。因此诗末四句的尊君观念,似藉论冯道影射当时政治情势,国家正面临金军犯边境之时[⑤],陆游晚年虽还有许国自奋的壮志,但他耳闻国事,只能无可奈何,解解嘲罢了。

胡仲弓,生平仕履不能详考,宋·陈起《江湖后集》收其诗一百余首,又据集中有数首和刘克庄诗,知与刘克庄往来,为江湖诗人。《自笑》首四句谓"自笑谋生拙,多应涉世疎。为贫趋斗禄,因病试方书",可知其时他为生计问题,希企能谋到微薄俸禄的职位,他有一首《老母适至时已见黜》诗云:"千里迎阿孾,相见翻不乐。微禄期奉亲,亲至禄已夺。所悲乏故交,何以寓漂泊。向来耿介心,馈遗拒不诺。……况因直道黜,自省何愧怍。阿孾幸无忧,儿有平生学。"[⑥]胡仲弓年迈的母亲远道而来,本想以微薄俸禄奉养母亲,这时却遭罢黜,但因是直道被黜,省察之后不觉惭愧,母亲也"幸无忧"。因其平生所学,是以修身进德贞定志向,修身过程必将其德

---

① 宋·陆游著,钱仲联校注:《剑南诗稿校注》,3713页。

② 此诗及其系年,见宋·陆游著,钱仲联校注:《剑南诗稿校注》,3693页。

③ 此诗及其系年,见宋·陆游著,钱仲联校注:《剑南诗稿校注》,3731页。

④ 宋·陆游撰,李建国校点:《南唐书》,收入傅璇琮、徐海荣、徐吉军主编:《五代史书汇编》玖(杭州:杭州出版社,2004年5月),5498页。

⑤ 参见于北山:《陆游年谱》,431—434页。

⑥ 北京大学古文献研究所编:《全宋诗》第六三册,39744页。

性缺欠处，加以修缮。胡仲弓既能直道而行，就能择乎于善，因而自笑“谋生拙”“涉世疎”，或“向来耿介心”，这也是修道君子在择善固执时，必有所抉择的部分。

胡仲弓确实穷困窘迫，其《谈星林汉留求诗》：“君贫卖术我卖文，君贫似我贫一分。……两穷相值君莫笑，卖文有时饥可疗。”①可见他为生计奔波，兜售诗文。又《病后》：“贫剧故交疏”②，《老母适至时已见黜》谓“所悲乏故交”，可见他贫病后的交际情况。不过《自笑》，虽自嘲贫穷之状，自嘲不容于世，诗后四句却谓“榕叶寒侵户，梅花深结庐。焚香坐清夜，吟到晓钟初”，事实上，他能以内在的修身养性，调谐情性、态度，其《独倚》：“乐道贫何损，吟诗醉便休。”③《元日次韵》：“杖履堪行乐，箪瓢不似贫。”④又《身事》云：“身事未如意，眉头不暇攒。青衫笑官冷，白屋带儒酸。癖性生来澹，中年贫最安。不为温饱计，尽可耐饥寒。”⑤皆见安贫自甘之意，且《自笑》，亦不见愤激语，或许他不是要彻底脱离贫困，而是有志于道的修行，在贫穷困苦中，另有其精神性的安乐之处。

三、身体状况的自嘲

宋人吟咏的日常性诗作，也以揶揄解嘲，自嘲身体情况、买书态度等，这些作品不多，今依序讨论。孤山智圆《病起自嘲》云：

> 林下羸羸一病躯，四旬欹枕减肌肤。闲来试照秋泉看，金镀形容雪染须。（《全宋诗》3，1571）

孤山智圆虽自嘲病后萧条之感，却是宁静、无碍无累的一介禅僧形象，他没有流露出疾病侵扰后苦痛的意绪，孤山智圆的自我嘲谑，应是“适足以自取欢笑”⑥，他另有《病起》二首，其一：“衡门牢落雨苔斑，病起深秋气象闲。”其二：“看云默诵空王偈，拂榻闲开孔圣书。”⑦也给人一种清闲意味。应是禅僧多能安适于禅修生活，多

① 北京大学古文献研究所编：《全宋诗》第六三册，39746 页。其集中诗，胡仲弓与相士多有往来，这可能与他常年流落江湖有关。胡仲弓《自笑》说：“因病试方书”，他或许略知方术典籍。
② 北京大学古文献研究所编：《全宋诗》第六三册，39776 页。
③ 北京大学古文献研究所编：《全宋诗》第六三册，39769 页。
④ 北京大学古文献研究所编：《全宋诗》第六三册，39776 页。
⑤ 北京大学古文献研究所编：《全宋诗》第六三册，39777 页。
⑥ 此句见释智圆《戏题四绝句》并序，北京大学古文献研究所编：《全宋诗》第三册，1571 页。
⑦ 北京大学古文献研究所编：《全宋诗》第三册，1568 页。

能看透生老病死的人生课题,故孤山智圆面对疾病缠身,尚能保持内心恬淡、不执着,因为本身不是实有。陆游《自笑》:

左车第二牙辞去,团坐无生话又新。堪笑按摩并洗沐,未忘贪爱梦中身。(《全宋诗》41,25721)

韩愈有《落齿》诗,是唐人叙写落齿经验的代表诗人,陆游《自笑》首句自注:"见韩文公诗"[①],可见陆游对韩愈《落齿》诗的接受。又末句自注:"腊月五日,汤沐、按摩几半日,是早,左车第二牙脱去。"陆游特别记述牙齿掉落,似在意身体衰老的现象,陆游深谙养生之道,"按摩几半日",即他养生保健的方法,如《又作二首自解》云:"老生要是常谈尔,吐纳余闲即按摩。"[②]不过诗中的"堪笑",其意不在身体方面,而在"未忘贪爱梦中身",陆游知人世短暂,如置身梦中幻境,所以此处自嘲,但并非表明他与世间的关系已然消解,或对一切无所罣碍,他说的"贪爱",乃退闲之后,在宠辱、得失间的另一种故作姿态,由内心闲适之外,藉此揶揄自己尚未能忘此身与世的关系[③]。

四、不善饮酒的自嘲

文同谓自己不善饮酒,遂作诗聊以解嘲,《不饮自嘲》云:

能诗何水曹,眼不识杯铛。而我岂解吟,亦得不饮名。持此以立世,可笑实浪生。(《全宋诗》8,5400)

文同《县楼独酌》诗云:"向晚无公事,身如太古闲。县楼明夕照,樽酒对南山。放意利名外,游心天地间。生来不能饮,到此学酡颜。"[④]又《梁山大雪》诗:"幽人不能饮,身体冷如铁。"[⑤]均谓自己"不能饮",但他并未完全禁止饮酒,其集中有《吴公惠

---

① 北京大学古文献研究所编:《全宋诗》第四一册,25721页。以下引用此诗自注,亦见是页。
② 北京大学古文献研究所编:《全宋诗》第四一册,25580页。
③ 陆游在此"未忘贪爱"的姿态,犹如白居易诗中所谓"相忘""未忘",其实他无法"忘",也非对世间的执着已然忘却。陆游退居与白居易退职之后有其相近心绪。白居易部分,请详见〔日〕川合康三:《终南山的变容:中唐文学论集》,207、208页。笔者在此论陆游"未忘贪爱梦中身",亦参考是书208页的相关论述。
④ 北京大学古文献研究所编:《全宋诗》第八册,5352、5353页。
⑤ 北京大学古文献研究所编:《全宋诗》第八册,5398页。

酒因谢》诗，可知友人尝赠酒，他作诗答谢，亦有《欲雪》诗云："樽酒聊自持，同谁感时节。"[1]文同也以饮酒遣怀。但他自嘲自己"亦得不饮名"，是以魏晋酒徒中的陈暄为例，《南史・卷六一・陈暄》："何水曹眼不识杯铛，吾口不离瓢杓。"[2]何水曹，即何逊，何逊并非"眼不识杯铛"，只是不能像陈暄那样善饮，文同用这则故事，谓魏晋名士以饮酒表现旷达来立名传世，但他反而同何逊一样有不饮之名，自知不能尽情纵饮，体味生命放逸的境界，因此揶揄自己"可笑实浪生"。

五、喜好买书、不善书法的自嘲

以下论买书、不善书法的自嘲，郑刚中《自笑》：

> 他人将钱买田园，尚患生财不神速。我今贷钱买僻书，方且贪多怀不足。
> 较量缓急堪倒置，安得瓶中有储粟。自笑自笑笑我愚，笑罢顽然取书读。（《全宋诗》30，19051）

崇尚知识、嗜书如命，是大部分读书人曾有过的体验。郑刚中写"我今贷钱买僻书"的情形，他应十分注意搜集图书、版本鉴别，或许无法广搜博采，但买僻书的他，当精于此好。不过他的薪俸几乎都拿来买书，以致日常生活开支，捉襟见肘。别人拿钱置产，而他借债买书，于是嘲笑自己太愚昧，但自嘲后，丝毫没有慨叹之意，依然顽固地取书阅读，颇有几分沾沾自喜。

同样嗜书、藏书的陆游，却自嘲不善书法，《予素不工书故砚笔墨皆取具而已作诗自嘲》云：

> 我昔生兵间，淮洛靡安宅。髫髦入小学，童丱聚十百。先生依灵肘，教以兔园册。仅能记姓名，笔砚固不择。灶煤磨断瓦，荻管随手画。稍长游名场，粗若分菽麦。偶窥文房谱，虽慕无由获。笔唯可把握，墨取黑非白。砚得石即已，殆可供捣帛。从渠膏粱子，窃视笑哑哑。（《全宋诗》41，25509）

---

① 北京大学古文献研究所编：《全宋诗》第八册，5424 页。
② 唐・李延寿：《南史》，1503 页。

此诗先叙其幼年为学不易，陆游出生不久，北宋即遭靖康之变，故诗谓“我昔生兵间，淮洛靡安宅”，兵马倥偬之际，“幼时侍先君，避乱东阳山中”[①]，可见陆游幼时所处之背景。是以诗自叙年幼入学，老师所授仅教以浅近的书籍[②]，当时笔墨纸砚匮乏的情况下，只好“灶煤磨断瓦，荻管随手画”，年纪稍长后，因幼时求学贫苦，未能扎实写字的基础，故“偶窥文房谱，虽慕无由获”。

陆游虽自述其学书、为学之梗概，但诗题谓“素不工书”，是自谦之词，因为陆游是书法名家，朱熹《答巩仲至》谓：“放翁老笔尤健，在今当推为第一流。”[③]陆游《暇日弄笔戏书》三首其二：“草书学张颠，行书学杨风。”[④]陆游谓其草书学张旭，行书学杨凝式，北宋黄庭坚的书法，其笔法、结体，直接或间接也受张旭、杨凝式影响，今存陆游墨迹，有些字的用笔和结体，则有杨凝式的韵味，也得力于苏轼、黄庭坚[⑤]，如其晚年代表作《自书诗卷》：

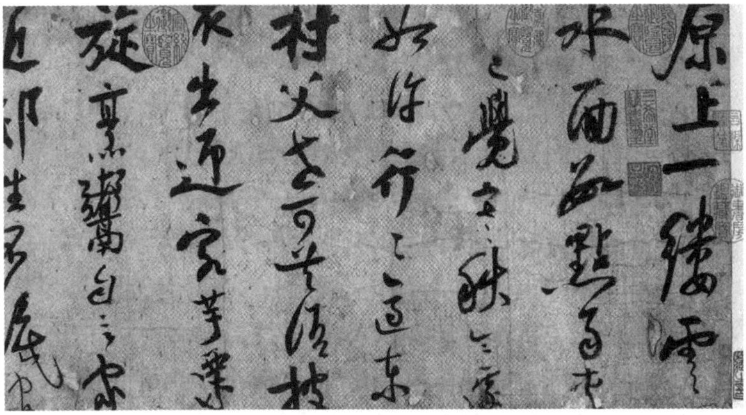

图16　自书诗卷(局部)，辽宁博物馆藏

《自书诗卷》的文字内容，对陆游来说应颇为熟稔，因书自己诗作，所以信笔而下，如日常生活中尺牍的书写(可参图17《致仲躬侍郎尺牍》)，书写速度较快，少假

① 宋·陆游撰，李剑雄、刘德权点校：《老学庵笔记》(北京：中华书局，1997年12月)，92页。

② 五代·孙光宪《北梦琐言·卷一九·诙谐所累》：“北中村墅多以《兔园册》教童蒙。”五代·孙光宪撰，俞钢整理：《北梦琐言》，200页。后多以“兔园”“兔册”“兔园册”等，泛指浅近的书籍，或指浅陋之学。

③ 宋·朱熹撰，徐德明、王铁校点：《晦庵先生朱文公文集》(四)，收入宋·朱熹撰，朱杰人、严佐之、刘永翔主编：《朱子全书》第二三册，3108页。

④ 北京大学古文献研究所编：《全宋诗》第四〇册，25229页。

⑤ 参见杨渭生等著，《两宋文化史》(杭州：杭州大学出版社，2008年1月)，722页。

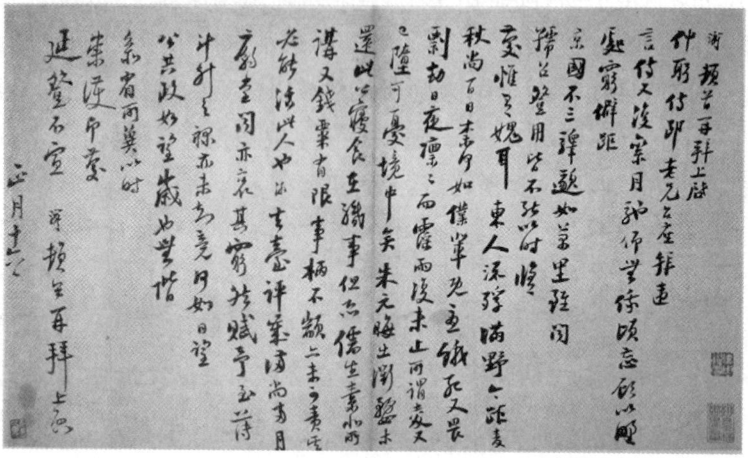

图 17　致仲躬侍郎尺牍，台北故宫博物院藏

思索，所以其结字、运笔自由，略具狂草章法[①]，放怀跌宕之处有类苏、黄者。陆游喜藏书，亦藏有名家手迹，如《跋山谷先生三荣集》："予集黄帖，得赠元师及王周彦三诗，甚爱之。……其笔力精劲盖如此。因录藏之。"[②]《跋东坡帖》："数简行笔，尤奇妙可贵。"[③]又《跋东坡书髓》："成都西楼下石刻东坡法帖十卷，择其尤奇逸者为一编，号《东坡书髓》。三十年间，未尝释手。"[④]想见陆游常见苏、黄等前人墨迹，鉴别、临写当会心有得。

陆游幼时为学艰苦，笔墨纸砚得来不易，及壮到老，生活环境稍微改善，却时时想到物力维艰，因此《予素不工书故砚笔墨皆取具而已作诗自嘲》谓"笔唯可把握，墨取黑非白。砚得石即已，殆可供捣帛"，他不大考究文房四宝，而招致富家子弟"窃视笑哑哑"，故陆游谓自己"素不工书"，实藉此聊以解嘲，展现真率之性情，于富家子弟的讥笑，过耳即逝，不以挂怀。

六、陆游自嘲诗中的归乡与爱国情结

两宋自嘲诗以陆游最多，他的数十首自嘲诗，大部分在退居山阴作，内容虽写

---

① 参见何传馨主编：《文艺绍兴：南宋艺术与文化・书画卷》（台北：故宫博物院，2010 年 10 月），266、380、381 页。

② 宋・陆游著、孔凡礼点校：《陆游集》，2230 页。

③ 宋・陆游著、孔凡礼点校：《陆游集》，2251 页。

④ 宋・陆游著、孔凡礼点校：《陆游集》，2269 页。

宦途得失、年纪老大、日常生活态度等，然贯穿其作品是其平生志业不遂的自我解嘲，今一并讨论。陆游《自嘲》（华子中年百事忘），此诗于孝宗淳熙元年（1174），陆游五十岁在成都作[①]。《自嘲》（夜作看花梦），于淳熙七年（1180）抚州（今江西抚州）任所作[②]。《夏夜读书自嘲》，淳熙十一年（1184），六十岁在故乡山阴作，时领祠禄[③]。《自嘲》（贪禄忘归只自羞），淳熙十四年（1187），六十三岁在严州（今浙江建德）任所作[④]。这些自嘲诗，分别作于成都、抚州、山阴、严州，可知陆游中年以后历经数次官职升降。如《自嘲》（华子中年百事忘）诗云：

病于荣宦冥心久，老向端闲得味长。（《全宋诗》39，24371）

《自嘲》（夜作看花梦）：

悲欢有定数，未至谁得知。（《全宋诗》39，24517、24518）

《夏夜读书自嘲》：

事业无成去日遒，只今身世付沧洲。（《全宋诗》39，24614）

《自嘲》（贪禄忘归只自羞）：

贪禄忘归只自羞，一窗且复送悠悠。……年来事业知君否，高束诗书学问囚。（《全宋诗》39，24672）

陆游仕履生涯并非得意，虽怀经世志意，但中年之后一无所成，难免有壮心未已、功名难期之失意、慨叹，以上自嘲诗例，多抒发此类情感。其中如《夏夜读书自嘲》诗末联云："白头自苦君无笑，骨朽成尘志未休"，言下有年纪老大而志业未成之意。《自嘲》（贪禄忘归只自羞）颈联云："正得虚名真画饼，元非大器愧函牛"，谓自己无

---

① 宋・陆游著，钱仲联校注：《剑南诗稿校注》，476 页。
② 宋・陆游著，钱仲联校注：《剑南诗稿校注》，979 页。
③ 宋・陆游著，钱仲联校注：《剑南诗稿校注》，1276 页。另参于北山：《陆游年谱》，224 页。
④ 宋・陆游著，钱仲联校注：《剑南诗稿校注》，1448 页。

大器之才，对承担重任有所惭愧，实自己不愿哗世取名，是诗第七句说“年来事业知君否”，所谓“年来事业”，应是他屡次愤慨的灭敌壮志[①]。

上引诗例中的自嘲，均藉吟咏以解嘲，但如何从愤懑、不尽人意中转换心境，陆游《自嘲》(华子中年百事忘)末联有“青缣帐暖黄紬稳，聊借东庵作睡乡”，《自嘲》(夜作看花梦)末联有“愿从大钧问，一笑在何时”，哗世取名的人与安闲乐道的人，成为两种生活处境方式，陆游并非为名利汲汲奔走之人，在持守的修身养性中，事业无成的失落感，对他来说除了是引起焦虑外，也是沉重的压力。然则陆游尚能自我宽解、回应，转向安时处顺，在日常生活中，如“聊借东庵作睡乡”，来获得安适之情。

诗谓“愿从大钧问”，刘禹锡有《问大钧赋》，陆游应读过此赋，赋中云“梦游兮无何有之乡”[②]，“无何有之乡”，语出《庄子·逍遥游》，刘禹锡此赋有序，序云：“始余失台郎为刺史，又贬州司马，俟罪朗州，三见闰月。……居三年不得调。”[③]所以刘禹锡借《庄子》语境，乃他向往自得、无待的精神状态，以之宽解为宦不遂的抑郁心绪。然陆游“愿从大钧问”，言外之意，也是以此解嘲，希望忘怀为宦的不遂，况且陆游深悉悲欢、得失自有定数，所以《自嘲》(夜作看花梦)第三至第六句谓：“吾梦固忘矣，诗亦聊自欺。荒园无佳花，牵牛漫疏篱。”看花之梦的结束，表其洞悉人生、世事的底蕴，他作诗略为自嘲，实则以理排遣情感。藉由不断地吟咏，重新体味自我价值意义，以谐谑、看淡的方式，应对他不愿哗世取名的宦场之中。

陆游的官宦生涯，于赴严州任前，在家乡山阴担任祠官，《自嘲》(穷途久矣叹吾衰)云：

> 穷途久矣叹吾衰，双鬓新添几缕丝。身是在家狂道士，心如退院病禅师。(《全宋诗》39，24629)

可见其时心境、态度，《自嘲用前韵》云：

> 残年过六十，寂寞卧山中。……输与封侯骨，云台竞策功。(《全宋诗》39，

---

① 参见于北山《陆游年谱》，系于淳熙十四年诸作。于北山：《陆游年谱》，247、248页。

② 唐·刘禹锡著，瞿蜕园笺证：《刘禹锡集笺证》(上海：上海古籍出版社，1989年12月)，2页。

③ 唐·刘禹锡著，瞿蜕园笺证：《刘禹锡集笺证》，1页。

24632)[1]

他在家乡遍览山水名胜[2],似狂道士的形象,如禅僧般的心境,偶也流露事业难酬之意,虽国家勉力图治,大有可为,他也愿尽一份责任,然则想要报国的赤诚,蹭蹬中已年纪老大。光宗绍熙二年(1191),陆游六十七岁,在家乡山阴,领祠禄,于北山谓陆游这年:"屏处故乡,迹同疏放。自感骇机幸脱,恩怨一空。"[3]本年的《自嘲解嘲》二首其一:

> 世变真难料,吾痴只自嘲。移山谋畚土,黏日欲煎胶。得句题修竹,烹茶拾堕巢。行年不须算,断是死衡茆。(《全宋诗》39,24736)

其二:

> 种稻稽山下,诛茆剡曲傍。鸣鸡耐昏旦,飞燕异炎凉。古剑寒三尺,残书乱一床。穹穹与厚厚,能识我非狂。(《全宋诗》39,24736)

"修竹""烹茶""种稻""诛茆"等,都指躬耕氛围,是陆游在山阴的生活场域。但细究诗意,陆游并不特别关注田园内容,"世变真难料,吾痴只自嘲。移山谋畚土,黏日欲煎胶",除道不行于世的愤慨外,似写出恢复河山之志意,遭受挫败的感受,尤以"行年不须算,断是死衡茆"最显著,显然这已非聊以解嘲之作,他不能从俗浮沉中一申怀抱,故栖居于此的失落感特别强烈。"穹穹与厚厚,能识我非狂",与"愿从大钧问"的念头相似,但语气却愤懑不平,天公应识我平生素志,而非狂妄之人。另一首《自嘲》(岁月推迁万事非),亦有相同意绪:

> 岁月推迁万事非,放翁可笑白头痴。此生竟出古人下,有志尚如年少时。僻学固应知者少,长歌莫问和予谁。自嘲自解君毋怪,老大从人百不宜。(《全宋诗》39,24828)

---

① 《自嘲用前韵》诗,用《读书》"远遁江湖上"韵。

② 此期在山阴遍游家乡山水名胜,如跨湖桥、樊江、香山、玉笥峰等,参见于北山:《陆游年谱》,234 页。

③ 于北山:《陆游年谱》,294 页。

绍熙四年(1193),陆游六十九岁,仍在山阴,领祠禄①。秋天作这首《自嘲》,仍见激愤语,以申明匡复之志。他在从俗浮沉中,感到知音难觅,忧国无人,所以慨然赋诗而自嘲自解,其意味也在"老大从人百不宜",表自己不谐于世,寄寓在此世变之际,君子该如何自处的问题。他七十二岁,在山阴作《自嘲》(身见绍兴初改元)②:

身见绍兴初改元,百罹敢料至今存。生涯破碎余龙具,学问荒唐守兔园。

独立未除还笏气,余生犹待阖棺论。北窗灯暗霜风恶,且置孤愁近酒樽。(《全宋诗》40,24950)

首二句指年幼时,高宗改元绍兴之年(1131),当时南宋处于危难之秋,内外形势未即改善,绍兴改元后,变乱中心转移长江下游、华南一带③,陆游所谓"百罹",即指当时遭逢乱离颠沛的情况。由陆游的自叙,他处于贫困境遇的生命体验,仍不忘怀平生志业,到了晚年,所谓犹待盖棺论定,是其一生最确切的定论。陆游的胸襟怀抱,他人或以为不过是自以为是,或根深柢固、顽执不可而为,但他是以"北窗灯暗霜风恶,且置孤愁近酒樽",几近独处方式,藉诗酒以抒胸臆,而题以"自嘲"的吟咏姿态,坚持其在此世的关怀,似一介悲剧性的爱国志士形象。他作完这首《自嘲》不久,又作《作梦》,此诗云:"作梦今逾七十年,平生怀抱尚依然。……世间妄想何穷尽,输与山翁一醉眠。"④可见"爱国情结"与"归乡意识",遂构成陆游晚年复杂的存在感受。在此之前,亦作《老疾戏自赠》:

年过七十日夜衰,羸然骨立不支持。一身百病作无时,饭且不足那论医。

镜中之人定是谁,面骨突兀鬓成丝。买棺作冢计已迟,一旦宁免累诸儿。(《全宋诗》40,24900)

陆游怀抱匡复之志所引生的愤懑、失意,是他亲历世变后的特别感悟,在归乡十余

---

① 宋·陆游著,钱仲联校注:《剑南诗稿校注》,1917页。于北山:《陆游年谱》,307页。

② 宋·陆游著,钱仲联校注:《剑南诗稿校注》,2286页。

③ 参见陈学霖:《"水寇"抑"义军"? ——南宋初邵青考述》,收入氏著:《金宋史论丛》(香港:中文大学出版社,2003年3月),107、108页。

④ 北京大学古文献研究所编:《全宋诗》第四〇册,24950页。

年的生活中[①]，到了暮年，偶也流露出这种强烈的意念，尤其年老的身体感，感到愈向死存在的事实，加以无可奈何的壮志扼腕，陆游也由自我解嘲，逐渐抒解这些种种心绪，在不断体解伤老、不遇的况味后，乃以治心修养来呈显归田的闲适意识。其《自嘲老态》云："世念秋毫尽，浑如学语儿。得床眠易熟，有饭食无时。纱帽簪花舞，盆池弄水嬉。从今转无事，静坐不吟诗。"(《全宋诗》40，25415、25416)这是他最终自我调谐后的闲暇境界。

大体而言，宋人的揶揄解嘲，可以陆游为典型，在陆游之前或之后的自嘲诗，始终与陆游所表达的内容有一定距离，他们的作品因数量较少的缘故，较难看出其整体心绪，但陆游尤其老年后的自嘲诗，皆聚焦于平素表达的意绪，具体的生活情境。宋人揶揄解嘲的作品比前代多，大体涉及个人生活，有时揶揄、谐谑中的意趣不着痕迹，可由此了解宋诗尚趣、日常化的特点。

第二节　随遇自适

宋人随遇自适的自叙诗，主要有自喜、自乐、自适及部分自咏、自贻诗。两宋以前书写闲适的诗作，以白居易为典范，相较以往诗人将闲情、闲趣等闲逸自在的意绪随意地写入诗中，白居易似有意地创作闲适诗，其《与元九书》云："又或退公独处，或移病闲居，知足保和，吟玩情性者一百首，谓之闲适诗。"[②]可见白居易的创作动机，其意义是吟玩情性的自我调谐。而宋人以警省自我、谐谑自嘲等方式平衡内在的情绪外，也以吟玩情性，来达到惟适之安，即以安于当下的自足体味，调谐自己心绪，适应生活环境。

宋人的吟咏创作，或有所谓互文性、影响焦虑、期待视域的写作姿态，但宋人随遇自适的书写方式，也非一味地效仿白居易所开启闲适诗的写作典范，成为一种写作效应。宋人随遇自适的内涵，主要表现在宦情、惜老方面，一则调谐外缘因素引起的感发之情，一则知足年老身体的安适状态。这两方面，白居易闲适诗也有之，然则感知活动有其创造性，内在闲适之情，并非是感知活动的固有属性[③]，故其内

① 这里所指十余年，系就《自嘲》诗的系年而言，陆游在山阴有二十余年。
② 唐・白居易著，朱金城笺校：《白居易集笺校》，2794页。
③ 参见〔美〕艾布拉姆斯著，郦稚牛、张照进、童庆生译，王宁校：《镜与灯：浪漫主义文论及批评传统》(北京：北京大学出版社，2015年8月)，68页。

在的情感激荡、反应，因写作身分、自然景物、生活情调、语境等不同情况下，体味的闲适之意，自有不同的情感经验。不过宋人在随遇自适的自我叙写，仍趋向以适情适性为创作模式，这也是古典诗歌闲适的类型中常见的意趣。

一、仕宦的自适

（一）为官无事

北宋初年名相李昉有《自过节辰又逢连假既闭关而不出但欹枕以闲眠交朋顿少见过杯酒又难独饮若无吟咏何适性情一唱一酬亦足以解端忧而散滞思也吾弟则调高思逸诚为百胜之师劣兄则年老气羸甘取数奔之诮恭依来韵更次五章以自喜身无事为首》：

> 自喜身无事，闲吟适性情。欲依芳树歇，更傍小栏行。地僻疏还往，年高倦送迎。临轩瞑目坐，神思当时清。
>
> 自喜身无事，因行过寺墙。闲题僧舍壁，静爇佛家香。竹户蜘蛛挂，莎阶蟋蟀藏。唱酬聊取乐，不觉又盈箱。
>
> 自喜身无事，论才拙复疏。五年陪稷禼，二纪接严徐。本是渔樵客，终惭邹鲁儒。温衣饱食外，何必待盈余。
>
> 自喜身无事，门庭草色连。前轩满床月，后院一林烟。策杖困还歇，枕书慵更眠。称家随分过，何用苦忙然。
>
> 自喜身无事，乘春但种花。时时游野墅，往往宿僧家。入竹新寻笋，燃铛旋煮茶。趋朝十里路，来往不嫌赊。（以上皆见《全宋诗》1，182）

据诗题云“若无吟咏，何适性情，一唱一酬，亦足以解端忧而散滞思也”，此即白居易所云“吟玩情性”。李昉这五首诗，确有白居易闲适诗之味，《全宋诗》所收李昉唱酬之作，多见于《二李唱和集》，而此唱和集诗多出现“闲”字。宋・吴处厚《青箱杂记》卷一云：“昉诗务浅切，效白乐天体。晚年与参政李公至为唱和友，而李公诗格亦相类，今世传《二李唱和集》是也。”[①]吴处厚约仁宗朝人，据其所述，可知李昉、李至仿效白居易诗体，所谓《二李唱和集》，即仿效刘禹锡、白居易《刘白唱和集》。李昉、李

① 宋・吴处厚撰，夏广兴整理：《青箱杂记》，收入朱易安、傅璇琮等主编：《全宋笔记》第一编十（郑州：大象出版社，2003 年 10 月），196、197 页。

至等尝编纂《文苑英华》，选录的唐人作品，以白居易最多，由此可见当时风尚[①]。

白居易的“中隐”[②]模式，是李昉晚年亟欲向往的生活，李昉贵为宰辅，循谨自守，又编纂《太平御览》《太平广记》《文苑英华》，备承重任，无宦途落拓失意，至年老身闲，“又葺郊外宴游之地”[③]，颇能由此闲雅的空间氛围，疏瀹心绪。“自喜身无事”五首，是“自过节辰又逢连假”的趁暇之作，所谓的“自喜”“无事”“唱酬”“取乐”“温衣饱食”“宿僧家”等，皆是身心闲事、无事的状态方可体味。

（二）退休、罢官自适

李昉是暂时无繁冗的官事，作诗自喜，北宋名臣赵抃则作《引年自喜》：

> 乾坤报不得，犬马恋无缘。请有再三渎，生踰七十年。云山充素志，霜雪满华巅。远矣日边地，归欤春暮天。滩长钓台客，棋久烂柯仙。去乐林泉下，何劳一指禅。（《全宋诗》6，4158）

诗谓“请有再三渎，生踰七十年”，指再三请求年老辞官，苏轼《赵清献公神道碑》：“公年未七十，告老于朝，不许。请之不已，元丰二年二月，加太子少保致仕，时年七十二矣。退居于衢，有溪石松竹之胜，东南高士多从之游。朝廷有事郊庙，再起公侍祠，不至。”[④]据苏轼谓“请之不已”，知赵抃尝再三向皇帝请求辞官，直至七十二岁，获致仕退休，故诗云“生踰七十年”。赵抃因有“云山充素志”[⑤]，辞官退居后，作诗自喜能高卧林泉，因此诗云“远矣日边地”，即远离帝城，而生“归欤春暮天”的心绪。“去乐林泉下，何劳一指禅”，赵抃虽究心佛禅，与禅僧多有交涉，不过在此林泉高致的情趣，并非藉禅余之暇的体会。

李昉、赵抃均为当时的重臣，他们自喜之意，都在官重之后达到自吟其适的状

---

① 参见李贵：《中唐至北宋的典范选择与诗歌因革》，58—60 页。

② 白居易《中隐》诗云：“大隐住朝市，小隐入丘樊。丘樊太冷落，朝市太嚣諠。不如作中隐，隐在留司官。似出复似处，非忙亦非闲。不劳心与力，又免饥与寒。终岁无公事，随月有俸钱。”唐・白居易著，朱金城笺校：《白居易集笺校》，1493 页。

③ 参见宋・曾巩撰，王瑞来笺证：《隆平集校证》（北京：中华书局，2015 年 1 月），147 页。

④ 宋・苏轼撰，明・茅维编，孔凡礼点校：《苏轼文集》第二册，522 页。

⑤ 《梦溪笔谈》载：“赵阅道为成都转运使，出行部内，唯携一琴一鹤，坐则看鹤鼓琴。尝过青城山，遇雪，舍于逆旅。逆旅之人不知其使者也，或慢狎之，公颓然鼓琴，不问。”此可见赵抃超然高举之志。参见宋・沈括撰，胡静宜整理：《梦溪笔谈》，收入朱易安、傅璇琮等主编：《全宋笔记》第二编三（郑州：大象出版社，2006 年 1 月），79 页。

态，他们都将为宦后的闲适之趣，寄于诗内，彷佛体味过种种官场百态，最终方能自得于淡泊一样。南宋姜特立也有《闲退自适》，诗云：

> 老退保余生，不愧身与口。大似刘真长，东山亦何有。（《全宋诗》38，24172）

光宗时，姜特立以近幸身分招权预政[①]，晚年于官僚、道学倾轧中失利，离开政治核心。诗云“老退保余生”，是致仕退休后作，但其意绪，并非李昉、赵抃那种心远所致的闲适之味，其意则在退居的明哲保身，显然没有真正地闲适恬淡。尾联提及东晋名士刘惔、谢安，意谓自己似刘惔名士风范，而不意谢安东山再起。田余庆认为：“东晋当轴人物，一般都有水平不等的玄学修养，否则就难于周旋士族名士之间。……士族名士既无避世思想，一般又是重恬适而轻事功，无积极的处世态度。声望最高的名士刘惔，孙绰诔其‘居官无官官之事，处事无事事之心’，时人以为名言。”[②]姜特立谓已“大似刘真长”，也就是将自己比喻为刘惔，居官处事重恬适的心态，虽有安于老年退休之意，但姜特立是否不想做官而安适自足，恐未必然。

上举两宋文士均是朝廷重臣，在已届年老退休之际，他们的生活不是那么局限在宦场上，故其心绪表现较为开放自适。陆游有一首《自喜》，是表达羁宦生涯后，退居家乡的闲适之情：

> 半生羁宦走人间，醉里心宽梦里闲。自喜如今无一事，读书纔倦即游山。（《全宋诗》39，24758）

陆游于光宗绍熙二年（1191），六十七岁，在家乡山阴领祠禄，于北山谓陆游这年：“屏处故乡，迹同疏放。自感骇机幸脱，恩怨一空。”[③]《自喜》亦在此期所作[④]，可知陆游作此诗的大致心绪，“自喜如今无一事”，是陆游远离官场的态度，“读书纔倦即

---

① 余英时：《朱熹的历史世界：宋代文士大夫政治文化的研究》（下篇），35 页。

② 参见田余庆：《东晋门阀政治》（北京：北京大学出版社，2014 年 9 月），三《永和政局与永和人物》，166、167 页。田余庆所引孙绰语，见《晋书·卷七五·刘惔列传》，唐·房玄龄等撰：《晋书》（北京：中华书局，1974 年 11 月），1992 页。

③ 于北山：《陆游年谱》，294 页。

④ 宋·陆游著，钱仲联校注：《剑南诗稿校注》，1705 页。

游山”,是其理想屡遭挫折,不得不归乡后,对政治时局的一种回应,不过此期的陆游,也能得山水之乐,他游历千秋观、禹祠、樊江、鲁墟、梅坞等处[①],虽陆游与李昉、赵抃、姜特立这些围绕在政治核心的文士际遇相异,但他们诗中的自适之情,皆非刻意营造。

(三) 谪居自适

除年老辞官、羁宦生涯外,另有谪居自适,此以苏轼《谪居三适》三首为代表,之后苏辙、南宋李纲、张九成也有次韵《谪居三适》。苏轼《谪居三适》三首其一“旦起理发”云:

> 安眠海自运,浩浩朝黄宫。日出露未晞,郁郁蒙霜松。老栉从我久,齿疏含清风。一洗耳目明,习习万窍通。少年苦嗜睡,朝谒常匆匆。爬搔未云足,已困冠巾重。何异服辕马,沙尘满风鬃。琱鞍响珂月,实与杻械同。解放不可期,枯柳岂易逢。谁能书此乐,献与腰金翁。(《全宋诗》14,9552)

其二“午窗坐睡”:

> 蒲团蟠两膝,竹几阁双肘。此间道路熟,径到无何有。身心两不见,息息安且久。睡蛇本亦无,何用钩与手。神凝疑夜禅,体适剧卯酒。我生有定数,禄尽空余寿。枯杨不飞花,膏泽回衰朽。谓我此为觉,物至了不受。谓我今方梦,此心初不垢。非梦亦非觉,请问希夷叟。(《全宋诗》14,9552)

其三“夜卧濯足”:

> 长安大雪年,东薪抱衾裯。云安市无井,斗水宽百忧。今我逃空谷,孤城啸鸺鹠。得米如得珠,食菜不敢留。况有松风声,釜鬲鸣飕飕。瓦盎深及膝,时复冷暖投。明灯一爪剪,快若鹰辞鞲。天低瘴云重,地薄海气浮。土无重膇药,独以薪水瘳。谁能更包裹,冠履装沐猴。(《全宋诗》14,9552)

---

① 于北山:《陆游年谱》,294 页。

绍圣四年，苏轼六十二岁，贬谪儋州[①]（今海南），据王文诰按语："（哲宗）绍圣四年（1097）丁丑四月，自惠州贬所，再责琼州别驾昌化军安置，不得签书公事，被命即行，六月渡海，七月到昌化军贬所，至十二月作。"[②]又据其《总案》系十二月作《谪居三适》[③]，则知这组诗创作时序为暮冬。诗题所标"谪居三适"，表示苏轼能在蛮荒场域，调谐内心的情性，然他赴儋州前，有《与王敏仲》尺牍，其中十八首之十六云："某垂老投荒，无复生还之望，昨与长子迈诀，已处置后事矣。今到海南，首当作棺，次便作墓，乃留手疏与诸子，死则葬于海外。"[④]

这种流露出垂老投荒，无复生还之望，知苏轼将贬谪儋州前，曾有沉重诀别之心绪。但抵达儋州后，虽生活物质匮乏，偶有幽绝寂寞之情，却能适时调整心绪，写下和陶等诸什，宣散忧悲抑郁。《谪居三适》，叙写日常生活细微之事，由旦起理发、午窗坐睡、夜卧濯足，将亲切的生活体验写入诗篇，颇有闲暇氛围，苏轼在谪宦中，不因外缘因素、条件的欲求烦恼，而能心态晏如。

宋・陶谷《清异录・作用门・小太平》载："郭尚贤尝云：'服饵导引之余有二事，乃养生大要，梳头、浴脚是也。'"[⑤]苏轼颇留意养生，以为神仙长生洵非虚语[⑥]，他既深悉养生延年之道，则所谓梳头、浴脚的养生之要，应有切身之体会。其一云"一洗耳目明，习习万窍通"；其二云"身心两不见，息息安且久"，身心皆达到舒放的状态。其三虽叙写昔年及今冬夜情景，却特别关注"瓦盎深及膝，时复冷暖投"的浴脚情况，也是苏轼其时心境所特有的投射，闲适与否，是内在的心境转换，因此以"谁能更包裹，冠履装沐猴"揶揄自我，显然苏轼写下《谪居三适》，在蛮荒的场域，逐渐转向率真的闲暇状态。

苏轼作《谪居三适》不久，苏辙即有《次韵子瞻谪居三适》三首。苏轼《谪居三

---

① 孔凡礼：《苏轼年谱》，1281 页。

② 宋・苏轼撰，清・王文诰辑订：《苏文忠公诗编注集成》（台北：台湾学生书局，1987 年 10 月），3487 页。据武林韵山堂本。

③ 据王文诰《苏文忠公诗编注集成总案》所系，当为十二月作。参见宋・苏轼撰、清・王文诰辑订：《苏文忠公诗编注集成》，1389 页。

④ 宋・苏轼撰，明・茅维编，孔凡礼点校：《苏轼文集》第四册，1695 页。

⑤ 宋・陶谷撰，郑村声、俞钢整理：《清异录》，收入朱易安、傅璇琮等主编：《全宋笔记》第一编二（郑州：大象出版社，2003 年 10 月），69 页。

⑥ 参见苏轼《养生诀上张安道》："近年颇留意养生。读书，延问方士多矣，其法百数，择其简易可行者，间或为之，辄有奇验。今此闲放益究其妙，乃知神仙长生非虚语尔。"宋・苏轼撰，明・茅维编，孔凡礼点校：《苏轼文集》第六册，2335 页。并参《苏轼文集》卷七三《杂记・修炼》所收文章，可概知苏轼对炼丹、养生的兴趣。

适》,作于哲宗绍圣四年(1097)十二月,就其书信来返时间,则苏辙和诗当于哲宗元符元年(1098),谪宦岭南作[①]。《次韵子瞻谪居三适》三首其一“旦起理发”云:

> 道人鸡鸣起,趺坐存九宫。灵液流下田,伏苓抱长松。……洗沐废已久,徐之勿匆匆。气来自涌泉,至此知几重。……笑我守寻尺,求与真源逢。(《全宋诗》15,10080,以下文引《次韵子瞻谪居三适》三首,均见是页)

此诗多用道家语汇,苏辙《和迟田舍杂诗》九首其七云:“少小本好道”[②],苏轼亦云:“余观子由,自少旷达,天资近道,又得至人养生长年之诀,而余亦窃闻其一二。”[③]可见苏辙对道家服食、养生之术,极有心得。苏辙因“夏则脾不胜食,秋则肺不胜寒。治肺则病脾,治脾则病肺。平居服药,殆不复能愈。年三十有二,官于宛丘,或怜而受之以道士服气法,行之期年,二疾良愈。盖自是始有意养生之说。”[④]可见他是由年少多病而有意养生却病,而其性情也与学道之人相契。

其时兄弟二人同遭贬谪,故其诗中的语境、心绪、意念则有一共性。如苏轼《谪居三适》其二“午窗坐睡”云:“我生有定数,禄尽空余寿。枯杨不飞花,膏泽回衰朽。谓我此为觉,物至了不受。谓我今方梦,此心初不垢。”苏辙《次韵子瞻谪居三适》其二“午窗坐睡”云:“不知吾丧我,冰消不遗寿。空虚无一物,彼物自枯朽。梦中得灵药,此药从谁受。侵寻入四支,欲洗自无垢。”显然苏辙诗中表述之意,与苏轼之心绪,有其承继性。又苏辙《次韵子瞻谪居三适》三首其三“夜卧濯足”云:“海民慢寒备,不畜衾与裯。虽苦地气泄,亦无徒跣忧。……名身孰亲疏,慎勿求封侯。”言及儋州之风俗民情外,亦有自释、及劝慰苏轼意。苏辙所和,虽以苏轼谪居之情境而来,也发抒自身谪宦的况味。

南宋李纲《次韵谪居三适》,应非贬谪之作,其一“旦起理发”云:“我生本疏懒,

---

① 参见宋·孙汝听:《苏颍滨年表》,系于元符元年戊寅条,收入宋·苏辙著,陈宏天、高秀芳点校:《苏辙集》,1405页。

② 北京大学古文献研究所编:《全宋诗》第一五册,10102页。

③ 苏轼所言,为《子由将赴南都,与余会宿于逍遥堂,作两绝句,读之殆不可为怀,因和其诗以自解。余观子由,自少旷达,天资近道,又得至人养生长年之诀,而余亦窃闻其一二。以为今者宦游相别之日浅,而异时退休相从之日长,既以自解,且以慰子由云》诗题,而此诗创作缘由,参见宋·施宿的批注,见宋·苏轼著,清·冯应榴辑著,黄任轲、朱怀春校点:《苏轼诗集合注》,720页。

④ 此段引文见苏辙《服茯苓赋》并叙,序文部分。宋·苏辙著,陈宏天、高秀芳点校:《苏辙集》,332页。也可参见其《丁亥生日》诗:“少年即病肺,喘作锯木声。中年复病脾,暴下泉流倾。困苦始知道,处世百欲轻。收功在晚年,二疾忽已平。”北京大学古文献研究所编:《全宋诗》第一五册,10116页。

误堕轩冕中”，其二“午窗坐睡”云：“功名如浮云，于我亦何有”[①]，似为宦不遂作。但李纲并非以“谪居”立意，主要以养生之道而论，如其一“旦起理发”：“未能运河车，上泝泥丸宫。”所谓“运河车”“上泝泥丸”，均指道家的提气法。其一又云：“萧萧栉齿快，淅淅气脉通。呼儿助千遍，缓手无匆匆”，其三“夜卧濯足”云：“养生贵养足”“自从饱涤濯，此病良已瘳”，梳头、浴脚有助疏通血脉，达养生保健作用，可见李纲次韵苏轼《谪居三适》，是以苏轼诗中的养生之道而发。

李纲虽以儒家之“仁”为其修身、治国的准则，但也以释、道调适自我，于禅宗、《华严》、道家、道教均有相融的见解[②]。他体会苏轼的旦起理发、午窗坐睡、夜卧濯足时对平素身体的经验感受，成为他日常生活的意趣。

不愿偏安苟且的张九成，其《读东坡谪居三适辄次其韵》三首，应是遭贬谪后作，据其一“旦起理发”云“忆昔叨从班，入朝大明宫。……今来幸闲放”[③]，其三“夜卧濯足”云“况复窜炎荒，令人生百忧”可知。《宋史》本传载：“金人议和，九成谓赵鼎曰：‘金实厌兵，而张虚声以撼中国。’因言十事，彼诚能从吾所言，则与之和，使权在朝廷。鼎既罢，秦桧诱之曰：‘且成桧此事。’九成曰：‘九成胡为异议，特不可轻易以苟安耳。’……因在经筵言西汉灾异事，桧甚恶之，谪守邵州。……径山僧宗杲善谈禅理，从游者众，九成时往来其间。桧恐其议己，令司谏詹大方论其与宗杲谤讪朝政，谪居南安军。在南安十四年。”[④]张九是赵鼎政权的重要官员，当赵鼎等讨论和议事而去职，张九成极陈和议之非，故被秦桧厌恶[⑤]，因此编造张九成与大慧宗杲谤讪朝政，贬谪南安军。

南安军，治所为大庾（今江西大余）[⑥]，张九成有《癸亥初到岭下寄汪圣锡》《三月晦到大庾》《勾漕送建茶》等诗，亦有《适居赋》，是赋云：“天心仁兮哀怜之，免余死兮窜江西。”[⑦]故《读东坡谪居三适辄次其韵》其三“夜卧濯足”中所谓“况复窜炎荒”，即指贬谪南安军。《读东坡谪居三适辄次其韵》其一“旦起理发”云：“今来幸闲

---

① 北京大学古文献研究所编：《全宋诗》第二七册，17678 页。以下所引李纲《次韵谪居三适》三首，均见 17678、17679 页。

② 参见林义正：《李纲〈易〉说研究——兼涉其〈易〉与〈华严〉合辙论》，收入氏著：《〈周易〉〈春秋〉的诠释原理与应用》（台北：台湾大学出版中心，2010 年 12 月），201—230 页。

③ 北京大学古文献研究所编：《全宋诗》第三一册，19999 页。以下所引张九成《读东坡谪居三适辄次其韵》三首，均见 19999 页。

④ 元・脱脱等撰：《宋史》，卷 374，11578、11579 页。

⑤ 参见〔日〕寺地遵著，刘静贞、李今芸译：《南宋初期政治史研究》，121、158 页。

⑥ 南化军，于淳化元年，以虔州大庾县建为军。元・脱脱等撰：《宋史》，卷 88，2191 页。

⑦ 曾枣庄、刘琳主编：《全宋文》第一八三册，415、416 页。

放,栉比肯匆匆。清晨解绦辫,千梳复重重。”因为谪居官闲,故容与的生活。又其二“午窗坐睡”云“颓然北窗下,竹几休两手。昏昏不复知,酣适如中酒”“欲呼李太白,醉眠成二叟”,以羲皇上人的陶潜,自称臣是酒中仙的李白,展示其身体空间的舒放状态,将谪居的触物伤感,转向日常生活自适之处,能谈经[①],能醉眠,能闲卧。其三“夜卧濯足”:“空城舞狐狸,深林鸣鸺鹠。”似暗喻在朝人物、情况,而“此邦无足恋,聊为薪水留”,是由贬谪后引发的枨触,谪居穷独、孤闷的心绪,偶尔也在自适的平和状态被宣发出来。高宗绍兴二十六年(1156),张九成到温州任,此时他作《自画像赞》说:“贬在大庾岭下,十有四年归来,虽白发满面,而意气尚是飘扬。”[②]则是另一番闲态的形象。

二、惜老自适

惜老方面的随遇自适,多见于自咏、自诒、自喜类,以陆游诗居多。北宋以邵雍为代表,其《自咏吟》:

> 老去无成齿发衰,年将七十待何为。居常无病不服药,间或有怀犹作诗。
> 引水更怜鱼并至,折花仍喜蝶相随。平生积学无他效,只得胸中恁坦夷。(《全宋诗》7,4635)

这是萧然闲散的老者形象,放旷而不见狂简之气,当是君子志于道,据于德而能沉潜深入的具体表现。另一首《自贻吟》:

> 六十有七岁,生为世上人。四方中正地,万物备全身。天外更无乐,胸中别有春。(《全宋诗》7,4666、4667)

神宗熙宁十年(1077),邵雍卒,享年六十七岁[③],《自贻吟》谓“六十有七岁”,可知此诗是邵雍去世前不久作,上引《自咏吟》谓“年将七十待何为”语,是诗约此期之作。

---

① 《建炎以来系年要录》绍兴二十六年条载:“九成谪居十四年,谈经自乐,学者尊之。”宋・李心传:《建炎以来系年要录》,卷171,2801页。亦可参见傅璇琮、辛更儒主编:《宋才子传笺证・南宋前期卷》,23—25页。

② 曾枣庄、刘琳主编:《全宋文》第一八四册,165页。

③ 参见傅璇琮、祝尚书主编:《宋才子传笺证・北宋前期卷》(沈阳:辽海出版社,2011年12月),585页。

这两首诗可见邵雍居常之间，惟意所适，因其胸襟坦夷，别具气象。其《自乐吟》亦云：

一瓦清泉来竹下，两竿红日上松梢。窝中睡起窝前坐，安得闲辞解客嘲。（《全宋诗》7,4636）

邵雍在安乐窝的日常生活场域，乐道自适成为他生活或待人处事的一种姿态。邵雍在此似能自乐自吟，摒弃世俗名利的负累，因此《自适吟》云：

郏鄏城中，凤凰楼下。风月庭除，莺花台榭。时和岁丰，闲行静坐。朋好身安，清吟雅话。（《全宋诗》7,4596）

既有“闲行静坐”的闲适养性，也有吟咏情性的隐逸品味，如此看来，邵雍平生志趣于儒家经世用心、修德润身外，他所展示的率真闲适之意[①]，才是真正精神所在。

陆游随遇自适的自叙诗，与邵雍相近，藉诗中数语，即知他们日常家居的自适之意。其《自喜》云：“身闲僊不远，食足富何加。”（《全宋诗》40,25261）《自喜》二首其一：“闲中有富贵，寿外更康宁。”（《全宋诗》41,25569）他所体味的“闲”，皆是心中无营的知足淡泊，与邵雍的闲境相类。陆游《自诒》二首其一云：

愈老愈知生有涯，此时一念不容差。身如病鹤长停料，心似山僧已弃家。高枕时时闻解释，卷帘片片数飞花。饭余解带摩便腹，自取风炉煮晚茶。（《全宋诗》40,25125）

他自知生年有限，但退居山阴后，实已归卧村野闲云，脱离世事。饭罢按摩或煽炉煮茗等，这构成陆游闲适自在的生活，偶尔则“登览携童稚，歌呼和里闾”[②]“身入儿

---

① 参见邵雍《闲适吟》五首、《安乐窝中四长吟》《喜乐吟》《欢喜吟》等篇什，北京大学古文献研究所编：《全宋诗》第七册，4502、4543、4554 页。其中《欢喜吟》云：“欢喜又欢喜，喜欢更喜欢。吉士为我友，好景为我观。美酒为我饮，美食为我餐。此身生长老，尽在太平间。”可为邵雍惟意所适的代表。

② 陆游《自咏》：“生草覆蜗庐，长须驾鹿车。贫犹思施乐，老不废观书。登览携童稚，歌呼和里闾。躬耕亦何得，聊以遂吾初。”北京大学古文献研究所编：《全宋诗》第四〇册，25199、25200 页。

童斗草社，心如太古结绳时"[①]，他虽未完全把自己隐遁其间，成为真正的隐士，但已完全寄迹田园山水情趣内。由这些诗例，可看出陆游非刻意反映退居栖逸的闲暇情况，而是真切自在地表达心中闲暇安适之意绪。如果说，苏轼有"也无风雨也无晴"[②]般的豁达，那么陆游则有"今日晴明行亦好，经旬风雨住何妨"[③]，平静超脱中，确与苏轼气味相似，正是陆游晚年随遇自适的深心体会。

宋元之际的遗民方回，有《老而健贫而诗自志其喜》八首，方回曾任蒙元官职，后罢官不仕，与宋遗民多有往来。年老时作《六十吟》五首、《七十五翁五言》十首、《七十翁吟七言》十首、《七十五翁吟五言古体》十首等诗，皆具纪年性，这些作品绝非游戏之作，迈入老年的方回，其诗词大致有回忆往年时事，是一种作为遗民的追忆心绪，也有在惜生、惜老中，表达一份安度老境之意。《老而健贫而诗自志其喜》八首其一：

贫犹常饮客，老幸不招医。……此吟得佳句，新买早梅枝。

其二：

十六年林下，休官万事轻。

其五：

老翁处处有，不健复何为。贫户家家是，能诗始足奇。

其六：

清而贫最乐，健以老何伤。短发蓬加雪，贞心菊耐霜。(以上皆见《全宋

---

① 陆游《老甚自咏》二首其一："残年真欲数期颐，一事无营饱即嬉。身入儿童斗草社，心如太古结绳时。腾腾不许诸人会，兀兀从嘲老子痴。亦莫城中买盐酪，菜羹有味淡方知。"北京大学古文献研究所编：《全宋诗》第四〇册，25290、25291页。

② 参见苏轼《定风坡》(莫听穿林打叶声)词。宋·苏轼著，清·朱孝臧编年，龙榆生校笺，朱怀春校点：《东坡乐府笺》，167页。

③ 参见陆游《自咏绝句》八首之五。北京大学古文献研究所编：《全宋诗》第四〇册，25361页。

诗》66,41749)

其八：

> 蹉跎早七旬,老健保清贫。(《全宋诗》66,41750)

方回尝游移在“忠君”与“改仕新朝”的出处问题,他在改仕后不久,也不得不罢官。大部分鼎革的遗民徘徊于纲常及现实之间,有的左右逢源,方回则是进退失据[①]。这组《老而健贫而诗自志其喜》,知方回辞去官职后,不忘调适修养,虽其诗作部分呈现对过往身分的悔咎,但至老年吟咏情性,则颇有布衣处士的生活型态。而他谓“贞心菊耐霜”,将菊花作为比德象征,寄寓其人品清标。但这组诗的自叙迹象,意在诗题“老而健贫而诗”,正如方回那些具纪年性的诗,特别按年月标记自我的生活境况,其实都着意自我如何看待“老”的关系上。

三、饮食自适

宋人随遇自适于日常生活中体现,除上述所论外,如钱时有《当食自喜》二首：

> 饮食无他止养身,人间多少不惺惺。朝晡细嚼家常饭,一卷神农本草经。
> 旋摘园蔬随意好,软炊土米绕牙香。人言少吃多滋味,此是尊生第一方。(《全宋诗》55,34338)

钱时是南宋理学家杨简的弟子,《宋史》称他绝意科举,究明理学,为当时隐逸之贤者[②]。略检钱时诗,如《睡起即事》:“梦破幽窗午漏长,岁寒心事只寻常。一声谷鸟穿林出,数点梅花满院香。”[③]《无题》:“临池绿树阴阴合,入竹黄花颗颗新。世外别无安乐国,寰中真有太平人。”[④]《登蜀阜》二首之一:“西风吹步上云衢,万竹深围一草庐。分付儿童勿轻剪,蜀溪风月正关渠。”[⑤]《岁寒缓步》:“千叶梅花雪满堤,都将

---

① 参见萧启庆:《宋元之际的遗民与贰臣》,氏著:《元朝史新论》,111 页。
② 参见元·脱脱等撰:《宋史》,卷 407,12292 页、卷 417,12495 页。
③ 北京大学古文献研究所编:《全宋诗》第五五册,34314 页。
④ 北京大学古文献研究所编:《全宋诗》第五五册,34315 页。
⑤ 北京大学古文献研究所编:《全宋诗》第五五册,34333 页。

春付海棠枝。幽禽飞上栏干立,此意人间几个知。”[1]等诗,均是闲适远俗,富有理趣。《当食自喜》亦有上述特征,他把日常饮食成为诗材,表达对养生之道的体会,其间诗颇有“理”的特质,但钱时谈到养生,不是藉诗说理,应指饮食得宜而能怡然自乐,表现他随意兴然之下饮食体会。

四、女作家的自适

本节最后论述女作家闲适诗作,朱淑真曾因愁闷无聊而作自责诗,她另有《夏枕自咏》云:

> 夏日初长候,风檽暑夕眠。衣轻香汗透,睡重翠鬟偏。颦绿攒眉小,啼红上脸鲜。起来无个事,纤手弄清泉。(《全宋诗》28,17983)

两宋女作家以女性视角叙写自我闲适之情,几乎不见。透过朱淑真叙写自己夏日午后的情景,如仕女尺幅再现,她特别写出凝视的时间感、体态姿仪的展现,是一种耽美感官经验。朱淑真谓“起来无个事”,应非自怜无趣,反更显其慵态闲逸的仕女形象。女作家叙写自适之情,特别关注细腻部分,别有一番意绪,则较文士的自我叙写委婉幽微,而其闺秀中的闲适情怀,也与文士在家居的闲适情感不同。

宋人随遇自适,大体是随所遇而皆适的自我叙写,他们将目光投向在日常生活场域,联系着日常现实人事、境况,皆强调安于当下的自适之味,虽偶尔情绪不佳,但即随所遇而适,自然适时调谐,绝非皆囿于物而不乐。

第三节 期勉惕励

宋人期勉惕励的自叙诗,主要收自励、自勉二类,其中郑思肖《励志》《一砺》至《十九砺》等作品也一并收入,郑思肖这些诗作,可为宋人期勉惕励诗的典例,也是宋人书写期勉惕励作品最多者,其次则为陆游的作品。本节论述期勉惕励的自叙诗内容,有禅僧于修道上的持守自励;或文士于功名、贫穷、为学上的期勉自励,以及郑思肖不忘屈辱、磨砺志气的自励。兹先论孤山智圆诗,后再综论两宋文士诗。

---

① 北京大学古文献研究所编:《全宋诗》第五五册,34335 页。

一、禅师修道上的自勉

孤山智圆《自勉》云：

> 达人贵无念，市朝亦山林。曲士居山林，难息市朝心。坐驰一室中，纷然万境侵。纽兰美佩玉，坐石思黄金。羊质虎其皮，隼翼凤其音。志在求世利，口唱无生吟。吾非斯人徒，夷旷期复古。去住既任缘，喧静亦随所。陶然且无求，相命何足语。人生百岁寿，稀得七十死。吾今四十五，气力渐无似。去年成二毛，今年动一齿。纵得至七十，光阴能几许。学道宜无疲，进善宜无止。自余百杂事，克己尽除去。勉强扶幻躯，旦暮加药饵。此身乃外物，何况外于是。内外一如梦，勉矣当观此。(《全宋诗》3,1556)

据诗“吾今四十五”语，诗当于此时作。首四句谓“达人”“曲士”之别，之后八句，皆谓“曲士”浮薄势利，自八句以后的叙写，意谓自己修道上的持守自励。孤山智圆谓“去住既任缘，喧静亦随所”，这种无所归向、闲适自在，行坐间都是禅意，它有其超越喧闹与静谧的一种心灵状态，日用平常间的行住坐卧、语默动静，其实都是安于当下的陶然体验。但孤山智圆在此并非自叙其心境上的陶然自适。他又谓“人生百岁寿，稀得七十死”“纵得至七十，光阴能几许”，虽感人生天地间若白驹过隙，然其意在修身治心的砥砺持守，所以他说“学道宜无疲，进善宜无止。自余百杂事，克己尽除去”，即在有限的光阴中，持续着修身克己之工夫，他自号“中庸子”，其《中庸子传》上云：“尝砥砺言行，以庶乎中庸，虑造次颠沛忽忘之，因以‘中庸’自号。……故吾修身以儒，治心以释。……中道也，妙万法之名乎，称本性之谓乎。苟达之矣，空有其无着，于中岂有着乎。呜呼！世之大病者，岂越乎执儒释以相诬。……故吾以‘中庸’自号，以自正。”①

孤山智圆理解君子中庸之道，故他以此自号，于克己修养工夫外，意在“执儒释以相诬”上的自正，儒家、佛家使人成圣贤、成佛菩萨的内在理路虽有不同，但偏执否定或以相质难，这都是孤山智圆不愿乐见的，因此他砥砺自己要不断地修道精持，或许内心也希望能有一位僧人典范，以矫时俗。

---

① 曾枣庄、刘琳主编：《全宋文》第一五册，304、305、306页。孤山智圆有关儒家中庸、佛家中道的议论，可参漆侠：《宋学的发展和演变》，181—187页。

《中庸子传》下云:"予多抱疾,尝自称'病夫',着《病夫传》。虽羸耗瘽瘠,而不倦讲道以诲人。三藏典诰,洎周、孔、荀、孟、扬雄、王通之书,往往行披坐拥。撰《自箴》七箴,勒石于座右以自诫。居于孤山之阳,草屋竹床,怡然自得。且曰,与其奢也,宁俭,吾从事于斯矣。予尝谓门人曰:吾没后,无厚葬以罪我,无择地建塔以诬我,无谒有位求铭记以虚美我。汝宜以陶器二合而瘗之,立石标前,志其年月名字而已。"[①]由上孤山智圆所云,是《自勉》的最好脚注,他反身而诚,实践道的过程中,没有一毫私欲之念,也没有像部分禅宗超越现实之上的虚灵,他反能从自我砥砺修持,躬身实践他所向往的中庸之道。

二、文士宦途功名上的自勉

文士在功名上的自勉,如宋初的田锡,其仕履生涯不遂人意,故《自勉》云:

飘泊年年颇恨身,梁园未到滞咸秦。上楼独为青山立,揽鉴初惊白发新。北叟何曾悲失马,宣尼犹自问迷津。功名分有终须得,莫强忧愁耗尔神。(《全宋诗》1,456)

他自知功名有分,非自己所能强求,但自勉之意全是来自"飘泊年年颇恨身"的仕途不遂,故其自勉实则在感慨现状中隐含期待自我有所作为,而非急切、渴求功名的心理。南宋陈宓《自勉》诗云:

盖世声名都在少,君看前辈合何如。我年若此成何事,白日还同过隙驹。(《全宋诗》54,34057)

陈宓,为南宋丞相陈俊卿之子,少时尝师从朱熹,之后师从朱熹学生黄榦[②],因为论谏正直,时人张忠恕称其"识高气直"[③],真德秀称其"忠亮敢言"[④],然此之人,大多未被朝廷重视,颇招忌愤。《自勉》所谓"声名",乃文士为其时所被崇仰的身分标记,就某种意义而言,是文士自己的"理想之我"。陈宓《丁巳调选》诗说:"人生四十

① 曾枣庄、刘琳主编:《全宋文》第一五册,308 页。
② 元·脱脱等撰:《宋史》,卷 408,12310 页。
③ 元·脱脱等撰:《宋史》,卷 409,12330 页。
④ 元·脱脱等撰:《宋史》,卷 437,12962 页。

方强仕，一调十年能几回”[①]，有宦途转徙之感；也有《和胡仲方留题清果寺壁》诗："功名未就正堪愁"[②]之意，均见他所流露宦途不遂、功名未达的情调，而《自勉》谓“我年若此成何事”，他所着意的仍是“成何事”，无非上述所云那份情调，但陈宓应是拙于应付官场，所谓其理想抱负，大概无法实现。他年纪老大时，《与李如晦书》中有一段自白：“自惟钝顽，年十五失父，师两兄，俾之从师，不过为举子习耳。弱冠以后，昏宦于泉，追思少年汩汩于俗务，不得专心于学。今衰老矣，胸中空空然无有。”[③]陈宓所习举子业，俗务汩汩之往事，最终是以养心问学反躬自省，他谓“纷华之靡目，利欲之怵心，而日久不为灾，古无有也”[④]。表示自己无意于势利、荣禄，用以自诫，并以志于道，衣食不耻恶[⑤]而淡泊自守。

田锡、陈宓二人的自勉，应是对宦途功名不遂上的一种自我黾勉、期许，具安顿自我的作用，他们对于荣禄，绝非汲汲营求，实隐含无法施展其才能，强调自我抉择的可能。

三、文士修身乐道的惕励

文士修身乐道的惕励，多表现在安贫、治学方面，陆游有《贫甚自励》《自勉》四首，对他而言，追求宦途功名已非实践意图及真正动机所在。宁宗嘉泰元年(1201)，陆游七十七岁，本年夏季赋诗，多安贫自励之作[⑥]，这是他闲职俸薄不求有余，守道安贫的生活情景。《贫甚自励》云：

> 忍病停朝药，捐书省夜灯。都门下第客，山寺退居僧。天每临幽隐，人何与废兴。能轻马千驷，肯慕稷三升。(《全宋诗》40，25120)

他忍病停药，捐书节省油火，实是薄俸不能暇给，故他以“都门下第客”“山寺退居僧”自况，为清贫生活体验及自我形象。此时作《贫居》诗，自叙穷居的困处：“囊空如客路，屋窄似僧寮。得饭多菰米，烹蔬半药苗。”[⑦]这是陆游对贫居的具体描

---

① 北京大学古文献研究所编：《全宋诗》第五四册，34056 页。
② 北京大学古文献研究所编：《全宋诗》第五四册，34057 页。
③ 参见《与李如晦书》四，曾枣庄、刘琳主编：《全宋文》第三〇五册，52 页。
④ 参见《戒乐》，曾枣庄、刘琳主编：《全宋文》第三〇五册，234 页。
⑤ 其《座右箴》云：“志于道，则衣食不耻恶。”曾枣庄、刘琳主编：《全宋文》第三〇五册，234 页。
⑥ 于北山：《陆游年谱》，385 页。
⑦ 参见宋・陆游著，钱仲联校注：《剑南诗稿校注》，2799 页。

写,但此生活无法自现实抽离,只能从心境上转换。此时又作《初夏野兴》三首,谓“得意烟霞不讳穷”、或谓“一卷陶诗傍枕开”①,不论是贫穷程度或生活方式,陶潜具有其类似处境文士的理想典范,陆游“得意烟霞”“一卷陶诗”,乃藉此解放其生命存在的限制,使其心灵得以宽慰,因此《贫甚自励》,也表其安贫守拙,宁可穷居困处,也要把道德心性的修养作为君子固穷之依据,故他以贫甚自励。又《自勉》四首:

> 妄出真成错,归耕惜已迟。褐温贫始觉,饭美淡方知。身外元无易,情中自有诗。穷源那得止,瞑目以为期。
>
> 自信直如弦,残年偶得全。老犹嗤佞佛,贫亦讳言钱。旦暮勤鞭策,磨埃痛洗湔。仍须语儿子,此事要家传。
>
> 臂弱传钞少,心烦记问衰。读书犹自力,爱日似儿时。章句分无憾,声形讲不遗。明年幸强健,闭户有余师。
>
> 归老宁常逸,时时学荷鉏。室虽无长物,圃尚有余蔬。壮志诚衰矣,贫居亦晏如。为农当世业,安用筑门闾。(皆见《全宋诗》40,25176)

这组诗作于嘉泰元年(1201)冬②,观其诗意,是陆游每每叙写退居山阴的日常生活,所谓“褐温贫始觉,饭美淡方知”,这其中缘故,乃他经历贫困后的自足感,但《自勉》四首其一谓“归耕惜已迟”,其四谓“壮志诚衰矣”,则是抚时感事,隐喻衷心报国之志意,故有此语。这年秋天,陆游作《不寐》诗云:“读书有味身忘老,报国无期涕每倾。敢为衰残便虚死,暂先邻曲事春耕。”③直白写出不寐的当下感受,实有愤懑的自遣自嘲,这才是隐藏“归耕”“事春耕”背后不忘家国的心理状态。《自勉》四首其一“穷源那得止,瞑目以为期”,诗中虽具消极负面的情绪,但有甘于贫穷之意,那是他自知过着与农圃、乡里为邻的退居生活,只能安于当下,在此空间寻求生命价值,故其四有“归老宁常逸,时时学荷鉏。室虽无长物,圃尚有余蔬”“为农当世业,安用筑门闾”,可见陆游学习躬耕,体验躬耕,则在淡泊简朴中获得某种体悟,黾勉自我希望像达人那样随遇而适,无所拒斥。

---

① 此引二句,为《初夏野兴》三首其一、其三的诗句,而这组诗系年,亦为嘉泰元年夏季作。参见宋·陆游著,钱仲联校注:《剑南诗稿校注》,2801、2802页。

② 宋·陆游著,钱仲联校注:《剑南诗稿校注》,2951页。

③ 此诗及系年,见宋·陆游著,钱仲联校注:《剑南诗稿校注》,2902、2903页。

但真能随遇而适，其价值意义则建立在心性修养，故其二“旦暮勤鞭策，塵埃痛洗湔。仍须语儿子，此事要家传”，陆游晚年有多首自警诗，其间于淡泊自甘中强调自我省察，克己的工夫，而此“旦暮勤鞭策，塵埃痛洗湔”，即有惕励内省之意。所谓“此事要家传”，“此事”即指道德修养，须躬身实践，以及终日乾乾般的警省惕励。陆游儿子确能继其父志业和承继家学，北磵居简就曾称赞陆游之子子遹，能将其父所遗留断简残编的文字，裒集收拾，使一家之学能够流传于世，并能够贫困自守[①]。《自勉》四首其三，则勉励自己读书学习，陆游自幼至老读书不倦，就其三诗中所叙，俨然是一介勤奋苦读的老年学者形象，虽然生活清贫，仍用其毕生精力自立读书。于北山谓：“若乃米尽晏炊，樽空辍饮，忍饥裁句，枵腹读书，盖已成为暮年生活中习见之事。”[②]的确陆游诗作，虽每及生活清寒困窘，但却不妨害他勤奋苦学，吟赋作诗，他的另一首《自励》云：

> 气惰欲归思友助，学衰不进赖儿规。……羸病今年能未死，潜心更下董生帷。(《全宋诗》40，25476)

“气惰”“学衰”，反映陆游年老体衰的状态，此诗为宁宗开禧二年(1206)秋作，他已八十二岁，却希望藉由“思友助”“赖儿规”，以此砥砺自我。末联用董仲舒专心一意治学，三年不窥园的典故，《汉书·卷五六·董仲舒传》：“少治春秋，孝景时为博士。下帷讲诵，弟子传以久次相授业，或莫见其面。盖三年不窥园，其精如此。”[③]董仲舒专精治学春秋，心未有旁骛，陆游将其视为潜心读书的典范，亦可见他到了耄年仍孜孜不倦。开禧三年(1207)另一首《自勉》(学诗当学陶)[④]云：

> 学诗当学陶，学书当学颜。正复不能到，趣乡已可观。养气要使完，处身要使端。勿谓在屋漏，人见汝肺肝。节义实大闲，忠孝后代看。汝虽老将死，更勉未死间。(《全宋诗》41，25499)

诗首句“学诗当学陶，学书当学颜”，宋人在学陶诗的过程中，更多关注其隐逸、道德

---

① 参见黄启江：《一味禅与江湖诗——南宋文学僧与禅文化的蜕变》，257页。

② 于北山：《陆游年谱》，423页。

③ 汉·班固：《汉书》，2495页。并参是页颜师古注。

④ 诗系年见宋·陆游著，钱仲联校注：《剑南诗稿校注》，3889页。

人格的体现,视陶潜为达道的典范,也将他与颜回并论,宋人体会陶潜之达道,是破除仕或隐各执一端的执着,率性而为,绝对自由[①]。老年陆游在山阴躬耕,又益精求精在道德修养上,对于陶诗所隐含达道之理,当有更深体会。而颜真卿书法,对宋人而言,欧阳修《唐颜鲁公书残碑》二云:“余谓颜公书如忠臣烈士、道德君子,其端严尊重,人初见而畏之,然愈久而愈可爱也。”[②]惠洪觉范《跋鲁公与郭仆射论位书》云:“鲁公作字多擘窠大书,端劲而秀伟。……开轴未暇熟视,已觉粲然,忠义之气横逆。……凛然想见其为人。”[③]郑思肖《观颜鲁公帖》诗亦云:“吾拜鲁公帖,凛然气如生。终身大唐臣,千载名峥嵘。”[④]可见在宋人眼中,颜真卿其人其书所蕴含的忠烈刚正之气,十分契合宋人政治道德的完善。

因此陆游选择率性达道与忠仁忠义为二典范,作为自我人格的标准,故他谓“节义实大闲,忠孝后代看”,特别强调节义、忠孝,隐然将儒家伦理道德规范,视为明道见性的意义存在,所以“养气要使完,处身要使端。勿谓在屋漏,人见汝肺肝”,这种修身践行的自我转化,其精神意义在于克己省察,所以“使完”“使端”,则是使之完善充足、不偏失的可能,更要由内心发出,不愧屋漏。陆游所谓的“养气”,即孟子所谓“浩然之气”,以浩大至刚的精神,培养高尚的人格情操[⑤]。陆游自知将届老死,却“更勉未死间”,可见陆游自始至终道德修养的一贯性,不断地砥砺、黾勉自我。

苏辙《东轩记》中有一段话说:“余昔少年读书,窃尝怪颜子以箪食瓢饮居于陋巷,人不堪其忧,颜子不改其乐。私以为虽不欲仕,然抱关击柝,尚可自养,而不害于学,何至困辱贫窭自苦如此!及来筠州,勤劳盐米之间,无一日之休,虽欲弃尘垢,解羁絷,自放于道德之场,而事每劫而留之。然后知颜子之所以甘心贫贱,不肯求斗升之禄以自给者,良以其害于学故也。”[⑥]这是苏辙回忆年少读书时,私窃责怪颜回为何困辱自苦,后来才体悟颜回之所以甘心贫贱,不肯追求微薄的俸禄来供给自己,是因为会妨害学习之故。事实上,陆游晚年退居山阴,亦有类似苏辙的体悟,他以薄俸生活,贫困自甘,将生活中遭遇的不幸,以其学养调整自己身心,在困学之

① 参见李贵:《中唐至北宋的典范选择与诗歌因革》,271—275页。尤其第五章《陶渊明与宋调的自赎》第一节至第三节的论述。

② 宋・欧阳修著,李逸安点校:《欧阳修全集》,2259页。

③ 曾枣庄、刘琳主编:《全宋文》第一四〇册,172页。

④ 北京大学古文献研究所编:《全宋诗》第六九册,43424页。

⑤ 参见莫砺锋:《唐宋诗歌论集》,445页。

⑥ 宋・苏辙著,陈宏天、高秀芳点校:《苏辙集》,405页。

中，让心灵回到泰然之境。

除阅读儒家经典外，陆游也读道家之书，曾表其慕仙之思，《自勉》(曩岁读隐书)云：

> 曩岁读隐书，妄意慕陶葛。芝房及乳石，日夜躬采掇。飞举固未能，死籍或可脱。那知事大谬，发齿将秃豁。神仙岂弃汝，正坐自迂阔。余年尚努力，勿待烛见跋。(《全宋诗》40，25087)

陆游往年憧憬晋·葛洪与南朝梁·陶弘景的神仙之学，表达固未能离世得仙，或许可以逃脱死籍，然则到了发秃齿豁的年龄，才知此事大谬，不切实际。但他仍期勉自己，在剩余的年月中努力，希望能世淡无欲。换言之，陆游本有欲登神仙之乡，祛免生命无常，但明白之后，勉励自己藉由“隐书”之道来怡志养神。

与陆游同样久寿的刘克庄，亦有《自勉》：

> 海滨荒浅幼无师，前哲藩篱尚未窥。玄咏易流西晋学，苦吟不脱晚唐诗。远僧庵就勤求记，亡友坟成累索碑。天若假余金石寿，所为讵肯止于斯。(《全宋诗》58，36195)

刘克庄生于福建莆田，莆田靠海，故诗有“海滨”语，也指现时莆田的地方感；“荒浅”，指偏远海陬之地，暗喻自己“幼无师”而学殖荒疏浅陋，但这是自谦之辞。因两宋时，莆田地区以词赋中高第者不在少数[1]。

“前哲藩篱尚未窥”，即其所学尚未达到前哲之境界，意谓想以贤哲为其价值核心，但实践过程之不易。刘克庄仕履生涯屡遭罢黜，五十几年的时间久居故乡，而其身分也藉由“奉祠”完成转型，成为地方精英、江湖诗人，而那些里居时期的赋闲之作，也有淡化放逐之悲的作用[2]。诗第三句“玄咏易流西晋学”可能自况疏放江湖的身心状态，其《少日》诗有：“自是嵇康处世疏”[3]，可知他欣羡魏晋风流，亦藉此解放身体困境。

---

① 参见侯体健：《刘克庄的文学世界——晚宋文学生态的一种考察》，44、45页。
② 参见侯体健：《刘克庄的文学世界——晚宋文学生态的一种考察》，43、76—78、85页。
③ 北京大学古文献研究所编：《全宋诗》第五八册，36195页。

“苦吟不脱晚唐诗”,《沧浪诗话·诗辨》云:“近世赵紫芝、翁灵舒辈,独喜贾岛、姚合之诗,稍稍复就清苦之风。江湖诗人多效其体,一时自谓之唐宗。”①刘克庄《晚觉翁稿》云:“近时诗人,竭心思搜索,极笔力雕镌,不离唐律。……前辈以此擅名,后生歆慕,人人有集,皆轻清华艳,如露蝉之鸣木杪,翡翠之戏苕上。非不娱耳而悦目也。……虽穷搜索之功,而不能掩其寒俭刻削之态。”②刘克庄指出近时诗人作诗“寒俭刻削之态”的诗弊,即严羽所谓多效其体的晚唐“清苦之风”,刘克庄品评观点,在于刻意专学晚唐的体格,而忽略内在的情性与现实境况③,他重视的是晚唐诗人内在的情性,清苦、清寒、清省的清逸之气,而非刻意造作的仿刻态度,一味的寒伧之气。

此处所言的“清”,乃超脱世间庸俗氛围的胸襟及趣味,所以具体情境“清”的感受,则为一种心境的玩味与投射,然则刘克庄的“苦吟不脱晚唐诗”,承上句“玄咏易流西晋学”意,由魏晋名士的理想人格超迈精神体现而来,此中之意,即便寒伧也要超俗、高洁,为气质禀赋之清与诗意对应的心理状态④,而非外相“竭心思搜索,极笔力雕镌”故作姿态。

颈联叙写其人际往来,似有零落、颓唐之感,但末联却以近调侃口吻,勉励自己,“所为讵肯止于斯”,在此“斯”隐含多种价值意义,刘克庄谓“所为讵肯止于”,当是他对自我要求而劝勉鼓励。

四、砥砺名节:郑思肖自励诗

两宋期勉惕励的诗作,以郑思肖为代表,其中最令人瞩目的作品,是《一砺》至《十九砺》《二十砺五百字》等篇什。据《一砺》诗题下注:“庚辰九月。”⑤庚辰,为元世祖至元十七年(1280),其时文天祥囚禁大都,有《庚辰四十五岁》诗,而去岁己卯,

---

① 宋·严羽著,郭绍虞校释:《沧浪诗话校释》(北京:人民文学出版社,1983年8月),27页。

② 宋·刘克庄著,辛更儒笺校:《刘克庄集笺校》第九册,4082页。

③ 钱钟书评刘克庄诗,以为其诗给人印象“滑溜得有点机械”,但钱钟书乃就刘克庄曾学晚唐体之体式而发,亦非究其内在的情性而言,这点可堪注意。钱钟书:《宋诗选注》(北京:生活·读书·新知三联书店,2007年7月),405页。

④ 此段阐述,大体参考蒋寅:《古典诗学的现代诠释》(增订本)(北京:中华书局,2009年4月),三《清——古典诗美学的核心范畴》,65页。萧驰:《佛法与诗境》(台北:联经出版事业股份有限公司,2012年7月),第五章《释子苦行精神与贾岛的清寒之境》,245页。

⑤ 北京大学古文献研究所编:《全宋诗》第六九册,43434页。

为宋帝昺祥兴二年(1279),宋亡[1],郑思肖《中兴集》一卷,乃己卯夏后至庚辰八月所作[2],《中兴集》二卷前有序,可知他以"砺"为次第创作的大致心曲,序云:"我苦心吟事二十年矣,德祐前诗仅存一二,记序等作则尽亡之,乱后所作幸犹存焉。今陷身不义,矗伤于心,期剪灭此而后朝食。凡有所作,意在大事,不敢櫜钥风云月露之妙,铸为独乐之辞。……《中兴集》《黄河清》以下,随得随入,更不删去,主于述怀,不以辞语为选择。今所作无题者,俱以'砺'之一字次第目之。'砺'者,言淬砺乃志,决其所行也。"[3]

据序文可知这些以"砺"作为诗题的作品,原为无题,后冠以"砺"字,是郑思肖对于亡国身分的沉痛,以为砥砺志行。而这些诗大体为含愤沉怒之语。《一砺》说:"愈久愈不变,一忱生死俱。"[4]自况矢志不改的坚贞节操,是诗又谓:"独行天与语,枯坐石为徒。"大有特立独行的意味,也隐含由是引发的道德象征意义,君子所独行者,乃圣贤所行的天道,表其自我高洁恒久,不事二主。《二砺》二首其一:"十年勾践亡吴计,七日包胥哭楚心。"其二:"渡江祖逖愿兴晋,蹈海仲连羞帝秦。"[5]心中仍存欲图匡复之意,并以鲁仲连"义不帝秦"的典故自况,不过此时国家是"回首故都宫阙恨,满山秋色正愁人"。

《三砺》:"一砺二砺至万砺,盟执牛耳血为誓。……我生一双霹雳手,终碎此虏为齑粉。"[6]《二十五砺五百字》:"穷北洞窟底,窜出老魔精。被发走如风,四臂狞双睛。"[7]谓要把蒙人捻为碎屑,又谓蒙人是狰狞的老魔精,则其愤慨更为直接,而夷夏之防甚严外,愈显激切。《四砺》二首其二:"说杀说不醒,世人良可叹。欣欣从北俗,往往弃南冠。"[8]由宋入蒙元,出处进退为文士一大抉择,郑思肖选择不仕蒙元,终生隐遁,坚贞守道。诗中以欣欣自得比喻那些仕元的文士,他一向不假辞色,不屑于此。

《六砺》三首其二:"又是江空岁晚时,痛思国事独行迟。青山无语青天远,吐出

---

① 参见本文第四章第三节,文天祥自叹诸诗的论述。

② 宋·郑思肖著,陈福康校点:《郑思肖集》,43页。

③ 宋·郑思肖著,陈福康校点:《郑思肖集》,68页。

④ 以下论郑思肖"砺"的作品较多,若再引用同一首诗,则在脚注说明,不另加注。《一砺》,参见北京大学古文献研究所编:《全宋诗》第六九册,43434页。后引此诗,亦见同页码。

⑤《二砺》二首,参见北京大学古文献研究所编:《全宋诗》第六九册,43435页。后引此诗,亦见同页码。

⑥ 北京大学古文献研究所编:《全宋诗》第六九册,43435页。

⑦ 北京大学古文献研究所编:《全宋诗》第六九册,43448页。后引此诗,亦见同页码。

⑧《四砺》二首,北京大学古文献研究所编:《全宋诗》第六九册,43436页。

丹心把向谁。”其三说:“操得南音类楚囚,早期戮力复神州。须知铁铸忠臣骨,纵作微尘亦不休。”[①]诗中“吐出丹心”“铁铸忠臣骨”,是他一生执志所在。而其《十一砺》四首之二谓:“我本渔樵徒,山水足嘉遁。”[②]《十九砺》:“暂尔下生来,落身命尘网。……双足风云行,一心山水想。”[③]《爱竹歌》序亦云:“近至西山,忽见竹林修翠,恋恋终日,实不能去,始知痼癖不可除也。”是诗云:“此君气节极伟特,令人爱之舍不得。……一旦心空忽归去,挺身特立化为玉。”[④]所谓癖好不可除,表其原有隐居山水的夙愿,也表其作为遗民的执志,在于隐逸不仕的坚贞持守,“挺身特立化为玉”,可谓他铁铸忠臣骨,纵使化作微尘亦不休。

郑思肖“铁铸忠臣骨”的特质,即《七砺》云:“天生忠义性,习俗岂能移。”[⑤]《八砺》三首其一:“万刃攒身终莫变,一诚铭骨岂能忘。”其二:“生得贞心铁石坚,肯将识见与时迁。”[⑥]郑思肖的忠君行道,是发自内在的道德本心,可理解他在宋代危亡之际仍念念不忘道德实践,但他因为尚有老母,既然不能殉国,只能不断砥砺志行,不得已而求其次,“忍死以待旦,蹉跎岁又残”[⑦]。

《十二砺》谓:“一身肉痛愁销骨,两脸颜枯瘦入腮。”[⑧]可谓身历亡国情境之下的自我形象,此时的《览镜》诗云:“朝来一览镜,抱负颇峥嵘。……所喜不靴笠,巍冠敝屣行。”[⑨]这是他对当下境况的反映,一种不流于俗,不稍屈就的自白。郑思肖的形貌虽枯槁,但其精神却卓荦不凡。

当时郑思肖所处的江南,即《十四砺》二首其一云:“农桑烟火顿萧疏”“南中白骨蔽郊墟”[⑩],因此《十三砺》十首其一:“愿为大医王,普治众生病。”[⑪]郑思肖以“大医王”自况,于此患难之际产生的悲愿,是由内在道德本心发出,亦可见其对故国所怀有的责任意识及悲天悯人的情操。又《十三砺》十首,如其三:“愿天生暖风”,其

---

① 《六砺》三首,见北京大学古文献研究所编:《全宋诗》第六九册,43437 页。
② 《十一砺》四首,见北京大学古文献研究所编:《全宋诗》第六九册,43439 页。
③ 北京大学古文献研究所编:《全宋诗》第六九册,43446 页。
④ 北京大学古文献研究所编:《全宋诗》第六九册,43436 页。
⑤ 北京大学古文献研究所编:《全宋诗》第六九册,43437 页。
⑥ 《八砺》三首,见北京大学古文献研究所编:《全宋诗》第六九册,43437、43438 页。
⑦ 此句为《九砺》诗句,见北京大学古文献研究所编:《全宋诗》第六九册,43438 页。
⑧ 北京大学古文献研究所编:《全宋诗》第六九册,43440 页。
⑨ 北京大学古文献研究所编:《全宋诗》第六九册,43438 页。
⑩ 《十四砺》二首,北京大学古文献研究所编:《全宋诗》第六九册,43442 页。
⑪ 《十三砺》十首,见北京大学古文献研究所编:《全宋诗》第六九册,43440、43441 页。后引此组诗,均见同页码。

五:“清风万万里”,希求能一扫其六所云“北荒腾黑阴,飞妖蚀汉日”。“暖风”“清风”的温暖轻微,令人联想到风吹拂而来的肤觉感,这是郑思肖的巧妙譬喻,藉此予人尚有希望之意。

《一砺》至《十九砺》的作品中,当以《十八砺》为代表,此诗最值得注意之处,是郑思肖在诗中挺然独立的人格形象,诗云:

> 挺挺大丈夫,为世一准则。如何出处间,终始不明白。四皓本周人,多为汉一出。不终为周臣,身与道相失。仅安汉社稷,暗堕张良术。唯我则不然,一身无二适。纵别生圣人,亦当死深密。我出兴我朝,旧都建皇极。今力未能之,昼夜祷空碧。宣王车马来,一见死亦足。(《全宋诗》69,43446)

他谓为人处事的准则,是正直卓立,但要如何面对仕与隐的问题,尚不明白。其《二十五砺五百字》:“素志欲隐去,蜕名辞笔耕。偶值恶劫来,眼界乱纵横。”他原来的志向,并非驰骋功名,而是隐逸,无奈其时正值宋元鼎革。诗中谓商山四皓,为汉而出山,不能终为周臣,但他自己却不然,要竭尽以致忠君行道之义,所以不改仕蒙元,不过也表明无法以一己之力匡复宋室,然则郑思肖“一见死亦足”的心绪,其实是将其希望寄付来日,可见其间苦心、苦楚。郑思肖虽不是两宋理学家(道学家),但他却标志着两宋文士政治道德意识的显现,他未若文天祥等忠义之士舍生取义,却也坚持着毕生最紧迫的中心问题,即矢志忠贞,虽无法放逸自拔,徜徉山水,但他砥砺志行而终极其义。

第四节　自我祝贺

一、“庆寿”之喜悦?宋人的自寿诗

宋人自我祝贺的自叙诗,有自贺、自庆、自贶、自寿,其中以自寿最多,占七首。《全宋诗》所收作品约二十余万首,而唐圭璋编、孔凡礼补辑的《全宋词》收入词作有二万余首,然则词题“自寿”者,五十二首,从作品数量、比例而言,宋诗的自寿远不及宋词。因为词亦有一种以宴饮、庆贺为主题的创作意向,也隐藏着当时社会风尚

的文化现象,因此宋人自寿的表现,大致在填词娱乐、交际效用[①]。但宋词词题中的自寿,也不全然以庆寿为主,部分词人的创作本意,乃发抒个人切身之遭遇,宣发内心情意而已,由这一点而论,与宋诗中的自寿诗相同。宋诗的自寿诗,皆表达切身之感受、经验,藉以宣发个人心绪,并不含有庆贺生辰的喜悦。如北磵居简的《自寿》云:

燕雀生成日几何,技惭断断更无他。近来同岁人尤少,老去思亲泪更多。

无事关身惭素食,有心作佛笑凡科。思量大欠工夫在,更把余生细濯磨。(《全宋诗》53,33061)

北磵居简为南宋文学僧的典型,在士林与禅林中享有文名,他身为禅林之人,但显非能忘情现实中的人情世事,他常借诗文,表达个人对人、事及物的感情,远超过对宣扬佛理的欲求[②]。此诗起句借"燕雀"兴怀,由燕雀成长的时间感,想到自己及周遭的朋友、至亲,故此时所谓"近来同岁人尤少,老去思亲泪更多",便有无限之感触,即对当下、过去之人事而怀有更深层之思念、无常感,显现北磵居简未能忘怀于世,尤其对故友、亲人那一份珍念之情。诗后四句,皆他借由自寿的机会,重新省视自我,毕竟他的禅僧生活,仍然以禅学的修养深厚为重,讲究修证之工夫,所以"更把余生细濯磨",当是向超脱死生之际的境界突破。这首诗读来没有庆贺祝颂的意味,更多是顾瞻自我后的现实体味。又其《九月十四日自寿》二首:

九月明朝望,思亲到鹡鸰。不曾生日醉,未必死时醒。有命羞同甲,无钱喜放丁。六千三万夕,款曲度残零。(《全宋诗》53,33193)

檐外无多地,秋芳以类从。负暄存爱敬,趱课策疏慵。匀月酬闲燕,留云备缀缝。莫言太早计,吾欲御玄冬。(《全宋诗》53,33193)

---

① 宋词所隐涵文化建构之意义、现象、效用,是一种更为能动复杂的关系。在此论述宋词的文化现象、交际效用,其实首先考虑到"词"原有的娱宾遣兴的功能性质,然则词在情性自然的表现外,也由诗言志的诗学谱系中对其意蕴和价值的追认。此可详参颜崑阳:《宋代"诗词辨体"之论述冲突所显示词体构成的社会文化性流变现象》、欧明俊:《"追认"与宋词价值重估》。两文分别收入周裕锴编:《第六届宋代文学国际研讨会论文集》(成都:巴蜀书社,2011 年 5 月),508—526 页、527—536 页。

② 参见黄启江:《一味禅与江湖诗——南宋文学僧与禅文化的蜕变》,278—280 页。关于北磵居简与文士的互动,请详是书《第三章:北磵居简与江浙官僚、文士之互动》,206—281 页。

北磵居简《自寿》谓“老去思亲泪更多”，而《九月十四日自寿》二首其一有“九月明朝望，思亲到鹡鸰”句，由此可见他怀念亲人甚切。“鹡鸰”，喻指兄弟。北磵居简友人刘震孙，他也是居简弟子物初大观的好友，曾因大观之请为居简的语录作序[①]，其《北磵居简禅师语录》序云：“北磵老师，人品甚高。……其兄坏庵居照，亦西州大尊宿。”[②]据此，北磵居简应有一位兄长，或诗所谓“思亲到鹡鸰”，即指坏庵居照。首句言“望”字，当有引领、企盼之意，所以“思亲到鹡鸰”，实为想象之景，乃衬显北磵居简当下的心情光景，“不曾生日醉，未必死时醒”以下诗句，可见其时意绪难堪，似有年齿渐长，阅历渐多而生时间奄忽的感慨，这种意绪是由“生日”而有的时间推移意识。

颈联“有命羞同甲，无钱喜放丁”，则谓自身情况、身分，宋・李心传《建炎以来朝野杂记・卷一五・僧道士免丁钱》载：“僧道士免丁钱者，绍兴十五年始取之。……初取免丁时，立法：年六十以上及病废残疾者听免。后诏七十以上，乃免之。然今浙中诸大刹、都城道观，多有特旨免徭役科敷。”[③]宋初僧道是免纳身丁钱，因而许多想逃税的人多剃度为僧道，至南宋高宗绍兴十五年(1145)开始，令僧道出免丁钱，后来规定六十以上及病废残疾之人放免丁钱[④]，而北磵居简当因年纪符合，所以有“无钱喜放丁”语。末联“六千三万夕，款曲度残零”，李白《襄阳歌》尝谓“百年三万六千日”，北磵居简用此句，以为人生百岁之中，奈何欢乐无多，其时适逢生日，殷勤酬应以度残年，于此不能不兴怀。

其二说“秋芳以类从”，正点出诗题“九月十四日”之时序，他也由感“秋芳”之物，似意识时间推移，在诗中并未感到北磵居简对生命流逝的悲叹，但却见鞭策之意，无非是他在意岁月已晚，要及时努力。而“莫言太早计”，实已自料之后要面对的现实处境。

检视《全宋诗》，禅僧中似仅见北磵居简有自寿诗，细绎以上三首自寿，可看出他聚焦在生日的时间点上，突显自我在时间推移里的感受。显然对于禅僧而言，生日不见得是生之喜悦，反而是省思的意味更为重要。两宋自寿诗，都集中在南宋，

---

① 参见黄启江：《一味禅与江湖诗——南宋文学僧与禅文化的蜕变》，322 页。又关于刘震孙与禅僧往来，请参 322—324 页。

② 刘震孙此序，见宋・物初大观编：《北磵居简禅师语录》，收入蓝吉富主编：《禅宗全书》语录部(十一)(台北：文殊文化有限公司，1989 年 8 月)，2 页。又刘震孙此序，《全宋文》失收。

③ 宋・李心传撰，徐规点校：《建炎以来朝野杂记》(北京：中华书局，2006 年 3 月)，329 页。

④ 关于僧道免丁钱事，王德毅于此论述甚详，详见王德毅：《宋代身丁钱之研究》，收入氏著：《宋史研究论集》(台北：商务印书馆，1993 年 7 月)，230、231 页。

王迈《四十自寿》云：

> 前四十年非，追之已莫返。后四十年是，图之良未晚。水涸自见涘，木落知见本。善者契吾机，今复犹不远。养生先节欲，葆粹在惩忿。圣贤人可为，勿使善恶混。(《全宋诗》57,35711)

诗中以蘧伯玉“年五十而有四十九年非”典故自况，他自省四十岁之我，立志成为圣贤时犹未晚，对他而言，圣贤乃人人可为，只要志于道，依于仁，不间断地修养，即有可能。按王迈所言“养生先节欲，葆粹在惩忿”，他应坚信内在自我转化的重要，然则自我转化也须以修养为要，所谓“勿使善恶混”，则先诚正本心，因本心是否诚正，乃成圣贤终极意义之关键。换言之，王迈四十岁生日的愿望，是其日后在生活经验中，如何实践成圣贤之道，也是对自我认可的追寻。四十岁，对王迈而言，是人生关捩之处，他仍为成圣贤而不变其志，对自己要求更甚以往。诗内自叙之意，仍与前述居简禅师相同，均有省思、黾勉成分，也就因此不以生日祝颂庆乐。

南宋末舒岳祥有《自寿》《辛巳自寿》二诗，表达心绪为鼎革之际，家国乱离身世之感，《自寿》云：

> 阆风老人五十九，白头饥冻荒山走。偶然脱命得生还，闾里相看惊老丑。今朝初度最可怜，五子三孙在眼前。老妻欲作无面饼，问讯鸡娘渠未肯。海水潮小未登鱼，霜后黄柑亦自疏。穷人作事天不与，只有红梅相媚妩。为渠一笑买村酤，老夫自歌稚子舞。明年六十更可歌，大乱不死奈我何。(《全宋诗》65,40907、40908)

据诗“阆风老人五十九”“明年六十更可歌”句，知此诗为舒岳祥五十九岁生日自寿。舒岳祥《宋史》《元史》均无传，其事见门人刘庄孙《舒阆风先生行状》，舒岳祥生于宁宗嘉定十二年(1219)[1]，宋帝昺祥兴二年(1279)，宋亡，诗谓“白头饥冻荒山走”“偶然脱命得生还”“大乱不死奈我何”等句，则为宋亡前，颠沛流离于国家危难之时。舒岳祥家原有篆畦园，本优游、娱亲之地，宋元鼎革期间，携家狼狈奔走，如恭帝德

① 北京大学古文献研究所编：《全宋诗》第六五册，40888 页。并参傅璇琮、程章灿主编：《宋才子传笺证·南宋后期卷》，692 页。

祐二年(1276),临安城陷,元军入浙东,舒岳祥避兵宁海(今浙江宁海)雁苍山。祥兴元年(1278)又避于宁海龙舒山[①],《自寿》谓"白头饥冻荒山走",可以信据,而是诗亦为此期之作,故其时心绪大致可知。他续谓"今朝初度最可怜""老妻欲作无面饼",亦可知生计窘迫。但他虽遭此忧患横逆,颠沛不堪,但尚能豁然:"为渠一笑买村酤,老夫自歌稚子舞""明年六十更可歌,大乱不死奈我何",面对这种始料未及的流离遭际和国家危难而难以言喻的悲慨之情,所谓"大乱不死"之后,在生命转折之际,似乎有了重新抉择的意义。他的《辛巳自寿》说:

> 六十三翁自荷天,乱余骨肉几家全。不材幸度龙蛇岁,多病休催犬马年。我老思亲空有恨,人生不饮更堪怜。差池九子森童冠,屡舞交酬且眼前。(《全宋诗》65,40993)

"辛巳",为1281年[②],距宋亡已两年余,时舒岳祥六十三岁,诗首句则有"六十三翁自荷天"语。"乱余骨肉几家全",是遭逢不幸中的欣慰之语。"不材幸度龙蛇岁",谓自己侥幸度过命数当终之年,实谓庆幸自己安然度过无数危难,他的《七月望日避地省坑存思庵留题时章林出白石可为水晶有旨差路县官同金玉提举差夫取凿又宿兵守之吏卒旁午指予为上户求鸡羊酒米油铁无以应其求且不堪其屡也来避于此予念自丁丑之乱至此凡三避矣僧旧屋更新怅然有感因赋之》诗云:"去家无十里,过岭即他乡。避地身三到,伤时泪数行。"[③]据此诗题、诗意,也可见他于宋亡之后,时时举家避居,其间也受官吏侵扰,其中艰辛之状,概可想而知。

"人生不饮更堪怜"句,饮酒可祛百虑,"不饮"则如何宣发不遂的遭遇,实内心有着不可违逆,无可奈何的现实感。但诗叙写至末联,却有另番情景,其《生日仲素惠羊酒作此奉谢》诗云:"去年蝶轩馈羊酒,主人怜我空无有。座上六客皆解吟,一翁不吟开笑口。今年病叟蚤还山,烹鸡炰鳖翁对媪。五男四妇六稚孙,更有曾孙依乳姆。往来两载总遭荒,瓦瓶聊以挹酒浆。山蔬满盘白雪白,野橘堆饤黄金黄。荒村得此已自足,群奴饥啄撑空肠。"[④]诗中呈现知足安顿的空间氛围,也构出家庭团聚,难得天伦之乐的图景,尤其舒岳祥一直在意的家人,还能陪伴其身旁,《自寿》谓

① 参见傅璇琮、程章灿主编:《宋才子传笺证·南宋后期卷》,701、702页。
② 陈垣:《二十史朔闰表》,150页。
③ 北京大学古文献研究所编:《全宋诗》第六五册,40926页。
④ 北京大学古文献研究所编:《全宋诗》第六五册,40913页。

"老夫自歌稚子舞",《辛巳自寿》谓"差池九子森童冠,屡舞交酬且眼前",也隐然可见《生日仲素惠羊酒作此奉谢》诗中那样的天伦乐事。

舒岳祥因国家危难而时时举家避居,屡屡可见其所处境况及身体困境,然则他特别在生日当下作诗自寿,是庆幸、安慰自己能脱离厄害、"骨肉几家全",平安度过一年,然则心中放不开那国家危难之深悲,他的自寿诗流露出家国沉重败丧之意,但他被嵌在这种不幸处境之中,幸好有家人陪伴、依凭。舒岳祥最后隐居乡里教授,所交往如戴表元、袁桷等,皆为元初文章、史学大家[①],而他也在此抉择中贞定了生命价值意义。

同样为南宋遗民林景熙有《和监簿山中自寿》诗:

> 梅传春信菊延秋,万壑千岩引胜游。明月半船招贺监,清风满袖挹浮丘。意间自得琴书乐,身隐犹怀畎亩忧。但得八荒皆寿域,饭疏饮水亦何求。(《全宋诗》69,43523)

"监簿",为王英孙,曾任作监主簿,与林景熙、谢翱往来,善绘竹、兰、蕙,宋亡隐居不仕,《全宋诗》收其诗三首[②],林景熙有数首与王英孙唱酬之作,此诗原作王英孙《山中自寿》诗,今不存。然据林景熙所和,大抵可知,原作自寿的心绪。林景熙曾因寇乱避地,元成宗元贞元年(1295),依附王英孙[③],时林景熙五十四岁,或《和监簿山中自寿》诗,当在此期间以后作[④]。据诗所述,确实平淡自足,可能在此空间的确能自得琴书之乐,而王英孙必然怀着萧条淡泊之趣,不言而喻,林景熙也在某种程度受其影响,使其和诗对那份闲散之趣的向往追求。不过毕竟是和诗,诗中表达意绪只能间接了解王英孙自寿之情。

两宋的自寿诗,皆集中在南宋,所谓自寿,也非真正洋溢庆生之喜悦,对福禄寿的向往,反而在百端交集之下,自我叙写着那些幽忧、戒慎、省思、宽慰之意,由此体会人生的深境,更接近于清醒、理性。

---

① 参见傅璇琮、程章灿主编:《宋才子传笺证·南宋后期卷》,704—706 页。

② 参见北京大学古文献研究所编:《全宋诗》第六九册,43465 页。也可参见傅璇琮、程章灿主编:《宋才子传笺证·南宋后期卷》,850、851 页。

③ 参见傅璇琮、程章灿主编:《宋才子传笺证·南宋后期卷》,854、855 页。

④ 此诗系年,据其生年推知。林景熙生年 1242,见北京大学古文献研究所编:《全宋诗》第六九册,43474 页。也可参见傅璇琮、程章灿主编:《宋才子传笺证·南宋后期卷》,846 页。

二、创作上的自贺

除自寿外，其他自贺、自庆、自贶，都有庆贺意味，如作诗与唐贤相类而聊以自贺者，王禹偁《前赋春居杂兴诗二首间半岁不复省视因长男嘉祐读杜工部集见语意颇有相类者咨于予且意予窃之也予喜而作诗聊以自贺》诗云：

> 命屈由来道日新，诗家权柄敌陶钧。任无功业调金鼎，且有篇章到古人。本与乐天为后进，自注：予自谪居多看白公诗。敢期子美是前身。从今莫厌闲官职，主管风骚胜要津。（《全宋诗》2，733）

王禹偁常以白居易其人其诗为学习典范，尤其屡经迁谪，多以白诗解慰。据诗题，因其长子读杜诗，“见语意颇有相类者”，虽然儿子“咨于予且意予窃之”，王禹偁却不以为忤，作诗自贺。杜甫亦是宋人诗学学习典范，尤其是宋人特别重视杜诗内在道德上的优越，他们心目中的杜诗，是性情之正的表现①。王禹偁对杜诗欣赏，也在于杜诗内在道德，此正与其自身人格忠直相契。他谓“本与乐天为后进，敢期子美是前身”，白居易、杜甫，一则为自足随遇的处世哲学，一则为忠君忧国，均有其精神人格魅力，仕途坎凛的王禹偁，也从中想要具备两者为一的理想人格。在作诗过程中，无意间指向典范的杜甫，并与杜甫情志有契合之处，所以云“从今莫厌闲官职，主管风骚胜要津”，“闲官职”“胜要津”②是他屡遭迁谪，徒具治世抱负的最好体现，然他聊以自贺，难掩悦动之意，也隐然对其日后自我的价值作出响应。

三、时世安宁的庆贺

邵雍《自庆吟》，是庆贺生活在太平盛世中，是诗云：

> 俗阜知君德，时和见帝功。况吾生长老，俱在太平中。（《全宋诗》7，4572）

---

① 参见周裕锴：《宋代诗学通论》，51页。

② 王禹偁谓“主管风骚胜要津”，亦有自诩之意，然其文章确能独步当时。《隆平集》载：“王禹偁，……端拱二年，廷试贡士，诏使作歌，援笔立就。太宗谓侍臣曰：‘此歌不逾月，遍天下矣。’以左司谏知制诰。驾幸琼林苑，召至御榻前顾问，语宰相曰：‘禹偁文章，独步当世。’其将大遇如此。……禹偁辞章敏赡，喜谈世事，臧否人物，以正道自持，故屡被摈斥，所与游必儒雅，称奖后进。”于此可见一斑。宋·曾巩撰，王瑞来笺证：《隆平集校证》，370、371页。

由诗所述,邵雍表达之意直接明了,平易直露,见其主体自由,几无俗务缠身,他强调性情主宰性,追求心灵冲淡自由,邵雍确实处在两宋盛治时期,“俱在太平中”,于内在是一种人格修养,臻于闲淡之境,于外在也可感受盛治之下的安适自得。其《太平吟》云:“天下太平日,人生安乐时。更逢花烂漫,争忍不开眉。”[①]又另一首《太平吟》亦云:“身老太平间,身闲心更闲。非贵亦非贱,不饥兼不寒。”[②]显然因为天下太平,处于现时的感受,则更身心舒展,这样身闲自在,是处在鼎革之际遗民,无法直接感受到的。约与邵雍同时的汾阳善昭,也有一首《自庆歌》,此诗《全宋诗》未收,诗云:“庆幸庆幸无人哭,安禅正坐常知足。不贪世利不求余,不羡荣华不怕辱。辰一斋,寅一粥,粗细任从麦与谷。……无生无念总无疑,有德有能任斤斸。我今自庆自忻愉,同道同心常共读。”[③]善昭禅师深知安禅之道,所谓道法则在实际生活上的修持,遣除积习,收摄自己的心念,一切随缘任运,故其自庆自愉,也就是体道身心之闲。他虽处于盛治,与邵雍《自庆吟》表白意念不同,但同样都能由内在涵养以体会尘俗之下的知止自在。

四、身体状况的自贺

身体状况的庆贺,如陆游自贺诗有为病愈、身体强健而自贺;也有归耕自在的身体感而自贺。陆游《予自春夏屡病至立秋而愈作长句自贺》:

> 良药扶衰抵万金,渐加糜粥辍呻吟。溪风拂簟有秋意,山影半庭生夕阴。薄俗只成惊老眼,幽居正得遂初心。岸巾待月栏干曲,更觉天公爱我深。(《全宋诗》40,24983)

此诗系于宁宗庆元四年(1198),七十四岁作于山阴[④]。其谓“自春夏屡病至立秋而愈”,陆游此时应是“病足”而愈,据此期所作诗如,《病足累日不能出庵门折花自娱》云:“蹒跚正废下堂行”[⑤]、《书意》诗云:“病足呻吟又过春”[⑥]、《病中作》亦云:“身羸

① 北京大学古文献研究所编:《全宋诗》第七册,4555 页。
② 北京大学古文献研究所编:《全宋诗》第七册,4567 页。
③ 朱刚、陈珏:《宋代禅僧诗辑考》,164 页。
④ 宋·陆游著,钱仲联校注:《剑南诗稿校注》,2390 页。
⑤ 北京大学古文献研究所编:《全宋诗》第四〇册,24974 页。
⑥ 北京大学古文献研究所编:《全宋诗》第四〇册,24975 页。

支枕久，足蹇下堂疏”[①]可证。此诗首二句，是陆游病愈后的心声，道出病足痊愈而感到庆幸。此时生活情境与身体感，也由病痛羁束回到自在舒畅。因此他所见所感之景物，也非由物感事、触物增悲，原本秋序的征象，容易引起悲哀，此时却是秋凉清爽，不外表达其身心自在舒畅。“幽居正得遂初心”，他悠闲徜徉于僻静之处，也表示实现自我隐逸的本意；“岸巾待月栏干曲”，如此简率不拘形象，以及待月吟赏乐事，正点出陆游其时心灵从容闲适，没有牵挂。又《予以淳熙戊戌岁自蜀归时年五十四今三十有二年矣犹复强健得小诗自贺》：

> 入玉门关到酒泉，昔人想望若登天。岂知万里西征客，归卧家山三十年。（《全宋诗》41，25665）

此诗系于宁宗嘉定二年（1209），八十五岁作于山阴[②]。诗题“淳熙戊戌”，为孝宗淳熙五年（1178），这年陆游奉诏离开四川，沿途东归时，多赋诗寄寓家国兴衰、恢复难言之感，在武昌，登南楼，以孤忠许国自期[③]，其间赋诗《南楼》谓：“十年不把武昌酒，此日阑边感慨深。舟楫纷纷南复北，山川莽莽古犹今。登临壮士兴怀地，忠义孤臣许国心。倚杖黯然斜照晚，秦吴万里入长吟。”[④]想见陆游离蜀地愈远，则寄慨尤深，在此依违情势下，固知报国志意恐难以实现。

而《予以淳熙戊戌岁自蜀归时年五十四今三十有二年矣犹复强健得小诗自贺》首二句所云，即回忆当时的情景，因此藉汉代班超“臣不敢望到酒泉郡，但愿生入玉门关”[⑤]意，乃其匡复家国的忠心抱负，时时显露却不能如愿。诗第三、四句，四川、浙江两地间地理位置，相距遥远，陆游由蜀地而归卧家乡，也象征想要匡复家国的行动力，之后只会是一种闲散疏离的状态，主要原因是南宋苟且偏安。尽管对陆游来说，无法实践报国志意，不过诗题“犹复强健得小诗自贺”，却也是他晚年长期在山阴，随遇而安下，身体健康长寿，因此尚可自宽、自足，聊以作诗庆贺。

陆游还有一首《自贺》，可见他在山阴归耕的身体感：

---

① 北京大学古文献研究所编：《全宋诗》第四〇册，24976 页。
② 宋・陆游著，钱仲联校注：《剑南诗稿校注》，4372 页。
③ 参见于北山：《陆游年谱》，177、178 页。
④ 此诗及系年，见宋・陆游著，钱仲联校注：《剑南诗稿校注》，803、804 页。
⑤ 此语参见《后汉书・卷四七・班超列传》，南朝宋・范晔撰，唐・李贤等注：《后汉书》，1583 页。

胎发茸茸绿映巾,归耕犹是太平民。流觞内史招同社,扛鼎将军与卜邻。自注:弊居去兰亭、项里皆甚迩。曾冠六鳌非俗吏,已开九秩是陈人。一杯剩约梅花醉,又见开禧第二春。(《全宋诗》40,25424)

首联所写,可谓陆游归耕形象,据诗意,未见陆游在躬耕过程的辛劳之感,反而有归园安居的自在。诗中提及兰亭流觞、项羽扛鼎,并未以历史人物藉以托寓主体情怀,而是因为家居离"兰亭""项里"甚近,所以有此联想,但由此略可见他平常躬耕生活,还有一份闲雅之趣。颈联则是对过去身分,及现时年纪老大的自我叙写,钱仲联谓陆游:"嘉泰二年十二月官秘书监也。秘书省有蓬莱道山之称,故用六鳌典。"[①]其谓"非俗吏",亦有自许意,但转念间"已开九秩是陈人",在此身经历中而有叹老之嗟。陆游虽谓老朽,绝非忧生而有长生之念,而是暮年老迈还有一份隐逸情怀,约得梅花自醉、自娱。

不同于杨万里《雨后晓起问讯梅花》诗云:"如今老病不饮酒,梅花也合怜衰翁"[②]之心绪。事实上,亲眼目睹像梅花这样的实物,所牵系的人事情绪、氛围,陆游藉此营造其隐逸躬耕的形象,并未像杨万里"问讯梅花"时,强烈浮现老大衰病的反应。结句云"又见开禧第二春",此诗作于宁宗开禧元年(1205)冬[③],故有此语,隐含自己知足归依田园后的日常生活,也可看出这首岁暮之作,丝毫未受时序影响,而联想此生接近死亡的推移之感。陆游这三首自贺,皆从身体经验叙写其中意绪,他趋向以知足,不过分企求的方式,体察自我存在意义,没有刻意张扬庆贺,诗中传达的意绪,是他晚年随遇达观的最好体现。

五、新年自祝

宋人因新年而作诗自祝,仅见一首,即范成大《丙午新年六十一岁俗谓之元命作诗自贶》,然此诗是因诗人六十一岁,适逢生年干支,有特别意义,是诗云:

岁复当生次,星临本命辰。四人同丙午,初度再庚寅。长狄名犹记,沙随会若新。童心仍竹马,暮境忽蒲轮。镜里全成老,尊前略似春。三年归汶上,

---

① 宋·陆游著,钱仲联校注:《剑南诗稿校注》,3676 页。
② 北京大学古文献研究所编:《全宋诗》第四二册,26230 页。
③ 此诗系年见宋·陆游著,钱仲联校注:《剑南诗稿校注》,3676 页。

千日卧漳滨。刚长交新泰，阴消脱旧屯。网蛛萦药裹，窦犬吠医人。窗下乌皮几，田间紫领巾。鲵渊方止水，鲲海任扬尘。波匿观河见，维摩示病身。颦端还一笑，默识幻中真。（《全宋诗》41，25995、25996）

丙午，为孝宗淳熙十三年（1186），范成大已至石湖（今江苏苏州西南）旧隐，有其名作《四时田园杂兴》六十首，抒发田居乐事，并寓农村忧患①，本年正月所作诸诗，大致有悠闲自得之意，如《丙午新正书怀》十首其一“祝我剩周花甲子，谢人深劝玉东西”、其三“身闲一日似两日”、其五“尊前现在瞢腾醉，饭后无何烂熳眠”②。这首《丙午新年六十一岁俗谓之元命作诗自贶》，开篇先叙及同朝之人同生丙午年③的情形，其“童心仍竹马”至“千日卧漳滨”等句，则点出年迈的范成大于石湖的生活、时间、心境。他自淳熙十一年（1184），五十八岁起，便归居石湖④，诗云“三年归汶上，千日卧漳滨”，正谓他在石湖约三年时间，而此处强调的生活场域，与不久后所作的《四时田园杂兴》六十首，皆能想见范成大以田园生活意涵，来阐释其内心对此种价值的选择。

“刚长交新泰，阴消脱旧屯”二句，象征一年复始，或许亦有对新年期盼，焕然一新之意。自“网蛛萦药裹”至结句“默识幻中真”，大抵是对自我形象、身体状态及对此生的体悟。“网蛛萦药裹，窦犬吠医人”二句，虽颇见生趣，实是暗喻已生病一段时间的身体状态。由其《丙午人日立春屈指癸卯孟夏晦得疾恰千日矣戏书》诗题及诗谓“衰病豁除千日外，尚余三万五千场”⑤可证他确实生病一段时日。但诗中以“网蛛”“窦犬”引喻，不仅是写诗理趣，亦是一种生命闲适的意趣，在面对不可预计的老病中，对应其内在的反而是恬然知足。

韩愈《游城南十六首·赛神》诗云：“白布长衫紫领巾，差科未动是闲人。麦苗含穟桑生葚，共向田头乐社神。”清·朱彝尊评：“得村野意。”⑥而范成大谓“田间紫

---

① 参见于北山：《范成大年谱》，343 页。并参傅璇琮、辛更儒主编：《宋才子传笺证·南宋前期卷》，409 页。

② 以上所引诗例，均见北京大学古文献研究所编：《全宋诗》第四一册，25994 页。

③ 此诗诗末自注云：“文潞公诗云：‘四人三百七十（当作三百十二，文彦博《同甲会》：‘四人三百十二岁，况是同生丙午年。’）岁，况是同生丙午年。’仆与今丞相王公、枢使周公、参政钱公皆丙午，又顷皆同朝，故用此事稍的也”。北京大学古文献研究所编：《全宋诗》第四一册，25996 页。与范成大同时的姜特立，有诗题云：“文潞公洛中会四同甲皆丙午七十八予乙巳生与丙午相属岁数偶同戏作”，可知其时之人用此典实之用意与心态。姜特立诗题，见北京大学古文献研究所编：《全宋诗》第三八册，24206 页。

④ 傅璇琮、辛更儒主编：《宋才子传笺证·南宋前期卷》，409 页。

⑤ 北京大学古文献研究所编：《全宋诗》第四一册，25996 页。

⑥ 此诗与诗评，见唐·韩愈著，钱仲联集释：《韩昌黎诗系年集释》，967、968 页。

领巾”,即化用韩愈诗,象征他归乡田园为乐,俨然以村夫为自我身分标记,“田园”应是其主体所向往淡泊、闲憩的生活场域。“鲵渊”“鲲海”用《庄子》典;“维摩”,则用维摩诘典实,藉此表其卸去物累之际,所体认到有执形骸,如幻中之见,实无所有,所以他不留滞于主体心灵受到外缘种种诱因所束缚,这是他个中静领生命的吟味。范成大在丙午新年又值元命年的时间点作诗自祝,应对六十岁的生涯遭际相当有体会,他在石湖的地方感找到某种宽慰、解脱,其心灵精神之锚定处,乃得其田园乐趣的生活。

六、庆贺生子

宋人有一首自庆诗,是祝贺生子之作,王大烈《自庆生次子》诗:

> 屈指春归三月余,葱葱佳气应充闾。人言再入长庚梦,我喜新添万卷书。栗爱从渠自年少,兰芬看尔长庭除。吾家积善由来久,当继公侯衮衮余。(《全宋诗》56,35239)

王大烈诗,《全宋诗》收录其诗九首,皆是贺己、贺人生子生女之作;《全宋词》录其词二首,其中一阕,亦祝寿生女而作。因其人生卒年、仕履不详,无从考述他创作这些祝贺之作原因。但《全宋诗》所收有六首,均录自元·刘应李《新编事文类聚翰墨全书》,此书为文士切于日用的应用写作类书[①],如“庆诞门”类,收录贺生子、生女、生男孙、生外孙等诗词,因此王大烈这些贺诗,当时应有其收录价值与考虑。据《自庆生次子》诗意,表白积善余荫子息,以及生子喜悦溢于言外,这种心绪在两宋自我祝贺的自叙诗中很难看见。宋人自我祝贺之情,所呈显的绝非过度愉悦,也非过度修饰情感,他们自叙其情感,没有所谓的深切热烈,多是恰如其分适时地体现在作品中。

两宋表达人生态度的自叙诗,大体已如上述自我警省、自我排遣、自我哀悼、自我揶揄、自我期勉、自我祝贺等主题范围。这些主题中,宋人创作背景、心绪、经历虽有不同,但大部分文士共同之处,即关注日常生活的体味和内在修养上的省察。

① 参见张澜:《中国古代类书的文学观念:〈事文类聚翰墨全书〉与〈古今图书集成〉》(北京:九州出版社,2013年7月),32、42、46页。关于《事文类聚翰墨全书》一书作者、版本、文体、内容编排等,可参见是书第一章至第五章的论述。

宋人在此体现于自叙诗的内涵，即人生际遇穷通的主观情志，他们表其自我情趣态度，通常将此意义对象化、自我对话，以此作为“情趣态度”的再次阐释，透过自我叙写将此情趣态度作一调谐、内化，因此宋人对自我态度的书写，多依于平素修养，对应至人伦日用中。

第六章　具自传性或纪年性的诗

本章探讨宋代“自喻”“自述”“自叙”等事类的自叙诗，部分作品属于历时性回顾，叙写自我生平经历，有自传意向；另一部分作品则契入某一时间点审视自我，表达个人际遇、现实感受，具纪年意义；尚有些作品则藉题发抒，纪年性质不明显。此外，本章并论及如《三十一岁吟》《六十吟》《七十四吟》等诗，这类作品，除具纪年性质外，有的内涵与“自叙”“自述”相似，故可稍微参照讨论。

第一节　自传诗

一、自叙诗中的自传诗

宋代自叙诗，并非都具自传性质，构成自传要素主要在于叙其家世、个人经历，因此宋代自叙诗作为自传诗者，仅数首而已。如回顾平生数端之事，有北宋王周《自喻》：

> 予念天之生，生本空疏器。五岁禀慈训，愤悱读书志。七岁辨声律，勤苦会诗赋。九岁执公卷，倜傥干名意。乞荐乡老书，幸会春官试。折桂愧巍峨，依莲何气味。性拙绝不佞，才短无余地。前年会知己，荐章实非据。宁见民说平，空荷君恩寄。瞿唐抵巴渝，往来名揽辔。孤舟一水中，艰险实可畏。群操百丈牵，临难无苟避。濆向江底发，水在石中沸。槌鼓称打宽，系纫呼下纬。善恶胡可分，死生何足讳。骑衡与垂堂，非不知前喻。临渊与履冰，非不知深虑。我今縻搢绅，善地谁人致。城狐与社鼠，巧佞谁从庇。奴颜与婢膝，丑直谁从媚。妻儿夐限越，容颜几憔悴。致身霄汉人，呃嚱尽贤智。（《全宋诗》3，1761）

王周旧误唐代人，生卒年无从确考，《全宋诗》叙其仕履经过，大体据地方志而得[1]，生平相关记载疏略。《自喻》诗中有“瞿唐抵巴渝”句，又据是诗之后诸作，如《巫山庙》《下瞿唐寄时同年》《和杜运使巴峡地暖节物与中土异黯然有感诗》三首、《巫庙》《赤壁》等诗，可知他尝历巴东三峡一带，并有诗酬酢。《自喻》作诗地点，应于“瞿唐抵巴渝”之间。诗前几句云“五岁禀慈训，愤悱读书志。七岁辨声律，勤苦会诗赋。九岁执公卷，倜傥干名意。乞荐乡老书，幸会春官试。折桂愧巍峨，依莲何气味”，回顾自己自少及长数端之事，其间“折桂”最重要，科举及第是文士梦寐以求之心愿，其抱负、出仕，均可以此而开展，故王周回忆五岁起，禀受父母教诲，开始发愤读书，七岁勤苦诗赋，而终于得举之经过。

之后自叙“性拙”“才短”，似暗示自己性情率直，不善巧语而遭谗谤。后叙其经历，由纤夫拉纤之艰苦、三峡之艰险，对善恶、死生有番体味，也藉此境况，想到为官处事须谨慎小心，但不免遭权势巧佞之人谗谤，忽发喟叹。观其诗意，虽不能确定王周是否被贬谪，然在艰险的三峡途中，作诗回顾其经历，再从特别事件中联想其遭际，由叙写个人经历的角度，有其自传成分，其间也充分表露他因仕宦问题，由是引生的感触。

又南宋苏泂有一首《自述》诗，也略述数端之事：

> 舂粮了朝炊，细大供十口。身穷两脚健，天意非汝厚。前年取荆钗，颇不窥户牖。甘心似黔娄，习气除夙有。今年长一女，自省称父母。方其我少时，岂意今老丑。时平米谷贱，兄弟仍聚首。先人敝庐在，清话辰徂酉。盍簪到诸雏，千指谅非久。居然小世界，荣悴同一朽。去城不三里，经岁绝奔走。登门亦无宾，老树堪尚友。青毡古家法，迍贱当自守。能甘此中泉，不饮富人酒。(《全宋诗》54,33882)

此诗未自叙其家世、履历，但叙写生活经历、态度，有几分自传意味。苏泂着重生活经历中的一个时段，并抒发家居的情感。看来家居琐事，亲人团聚，才是他自述旨趣。诗谓“居然小世界，荣悴同一朽”，可知此空间是退隐栖迟之处，他能在此修养身性，共享天伦，自得其乐，也不暇更问穷达之理。诗谓“去城不三里，经岁绝奔走。

① 北京大学古文献研究所编：《全宋诗》第三册，1752 页。

登门亦无宾，老树堪尚友”，它的位置离市城不远，却鲜少有登门拜访之客，彰显此处空间是山林/城市、自然/人文的区别，此即苏洞表其隐逸的况味。苏洞生平事迹失载，他是否如诗中所述，以耕躬隐逸之士自况，或能从其诗推知。

他有《奉谢唐子耆及两冯君载酒宠临借屋》诗：“年事半七十，躬耕吾本谋。”① 《归越中所居》：“闲居寡人事，栖迟倦所务。雅志归去来，青山越中住。……虽云隐遁情，尚眷诸亲故。”②集中又有数首和陶诗及《夜坐读韦苏州集序》诗，均可见他向往陶潜、韦应物的闲淡宁静，也可知其胸怀本趣。但其《自述》，没有对往事一一复现，而是有所选择与他在当下心绪、境遇有关的事情，这种书写模式与王周《自喻》诗不同，王周先回顾自少及长的经历，次叙述现实处境。苏洞《自述》则聚焦在一两年间发生的事，并未在人生经历多所著墨。

北宋孤山智圆禅师的《病起自叙》，则由一端之事自我叙写，他是由生病初愈的身体现象切入自叙：

> 盗跖死牖下，伯牛遭恶疾。报应似无征，苍苍意难悉。及考竺乾教，其旨明踰日。业以三世论，事匪一生讫。伊余本好道，执善长虑失。无端六腑病，每苦我形质。百骸失调畅，四时少安逸。今岁夏云满，秋热如火室。脾疾因兹生，顿觉减寝食。无何误服药，到泻苦非一。过客为忧惶，儿童亦战栗。吾心暗且喜，浮生从此毕。发言嘱后学，此事汝无恤。吾年四十五，去矣非短屈。至理无去来，妄想分凶吉。我先凿山窟，汝宜即藏密。不用报亲朋，无学世哭泣。四时为送葬，庶物甚充给。遗文三百卷，空言或可心。见恶如探汤，见善如不及。湛湛无生源，深浅当自挹。嘱之语方终，忽觉病小醒。扶几起暂坐，渐渐四体轻。又过三五日，倚仗登危亭。俯首视群物，仰面观太清。秋山叠叠翠，夜月圆圆明。岂意今之日，犹存危脆形。凭栏不忍归，聊适我心情。虚幻三界中，旅泊非久停。(《全宋诗》3，1557)

据孤山智圆诗中叙述，他是在病痛的身体感愈加强烈的情况下，体会死生问题，他面对疾病所带来的死亡挑战，知道浮生寄旅短暂，死亡无可逃避。不过他对死亡的态度，则能透澈生死。由“无端六腑病”至“到泻苦非一”等句，可见他饱受疾病摧

① 北京大学古文献研究所编：《全宋诗》第五四册，33868 页。
② 北京大学古文献研究所编：《全宋诗》第五四册，33871 页。

残，这也是自知死亡前提的身体感，虽他将死视为常理，但他对后事安排、遗愿嘱咐，可能隐含为使弟子能于此有所契悟。此诗后半段，则叙写其病起之后的体验，虽身体逐渐康复，但诗末云“虚幻三界中，旅泊非久停”，孤山智圆其实对死生之事已有定案。这首自叙诗，由生病一事叙写，叙述病痛与体会死亡经验，再叙述病愈之后的自我观照，有其自传性。

兹下所论二诗，皆完整地叙其家世，并叙其平生经历，刘奉世《自述》云：

> 楚国中分后，东南世泽长。发祥曾王父，磨勘成典章。王父声益振，主客尚书郎。考庙绪丕顕，直鲠在岩廊。历历一精白，敬事持人纲。顾维予小子，念释兹忽忘。晴空丽皎日，清秋凛严霜。金石磨不磷，松柏寒逾芳。旦评犹足信，清议讵虚张。梦寐滋洗涤，俯仰随否臧。所值匪所思，盈亏理有常。亨途无诡遇，偃蹇嘶骊黄。谁能饵大药，百年身平康。（《全宋诗》15，10410）

此诗有序，序云：“年七十矣。世变多故，涉历维艰。然家世惟知事君，内省不愧怍士大夫公论而已。得丧，常理也。譬如寒暑加人，虽善摄生者不能无病，正须安以处之。”[①]据其诗序，则知他写这首诗时，是反身自我“内省不愧怍”，而希望能处之晏如。因此诗中叙其家世的传承典范：即其父刘敞、刘敞祖父等，咸有声名。欧阳修《集贤院学士刘公墓志铭》：“公讳敞，字仲原父，姓刘氏，世为吉州临江人。自其皇祖以尚书郎有声太宗时，遂为名家，其后多闻人，至公而益显。……子男四人：长定国，郊社掌座，早卒；次奉世，大理寺丞。”[②]可证其家世自曾祖父以后，皆名闻于时。刘奉世自叙其家世之意，则以其为文士固有的价值典范外，可能也有他坚定持守的道德价值。

他谓“顾维予小子，念释兹忽忘”，实是自省自我，须倾其心力时时刻刻反思，敬慎处事，即诗中强调的根本精神，然则他谓“俯仰随否臧”“盈亏理有常”，似已体验生命之中无可奈何，终究不得不如此，因此如序中所谓“正须安以处之”。刘奉世为元祐党人，与苏轼交谊，他是否受元祐党籍迫累而写此自叙诗，殆已不得而知。但观此诗后半段诗意，可能于仕宦不遂而作。诗从自叙其曾祖开篇，叙述其事功、道德，再表其自己内在道德、情怀，及处世态度，颇有自传诗的意味。其中叙其家世，

---

① 北京大学古文献研究所编：《全宋诗》第一五册，10410页。
② 宋·欧阳修著，李逸安点校：《欧阳修全集》，524、527页。

为自传不可缺少之要件。

司马迁于《史记》末，撰《自序》一文叙其先世，兼阐明作史之意①，唐·刘知几《史通·序传》亦云："盖作者自叙，其流出于中古乎。案屈原《离骚经》，其首章上陈氏族，下列祖考；先述厥生，次显名字。自叙发迹，实基于此。降及司马相如，始以自叙为传。然其所叙者，但记自少及长，立身行事而已。逮于祖先所出，则蔑尔无闻。"②可见家世谱系于自传的意义，但刘奉世《自述》诗不是以表彰先祖，期以传信于后世③，他所以会自我叙写，仍在其抒情言志的创作过程。

南宋高斯得有一首《自叙六十韵》，为两宋自叙诗叙写其谱系、经历等最长的一篇作品，诗中缕述仕履过程，略具编年自传。兹全篇迻录如下：

苍苍大峨山，高标致青天。西江走其下，东井躔其颠。积此二仪气，钟为万古贤。粤从扬马来，作者接项肩。我家高阳氏，遂古已婵嫣。爰及开府公，世德乃昭宣。挺生六男子，如鳌海上连。逢时供世用，报国或躯捐。二季遇明主，皇极佐后先。英芬播家国，余辉照山川。咨予食旧德，一线千钧悬。结发日砻砥，植节图贞坚。龙飞四十春，先皇始招延。绛侯正骄主，答策聊相镌。无心得天下，人力何有焉。有司矜其愚，寘之龟列前。先人既死城，□遭祸愈挻。挈身归君父，叨沐登史筵。是时嘉熙末，大臣私自便。抗疏警其偷，侧目尤谗言。未几孽嵩来，当国恣且专。白发并相议，一斥踰三年。祁公俄入相，招我赤城边。公寻薨于位，游老司陶甄。蓄缩多畏忌，百壬闹煎煎。汲黯又妄发，群尾益呀喧。卧家百余日，遂棹严滩船。偶乘浙东传，入手埋轮权。南床有妇翁，出柙流馋涎。劾章格不下，使者反归田。流落经七载，那复凌翔鹓。淳祐更化瑟，弓旌罗八𫄨。例叨赤车使，收召湘江壖。南宫甫踰月，遂玷蓬莱仙。仍侍玉皇案，兼操金匮篇。主恩海岳比，每欲输尘涓。谢吴对持铉，国势如舟偏。熏莸共一器，两党操戈鋋。予与赵徐辈，放逐纷联翩。吴公亦去相，国事堪潸然。荏苒兵难作，扰攘纷戈鋋。吴公再秉钧，首议贾生篇。诸梁尚当路，公愿竟以愆。亡何事大异，莱国冤南迁。国忠乱天经，党祸何连延。伤哉淳祐士，萧艾化兰荃。腰金空照地，噤如秋后蝉。嗟我亦何人，赵璧乃独全。

① 请参金毓黻：《中国史学史》(上海：上海古籍出版社，2013年4月)，85页。

② 唐·刘知几撰，清·浦起龙释：《史通通释》(台北：里仁书局，1993年6月)，256页。

③ 参见王德毅：《墓志铭的史料价值》，"宋代墓志史料的文本分析与实证运用"国际学术研讨会，2003年10月18、19日，1、2页。

> 挂舌坐林间，蔘忧耿无眠。一旦彗星出，应诏言数千。历数蔡京罪，请收贾充权。书遏不得上，龙髯已飞天。尚有闻戒集，秘之未敢传。其间朝阳吟，好事达湖弦。几欲齿奸鈇，终虞陨深渊。偃蹇踰十载，冰山尚顽坚。不学李拾遗，尽付酒家钱。不学杜拾遗，穷愁诗自传。圣涯浩无际，前路渺以绵。且复系寸景，终予犀革编。（《全宋诗》61，38560）

高斯得，邛州蒲江（今四川蒲江）人，故诗首四句“苍苍大峨山，高标致青天。西江走其下，东井躔其颠”，即叙其出生地。接续云，因四川地灵人杰，故有扬雄、司马相如等知名文学家，且人才辈出。

诗自“我家高阳氏，遂古已婵嫣”至“英芬播家国，余辉照山川”等句，是对其家世，及家人、自我之叙述，其间“报国或躯捐”句下自注：“先忠襄公”①，《宋史》本传载：“端平二年九月，稼死事于沔，时大元兵屯沔，斯得日夜西向号泣。会其僮至自沔，知稼战没处，与斯得潜行至其地，遂得稼遗体，奉以归，见者感泣。服除而哀伤不已，无意仕进。”②则知“报国或躯捐”，即指其父高稼抵抗元兵，城陷战死事。故诗所提及“先人既死城，□遭祸愈挺”，据诗意，应似追忆其父之事。

诗谓“二季遇明主，皇极佐后先”“先皇始招延”等，皆与出仕有关，其间自叙“挈身归君父，叨沐登史筵”，据《宋史》本传：“（李）心传方修四朝史，辟为史馆检阅，秩同秘阁校勘，盖创员也。斯得分修光、宁二帝纪。寻迁史馆校勘，又迁军器监主簿兼史馆校勘。”③知上述所云，乃叙其任馆职事④。

诗云“是时嘉熙末，大臣私自便。抗疏警其偷，侧目尤谗言。未几孽嵩来，当国恣且专。白发并相议，一斥踰三年”等句。“侧目尤谗言”下自注：“乔行简”；“白发并相议”下自注：“庚子冬雷封事”⑤。高斯得《应诏上封事》：“臣西南寒儒，顷以庚子冬雷应诏上封事，乞陛下择才并相，以是忤史嵩之。”⑥他主张择才并相，由是得罪史嵩之，然高斯得“并相”此举，完全出于当时部分官僚的意愿，王迈《乙未六月上

---

① 北京大学古文献研究所编：《全宋诗》第六一册，38560 页。

② 元·脱脱等撰：《宋史》，卷 409，12322 页。另可参《宋史》卷 449《忠义传·高稼》，13230—13233 页。

③ 元·脱脱等撰：《宋史》，卷 409，12322 页。

④《全宋诗》高斯得小传，未载高斯得生卒年，但略述其仕履经过，高斯得生平事迹，大体依《宋史》本传，但本传不载任馆职时间。其生卒年事迹补充，可参邓国军、王发国：《〈高斯得诗话〉等讹漏举正》，《重庆三峡学院学报》，2005 年第 5 期第 21 卷，52、53 页。

⑤ 北京大学古文献研究所编：《全宋诗》第六一册，38560 页。

⑥ 曾枣庄、刘琳主编：《全宋文》第三四四册，131 页。

封事》云："臣闻人主之职，莫大于知人，知人之道，莫先于择相。……然当国步多艰之时，决非一相之所可独运也。……换楮一策，虽出于枢臣之寡谋，而清之不能夺其议。然而公清平实以主善类，而无妒贤嫉能之偏，明白洞达，以受人言，而无浅中自是之失。通国之臣，无愚不肖，皆称为君子之相，而非彼相比也。"①

王迈所述国步艰难，"决非一相"可以独运，又述乔行简虽寡谋，但郑清之"不能夺其议"，李宗勉为君子之相"而非彼相比也"，显然择才并相，是防止具相权之人以其个人身分招权专政的问题，其次，官僚也希望能有相当空间的政治主体性。《宋季三朝政要》载："乔行简用元祐故事平章军国重事，李宗勉左丞相。史嵩之入奏，就拜右丞相。嵩之独当国，一时正人如杜范、游似(侣)、刘应起、李韶、赵汝腾等，皆以不合逐去。三相当国，时论谓乔失之泛，李失之狭，史失之专。然宗勉清谨守法，号贤相，薨于位。"②高斯得所说史嵩之、乔行简，据此条史料可资旁证。

诗又云"祁公俄入相，招我赤城边。公寻薨于位，游老司陶甄"，《宋史》本传载："(杜)范既入相，召为太常博士，迁秘书郎。"③则诗谓"祁公俄入相，招我赤城边"，当即此事。又"公寻薨于位，游老司陶甄"，似指《宋季三朝政要》所载李宗勉薨于位事，游老，指游似(侣)。这几段叙述，皆围绕政治权力倾轧的事实，但个中因素如何，则极为复杂。

高斯得在朝廷中，过于正直急切，诗所谓"汲黯又妄发，群厖益呀喧"，即《宋史》本传载："又言：'羣臣厖杂，宫禁奇衺，黩货外交，岂可坐视而不之问！顾乃并包兼容之意多，别邪辨正之虑浅，忧谗避谤之心重，直前迈往之志微，遂使众臣争衡，大权旁落，养成积轻之势，以开窥觊之渐。设有不幸，变故乘之，上心一移，凶渠立至，使宗社有沦亡之忧，衣冠遭鱼肉之祸，生灵罹涂炭之厄。当是时也，能洁身以去，其能逃万世之清议乎？'于是群憸悚惧，或泣愬上前，或上章求去，合力排摈，斯得遂求补外。"④

由上引之事可知，他有儒家道德政治理想，这并不表示其他官僚也接受他的理念，而诗又续云"谢吴对持铉，国势如舟偏。熏莸共一器，两党操戈鋋。予与赵徐辈，放逐纷联翩。吴公亦去相，国事堪潸然。荏苒兵难作，扰攘纷戈鋋"。"谢吴对持铉"，即谢方叔、吴潜二人并相之事，"予与赵徐辈"，指赵汝腾、徐霖和本人皆被斥

① 曾枣庄、刘琳主编：《全宋文》第三二四册，142、143页。
② 元・佚名撰，王瑞来笺证：《宋季三朝政要笺证》，114、115页。
③ 元・脱脱等撰：《宋史》，卷409，12323页。
④ 元・脱脱等撰：《宋史》，卷409，12324页。

逐，不久吴潜因谗谮被罢相[①]。诗中透露情事人物，大略以吴潜、谢方叔二人为背景，诗谓“两党操戈鋋”，则因他们二人或附庸之辈，各立朋党，互相倾轧[②]，高斯得不甘缄默，由此指谪，希望于内忧外患现状中，能以安定国是为根本。

但国家日趋愈下，之后贾似道掌理政权，故诗亦云“国忠乱天经，党祸何连延。伤哉淳祐士，萧艾化兰荃。……历数蔡京罪，请收贾充权。书遏不得上，龙髯已飞天”。他因论贾似道误国而被罢黜[③]。此诗最后几段云“不学李拾遗，尽付酒家钱。不学杜拾遗，穷愁诗自传。……且复系寸景，终予犀革编”，正是高斯得想以道德正行，却不能如愿的心绪反映。

兹将《自叙六十韵》大致疏解，诗中自叙大体围绕其仕履过程的陈述，尤其就当时南宋政治背景，多深切之语，并与史料所载符契，可称诗史，可作为宋季史料。此诗先自叙家世、籍贯，之后大致以特定几个时间点中的一系列事件，不厌其烦地缕述自己在此境遇之遭际、心绪，是两宋自叙诗中叙述最为详尽的自传诗。

二、自传性的生日诗

另外，宋代有些文士在其生日时作诗，部分诗作颇具自传性，虽这些作品未在自叙诗的范围，但其自传性质值得一提，今略述如下，如文天祥《生日》诗云：

> 忆昔闲居日，端二逢始生。升堂拜亲寿，抠衣接宾荣。……于时果何时，朝野方休明。……旄头忽堕地，氛雾迷三精。……宾僚半荡覆，妻子同飘零。无几哭慈母，有顷遭溃兵。束兵献穹帐，囚首送空囹。痛甚衣冠烈，甘于鼎镬烹。死生久已定，宠辱安足惊。……想见家下人，念我涕为倾。交朋说畴昔，惆怅鸡豚盟。……达人贵知命，俗士空劳形。吾生复安适，拄颊观苍冥。（《全宋诗》68，43062、43063）

---

① 《续资治通鉴》孝宗淳祐十年条载：“甲寅，以谢方叔为左丞相，吴潜为右丞相，并兼枢密使。时史嵩之夤缘复用，帝初欲相嵩之，中夜忽悟，召学士改相二人。……牟子才上言：‘陛下更化，召用诸贤。今赵汝腾、高斯得、徐霖相继劾去，李伯玉又重获罪，善人尽矣。’庚寅，吴潜罢，以萧泰来论其奸诈十罪，如王安石而又过之也。”清·毕沅编著，标点续资治通鉴小组校点：《续资治通鉴》，4718、4731页。

② 《续资治通鉴》理宗宝祐三年条载：“诏曰：‘往年二相并命，各分朋党，互相倾轧。吴潜既退，方叔独相，持禄固位，政以贿成，诸子无藉，恬然而不知。’”清·毕沅编著，标点续资治通鉴小组校点：《续资治通鉴》，4753页。

③ 元·脱脱等撰：《宋史》，卷409，12327、12328页。

此诗自叙其经历，有回忆往日、抚时感事，尤其叙及自我身世时，隐含强烈悲愤之意。诗写于宋末之际，此时文天祥正逢国家危难，当追述往事“朝野清明”时，恰对比现在之我存在意义，由是审视自我“死生宠辱”，该如何安处。处于宋季元初的方回，作《生日戏歌》：

> 予生宝庆之三岁，五月十一日己未。五十有八甲申年，其日己未亦复然。天支地干标六秀，四柱得一文且寿。……常闻人生不满百，何幸七十且八十。文章学问七八分，亦胜愚夫老无闻。……稚女簪榴花，小儿着艾虎。宿酲困不解，依旧醉起舞。不妨一年两度作生朝，更造菖蒲酒，饮过闰端午。（《全宋诗》66，41486、41487）

此诗是戏作留念之作，方回特定在“生日”写诗记录，较之文天祥因“生日”而感怆不已，其写诗的目的不同，方回是藉由叙述生日事件表其遗民日常生活状态。他尚有其他具纪年性的生日作品，如《五月十一日生朝》三首、《癸巳生日》二首、《生日再书》《丙申生日七十自赋》二首、《丁酉生日》二首、《生日又二首》《戊戌生日》二首等诸什，想见他绝非随意记录，而是在每次生日的时间点，有意识地叙写自我，撰录日常生活。如《生日病腹疾书事》诗云：

> 今年六十二，弃官八年矣。生世业已休，来日凛无几。孰谓尝作郡，旦暮窘薪米。少时颇豪宕，晚乃穷如此。此事非所忧，所忧学业圮。孤卧仅一榻，疾读动千纸。……平生大缪误，岂不习经史。搜览浪该博，著述堕浮靡。诗虽稍得名，往往语多绮。……道在果何惧，朝闻夕可死。朋友挟壶酒，卒爵强告旨。敦笃谢亲姻，辑睦赖邻里。……清庖作汤饼，沾丐儿女子。菲馔彻馂余，稍亦及仆使。老夫且伏枕，万事莫挂耳。处约犹处乐，可不省诸己。俗竞徒朵颐，退修宁贲趾。幼者日以长，衰迈斯可揣。要令百禩后，知有老居士。（《全宋诗》66，41669）

由上述可知其隐逸形象，方回改仕蒙元不久，便退居乡里，此诗即表白退隐的生活型态，并审视自我。诗先回顾贫困经历，次从自我道德、学问涵养谈起，再着眼于现实与人相处之情景，最后再对自我境遇一番体味。他虽是生日腹疾所书，但不铺陈生病情形，反而叙述数端之事，从此叙述中，将其体会、心绪带入，有别于直接具体陈述自己身世的自传书写。

这几首生日诗作，均有自传意味，他们都以主体为核心叙述，回顾往事，叙述身世遭遇、生活经验，与自叙诗的自我叙写并无差别。然则自叙诗中，高斯得《自叙六十韵》，对其家世、仕履、个人心绪皆有完整叙述，则是代表之例。周剑之在论述宋代叙事诗时，观察到宋代自传诗模式说："与仕宦经历为中心的自传范型相适应，宋代自传诗形成了逐事写感的表现方式。在宦海沉浮中，人生遭际的变化成为主要的叙事线索，诗人的思想情感则密切依附于每一段经历之上，依据不同段落中的经历来表达不同的情绪和思想，实现了叙事与抒怀融合。"①可惜宋代具有自传诗意涵的作品，散入集中检得不易，不过两宋自传诗意涵，大体具如上述。

第二节 纪年诗

一、具纪年性的诗

宋代自叙诗，还有部分"自叙""自述"等作品，其自传意向不那么明显，若将它们置于上节讨论，太过勉强。这些作品有些具纪年性质，通常就某一时间点而作，可知诗作于何年，所为何事，因而可知诗人平生时事，出处进退，有益于知人论世②；有些是以日常形象、事件、状况的书写，以此自忖现在之我，品评自我。首先论述具纪年性质的作品，如黄庚《生朝自述》诗云：

都道人生七十稀，老逢初度叹衰迟。飞觞醉月贫无酒，走笔迎春富有诗。
憔悴自邻蒲柳质，劬劳空起蓼莪思。门无贺客清如水，独对兰花诵楚辞。
(《全宋诗》69，43573)

黄庚生日之际，意识到自己年纪老大，衰老的身体像蒲柳之姿，以及对双亲追慕悼念，这是他当下心境的袒露。他选择"生日"的时间点，毫不犹疑地叙写自己，也是

---

① 周剑之：《宋诗叙事性研究》，59页。
② 宋人有许多诗作有记其年月。清・王士祯《带经堂诗话・卷一・品藻类》："务观闲适，写村林、茅舍、农田、耕渔、花石、琴酒事，每逐月日记寒暑，读其诗如读其年谱也。"可见读其诗如读其年谱，颇有知人论世之意。清・王士禛著，张宗柟纂集，夏闳校点：《带经堂诗话》(北京：人民文学出版社，1963年11月)，43页。

对个体生命时间之流逝，亦有份自觉与认知。这种关注岁月残留的痕迹，意味年华难再之感，如杨公远《自述》诗云：

> 年踰半百颇酸心，眼底朋俦试选抡。松竹梅花三益友，诗书画卷一闲人。北窗高卧那非乐，南阮甘贫只任真。却喜生无荣辱事，底须姓字动朝绅。（《全宋诗》67，42088、42089）

杨公远对年齿渐增的体会，特别关注"年踰半百"的时间点，但他却有一种闲雅之味。在自述当下，回顾自我外，对平生荣辱从容不惊。甘泳《自述》诗：

> 总角希闻道，残生乃付诗。未曾前辈识，敢辱近人知。飘泊身余健，萧闲鬓欲衰。一帘书四壁，寒日在清池。（《全宋诗》67，42383）

此诗以童年对照残年，纪录自己在残余岁月之处境。因甘泳处于宋元鼎革，年二十余，即以诗浪迹东南[①]。故诗所云，是其宋季生活经历与情志表现，亦可感到残生余年的现实压迫，在其之后余生中，似有不得已选择以诗书寄托的生活方式，来维系遗民身分的自我认同。其《秋风词》云："四时更变化，宋玉胡为愁，直须痛饮千斛酒。……东溪子，今夕呼月当中天，看我大醉西风前。便令秋满八千岁，我醉依然月下眠。"[②]他自号东溪子，所谓作诗、大醉，应是其遭际之后，抒发内心那不得已之意绪，故《自述》所谓"残生乃付诗"，无疑有份寄托之意。

上述作品，是诗人当下因情景感发作用而有的创作动机，藉此回顾自我经历，或在某时间、事件上多所著墨。他们自忖现在之我，在其由当下时间，呈显自我一段经验，但看不出与日记、自传有相联系之处。除这些"自述"诗外，尚有周必大的自赞诗，也具纪年性。周必大七十岁退休后，至宁宗嘉泰四年（1204）七十九岁去世前所作的自赞诗，大体有纪年性质，几乎每首自赞题下都注记年月，尤以七十七岁时所作最多[③]，虽不知是否是周必大本人所系，或是编集之人所系，不过将其自赞诗依系年排序，便可知周必大退休后的创作意趣、生活型态和交游情况。

---

① 北京大学古文献研究所编：《全宋诗》第六七册，42383页。
② 北京大学古文献研究所编：《全宋诗》第六七册，42384页。
③ 参见本论文附录二周必大自赞诗写作时间表。

除上述自叙诗外，宋诗还有些作品也具纪年性质，兹先举禅师之作，再举文士之作。潜山文珦有数首诗，具自我叙写及纪年性质的特色，虽不能作为自传诗，但自忖当下之我的身体与生命体会，或藉此回顾自我经历，具纪年性质，在禅僧的作品中颇具特色，如《生年》云：

生年已六十，所历更万端。富贵等浮云，变灭不足观。身如冬岭松，独立守岁寒。(《全宋诗》63，39534)

《百年》二首之二：

百年亦何为，终岁常壈坎。玄裘不掩胫，素发自垂领。(《全宋诗》63，39537)

《吾年》二首之一：

吾年未七十，颇觉惭昏耄。(《全宋诗》63，39538)

《吾年》二首之二：

吾年易逾迈，感慨难具陈。齿发半缺秃，肌肤多不仁。屏迹于空山，几与木石邻。忆昔少年时，秉志将求伸。所交四方士，一一非常人。论文穷道要，日夕长相亲。逝者若流水，存者犹参辰。辗转空怀思，欲见终无因。新知弃玼贱，坐卧唯一身。余生谅非久，当为灰与尘。存亡固可念，亦复徒伤神。于焉息吾虑，静然全天真。(《全宋诗》63，39539)

观上诗例，多是述怀之作，但具纪年岁、身体形象等特质，尤其《吾年》二首之二，颇具自传性。除这些诗外，另有《吾生》《散人咏》《散人》《吾性》《懒性》《野性》《身懒》《身闲》《癖性》等诗，亦有上述特质。潜山文珦诸诗，采取纪年岁、记录身体变化的写法，应是他有意为之，把诗作为自我撰录的书写策略，于自忖现在之我中，具自省之意；另外，当他再次回顾自我时，或能重新感受当时所感所怀。这种由自忖现在之我，引出回顾自我，或抒发当下情况、事件，宋代丛林中，以潜山文珦最多，而宋代文士也有数例，北宋以邵雍最多，如《三十年吟》：

三十年间更一世，其间堪笑复堪愁。（《全宋诗》7，4472）

《六十三吟》：

行年六十有三岁，齿发虽衰志未衰。（《全宋诗》7，4548）

《人寿吟》：

予今六十三，何止于一半。（《全宋诗》7，4567）

《三十年吟》：

比三十年后，今日为安闲。（《全宋诗》7，4624）

《六十六岁吟》：

六十有六岁，畅然持酒杯。（《全宋诗》7，4651、4652）

《六十岁吟》：

六十残躯鬓已斑，缪称仙术有□□。（《全宋诗》7，4698）

邵雍这类作品，在写诗当下的时间点，书写其心绪、身体状态，绝非随意之作，应是在人世沧桑中的体味，故所云“堪笑复堪愁”，亦非别愁离恨。又苏辙《四十一岁岁莫日歌》：

小儿不知老人意，贺我明年四十二。人生三十百事衰，四十已过良可知。（《全宋诗》15，9939）

《七十吟》：

年来霜雪上人头，俄尔相将七十秋。(《全宋诗》15，10124)

《七十三岁作》：

七十三年还住否，获麟后事转难裁。(《全宋诗》15，10143)

苏辙在上述的时间点，多感于年衰之意，而此意绪，则是书写这类作品的基本情怀，尤其年迈的文士，不免深有所感。他们虽有强烈的时间感，但没有一再地委靡颓唐。至于南宋数量较多者，则集中在陆游、刘克庄、方回、丘葵等人，略举数例，如陆游《六十吟》：

人生久矣无百年，六十七十已为寿。(《全宋诗》39，24598)

《七十二岁吟》：

七十人言自古稀，我今过二未全衰。(《全宋诗》40，24948)

《七十三吟》：

七十三年事事新，涵濡幸作六朝民。(《全宋诗》40，24964)

《八十一吟》：

八十古云耄，吾今不啻过。(《全宋诗》40，25362)

《吾年过八十》二首其一：

吾年过八十，久已弃朝簪。(《全宋诗》40，25426)

《八十三吟》：

石帆山下白头人，八十三回见早春。（《全宋诗》41，25502）

《八十四吟》二首其一：

新岁八十四，自宜形影孤。（《全宋诗》41，25564）

陆游这类作品，于七十岁以后所作最多。又刘克庄有《七十四吟》十首、《七十八咏六言》十首、《七十九吟》十首、《八十吟》十首，这几组诗，也集中在七十岁以后作。其他尚有：宋伯仁《四十》、刘黻《三十一岁吟》《四十吟》三首、方回《三十年吟》《六十吟》五首、《七十五翁吟》、戴表元《四十》、丘葵《六十六岁吟》《八十》《八十四岁吟》等诗。显然这些作品，以时间年月为诗题，意味着他们在特定的时间点、记忆点，有意选择、关注当下的生活型态，他们皆以日常经验的记忆框架[①]，以此参照自我，品定自我。对于文士而言，这些时间点，应是其人生中相当重要的瞬刻，尤其年纪老大，对于七十古稀的体会，他们更有意地对往昔追怀，或于现时之下言志抒情。

上列诸多作品，其关键意义在于"纪年"。读者按其年月阅读这些作品时，可精确了解诗人自忖现时之我的大致心绪[②]及透过纪年来考察作品与外缘因素的关系，可知诗人与他者、社会能动程度。两宋之际，纪年性的诗不少，但真正具自我叙写，并以自叙为诗题者，仅数首而已，其他多如"七十吟""人生一世""人寿至耄期""除夜""重阳吟"等诸如此类标记时间的作品。

二、非自传纪年性的诗

宋人在某一日常生活、境遇或特定时代背景的"自述"诗，这些作品几乎没有自

---

① 关于记忆的框架，参见〔德〕扬·阿斯曼著，金寿福、黄晓晨译：《文化记忆：早期高级文化中的文字、回忆和政治身分》（北京：北京大学出版社，2015年10月），28页。〔德〕阿莱达·阿斯曼著，潘璐译：《回忆空间：文化记忆的形式和变迁》（北京：北京大学出版社，2016年3月），148、149页。

② 这些纪年的作品，其实可作为编年诗来看待，但这些作品是否受当时编纂诗人年谱、编年诗集的风气影响，从这些作品中，看不出其间的相互关系。不过浅见洋二所谈到的编年诗文等问题，非常精辟，有助于补充本节所论纪年性质的一些论述和观点。详见〔日〕浅见洋二著，金程宇、〔日〕冈田千穗译：《距离与想象——中国诗学的唐宋转型》，（四）《文学的历史学——论宋代的诗人年谱、编年诗文集及"诗史"说》，288—334页。

传、纪年性质，都是藉叙事以抒发情志，因此留在最后讨论。如孤山智圆《山中自叙》：

> 闭门业文翰，谁谓溪山陋。闲卧贵道肥，谁谓形容瘦。斯言欲无玷，内省庶不疚。深识浅江海，宽量窄宇宙。邻女少学嚬，海夫多逐臭。时来松下坐，清风满怀袖。(《全宋诗》3，1507)

智圆禅师先叙写其所处地点、自我形象，在此境况中，不以为忤，反而藉此省视自我，也可以看出其佛禅修养的生活型态。又如吴山净端《自述》云："自叹老一身，七十余三岁。田不耕一丘。蚕不养一蔟。肚里不曾饥，未寒有衣盖。幸遇太平时，未可便辞世。"[①]其《又述》九首之二亦云："潇洒岩居畔，结茆唯一庵。清风销暑气，寂寞少人贪。"[②]净端禅师年逾古稀，却能知足而不为外物所累，所以结茆山中，自心无碍，则能感受熏风习习的清微之境。又如芳庭斯植《自谓》：

> 自谓清贫苦，那知即是安。路从平去好，事到口开难。松老心长在，花红色易残。浮生既如许，浑作梦中看。(《全宋诗》63，39330)

又潜山文珦《自纪》：

> 生无机巧姿，所贵唯实践。探玄发尽霜，穷胜足重趼。渡水识归源，看云悟舒卷。宁教身不遭，颇谓首难俛。余年辞畏途，灭迹向绝巘。形骸未全枯，嚣烦幸俱遣。中心本难诬，万事不欲辩。手把楞伽经，交趺对炉篆。(《全宋诗》63，39526)

上引二位禅师作品，可与孤山智圆、吴山净端之作参互。他们皆重视自我体认，即使处于不同情境，但表现意趣，无明显差别。他们都以个人修持体验，直契生命，而

---

① 朱刚、陈珏：《宋代禅僧诗辑考》，222页。按：吴山净端《自述》，《全宋诗》虽录其《自述》一首，然所录实为《又述》九首其二、其三诗，《全宋诗》却并为一首，原《自述》诗失收，《宋代禅僧诗辑考》，据《吴山净端禅师语录》辑《自述》一首、《又述》九首。

② 北京大学古文献研究所编：《全宋诗》第一二册，8339页。朱刚、陈珏：《宋代禅僧诗辑考》，222页。按：《全宋诗》作《自述》，然实为《又述》九首其二、其三。

不作思辨论理工夫。孤山智圆《山中自叙》虽自我审视，但未巨细靡遗叙述个人身世、生活经历；吴山净端《自述》虽点出年纪，自叙生活态度，但都不能将其作品视为自传诗，而芳庭斯植、潜山文珦二诗，则更与自传诗无涉。

文士在自忖现在之我，也重视当下引发的感受、状态，如北宋陈宝之《自述》云：

少年落魄走京华，老大无钱赴酒家。羞作寺丞门里客，一片明月照梅花。（《全宋诗》10，6813）

《全宋诗》录其诗三首，陈宝之尝任大理寺丞[①]，故诗云"羞作寺丞门里客"。此诗先追忆过去之我，再与现时之我对照，然其诗旨在于现时之我的境遇感，他没有回忆过去种种往事，而凝视在少年落魄之时，然后再叙写现实生活体验。宋朝前期，大理寺丞无职事，为文官迁转官阶[②]，所以陈宝之自述谓"老大无钱赴酒家"，虽不免有几分夸饰，仍可视为他当下境遇的现实反映，因此引发"一片明月照梅花"的意绪，这种意绪在此空间氛围，可能隐含年纪老大，理想愿望的落空失望，或者隐含自我品格修养，那份独善其身之意。又南宋俞桂《述己》云：

落落功名鬓久斑，重游京国又何颜。早知寸禄荣家晚，悔不当初便入山。（《全宋诗》62，39054）

诗藉"重游京国"思故怀旧，表其自己未能及时隐逸之心绪，看似追悔，其实是着意自己年纪老大，在愁困功名之中，呈显自己当下欲向往的人生境界。检览俞桂诗作，往往倾向闲适安逸，这首《述己》心绪，应似他在《夏日遣怀》所云："老大今无用，吟诗了白头。百年如电影，万事付沙鸥。性淡偏宜静，居贫动是愁。人情难似旧，门外水长流。"[③]以自忖现在之我，来体会反省自己此刻年纪老大的心理感受，由陈宝之、俞桂二诗，均可见到。又多趋于日常性书写的，如陆游《闲居自述》：

自许山翁懒是真，纷纷外物岂关身。花如解语还多事，石不能言最可人。

① 北京大学古文献研究所编：《全宋诗》第一〇册，6812 页。
② 参见龚延明：《宋代官制辞典》，389 页。
③ 北京大学古文献研究所编：《全宋诗》第六二册，39054 页。

净扫明窗凭素几，闲穿密竹岸乌巾。残年自有青天管，便是无锥也未贫。(《全宋诗》40,24947)

此诗以“花如解语还多事，石不能言最可人”一联，最为知名，应也是陆游能得闲适之乐，而有所契悟的自然之境。诗中叙写日常物件与身体懒散的闲适感，就算贫困到无立锥之地，他仍着意自我闲居的放达，这是陆游塑造的令人印象深刻的隐逸形象。其《自述》二首其一云：

二亩新蔬圃，三间旧草堂。(《全宋诗》40,25028)

其二：

睡美不知旦，气衰先觉秋。……更须多种竹，搔首送悠悠。(《全宋诗》40,25028)

另一首《自述》二首其一云：

寄怀鱼鸟卧烟汀，结友松筠醉草亭。……遗经在椟传家学，大字书墙作座铭。(《全宋诗》40,25140)

又《自述》：

露著朝筮易，扫地昼焚香。美睡天教懒，长歌客恕狂。(《全宋诗》40,25191)

《自述》三首其二：

客约溪亭饮，僧招竹院棋。(《全宋诗》40,25203)

《自述》三首其三：

经行有佳趣，稚子也能同。（《全宋诗》40，25203）

又《自述》：

偶策青驴出，还将白鹤随。炼丹留日观，采药上天池。送客清秋棹，留僧静夜棋。从来闲姓字，不遣世人知。（《全宋诗》40，25270）

《自述》：

闲驾柴车无远近，旋沽村酒半甜酸。群儿何足劳情恕，胸次从初抵海宽。（《全宋诗》40，25470）

《自述》：

勃落为衣隐薜萝，扫空尘抱养天和。（《全宋诗》40，25491）

《自述》二首其一：

怡然气貌渐还婴，淡饭粗裘过此生。尽道无方能缩地，梦中夜夜上青城。（《全宋诗》41，25554）

《自述》二首其二：

短檠非复衰翁事，且与儿孙共地炉。（《全宋诗》41，25554）

《初秋自述》：

平生偶有爱山僻，垂老常无沽酒资。（《全宋诗》41，25605）

由上诗例，是陆游七十五岁至八十四岁在山阴家居的日常生活体验[①]。这些诗并不叙述自我经历，而是将一己之抒情重心，放在他觉得亲昵的精神安顿之所，以阐发闲适的身体意向。而这里的生活、对象描述，是其坦然接受人事浮沉之后的最佳诠释。这些诗虽由自忖当下之我而写出，但陆游那种隐逸之士的行止，其实是经过长期内心修养、省视、调谐之后的状态，他从想要有所为，有一目的动机的人生，选择无所作为而亲近"自然"，这乃是他反身之后的退居生活。考察上述作品，可知陆游老年日常生活体验，其如何透过自我叙述，表达许多"隐匿之我"的心绪。亦可看出陆游是用原本就存在内心的写作策略、模式，以此作为表达自我的重要方式。

钱时《自述》九首，也是有意为之的创作，其中八首首句皆为"山翁何处是便宜"，而其《岁除自语》二首，首句亦皆谓"尽道今年岁运恶"。《自述》九首其一至其七云：

山翁何处是便宜，正是晴窗睡足时。
山翁何处是便宜，正是冬窝独坐时。
山翁何处是便宜，正是池边独立时。
山翁何处是便宜，正是凭栏晚眺时。
山翁何处是便宜，正是西郊散脚时。
山翁何处是便宜，正是溪头雨足时。
山翁何处是便宜，正是吟边得句时。（以上皆见《全宋诗》55，34314）

这几首诗，均以同一句子起首，诗歌史上，此种格式于民间歌诗常见，文士偶尔或有此格，不过禅师作诗时，也多用此，如"一口吸尽西江水"，于丛林中颇为普遍[②]，但禅师未必刻意模仿，而是将此随机活用[③]。钱时《自述》，当是受禅师偈颂影响，以此活句，强调诗歌的言外之趣。他以"山翁"形象标记自己处在不同季节、地方的身

① 以上诗例，自《自述》二首"二亩新蔬圃"，于宁宗庆元五年（1199）秋山阴作，陆游时七十五岁，至嘉定元年（1208），八十四岁作《初秋自述》，近十年时间都在山阴家居。见宋·陆游著，钱仲联校注：《剑南诗稿校注》，2523、4202 页。陆游于嘉定二年十二月二十九日逝世，故《初秋自述》，可窥陆游去世前之心态一斑。关于陆游逝世时间，见宋·陆游著，钱仲联校注：《剑南诗稿校注》，4633 页。

② 参见张伯伟：《中国古代文学批评方法研究》（北京：中华书局，2002 年 5 月），400—402 页。而笔者于文中论述，见是书 401 页。

③ 禅师好用前人成句，或用词，或用曲，或以同一句子起句等等，这些都是禅师随着鲜活的语言而随机活用而已。参见罗宗涛：《全宋诗禅僧诗偈颂赞之考察》，《玄奘佛学研究》第一期，2004 年 7 月，136—149 页。

心状态。尽管诗歌语言，看似是一种游戏，但它是钱时欲表达日常生活中的适意之趣，在此人事浮沉，均可转入内在的修养体证。也许他究明理学，大概可以处而处，可以仕而仕吧[①]。《宋史》本传载，他是一介有道学气象之人，然诗中自述却不提及平生经历，他自知自语，出于个人意趣地随性写出日常生活中的理想之我。

陆游、钱时都在自忖之我中，体味日常生活，体味过程或有深浅之别，然他们关注当下的存在，大多是以一种自在、闲适的方式，一如既往地成为自我精神形态之写照。处在特定时代背景之下的文士，他们所叙写之经验，均是个人当下切身的遭遇，故以诗反映时乱的原因动机也最强烈，他们对于其处境的自觉与响应，可说是身处在一种历史境遇中[②]。如文天祥《自述》二首之一：

> 当年嚼血洒铜驼，风气悠悠奈若何。汉贼已成千古恨，楚囚不觉二年过。
> 古今咸道天骄子，老去忽如春梦婆。试把睢阳双庙看，只今事业愧蹉跎。
> （《全宋诗》68，43054）

又《自述》二首之二：

> 江南啼血送残春，漂泊风沙万里身。汉末固应多死士，周余乃止一遗民。
> 乍看须少疑非我，只要心存尚是人。坐拥牢愁书眼倦，土床伸脚任吾真。
> （《全宋诗》68，43054）

据诗中所述，文天祥时已被执进燕城（今北京），其国破家亡而愤慨之意，是他此期写作主题。他作这二首诗不久，即作《正气歌》，将其最后的价值再次彰显。据《自述》二首之二所云“土床伸脚任吾真”，被囚禁的文天祥，对死生早有彻底的体悟，他把平日的道德修养，从抽象的道德价值付诸成道德实践，即舍生就义，在那无可奈

① 《宋史》本传载：“既而绝意科举，究明理学。江东提刑袁甫作象山书院，招主讲席，学者兴起，政事多所裨益。郡守及新安、绍兴守皆厚礼延请，开讲郡庠。其学大抵发明人心，论议宏伟，指擿痛决，闻者皆有得焉。……敷陈剀切，皆圣贤之精微。”元·脱脱等撰：《宋史》，卷 407，12292、12293 页。

② 此段论述，参考颜崑阳：《论唐代“集体意识诗用”的社会文化行为现象——建构“中国诗用学”初论》，67 页。以及彭国翔：《“思想”与“历史”之间的“中国思想史”》，（比）魏希德著，胡永光译：《义旨之争：南宋科举规范之折冲》（杭州：浙江大学出版社，2015 年 12 月），ii 页。此处须说明的是，颜崑阳的论点是论述《箧中集》的切己性经验。而彭国翔此文，为魏希德此书的总序，彭国翔论点，是以史华慈在思想史所要处理的课题来论述。

何之境遇，他未能匡复大宋，对国家、自我都有所亏欠，因此他作《自述》的原因动机，大致由于时乱的切身之痛，则其目的则自主抉择道德价值实践之依归，又另一首《自述》云：

赤舄登黄道，朱旗上紫垣。有心扶日月，无力报乾坤。往事飞鸿渺，新愁落照昏。千年沧海上，精卫是吾魂。（《全宋诗》68，43075）

文天祥追忆起大宋皇帝出巡（游）情景，这是国家一番气象，但回到现实，自认自己心有余而力不足以为国家匡复故土，可悲的是往事如飞鸿飘渺，所添新愁，因黄昏空间氛围致使人更为悲伤。这种结合回忆、现实、今昔之感，乃凝视在当下衰败氛围中，不过这衰败氛围，也并非完全由黄昏所致。尤其在遭逢多故之时代，残垣、坟墓、枯树、伤兵、废田等，皆构成文天祥日常生活一部分，因此被压抑的记忆，重新追叙往日的南宋图像，然则他始终未轻言放弃，作为士大夫之责任，究竟亦如“精卫填海”，其犹未悔。

南宋遗民诗人方凤，有《述志》诗：

只因生在胡元世，岂将褴褛换罗衣。壮图落落还中止，高蹈悠悠且遁肥。松竹森然真有味，衣冠整饬不须题。优游但效商山客，云谷丛生薤露稀。（《全宋诗》69，43344）

方凤于宋亡后不求仕禄，归乡田里，他与另一位遗民诗人谢翱友善，集中有数首与谢翱有关的作品。《述志》首联，已表其自己坚持之心志，颔联之后则言其隐遁的生命型态，虽然他在此是“自得”其间，无所检束，如其《述怀》所云：“避元困守静庵眠，鸡犬无声乐自然。石上清吟萝月小，松间畅饮薛花斑。”①但所谓的隐遁，其实是出于时势无可奈何，也因此价值观改变，他不能以国家治道之价值去考虑，只好效仿商山四皓避乱世而隐遁深山，其中也隐涵他内在的道德准则。

顺便一提的是，范成大有《题日记》《题传记》二首、《题记事册》诗，这几首诗无自传意味，只是发抒情志而已。其《题日记》诗云：“谁言万事转头空，未转头时亦梦

① 北京大学古文献研究所编：《全宋诗》第六九册，43344、43345 页。

中。若向梦中寻梦觉，觉来还入大槐宫。”[①]《题传记》二首之一：“莫将彩笔寄朝云，红泪罗巾隔路尘。说与东风无限恨，倩风吹断去年春。”之二：“彩舟归去海山青，寂寞瑶台月自明。啼雨落花春已尽，梦魂何必更多情。”[②]又《题记事册》：“北山山下小庵居，佛劫仙尘只故吾。八万四千空色界，不离一法认毘庐。”[③]显然范成大只是以诗题记，像自题、留题之类，他另有《戏题药裹》《题药簏》等诗，看来范成大是以日常生活之材料来吟咏消遣，因此《题日记》《题传记》二首、《题记事册》，都只是其生活化的展现，并没有因其题日记的动机，而有太多深刻的自叙意涵。

本章首先讨论自叙诗中的自传诗，次论纪年性的诗。自叙诗的自传书写，因诗料较少，未能进一步细致考察，但部分作品的自传况味，则有其意向性，此点由诗人在作品中自叙其身世遭遇、事件等，可得到证明。经由这些作品的探讨，可知其叙写过程，大体而言非随意书写，有其叙事模式。至于第二节讨论纪年性的诗，主要原因是这些“自述”之作无自传性质，因此由几个面向进行讨论，在此可见文士对于身体感、纪年岁、日常经验的自叙书写是这些作品独特之处，但它们与自传诗仍有差别，此处论述重点则在于纪年性的诗作，大多有年纪老大之意。之后所论以日常叙事为主，虽无自传成分，但作品隐含其生平、人格、时代背景，则可见为何诗人用以“自述”来述志抒怀，这属于个人“事件”“背景”的自我叙写，是值得观察的现象。

---

① 北京大学古文献研究所编：《全宋诗》第四一册，25777 页。

② 北京大学古文献研究所编：《全宋诗》第四一册，25777、25778 页。

③ 北京大学古文献研究所编：《全宋诗》第四一册，25779 页。

第七章　结论

本论文探讨宋人如何自我叙写的课题，主要聚焦在叙写自身形象、表达人生态度及自叙诗的自传性。第二章讨论两宋文士关注镜像之我时，大多着意衰老形貌，表达生命迁逝之感、或壮志未酬、宦途不遂，或老病之下的生命困惑。但也有两三首作品，是对镜以端正自己仪形，自我省思。宋代禅师的览镜诗，只有虚堂智愚《春日对镜》一首，表述镜像空幻不实存，佛家常以镜花水月为喻，智愚禅师用意也在此。

至于观看写真之我，苏辙、王十朋均重视写真之我的存在意义，以“画须真”表述自我清高与隐逸志趣。不过宋人所谓的“难将妙笔写真如”“平生陋质写难真”“却道今番画未真”“纵有丹青画不真”，表述写真的完成，无法由形似以表现被画人物之“神”，他们皆在意那种内在不可见的质性，内在精神意趣不易传写。

其次，宋代禅师观其写真，多呈现真形妄相的思维及其修行体悟，他们观看自我影像，皆对自我产生质疑，尝试从色相外以体悟我之存在意义，以所有相俱是虚妄，对本来性尤为重视。禅师创作大量不着自我形象的自题像赞，主要是以自身修证的实践经验、生命精神，让他者观看像赞，得以有启悟效用。这种写物外形，则为皮相，以颠覆语言、名相所建立的价值意识，这类自赞，一方面是禅师语言游戏下的体道之境，一方面则是作为启悟的契机。

第三章讨论禅师、文士如何叙写自己的形貌。发觉宋人特别关注貌丑、貌衰、貌臞等相关的书写。“丑”，是一切不合比例，缺乏均衡的特质，无论是各人观感不同，抑或自我体会有别，皆为观看中未能呈显其理想形象，因此宋代文士谓自己老丑，其实是在观看自我时，觉得自己不合乎理想之我。但禅师观看自我形貌，特意写出鼻垂、大口、眉粗等，则未投入一种以实际形象为主的观看视角，因此也就未以个人观念介入。禅师不以自己是谁而产生对自我的偏颇，他们对自己的形貌戏谑、夸饰，颠覆外相执迷，毕竟表象之我只是幻相虚妄。然则处于宋元鼎革的希叟绍昙，因时代使然，故自题写真，昂昂有坚挺不拔之气，与其他禅师不同。

文士多感暮年衰老、仕宦不遇、调侃自我形貌后，转化心境。他们特别关注自己容貌、形态的变化，即观其骨相，如司马光《自题写真》："骨相天生林野人"、张嵲《览镜》："览镜知予骨相屯"、周必大《刘氏兄弟写予真求赞时年七十》："骨相屯，气宇尘"，知其形貌的美恶、长短或老或死，皆不可变易。不过文士以谐谑方式，言己之老丑，并不像禅师那般直白，偶然也以特别丑陋的人物形象，如钟馗、猴行者比喻老丑，表抒情志。

除此之外，文士也藉特定人物或历史人物表抒情志，这些作品大抵不言自己老丑，而多表述自我情怀，为自我身分定位，有别于禅师讲究修证体悟。以历史人物拟喻自己者，以黄庭坚最多，李之仪次之，他们笔下的历史人物，有托情言志的作用。藉物象拟喻自我形象者，禅师以物象表述自我时，多具禅理；文士则较多元，有禅理，有品格志趣及仕履生涯之写照等。大体而言，宋人观看自己的形貌，文士侧重览镜的书写，重视现时之感受；禅师则偏重自题像赞，倾向修行体悟。

宋人表达人生态度的自叙诗，作品数量最多，依诗题分类，有五十余类。故本论文第四章、第五章讨论此一课题，并未针对分类中的每一首作品进行解释，而是将作品主题、个人情感表达相近者，合并成几个主题，再阐释作品内可能蕴含的意念与问题。

第四章讨论宋人表达自我的态度，重视内省，强调治心涵养的价值，适时警惕、省察自我，甚而责躬、悔咎自己言行、修养不够完善。他们修性治心，并未以其政治成就决定，他们无意以声望膨胀自我，而是关切内在道德之我的发展，如何在日常生活经验中克己、持守，反身修德。重视亲身性体验，身教重于言教的为己之学。

宋人排遣自己的情感，如发抒死生之怀、生老病催之感，均未过度地沉浸在悲感中。面对贫困生活、宦途不遂、死亡课题，在吟咏之后，多表达一种宽慰自解。如诗中每以言，表现生活环境之困处、身体状态之贫瘦等，他们更注重内在如何安于贫贱穷困，对物欲之淡泊。至于宦途失意，牢骚、愤懑之际，宋人并未想要努力摆脱其郁愤之情，亟欲做出决定，而是转向自我生命的体察，对由此兴发之情感有所体悟。

由于部分宋人面临改朝换姓，故其主体情怀特具其时代意义，尤以壮烈殉节的文天祥所作的《自叹》诸诗是典型之例，他杀身以成仁，是两宋道学最高的价值阐释。至于宋人自悼、自挽诗，虽较前代多，然也仅数首而已，不过宋人接受死亡或思考死亡，是学习如何与死亡相安，而非一直处于焦虑、恐惧的负面心绪。

第五章讨论的揶揄解嘲，是宋人藉此疏瀹内心的愤懑、忧愁，并非游戏无益之作。宋人在宦途经验、身体状态、日常生活等的自嘲，是随以谐谑、调侃，适时转换心境，体味人生。陆游是宋人作自嘲诗最多者，尤其老年后的自嘲诗，皆聚焦在日常生活体验。而宋人随遇自适的自叙诗，是安于当下的闲适体味，尤其面临贬谪、年衰，除透过吟咏、煮茗、谈禅等以达闲致养性外，大体是以随所遇而适为其价值核心，即透过修持而安顿。

宋人强调省察、躬责的重要外，也勉励、惕砺自己，孤山智圆的《自勉》，即强调修身治心和克己工夫。文士或期勉自我能有所作为，或勉励自己志于道，依于仁的理念，或贫甚自励，皆重视道德的一贯性。虽宋代文士不免有乖于道义而偏近功利者，然宋代自叙诗中，并不见徇一己之利害得失。而自励中，郑思肖砥砺气节，矢志不改其节操，则标志宋代文士政治道德意识的显现，而其价值也是宋人毕生最紧迫的中心课题。

唐诗未见自寿、自庆诗，宋诗中自寿八首、自庆二首，但宋代有五十二阕自寿词。宋人自叙诗着重内省、诗言志传统，故叙写自我时，极少言及庆乐、庆寿之意。与宋词自寿的主题内容春花秋月、宴筵欢乐不同。宋诗所谓的自寿，并非洋溢庆生的喜悦，对福禄寿的向往，而是省思意味更为浓厚。

第六章讨论自叙诗中的自传诗，主要有回顾平生数端之事、叙其家世谱系等。高斯得《自叙六十韵》，缕述其家世、仕履、个人心绪，则是代表之作，尤其仕履经历的叙述，可谓诗史。另有生日时作的诗，某些作品颇具自传性质，都以主体为叙述核心，回顾往事，叙述身世遭遇、生活经历，这种逐事写感的叙事模式，与自传诗并无区别。

宋人大部分自叙、自述等作品，是叙写日常形象、事件、境况，藉此自忖现在之我，自传意向并不明显。禅师中以潜山文珦为典例，他以此为书写策略，是有意地自我撰录，省察自我。文士以陆游最多，他对年迈的日常体验，透过自我叙写，表达隐匿之我的心绪。不管如何，这些作品都是宋人当下因情景感发作用而有的创作动机，藉此回顾自我经历，或就某时间、事件上多所著墨。

本论文不意唐宋变革的意图，但本论文偶尔以唐人及其作品，作为宋代自叙诗的诗证。以典范选择而言，唐宋诗有其内在延续性，因此杜甫、白居易等唐贤在宋人典范选择中，几乎与宋诗流变同步完成。白居易有览镜、自题写真、自伤、自叹、自悲、自感、自问、自喜、自嘲、自勉等作品，适足表明白居易在自叙诗中有其重要效应。宋人在某种程度上有仿效白居易式的诗歌书写，尤其是南宋陆游、周必大、杨万里、刘克庄、方回,他们与白居易皆久寿,对白居易的乐天近道亦有相当的体察,故自叙时,不免以如何体现此意向价值为其实态表现。

宋代文士所处时代环境,与白居易不同,所以呈显个人内在价值,着重自我意向、自我如何抉择。如陆游是宋代自叙诗的典型,他在退居之后,大量关注日常生活体验,不断创作自叙诗,以此吟咏情性、自持自适。由是观之,陆游的自我叙写,并非纯粹向白居易回归,而是恢复自我叙写的主观契机,转向内在自我。于此,宋人大体皆有此倾向,在日常体验中,反求于内以求内化安顿,实有其道德自觉意识,故反躬自省,是因为道德本心尚未能完全实践;而其自我谐谑、揶揄之后,仍有省视之意。这是道德修养的问题,关系到宋人之所以为士的身分价值,故表达人生态度的自叙诗,也可见到这种意味。

由于仕宦穷通、离别失意,人生无常,是文士共有的典型情结。这现象在宋代自叙诗中屡见。宋人以诗吟叹慰藉,宽解自我,无处不以诗叙写自我内在情怀,他们并未一直持消极意绪。然则以自叙作品背景、意涵而论,处在鼎革之际的文士,其空间移动状态,战乱地景,或即将面临自我隐匿/身分归属、逃离/安居、异乡/故土等问题,同时还须面对宋季政治经济体制与文化价值崩解,这其间屈折处境,在宋季的自叙诗中,不难看出传统知识分子的若干特征。在此境况要求所有文士都以道自守,几乎不可能,然亦有文工在此道德意识中,明确展示其志意,如文天祥、郑思肖所作的自叙诗,均有明确意旨,即诗歌作为诗用行为的社会性,这与部分文士以模棱方式选择改仕、隐退的用意完全相反。

宋代自叙诗的作品分布,南宋多于北宋,并不能证明南宋之人更倾向于自叙书写。陆游、周必大等几位文士,因自叙诗数量较多,以致让人忽略北宋的自叙诗,而使自叙诗的现象模糊失焦。就自叙诗的某些事类而言,则两宋作品分布并未如此显著,因此探索宋诗主题,追求某一现象的分际,仍值得玩味。事实上,南宋之际,隐然在政治文化背后,文士交际互动是以临安为范围的地方化,故某类作品呈现,多集中在某人际网络的文士中,这在自叙诗中也不例外。

本论文搜检宋代自叙诗后,首先将事类中的作品逐一判读,次归类于某一主题中,进而将主题内的作品进行探讨。但分类易于规律,未能尽善尽美,论述过程关注作品可能出现的意涵,亦偏向文本归纳、分析,未能历时性论述,忽略其间脉络。

不过宋诗为何有如此庞杂的自叙书写?除外缘的传媒发达,内敛的性格外,更重要的是文士之间的人际互动,不仅如此,南宋以后,禅师与文士的交流互动也颇活跃,尤其是自叙诗中屡出现的宏智正觉、北礀居简,即与文士过从甚密的文学僧。

两宋自叙诗中的文士，他们亦是交谊密切，屡有酬酢，有某一共同价值，而其情怀所系，则体现在日常生活中。总之，宋代自叙诗有其一代士习之共性，而在唐宋流变中，则见其独特性。

关于自叙诗的研究，仍有许多值得阐发之处，相信以不同视角考察，便有不同风貌。本论文期待藉由宋代自叙诗的完成，能让之后宋诗研究的视点更为立体。至于业已整理出版的《全宋文》共 360 册，若加以搜罗剔抉，辑成宋代自叙文，则两宋自叙文学的建构，当可完整呈显其价值所在。

附录一　图版目录表

		资料出处
图 1	宏智正觉像	虚云和尚重辑:《再增订佛祖道影》,收入《佛祖音容》第三册,香港,香港佛经流通处印行,2000 年
图 2	蔡　襄像	《晚笑堂画传》,收入郭盘、廖东编:《中国历代人物像传》,济南,齐鲁书社,2002 年 6 月
图 3	蔡　襄像	福建仙游博物馆藏,见《中国历代人物图像数据库》http://diglweb.zjlib.cn:8081/zjtsg/mingren/cypicgl.jsp?channelid=91693&searchword=%C3%FB%C8%CB%B1%E0%BA%C5=5366
图 4	李昴英像	东源李公祠,见番禺石壁东源李公祠 http://py456.com/youwan/f39551.html
图 5	十六罗汉像	日本清凉寺藏,见《日本の国宝 016(周刊朝日百科)》,但本文图版节自壹读 https://read01.com/yK6AQ.html
图 6	十六罗汉像	日本清凉寺藏,《日本の国宝 016(周刊朝日百科)》,但本文图版节自壹读 https://read01.com/yK6AQ.html
图 7	猴行者像	开元寺西塔猴行者浮雕,见〔日〕中野美代子著,王秀文等译:《西游记的秘密》(外二种),北京,中华书局,2002 年 12 月,25 页,但此书图片印刷不清晰,本文图版节自〈泉州的唐三藏与孙悟空〉,《侨乡科技报》http://www.qxkjb.com/item/Print.asp?m=1&ID=14802
图 8	猴行者像	榆林石窟第三窟,见张伯元:《安西榆林窟》,成都,四川教育出版社,1995 年 10 月,图 31。
图 9	猴行者像	东千佛洞石窟第二窟,见张宝玺编:《甘肃石窟艺术壁画编》,兰州,甘肃人民美术出版社,1997 年 4 月
图 10	白玉蟾像	明・洪应明:《仙佛奇踪》,四库全书存目丛书编纂委员会编:《四库全书存目丛书》子部,第 247 册,济南,齐鲁书社,1995 年 9 月
图 11	白玉蟾像	《白玉蟾全集》,宋・白玉蟾:《白玉蟾全集》,文山遯叟萧天石主编:《道藏精华》第十集之二,台北:自由出版社,1990 年 1 月

续 表

		资料出处
图 12	姜　夔像	清・叶衍兰绘，见《中国历代人物图像数据库》 http://diglweb.zjlib.cn:8081/zjtsg/mingren/cypicgl.jsp?channelid=91693&searchword=%C3%FB%C8%CB%B1%E0%BA%C5=1132
图 13	姜　夔像	《古圣贤像传略》，收入郭盘、廖东编：《中国历代人物像传》
图 14	苏　轼像	元・赵孟頫绘，台北故宫博物院藏，见《典藏台湾 Taiwan Digitalarchives》 http://catalog.digitalarchives.tw/item/00/11/11/89.html
图 15	苏　轼像	明・孙克弘绘，见《中国历代人物图像数据库》 http://diglweb.zjlib.cn:8081/zjtsg/mingren/cypicxl.jsp?searchword=%C3%FB%C8%CB%B1%E0%BA%C5%3D5302&channelid=91693&record=2
图 16	陆游自书诗卷	辽宁博物馆藏，见上海书画出版社编：《宋陆游自书诗卷》，上海：上海书画出版社，2003 年 7 月。 另见何传馨主编：《文艺绍兴：南宋艺术与文化・书画卷》，台北：故宫博物院，2010 年 10 月
图 17	陆游致仲躬侍郎尺牍	台北故宫博物院藏，见台北故宫博物院数位博物馆，宋代书画册页之美 https://www.npm.gov.tw/dm/album/selection/l015.htm

附录二　周必大自赞诗写作时间表

诗题	写作时间①	备注
1. 赵山甫使君为所部七十老叟记颜索赞(《全宋诗》43,26800)	乙卯：宁宗庆元元年(1195)	七十岁。是年以少傅致仕。
2. 刘氏兄弟写予真求赞时年七十(《全宋诗》43,26800)	乙卯正月丙午	
3. 梁光远以予真置邱壑中(《全宋诗》43,26801)	乙卯四月十九日	
4. 友人曾无疑示予真索赞(《全宋诗》43,26800)	丙辰：庆元二年(1196)	七十一岁。
5. 太和贡士陈诚之记予颜欲置远明楼昔白傅年七十一写真诗云鹤毳变绿发鸡肤换朱颜予今年适同感而赋此(《全宋诗》43,26801)	丙辰六月八日	
6. 本觉长老祖宏为老兄弟写真求赞次七兄韵(《全宋诗》43,26804)	丙辰仲秋	丙戌：宋孝宗乾道二年(1166)。按：丙戌,应为丙辰讹。丙戌,周必大四十一岁,与诗中所云“今耄”不符。据其《觉报长老道谌写予兄弟真求赞次七兄韵》诗,为周必大七十四岁作,亦可为证。又《四库本》题下无“丙戌仲秋”四字。
7. 能仁监寺智超为予写真求赞(《全宋诗》43,26805)	丙辰下元日	
8. 德回上人写予真求赞(《全宋诗》43,26805)	丁巳：庆元三年(1197)	七十二岁。

① 《全宋诗》收录周必大自赞诗 54 首,诗题下多有注明写作时间,今据其注编次。

续　表

诗题	写作时间①	备注
9. 南城吴氏记予七十三岁之颜(《全宋诗》43,26801)	戊午：庆元四年(1198)十月丁亥	七十三岁。
10. 赣州丰乐长老惠宣写予真戏赞时年七十三(《全宋诗》43,26805)	戊午十月辛巳	
11. 青原祖灯监寺屡问予久不入山写真戏题(《全宋诗》43,26805)	戊午腊月八日	
12. 予久欲游仰山而未暇行者智印写真索赞(《全宋诗》43,26805)	戊午	
13. 觉报长老道谌写予兄弟真求赞次七兄韵(《全宋诗》43,26805)	己未：庆元五年(1199)三月	七十四岁。
14. 予年十四五侍子中兄读书赣州寿量寺久之寺为寇燔其后子中出守一新之今小儿纶又将佐郡他日当访旧游因主僧慈济写真题赞(《全宋诗》43,26806)	己未七月	
15. 聂倅周臣写真求赞(《全宋诗》43,26801)	庚申：庆元六年(1200)三月丁巳	七十五岁。
16. 使臣周允写平园老叟真于松竹龟鹤间戏赞(《全宋诗》43,26807)	辛酉：宁宗嘉泰元年(1201)二月乙卯	七十六岁。
17. 隆兴癸未夏余年三十八自掖垣奉祠归道游麻姑山今又三十八年而知观李惟宾缘化修造至庐陵写予真求赞(《全宋诗》43,26806)	辛酉三月	
18. 福寿院僧净皋写予及子中兄真求赞次子中韵(《全宋诗》43,26806)	辛酉四月	
19. 堵陵智庄僧德永写余真求赞(《全宋诗》43,26806)	辛酉十一月	
20. 刘讷画卢陵三老图求诗(《全宋诗》43,26793)	壬戌：嘉泰二年(1202)	七十七岁。
21. 高沙曾忠佐良臣筑思堂以念亲傍辟书阁肖杨诚斋及予像求赞(《全宋诗》43,26802)	嘉泰二年正月五日	

续　表

诗题	写作时间①	备注
22. 法华院僧祖月写余真戏赞(《全宋诗》43,26806)	壬戌人日	
23. 游元龄登仕写予真求赞(《全宋诗》43,26802)	壬戌二月十二日	
24. 使臣宋千龄写平园老叟真于松竹之间从以鹿鹤龟求赞(《全宋诗》43,26807)	壬戌三月壬申	
25. 门客郑安世写寿星求赞(《全宋诗》43,26802)	壬戌春	
26. 赵倅彦灿写予真求赞(《全宋诗》43,26802)	壬戌五月望	诗题注:“靖康丙午,大父倅吉,行州事,而某生于吴门。丁未戊申间,先公奉使湖湘,挈以归省。今七十五年,而皇诸孙德辉由别乘代还,写衰容,命之赞。”《四库本》“壬戌五月望”此五字,移至“命之赞”后。
27. 予乾道中尝除延平守闽宪皆当赴而改晚得富沙趋行甚峻亦不果赴今郡人吴岷写真求赞因以遗之(《全宋诗》43,26803)	壬戌七月	
28. 永丰监税黄思义写予真于大椿之下戏题(《全宋诗》43,26803)	壬戌秋	
29. 提辖官钟勲及其子可久写平园真睨蟾倚桂为生日寿(《全宋诗》43,26807)	壬戌秋	
30. 使臣俞允迪赴萍实税官写平园老叟真求赞(《全宋诗》43,26807)	壬戌九月	
31. 李卿月子西记予七十七岁之颜求赞(《全宋诗》43,26803)	壬戌冬	
32. 郑准广文赴官九江携予真索赞(《全宋诗》43,26803)	壬戌腊月甲申	
33. 英德邵守之纲记予衰颜戏题数语(《全宋诗》43,26802)	壬戌	
34. 张孜仲寅写予真倚松而立戏题(《全宋诗》43,26803)	壬戌	

续　表

诗题	写作时间①	备注
35. 陆务观之友杜敬叔写予真戏题四句他日持似务观一笑(《全宋诗》43,26803)	壬戌	
36. 祥符长老智华写余真求赞(《全宋诗》43,26806)	壬戌	
37. 僧智印写乘成平园仰山三人真求赞(《全宋诗》43,26806)	癸亥：嘉泰三年(1203)正月甲戌	七十八岁。
38. 吉水赞府王觐时可为平园写真口占小诗(《全宋诗》43,26804)	癸亥二月戊辰	
39. 天庆知观萧惟清写予真求赞(《全宋诗》43,26807)	嘉泰三年二月八日	
40. 一甲子前与济源李綦仪之游从赣上今其婿谢幼学传示衰容为题四句(《全宋诗》43,26804)	癸亥三月	
41. 庐陵道士罗尚逸能医眼善弈自湘中归写予真求赞复游湘中(《全宋诗》43,26807)	嘉泰三年七月望	
42. 山谷自赞云作梦中梦见身外身福唐曾锡盛谈西湖水晶宫之胜因写予真用此意题四句(《全宋诗》43,26804)	嘉泰三年七日癸巳	七日癸巳：月份未详。
43. 徐教授泾写予真求赞(《全宋诗》43,26804)	癸亥	
44. 金牛长老德铠写平园真求赞(《全宋诗》43,26807)	甲子：嘉泰四年(1204)正月庚寅	七十九岁。
45. 予平生愿学忠恕既以自勉亦告于人王牒正则闻而悦之归作唯斋九万里风斯下矣写衰容命之赞(《全宋诗》43,26804)	甲子二月庚申	
46. 予刻文苑英华千卷颇费心力使臣王思恭书写校正用功甚勤因传予神戏为作赞(《全宋诗》43,26808)	甲子四月旦	

续　表

诗题	写作时间①	备注
47. 教官福唐刘季新写陋质道以羽客索赞还乡福乃提刑台治仆尝出使陛辞而留情见乎词(《全宋诗》43,26804)	甲子六月	
48. 使臣李汝发写平园真求赞(《全宋诗》43,26808)	甲子	

上表收录四十八首诗,其系年自周必大七十岁退休后,至嘉泰四年(1204),七十九岁去世前。作品数量以七十七岁时所作最多,有十六首。以下二表,虽注记时间,然未详何年,以及写作时间不详者。

诗题	写作时间	备注
49. 龙堂院宗愸写真求赞.次七兄韵(《全宋诗》43,26805)	结夏日	诗题下注:“结夏日”,未详何年。或为庆元五年(1199)七十四岁所作《觉报长老道谌写予兄弟真求赞次七兄韵》后不久作。

诗题	写作时间	备注
50. 绍兴甲子予待试庐陵辞曹厅是秋失解后六年乃与计偕考官七人今惟提刑少监赵氏独寿而康其子仲甫来为掾即诗人堂之西辟小斋记予肄业之所写真求赞并题二诗其一(《全宋诗》43,26801)	不详	此诗有二首。
51. 绍兴甲子予待试庐陵辞曹厅是秋失解后六年乃与计偕考官七人今惟提刑少监赵氏独寿而康其子仲甫来为掾即诗人堂之西辟小斋记予肄业之所写真求赞并题二诗其二(《全宋诗》43,26801)	不详	
52. 登仕郎张武来求一言因记衰颜就以勉之(《全宋诗》43,26803)	不详	
53. 安福县岳兴院希琦求予真赞(《全宋诗》43,26805)	不详	
54. 直省官李端义求平园真赞(《全宋诗》43,26808)	不详	

附录三　宋代自叙诗资料汇编

本附录所辑自叙诗数据，主要以《全宋诗》为范围，并按《全宋诗》编次先后顺序排列。为节省篇幅，编排次序为：作者、诗题、诗首二句，出处则为括号(某册，某页)。又录《宋代禅僧诗辑考》所收自叙诗，系《全宋诗》失收作品，其编排次序为：作者、诗题、页码。

览镜

刘兼《对镜》　青镜重磨照白须，白须闲捻意何如。(1，243)
王禹偁《览照》　览照笑浮生，秋霜发数茎。(2，745)
宋庠《因览镜照见衰年状貌有感》　拂槛清晨念老余，只堪丘壑便悬车。(4，2262)
宋祁《揽镜》　晚匣写菱影，试观憔悴颜。(4，2356)
苏舜钦《览照》　铁面苍髯目有棱，世间儿女见须惊。(6，3946)
邵雍《览照吟》　凌晨览照见皤然，自喜皤然一叟仙。(7，4567)
邵雍《览照吟》　其骨爽，其神清。(7，4665)
郭祥正《把镜》　念念递迁谢，新新来未停。(13，8857)
孔平仲《览镜》　拂拭菱花试一临，貌随年改叹光阴。(16，10933、10934)
宗泽《览镜偈》　览镜影还在，掩镜影还去。(20，13667)
邹浩《览镜》　览镜朝来心自知，鼻端色动有光辉。(21，14019)
邹浩《览镜》　三窜湖南与岭南，生涯破荡孰能堪。(21，14028)
邹浩《览镜戏作》二首　寒时骤热热时寒，一等阴阳几百般。(21，14050)
赤脚蛮中过一年，受持读诵日精专。(21，14050)
唐庚《览镜》　昔我先君子，德与形气俱。(23，15024)
程俱《看镜》　看镜怳如梦，今余犹昔余。(25，16354)

刘一止《览镜》　契阔三年梦，飘零一寸心。(25,16707)
李正民《览镜》　览镜空惊鬓发凋，暮年踪迹逐渔樵。(27,17481)
郑刚中《览镜》　短发不盈梳，年来半斑白。(30,19059)
张嵲《览镜》　览镜知予骨相屯，便当终与老农邻。(32,20538)
陆游《看镜》　局促人间百不如，每看清镜叹头颅。(39,24605、24606)
陆游《病起镜中见白发此去七十无十寒暑矣偶得长句》　短鬓萧条失故青，人间真似宿邮亭。(39,24631、24632)
陆游《览镜》　白头渐觉黑丝多，造物将如此老何。(39,24750)
陆游《览镜有感》　齿如败屐鬓成丝，七十之年敢自期。(39,24787)
陆游《看镜》二首　凋尽朱颜白尽头，神仙富贵两悠悠。(40,24866)
七十衰翁卧故山，镜中无复旧朱颜。(40,24867)
陆游《晨镜》　晨起览清镜，有叟鬓已皤。(40,24994)
陆游《病愈看镜》　镜中稍复旧朱颜，一笑衰翁乃尔顽。(40,25043)
陆游《览镜》　此头那可着貂蝉，瘦似骑驴孟浩然。(40,25134)
陆游《对镜》　面大如盘七尺身，珥貂自合上麒麟。(40,25399)
陆游《对镜》　岁月虽遄迈，形容未苦癯。(40,25426)
陆游《览镜》　镜中老翁谁，非复少年我。(41,25628)
陆游《对镜》　镜中衰颜失敷腴，绿鬓已作霜蓬枯。(41,25634)
范成大《春日览镜有感》　习气不解老，壮心故嵯峨。(41,26043)
杨万里《病起览镜》二首　病起长新骨，居然非旧容。(42,26661)
览镜忽自问，何方一病翁。(42,26661)
喻良能《览镜》　平生壮夫志，老去未消磨。(43,27027)
虞俦《览镜有白发》二首　拂拭青铜照病颜，勋名正堕渺茫间。(46,28593)
割鸡何惜用牛刀，老大无心赋畔牢。(46,28593)
游九言《引镜》　引镜忽自照，山野良足嗤。(48,30125)
曾丰《揽镜》　直上冲天髯欲虬，斜飞控地鬓还彪。(48,30322)
赵蕃《久不看镜须之白者众矣得数语寄成父兼示儿侄》　始白纔二三，今白乃四五。(49,30461)
袁燮《览镜》二首　朝来览镜一何衰，发秃容枯半白髭。(50,31010)
工夫一日不专精，面目尘埃已可憎。(50,31010)
洪咨夔《引镜》　水白深还黑，山黄远自青。(55,34542)

洪咨夔《敬和老人览镜》 西谷柴车手自巾，风吹不到庾郎尘。（55，34558、34559）
程公许《览镜鬓间两三点雪》 志士伤心髀肉生，寒儒努力在青春。（57，35600）
释智愚《春日对镜》 不住复新新，来从幻里真。（57，35952、35953）
阳枋《江干览镜》 千重滩浅身曾过，万顷湖深也去来。（57，36120）
刘克庄《揽镜六言》 三首 背伛水牛泅硐，发白冰蚕吐丝。（58，36454）
天上映藜已懒，雾中看花不真。（58，36454）
蚊睫偻然不见，蝇头老矣停披。（58，36454）
刘克庄《晨起览镜》六首 投床栩栩复蘧蘧，不觉笼铜晓鼓初。（58，36605）
少日手抄尤谨楷，中年目视稍眵昏。（58，36605）
文致累臣心事薄，包谈眸子过名轻。（58，36605）
昔映仙藜临几桉，今栽甘菊满庭除。（58，36605）
老去神情非叔宝，向来眉目比文渊。（58，36605）
浪占虚名不切身，机云世故解磨人。（58，36605）
刘克庄《览镜》 览镜无方染白髭，垂车有疏叩丹墀。（58，36645）
刘克庄《次竹溪所和薛明府镜中我诗》三首 搔白发翁疑是假，对青铜镜认为真。（58，36684）
物我乖离果孰亲，色空捏合本非真。（58，36684）
幪以衣冠类孙叔，被之蓑笠即玄真。（58，36684）
张侃《对镜辞》 古人对镜辞，率是年纪老。（59，37110）
林希逸《和梯飙薛宰镜中我韵》 菱花泓里炯相亲，久翫还疑假是真。（59，37283）
林希逸《再和镜中我》 把照相看意自亲，是身非幻亦非真。（59，37284）
林希逸《三和镜中我》 百骸虽在果谁亲，本地风光见是真。（59，37284）
白玉蟾《览镜》 岁事岭聒好送穷，头今未雪脸犹红。（60，37597）
宋自逊《照镜辞》 匣中青镜秋月明，妍嗤毫发无遁形。（62，38831）
施枢《览镜》 心到无营本倦游，何期身又客王州。（62，39101）
释斯植《照影》 性与儿童异，飘蓬二十年。（63，39329、39330）
潘玙《览镜》 览镜颜如改，登楼足尚疲。（64，39920）
杨公远《览镜》 览镜颜非昔，相将老态催。（67，42075）
杨公远《次程直学对镜》 青铜频启看，瘦劣沈东阳。（67，42096）
文天祥《览镜见须髯消落为之流涕》 万里飘零等一毫，满前风景恨滔滔。（68，43052、43053）

郑思肖《览镜》　朝来一览镜，抱负颇峥嵘。（69，43438）
黄庚《对镜》　勋业梦不到，晓窗时一看。（69，43561）
艾性夫《看镜》　自摩寒镜看头颅，短发萧萧不受梳。（70，44411）

自题写真

释智圆《嘲写真》　泡幻吾身元是妄，丹青汝影岂为真。（3，1542）
释惟政《自题像》　貌古形疏倚杖藜，分明画出须菩提。（3，1832）
宋祁《思贤阁图予真愧而成咏》　忝中二千石，罢能辄图真。（4，2349）
蔡襄《画生李维写予像今已十年对鉴观之因题其侧》　清眸绿发十年前，朴野风神不易传。（7，4826）
李师中《客有写真者见予因以三诗赠之》　嗟予少也贱，到老尚无功。（7，4868）
文命力能平水土，阿衡功亦格皇天。（7，4868）
难逢古鉴明忠腹，长似骚人带病容。（7，4868）
司马光《自题写真》　黄面霜须细瘦身，从来未识漫相亲。（9，6198）
苏轼《自题金山画像》　心似已灰之木，身如不系之舟。（14，9624）
苏辙《赠写真李道士》　君不见景灵六殿图功臣，进贤大羽东西陈。（15，10032）
苏辙《予昔在京师画工韩若拙为予写真今十三年矣容貌日衰展卷茫然叶县杨生画不减韩复令作之以记其变偶作》　白发苍颜日日新，丹青犹是旧来身。（15，10110）
黄裳《贻传神》二首　默默紫玄像，萧萧青竹轩。（16，11092）
笔头何处得天真，幻化身中气与神。（16，11092）
黄庭坚《戏题戎州作余真》　前身寒山子，后身黄鲁直。（17，11727、11728）
释德洪《陈处士为予画像求颂戏与之》　吴侬戏入笔三昧，老俨分身缣素间。（23，15334）
释净如《慈书记写予真求赞漫书此以塞来意》　眉不修疏头突兀，鼻𪖙垂兮颧无骨。（24，15727）
刘卞功《自题写真》　韬光晦迹居环堵，闭息凝神事事疏。（24，16042）
周紫芝《捡故书得旧写真戏书》　杨柳春风濯濯枝，深惭张绪少年时。（26，17170）
张纲《自赞写真》二首　堂堂莫作公侯想，是身如幻无定相。（27，17924）
投闲岁久，圣恩图旧。（27，17924）

释可观《自题像》 维摩诘不坏于身，而随一相老竹庵。（27，17926）
释惟照《自题肖像》 雨洗淡红桃萼嫩，风摇浅碧柳丝轻。（28，18267）
蔡枢《自题画像》 平生陋质写难真，画史挥毫妙入神。（29，18613）
郑刚中《赠传神者》 我向无中生出妄，君从妄里却求真。（30，19103）
释景元《自题肖像》 生平只说聱头禅，撞着聱头如铁壁。（32，20290）
王十朋《写真自题》 颜苍发白少精神，传得泉南老病身。（36，22918）
姜特立《老丑戏题》 目深颧起貌崭然，长臂厖眉耸两肩。（38，24182）
陆游《赠传神》 盐车心愧渥洼姿，邂逅风云妄自期。（39，24603）
陆游《题传神》 雪鬓萧然两颊红，人间随处见神通。（40，25061、25062）
陆游《自题传神》 识字深村叟，加巾下版僧。（40，25183）
陆游《赠传神水鉴》 写照今谁下笔亲，喜君分得卧云身。（40，25241）
陆游《题传神》 湿云生两屐，细雨暗孤篷。（41，25631）
范成大《施进之追路出严关且写予真戏题其上》 唤渡牂牁瘴水滨，严关关外又逢春。（41，25876、25877）
杨万里《壬午初秋赠写真陈生》 居士一丘壑，深衣折角巾。（42，26064）
杨万里《赠写真水鉴处士王温叔》 我不如森森千丈松，我不如濯濯春月柳。（42，26485、26486）
杨万里《赠写真刘敏叔秀才》二首 水鉴传神苦未工，传来恰恰五秋风。（42，26571）
江右传神下笔亲，杉溪集里识刘君。（42，26571）
杨万里《王式之命刘秀才写予真因署其上》 浙水东兼浙水西，千岩万壑总遨嬉。（42，26639）
杨万里《题三老图》二首 旦奭行间着季真，黄冠不合附青云。（42，26640）
刘郎写照妙通神，三老图成又一新。（42，26640）
杨万里《严陵决曹易允升自官下遣骑归写予老丑因题其额》 玉泉半潭冰，钓台万壑雪。（42，26657）
楼钥《谢叶处士写照》 老我旧曾官日边，随众年除仍岁迁。（47，29387）
楼钥《谢舒景叔写照见赠》 谁写衰容入画图，本来面目旧形模。（47，29466、29467）
张镃《观旧写照有感》 赵茂写我真，今朝喜重见。（50，31529）
姜夔《自题画像》 鹤氅如烟羽扇风，赋情芳草绿阴中。（51，32061）
杨长孺《题湖州画像》 面有忧民色，天知报国心。（51，32114）

江晫《写真》　须眉数得茎茎古，果是环谷山中人。（53，32902）
释居简《山中像》　之子瘦策湘竹枝，写我委羽春耕时。（53，33039）
释居简《自题顶相》　谓有为，吾奚为。（53，33302）
王迈《画工又作道装》　扬州节钺非吾爱，肯要腰缠十万钱。（57，35793）
释智愚《无则都寺玉几写予梦影自散席后言音不相接者十二年今上径山请赞笔老墨涩勉而书之》　敬而远，亲而疏。（57，35967）
刘克庄《记颜》二首　不冻肩山耸，方暄鬓雪浓。（58，36479）
恰𩴾犹两髡，倏忽已双皤。（58，36479）
刘克庄《记颜六言》三首　谤之则丧家狗，誉之则人中龙。（58，36537）
坐客惊问谁子，小孙道是吾翁。（58，36537）
无空函达元子，有报书绝山公。（58，36537）
刘克庄《记颜》　唤做农夫却逢掖，道是禅和又幅巾。（58，36607）
刘克庄《丙寅记颜》　颜发今如此，光阴更几何。（58，36635）
刘克庄《题旧记颜》　忆携束书来京师，洛下诸贤颇见推。（58，36644）
刘克庄《丙寅记颜六言》二首　八十余戴白老，五纪前琢玉郎。（58，36650）
手无太尉玉麈，腰无鄂公羽箭。（58，36650）
林希逸《和后村记颜》　一首精神归阿堵，一点定如何。（59，37247）
按：据竹溪所和后村前后诸作及用韵，此首乃和后村《丙寅记颜》诗。
白玉蟾《徐处士写予真》　心潜天地笑藏春，月佩云衿绝一尘。（60，37626）
叶茵《记颜》　五十一年前素昧，相逢元是镜中人。（61，38222）
叶茵《身后记颜》　生前喜作死规模，强把冠裳束幻躯。（61，38222）
周信庵《自题像》　信庵年生七十二，经过庚子乙亥春。（63，39704）
方回《会鹤臞郑高士真一庵为予写神走笔赋杂言》　我不羡渠乘大马食肥肉，我不羡渠寝细毡居华屋。（66，41634）
方回《野趣居士杨公远令其子依竹似孙为予写真赠以长句》　尔来画工工画花，俗眼所识惟纷华。（66，41674）
何梦桂《自题画像》　七分形貌十分心，纵有丹青画不真。（67，42213）
仇远《谢秋涧沈君瑞为予写真》　山村道人今老矣，徒有虚名落人耳。（70，44177）
缪鉴《自题小像》　白发苍颜，溪藤兔颖。（71，44618）

自赞

释本先《明自己颂》　旷大劫来只如是，如是同天亦同地。（1，452）
邵雍《自作真赞》　松桂操行，莺花文才。（7，4580）
王安石《传神自赞》　此物非他物，今吾即故吾。（10，6676）
王安石《传神自赞》　我与丹青两幻身，世间流转会成尘。（10，6699）
释了元《自为像赞》　李公天上石麒麟，传得云居道者真。（12，8333）
李之仪《自作传神赞》　似则似，是则不是。（17，11211）
时雌时雄，时白时黑。（17，11211）
孰从而图，孰从而状。（17，11211）
意中迥有千般思，笔下原无一点尘。（17，11211）
李之仪《姑溪自赞》　蒿目以游千世，铁心以践其志。（17，11292）
李之仪《李伯时画姑溪濯足图赞》　濯余足兮寒泉，振余衣兮古丘。（17，11293）
李之仪《董曼老画姑溪赞》　野老形容，公子刷砑。（17，11293）
黄庭坚《写真自赞》五首并序　饮不过一瓢，食不过一箪。（17，11691）
吏能精密，里行媚邮。（17，11691）
或问鲁直似不似，似与不似。（17，11692）
道是鲁直亦得，道不是鲁直亦得。（17，11692）
似僧有发，似俗无尘。（17，11692）
黄庭坚《张大同写予真请自赞》　秀眉广宇，不如鲁山。（17，11692）
黄庭坚《张子谦写予真请自赞》　见人金玉满堂而不贪，看人凤阁鸾台而不妬。（17，11692）
释文准《自赞三首》　我若自赞，云居罗汉。（21，14269）
尔图我真，又求我赞。（21，14269）
我已是妄，尔更妄写。（21，14269）
释慧方《禅人写余真求赞》　打破直要坐禅，佛祖亦须超越。（22，14786）
古松怪石，全体是我。（22，14786）
释齐谧《自像赞》　个汉灰头土面，寻常不欲露现。（22，14787）
释怀深《前往焦山历代尊宿真赞·慈受和尚自赞》　因风便作海门居，钓尽波澜未见鱼。（24，16126、16127）

释怀深《自赞》　自顾个形骸，举止凡而陋。（24，16163）
刘一止《自作真赞》　枯木寒岩，形影相依。（25，16723）
刘一止《又自赞》　居闲无所乐，从仕无所愧。（25，16723）
李纲《梁溪真赞》　是为梁溪，了无差别。（27，17824）
释惟照《自赞》　自小来打硬，佛祖不奈何。（28，18268）
释明辩《自赞》三首　土豹长老，悟处敲譊。（29，18484）
瞎老婆半夜吹火，张聋子日午闻歌。（29，18484）
潦倒住持，不言规矩。（29，18484）
释清了《宣和癸卯宴坐自赞》　三十六年作怪，撞入者个皮袋。（29，18900）
释清了《自赞》　信口胡说，七差八错。（29，18900）
释道昌《自赞》　丹青写出，剩却一个。（30，19351）
释正觉《从首座画予于松石间求赞》　孤坐默默，倚仗沉沉。（31，19782）
释正觉《禅人写真求赞》　默默传真，如何指陈。（31，19782）
按：《禅人写真求赞》有 84 首。
释正觉《薄了固保义写予真请赞》　灵灵而真，默默而神。（31，19790）
释正觉《禅人并化主写真求赞》　云横其肩，雪覆其颠。（31，19843）
按：《禅人并化主写真求赞》有 401 首。
释鼎需《自赞》　一不爱乖崖傲物，又不爱像楼打楼。（31，20037）
释道颜《自赞》二首　来自三川，应缘两浙。（32，20319）
即真非真，是相非相。（32，20319）
李迎《自赞》　三仕三已，应缘而进。（34，21757、21758）
释师体《自赞》　岁寒节操，水月精神。（35，22334）
释祖珠《自赞》　月色照幽谷，泉声落断崖。（38，23729、23730）
释德光《自赞》　辞九重，归东越。（38，23759）
释坚璧《自赞》三首　三际断，一亘空。（38，23855）
痴不自揆，老不知休。（38，23855）
喻指喻马，何劳真假。（38，23855）
陆游《放翁自赞》四首　遗物以贵吾身，弃智以全吾真。（41，25735、25736）
名动高皇，语触秦桧。（41，25736）
皮葛其衣，巢穴其居。（41，25736）
进无以显于时，退不能隐于酒。（41，25736）

杨万里《太守赵山父命刘秀才写予老丑索赞》 香山有个狂客，恣游三十六峰。（42，26611）

杨万里《子年刘郎写余老貌求赞》 鬓少梳欲无，髭短镊更少。（42，26645）

杨万里《又自赞》 清风索我吟，明月劝我饮。（42，26657）

杨万里《太守赵山父命刘秀才写予老丑索赞》 □□如斯兼儿丑，丹青写出十分真。（42，26674）

周必大《赵山甫使君为所部七十老叟记颜索赞》 元亮无适俗韵，醉中强释形神。（43，26800）

周必大《友人曾无疑示予真索赞》 懒逐溪风偶度云，聊同江月戏分身。（43，26800）

周必大《刘氏兄弟写予真求赞时年七十》 骨相屯，气宇尘。（43，26800、26801）

周必大《梁光远以予真置邱壑中》 野岩非汝肖，山泽称吾臞。（43，26801）

周必大《太和贡士陈诚之记予颜欲置远明楼昔白傅年七十一写真诗云鹤毳变绿发鸡肤换朱颜予今年适同感而赋此》 巍楼必欲称元龙，须写褒公与鄂公。（43，26801）

周必大《南城吴氏记予七十三岁之颜》 蟠木离奇，病鹤摧颓。（43，26801）

周必大《聂倅周臣写真求赞》 三年监州再摄州，家置绘像争借留。（43，26801）

周必大《绍兴甲子予待试庐陵辞曹厅是秋失解后六年乃与计偕考官七人今惟提刑少监赵氏独寿而康其子仲肃来为掾即诗人堂之西辟小斋记予肄业之所写真求赞并题二诗》 未冠来随举子忙，当时已似失林獐。（43，26801、26802）

五十余春一远庄，耕夫虽老未抛荒。（43，26802）

周必大《高沙曾忠佐良臣筑思堂以念亲傍辟书阁肖杨诚斋及予像求赞》 德行渊骞，曾参曷遗。（43，26802）

周必大《游元龄登仕写予真求赞》 休夸岁岁花相似，莫叹年年貌不同。（43，26802）

周必大《门客郑安世写寿星求赞》 谁把江西一幸民，强摹南极老人星。（43，26802）

周必大《赵倅彦瑑写予真求赞》 王父当年此治中，嗟予鬓角未成童。（43，26802）

周必大《英德邵守之纲记予衰颜戏题数语》 使君燕颔虎头，法当万里封侯。（43，26802、26803）

周必大《登仕郎张武来求一言因记衰颜就以勉之》 德人之容，如玉其温。（43，

26803）

周必大《予乾道中尝除延平守闽宪皆当赴而改晚得富沙趋行甚峻亦不果赴今郡人吴岷写真求赞因以遗之》　三度除书下七闽，勤回深愧北山文。（43，26803）

周必大《永丰监税黄思义写予真于大椿之下戏题》　鬓发皤然八十春，若为百倍比庄椿。（43，26803）

周必大《张孜仲寅写予真倚松而立戏题》　曾陪汉幄运前筹，也忝分封万户留。（43，26803）

周必大《陆务观之友杜敬叔写予真戏题四句他日持似务观一笑》　西百官中识放翁，四年上下日相从。（43，26803）

周必大《李卿月子西记予七十七岁之颜求赞》　太白天才丐后人，有时佳句似阴铿。（43，26803）

周必大《郑淮广文赴官九江携予真索赞》　曾为匡庐十日留，今犹化蝶梦江州。（43，26803）

周必大《吉水赞府王觐时可为平园写真口占小诗》　皓首相逢涉四年，君归鄱水我螺川。（43，26804）

周必大《徐教授泾写予真求赞》　虽非戚戚小人儒，亦岂堂堂大丈夫。（43，26804）

周必大《一甲子前与济源李綦仪之游从赣上今其婿谢幼学传示衰容为题四句》　早向短李客南康，晚识渠家玉润郎。（43，26804）

周必大《山谷自赞云作梦中梦见身外身福唐曾锡盛谈西湖水晶宫之胜因写予真用此意题四句》　大患都缘有此身，笑看身外假为真。（43，26804）

周必大《予平生愿学忠恕既以自勉亦告于人王㙒正则闻而悦之归作唯斋九万里风斯下矣写衰容命之赞》　中心为忠，如心为恕。（43，26804）

周必大《教官福唐刘季新写陋质道以羽客索赞还乡福乃提刑台治仆尝出使陛辞而留情见乎词》　带山负海，都督全闽。（43，26804）

周必大《本觉长老祖宏为老兄弟写真求赞次七兄韵》　幅巾短褐雁行秋，不照青铜不倚楼。（43，26804、26805）

周必大《能仁监寺智超为予写真求赞》　前生坐下一高僧，失脚中元自怨辰。（43，26805）

周必大《德回上人写予真求赞》　非律非禅自在身，免丁不纳没公凭。（43，26805）

周必大《赣州丰乐长老惠宣写予真戏赞时年七十三》　少年日醉郁孤台，鼎立三禅屡往来。（43，26805）

周必大《青原祖灯监寺屡问予久不入山写真戏题》 欲作青原挂搭僧，传闻米价逐时增。(43,26805)

周必大《予久欲游仰山而未暇行者智印写真索赞》 家居只在仰山傍，自笑痴蝇冻守窗。(43,26805)

周必大《安福县岳兴院希琦求予真赞》 僧坊何事俗尘同，索我精神阿堵中。(43,26805)

周必大《觉报长老道谌写予兄弟真求赞次七兄韵》 身凡心圣古卢能，未着袈裟已是僧。(43,26805)

周必大《龙堂院宗懋写真求赞次七兄韵》 相将寻壑复经邱，漱石何妨更枕流。(43,26805)

周必大《予年十四五侍子中兄读书赣州寿量寺久之寺为寇燔其后子中出守一新之今小儿纶又将佐郡他日当访旧游因主僧慈济写真题赞》 志学今经六十年，招提仍对旧山川。(43,26806)

周必大《隆兴癸未夏余年三十八自掖垣奉祠归道游麻姑山今又三十八年而知观李惟宾缘化修造至庐陵写予真求赞》 古观今犹换采椽，壮游我合变华颠。(43,26806)

周必大《福寿院僧净皋写予及子中兄真求赞次子中韵》 弟兄本自读儒书，脱外形骸付六如。(43,26806)

周必大《堵陧智庄僧德永写余真求赞》 昔方三五少年，便作阿婆心切。(43,26806)

周必大《祥符长老智华写余真求赞》 五蕴皆空，四大和合。(43,26806)

周必大《法华院僧祖月写予真戏赞》 老子七十七，到处遮人壁。(43,26806)

周必大《僧智印写乘成平园仰山三人真求赞》 四海弥天两诞夸，人三为众转周遮。(43,26806)

周必大《天庆知观萧惟清写予真求赞》 尘满形容雪满头，分无仙骨到瀛洲。(43,26807)

周必大《庐陵道士罗尚逸能医眼善弈自湘中归写予真求赞复游湘中》 黄冠多艺从仇仙，处士围棋伴乐天。(43,26807)

周必大《金牛长老德铠写平园真求赞》 经传白马，寺假金牛。(43,26807)

周必大《使臣周允写平园老叟真于松竹龟鹤间戏赞》 松可以傲霜雪，竹可以延风月。(43,26807)

周必大《使臣宋千龄写平园老叟真于松竹之间从以鹿鹤龟求赞》 向来结绶事华勋，老去抽簪爱水云。(43,26807)

周必大《提辖官钟懃及其子可久写平园真睆蟾倚桂为生日寿》 元丰壬戌，中元之夕。(43,26807)

周必大《使臣俞允迪赴萍实税官写平园老叟真求赞》 往来四度过萍乡，斗实谁能辨有亡。(43,26807、26808)

周必大《予刻文苑英华千卷颇费心力使臣王思恭书写校正用功甚勤因传予神戏为作赞》 倚树而吟据槁梧，自怜尔雅注虫鱼。(43,26808)

周必大《使臣李汝发写平园真求赞》 人皆炎热之畏，我爱夏日之长。(43,26808)

周必大《直省官李端义求平园真赞》 形若性，皆天与。(43,26808)

项安世《自赞》 将军下笔枉施功，羽箭贤冠事不同。(44,27349)

释师观《自赞》 者村叟，能杰斗。(48,30381)

释道济《影壁自赞》 面黄以蜡，骨瘦如柴。(50,31103)

释道济《真像沈提点求赞》 远看不是，近看不像。(50,31103)

释普岩《自赞》 断杨岐正脉，灭临济纲宗。(51,32107)

释普岩《又自赞》 妙在转处，密在汝边。(51,32107)

释如净《自赞》 乌龟壳空索索，打一钻响剥剥。(52,32377)

释慧性《自赞》 紫霄峰下，以毒攻毒。(53,32914)

横按吹毛，全提正令。(53,32914)

释居简《自赞》 幼而不逊，长而无述。(53,33297)

字不识，禅不会。(53,33297)

释法熏《自赞》 处世昏昏，临事草草。(55,34175)

释法熏《自赞》 人弃我取，人夺我与。(55,34177)

握拂子，坐绳床。(55,34177)

释普济《自赞》 出林虎方怒，横冈蟒正嗔。(56,35165)

叶元素《自赞》 心事茫然两鬓斑，十年空走利名关。(56,35240)

王迈《自赞善相》 三分相士七分非，又似枯臞又似肥。(57,35793)

陈郁《自赞》 年方九秩开，丹脸映碧眼。(57,35805)

释智愚《自赞》 不开骂人口，难以见其慈。(57,35908)

刘克庄《画赞》 虽则丹青妙，其如齿发衰。(58,36742)

张侃《辛巳自赞》 徐永升画时，予弱冠而缀文。(59,37163)

张侃《戊寅自赞》　有伯夷之清，而无万世之准。(59,37163)
徐经孙《自赞夏端甫所绘真》　老来不堪位置，归来久混渔樵。(59,37174)
白玉蟾《自赞》三首　日月藏瓢里，溪山挂杖头。(60,37636)
千古蓬头跣足，一生服气餐霞。(60,37636)
神府雷霆吏，琼山白玉蟾。(60,37636)
白玉蟾《种桃斋写神赞》　南海琼山子，香山居士孙。(60,37636)
孟珙《自赞》　老拙爱游戏，忙里放痴憨。(60,37854)
释普度《自赞》　画得十分，且信一半。(61,38518)
李昴英《自赞》　岭㟨山癯，搭飒野服。(62,38867)
释大观《自赞》　是境不涉，逢缘不借。(62,38959)
释可湘《自赞》　我本无此相，硬画个模样。(63,39315)
释绍昙《小师写真请赞》　眉似箒粗，面如漆墨。(65,40833)
释道灿《自赞》　头小面狭，眼横鼻直。(65,41185)
读书不识字，行脚不会禅。(65,41185)

自思

李昉《自思忝幸因动吟咏》如蓬短发不胜簪，筋力衰羸分所甘。(1,177)

自喜

李昉《自过节辰又逢连假既闭关而不出但欹枕以闲眠交朋顿少见过杯酒又难独饮若无吟咏何适性情一唱一酬亦足以解端忧而散滞思也吾弟则调高思逸诚为百胜之师劣兄则年老气羸甘取数奔之诮恭依来韵更次五章以自喜身无事为首》　自喜身无事，闲吟适性情。(1,181、182)
自喜身无事，因行过寺墙。(1,182)
自喜身无事，论才拙复疏。(1,182)
自喜身无事，门庭草色连。(1,182)
自喜身无事，乘春但种花。(1,182)
赵抃《引年自喜》　乾坤报不得，犬马恋无缘。(6,4158)
陆游《自喜》　半生羁宦走人间，醉里心宽梦里闲。(39,24758)

陆游《自喜》　身闲僊不远，食足富何加。（40，25260、25261）
陆游《自喜》二首　了了复惺惺，蓍龟未是灵。（41，25569）
身寄人间世，心常古镜如。（41，25570）
项安世《次韵田将仕年八十八岁作诗自喜》三首　东坡来饭辩才师，元祐真人宥密时。（44，27405）
铜驼陌上少年时，走马驱车远四畿。（44，27405）
茅檐桑户落穷居，两眼犹能读细书。（44，27405）
钱时《当食自喜》二首　饮食无他止养身，人间多少不惺惺。（55，34338）
旋摘园蔬随意好，软炊土米绕牙香。（55，34338）
陶梦桂《余试吏初期六十止今遂初愿喜而赋之》　小儿无力报明时，六十休官早自期。（56，35205）
方回《老而健贫而诗自志其喜》八首　弱冠至休致，日须成一诗。（66，41749）
一时诗有思，何待苦吟成。（66，41749）
拙宧知今是，颓颜及古稀。（66，41749）
万山读书地，近偶脱烟氛。（66，41749）
老翁处处有，不健复何为。（66，41749）
清而贫最乐，健以老何伤。（66，41749）
才具虽无用，襟期亦未非。（66，41749）
蹉跎早七旬，老健保清贫。（66，41750）

自咏

李昉《更述荒芜自咏闲适》　满架诗书满炷香，琴棋为乐是寻常。（1，184）
王禹偁《自咏》　华发不称老，高堂为有亲。（2，731、732）
魏野《四十自咏》　闲心虽不动，记性觉潜衰。（2，901）
胡宿《自咏》二首　索米年来甚，伶俜只自知。（4，2066）
闭户无还往，端居废礼容（4，2066）
宋庠《时贤多以不才诮我因自咏》　我本无心士，终非济世才。（4，2196）
宋庠《初倅襄阳郡事感而自咏》三首　平日少游思郡掾，当年邓禹志功曹。（4，2285）
诏版熏芝裔露浓，千龄华旦此亲逢。（4，2285）

处世儒宫井臼贫，偶怀铜刻逐观宾。（4，2285）

宋祁《自咏》三首　四十为郎信倦游，虚名缰锁太悠悠。（4，2445）

上都频见岁华阴，偃息由来本茂林。（4，2445）

误怀手版应弓招，汩汩尘容葆鬓凋。（4，2445）

宋祁《自咏》　客舍张罗静，流年激箭过。（4，2543）

梅尧臣《自咏》　闭户无还往，端居废礼容。（5，3126）

按：此诗两收，一见胡宿《自咏》二首（4，2066）

李觏《自咏》　俗态共纷纷，吾心谁与论。（7，4313）

祖无择《聚为九老自咏》　科名高厌玉阶前，历任公卿四十年。（7，4430）

邵雍《自咏》　天下更无双，无知无所长。（7，4594）

邵雍《自咏吟》　老去无成齿发衰，年将七十待何为。（7，4635）

刘邠《张君以六十九作诗自道其康宁余时年五十九感而自咏》　新年五十九，处事觉陈旧。（11，7097）

郭祥正《四月十九日自咏》　落魄老道士，遥忆谢公山。（13，9005）

晁说之《自咏》　椶篱蕉落贮秋阴，睡足萧然学越吟。（21，13733）

朱广汉《自咏》　百万人中隐一身，深如勺水在沧溟。（27，17943）

朱淑真《夏枕自咏》　夏日初长候，风檽暑夕眠。（28，17983）

张九成《庚午正月七夜自咏》　余性寡所谐，平生唯自得。（31，19990）

陆游《自咏》　华发萧萧居士身，江头风雨折乌巾。（39，24424）

陆游《自咏》　游戏人间岁月多，痴顽将奈此翁何。（39，24487）

陆游《自咏》　梦归不恨故山深，霜雪今年已满簪。（39，24518）

陆游《自咏》　射的山前一老樵，此生何敢辱旌招。（39，24647）

陆游《自咏》　钝似窗间十月蝇，淡如世外一孤僧。（39，24654）

陆游《龟堂自咏》二首　龟堂一老翁，短褐立秋风。（40，24995）

采藤持织履，剥楮治为冠。（40，24995）

陆游《自咏》　朋旧凋零尽，乾坤偶脱遗。（40，25050）

陆游《自咏》　满梳晨起发凋零，亭午柴门未彻扃。（40，25180）

陆游《自咏》　生草覆蜗庐，长须驾鹿车。（40，25199、25200）

陆游《老甚自咏》二首　残年真欲数期颐，一事无营饱即嬉。（40，25290、25291）

羡生常笑古人痴，俛仰那知迫耄期（40，25291）

陆游《自咏绝句》八首　双鬓萧条失故青，躬耕犹得养余龄。（40，25360）

深村人有结绳风，晚岁身为带索翁。(40,25360)
不沦鬼录不登仙，游戏杯觞近百年。(40,25360)
逆旅门前拨不开，先生醉策蹇驴来。(40,25360)
远游索手不赍粮，薪米临时取道傍。(40,25361)
一条纸被平生足，半碗藜羹百味全。(40,25361)
平生宁独爱吾庐，何处茅檐不可居。(40,25361)
睡着何曾厌夜长，老人少睡坐何伤。(40,25361)
陆游《自咏》　素慕巢居穴处民，久为钓月卧云身。(40,25397)
陆游《自咏》　曾着杞菊赋，自名桑苎翁。(40,25438)
陆游《自咏》　龟屋裁小冠，鹿皮制短裘。(40,25443)
陆游《自咏》二首　忽忽残年及耄期，清晨对镜不须悲。(41,25523)
食饮从来戒失时，衣裘亦复要随宜。(41,25523)
陆游《自咏》二首　纷纷世态但堪悲，一念萧然我亦奇。(41,25630)
茅舍萧条似宝坊，老人终日对炉香。(41,25630)
陆游《自咏》二首　道本治吾身，绪余方及人。(41,25656)
谢事客谁过，闲游吏不诃。(41,25656)
陆游《病后自咏》　狂豪扫去得衰残，数啜芳醪兴亦阑。(41,25716)
范成大《自咏瘦悴》　皮下多无肉，秋来瘦不禁。(41,26001)
蔡元定《自咏》　独抱韦编过客稀，箪瓢不厌屡空时。(46,28925)
蔡戡《效白乐天体自咏二十韵》　人生七十稀，我今六十六。(48,30038)
蔡戡《又自咏效乐天体》　我家曾高来，享年稀六十。(48,30039)
蔡戡《自咏》二首　自怜衰病力难胜，岂不怀归畏友朋。(48,30066)
浮生一梦疾南柯，白鬓人间所阅多。(48,30066)
高遁翁《自咏遁翁》　虚名蜗角不撄情，老木棉裘分此生。(50,31071)
张镃《自咏》　事业新来别，贤愚久自知。(50,31583)
张镃《自咏》　南湖老子太汗漫，第一生来懒做官。(50,31594)
蔡渊《自咏》　屈指抠衣四十年，自怜须鬓已皤然。(51,32119)
按：宋·金履祥《濂洛风雅》卷六作蔡元定诗，题为次晦翁韵。
蔡沈《自咏》　世事多颠倒，唯仁实可依。(54,33643)
汪莘《方壶自咏》十首　性静无一物，心生有万端。(55,34703)
三万六千刻，四千三百时。(55,34703)

生死何时了，盈虚只足伤。(55，34703)
事体向晚境，情怀非少年。(55，34703)
白昼常陪俗，清宵得养魂。(55，34703)
无象始无假，有形斯有邪。(55，34703)
残腊天垂老，新春日始孩。(55，34704)
百岁已过半，只身谁与偕。(55，34704)
兴发花开处，情生叶落边。(55，34704)
谁和阳春曲，仍操白雪音。(55，34704)
直写胸中事，谁拈纸上尘。(55，34704)
杜范《和花翁自咏》　愚拙天真未易全，如翁自许岂其然。(56，35293)
孟珙《自颂》　生必有灭，无庵无可说。(60，37854)
蔡权《自咏》　故居荐山东，十载去不还。(60，37855)
杨公远《次韵兰皋自咏》　生来无分对书灯，却喜逢人便眼青。(67，42066)

自遣

刘兼《偶有下殇因而自遣》　彭寿殇龄共两空，幻泡缘影梦魂中。(1，234)
刘兼《自遣》　未上亨衢独醉吟，赋成无处博黄金。(1，238)
释智圆《自遣》三首　古屋苔荒疾乍瘳，前村林木觉先秋。(3，1534)
讲退时时学苦吟，人间声利已无心。(3，1534)
不惑年犹欠四年，道情高趣耻前贤。(3，1534)
释智圆《松下自遣》　聚气成此身，假缘暂寄世。(3，1559)
欧阳修《眼有黑花戏书自遣》　洛阳三见牡丹月，春醉往往眠人家。(6，3759)
李觏《自遣》　富贵浮去毕竟空，大都仁义最无穷。(7，4332、4333)
邵雍《自遣》　读书忘岁月，人竞笑蹉跎。(7，4692)
郭祥正《自遣》　骨相殊屯贱，无官只有阶。(13，8911)
张耒《自遣四首》　是非得失一区区，蚊蚋啾啾共一壶。(20，13254)
谁云造化本无情，利害乘除理甚平。(20，13254)
谁云至理宗无相，大道由来万法兼。(20，13254)
浮世荣枯理易观，不劳重取朽龟钻。(20，13254)
陆游《自遣》　踽踽人间未死身，乡闾共敬六朝民。(40，24986)

陆游《自遣》　枳篱茅屋枕孤峰，偃尽初来手种松。(40,25002)
陆游《自遣》　蔬食任无鱼，山行可借驴。(40,25342)
陆游《自遣》　衣冠尚作闲身祟，粱肉终非退士宜。(40,25412)
陆游《老态自遣》　似见不见目愈衰，欲堕不堕齿更危。(40,25456)
陆游《两日意不殊不怿作短歌自遣》　一月得笑纔四五，十事败意常八九。(41,25636)
陆游《古寿人至闻五郎颇有老态作长句自遣》　齿落发斑儿亦老，志衰力惰我宁悲。(41,25674)
陆游《病中自遣》三首　孤灯如露萤，熠熠北窗下。(41,25707)
一鸦振羽鸣，窗色忽已缟。(41,25707)
少时揣无才，一意守贫贱。(41,25707)
杨万里《自遣》　莫将一病苦忧煎，山尚能游石可眠。(42,26660)
戴复古《杜门自遣》　世事茫茫心事灰，众人争处我惊回。(54,33573)
张即之《自遣用鲁山老僧韵》　心期万未一能偿，海角连宵梦帝乡。(57,36030)
文天祥《自遣》　诗余眠白日，饮后坐清风。(68,43074)

自勉

田锡《自勉》　飘泊年年颇恨身，梁园未到滞咸秦。(1,456)
释智圆《自勉》　达人贵无念，市朝亦山林。(3,1556)
李觏《自勉》　月欲东生日又西，莫随儿女醉明时。(7,4330)
陆游《自勉》　曩岁读隐书，妄意慕陶葛。(40,25087)
陆游《自勉》四首　妄出真成错，归耕惜已迟。(40,25176)
自信直如弦，残年偶得全。(40,25176)
臂弱传钞少，心烦记问衰。(40,25176)
归老宁常逸，时时学荷鉏。(40,25176)
陆游《自勉》　学诗当学陶，学书当学颜。(41,25499)
陈宓《自勉》　盖世声名都在少，君看前辈合何如。(54,34057)
华岳《自勉次赵丞韵》　世态风波不可论，且于闲处乐天真。(55,34387)
刘克庄《自勉》　海滨荒浅幼无师，前哲藩篱尚未窥。(58,36195)
方回《自勉》　有路今平坦，无心复怪奇。(66,41622)
陈普《和清叟自勉》　缉熙正学勿虚过，立志悠悠得几何。(69,43752)

自励

陆游《贫甚自励》 忍病停朝药，捐书省夜灯。（40，25120）
陆游《自励》 中年已惧小人归，况是骎骎耄及时。（40，25476）
郑思肖《励志》二首 炎正遭中微，冠履纷倒置。（69，43429、43430）
大哉天地经，森然不可踰。（69，43430）
郑思肖《一砺》 愈久愈不变，一忱生死俱。（69，43434）
按：郑思肖有《一砺》至《十九砺》诸诗，共 39 首，此不赘录。（69，43434—43446）
郑思肖《二十砺五百字》 素志欲隐去，蜕名辞笔耕。（69，43448）

自警

张齐贤《自警诗》 慎言浑不畏，忍事又何妨。（1，503）
晁迥《自警诗》 清澄寂灭晦，明净涅盘天。（1，610）
张载《书斋自儆》 画前有易不知易，玄上求玄恐未玄。（9，6286、6287）
按：杨时《和陈莹中了斋自警》六绝之一作："画前有易不知易，历上求玄恐未玄。"
范纯仁《自警》 忆昔为小官，位卑职易营。（11，7405）
韦骧《骧每恶晏起强酒二癖因作诗自警》 晏起已嗟为惰甚，讵堪酒病复相婴。（13，8441）
孔平仲《自警》 大材耻衒耀，深智甘蒙晦。（16，10872）
黄裳《自警》 一日少一日，一年无一年。（16，11061）
秦观《自警》 古人去后音容寂，何处茫茫寻旧迹。（18，12136）
杨时《和陈莹中了斋自警》六绝 画前有易不知易，历上求玄恐未玄。（19，12952）。
八荒同宇混车书，一视那知更有渠。（19，12952）
行藏须信执中难，时措应容道屡迁。（19，12952）
造次欲安嗟孰是，参前无物若为书。（19，12952）
圣门事业学须强，俚耳从来笑折杨。（19，12953）
盈科日进几时休，到海方能止众流。（19，12953）
陈瓘《了斋自警》六首 本无一字尧夫易，八十一篇扬子玄。（20，13466、13467）
文章难写伏羲书，字外成篇始见渠。（20，13467）

过时不易始为难，执处那知是变迁。(20,13467)

手在何忧弓力强，巧穷那得必穿杨。(20,13467)

仲由行行终身诵，师也堂堂带上书。(20,13467)

只说为山不说休，山成日夜水横流。(20,13467)

邹浩《自警》　看书勿苦多，多看目力眊。(21,13963)

罗从彦《自警》　性地栽培恐易芜，是非理欲谨于初。(23,15588)

李吕《自警》三首　爱之能勿劳，忠焉能勿诲。(38,23839)

当仁贵不让，见义忌无勇。(38,23839)

嬖人排孟子，通国诮匡章。(38,23839)

陆游《自警》　乳烹佛粥遽如许，菜簇春盘行及时。(39,24386)

陆游《自警》　堕发满晨梳，荒畦入晚鉏。(39,24825)

陆游《自警》　人生非金石，寿夭不自知。(40,24925)

陆游《自警》　少年不自量，妄意慕管葛。(40,25076)

陆游《自警》　放翁原愦愦，徂岁复骎骎。(40,25300、25301)

陆游《自儆》　牛解谨藏刀，羊亡密补牢。(40,25322)

陆游《小疾自警》　老来土弗强，举箸辄作病。(40,25333)

陆游《自儆》二首　出仕每辞荣，归休但力耕。(40,25390)

经术吾家事，躬行更不疑。(40,25390)

陆游《书警》二首　束带接一客，伸纸报一书。(41,25549)

情欲虽害人，要是自惑溺。(41,25549)

陆游《自警》　生世如梦境，淹速无定时。(41,25569)

陆游《修居室赋诗自警》　荒园二三亩，败屋八九间。(41,25579)

陆游《自儆》　学当尽力去浮华，从事文辞但可嗟。(41,25696)

陆游《自儆》二首　恶石从来岂汝仇，安居无患却堪忧。(41,25699)

世事如云日日新，瓦盆黍酒却关身。(41,25699)

杨万里《淋疾复作医云忌文字劳心晓起自警》二首　半似枯禅半似痴，也无何虑与何思。(42,26656)

荒耽诗句枉劳心，忏悔莺花罢苦吟。(42,26656)

朱熹《宿梅溪胡氏客馆观壁间题诗自警》二绝　贪生莝豆不知羞，腼面重来蹑俊游。(44,27557)

十年湖海一身轻，归对黎涡却有情。(44,27557)

朱熹《次韵伯崇自警》二首　十载相期事业新，云何犹叹未成身。（44，27558）
诵君佳句极优柔，未得明强是所忧。（44，27558）
朱熹《日用自警示平父》　圆融无际大无余，即此身心是太虚。（44，27592）
张镃《看涧水自警》　昔往灵隐山，寺前贪看水。（50，31539）
孙应符《应符读韩文公齪齪诗考其岁月乃三十二所作今应符生亦三十二年矣深有愧焉因借其韵为咄咄篇以自警》　咄咄汝为子，念之心可寒。（51，31694）
孙应符《元日自警》　王春肇嘉气，天命未敢知。（51，31719）
孙应符《自警》　忿燥肝或裂，惧剧胆能破。（51，31719）
孙应符《春日自警》　春风吹尽一川冰，野色山光弄晚晴。（51，31780）
裘万顷《自警》　俗尘易污人，胸次须自洁。（52，32297）
陈淳《警惰》　日月双跳丸，一旦复一旦。（52，32333）
陈淳《警滞》　宾主辨贵白，死生路宜分。（52，32333）
程公许《和雁湖先生病起自警》八章　观空得舍筏喻，示病无散花天。（57，35614）
葆光悟老子说，游仙续景纯诗。（57，35614）
专气如婴儿相，观心得宿命通。（57，35614）
三关中隐玉阁，七言味在蕊珠。（57，35614）
学仙宁复华念，为士苦畏四邻。（57，35614）
残编幸出坏宅，滴露何能阐微。（57，35614）
永夜朝元骞树，萧晨晞发扶桑。（57，35614）
贪夫孜孜为利，烈士汲汲徇名。（57，35614）
刘克庄《自警》　笔枯砚燥自伤悲，文体全关气盛衰。（58，36188）
刘克庄《贫居自警》三首　昨者匆匆擲印归，六年岑寂闭柴扉。（58，36270）
赤粟黄虀味最深，此生不恨老云林。（58，36271）
客过吾庐语至晡，旋营盐酪刈薪刍。（58，36271）
刘克庄《自警》　司马赋中聊讽一，伯鱼诗外又闻三。（58，36739）
林希逸《自警》　静退虽知趣味殊，终然习气未全除。（59，37241）
王柏《新秋自警》　直谅之言久不闻，秋来因作读书吟。（60，38031）
汤汉《自儆》　春秋责备贤者，造物计校好人。（62，38997）
杜浚之《书警》　食李弗嫌苦，食梅弗嫌酸。（69，43309）
丘葵《次晦庵先生韵自警》　我非欠缺圣非余，此性皆由气与虚。（69，43905）
按：次朱熹《日用自警示平父》韵（44，27592）。

自贺

王禹偁《前赋春居杂兴诗二首间半岁不复省视因长男嘉祐读杜工部集见语意颇有相类者咨于予且意予窃之也予喜而作诗聊以自贺》　命屈由来道日新，诗家权柄敌陶钧。（2，733）
陆游《予自春夏屡病至立秋而愈作长句自贺》　良药扶衰抵万金，渐加糜粥辍呻吟。（40，24983）
陆游《自贺》　胎发茸茸绿映巾，归耕犹是太平民。（40，25424）
陆游《予以淳熙戊戌岁自蜀归时年五十四今三十有二年矣犹复强健得小诗自贺》入玉门关到酒泉，昔人想望若登天。（41，25665）

自嘲

王禹偁《量移后自嘲》　可怜踪迹转如蓬，随例量移近陕东。（2，740）
释智圆《自嘲》　门径任苔荒，长年寝一床。（3，1552）
释智圆《病起自嘲》　林下羸羸一病躯，四旬欹枕减肌肤。（3，1571）
胡宿《自嘲》　雪梅连日碍层阴，昨夜银台瑞霰深。（4，2125）
宋庠《和吴侍郎向号乐城居士今复职守陕临歧自哂》二绝　竹圃云斋谢病还，更将禅号拟香山。（4，2283）
催拜连翩凤诏飞，乐城幽概愿相违。（4，2284）
文同《不饮自嘲》　能诗何水曹，眼不识杯铛。（8，5400）
司马光《自嘲》　盘飧罗新蔬，充腹不求余。（9，6107）
郑獬《自嘲》　乐府休翻白苎歌，樽前已怯卷红螺。（10，6889）
李正民《自嘲》　寥落羁栖向海隅，终年局促卧蜗庐。（27，17492）
陆游《自嘲》　华子中年百事忘，嵇生仍坐懒为妨。（39，24371）
陆游《自嘲》　夜作看花梦，朝赋饮酒诗。（39，24517、24518）
陆游《夏夜读书自嘲》　事业无成去日遒，只今身世付沧洲。（39，24614）
陆游《自嘲》　穷途久矣叹吾衰，双鬓新添几缕丝。（39，24629）
陆游《自嘲用前韵》　残年过六十，寂寞卧山中。（39，24632）
按：用《读书》韵(39，24632)

陆游《自嘲》 贪禄忘归只自羞，一窗且复送悠悠。(39,24672)
陆游《自嘲解嘲》二首 世变真难料，吾痴只自嘲。(39,24736)
种稻稽山下，诛茆剡曲傍。(39,24736)
陆游《自嘲》 岁月推迁万事非，放翁可笑白头痴。(39,24828)
陆游《自嘲》 身见绍兴初改元，百罹敢料至今存。(40,24950)
陆游《自嘲》 天公大度一何奇，养此无能老白痴。(40,25025)
陆游《自嘲》 少读诗书陋汉唐，莫年身世寄农桑。(40,25083)
陆游《拥炉不出辄终日自嘲》 柴门木落叶成堆，十日元无一再开。(40,25168)
陆游《自嘲》 僻学论交少，贫居卜地偏。(40,25169)
陆游《自嘲》 野老家风子未知，天教甫里出孙枝。(40,25222)
陆游《自嘲》 外泽里常粗，元知似瓠壶。(40,25250)
陆游《自嘲》 儒生穷事业，老去转荒唐。(40,25259)
陆游《闲中自嘲》 镜湖西畔有渔扉，窃比玄英似庶儿。(40,25346)
陆游《自嘲》 壮岁耽书废夜眠，窗明犹在短檠前。(40,25376)
陆游《自嘲老态》 世念秋毫尽，浑如学语儿。(40,25415)
陆游《自嘲》 受福元无一羽轻，岂如造物假余生。(40,25419)
陆游《自嘲》 野叟身常杂佣保，苇圃荒庭自锄扫。(40,25436)
陆游《自嘲》二首 长日淡无事，虚堂来远风。(40,25452)
身卧孤村日，年当大耋时。(40,25453)
陆游《自嘲》 清心不醉猩猩酒，省事那营燕燕巢。(40,25476)
陆游《饭后自嘲》 岁熟家弥困，天寒酒阙倾。(40,25488)
陆游《予素不工书故砚笔墨皆取具而已作诗自嘲》 我昔生兵间，淮洛靡安宅。(41,25509)
陆游《以菜茹饮酒自嘲》 山泽有臞儒，残年病满躯。(41,25515)
陆游《起晚自嘲》 辛苦一生何所获，老向东阡与南陌。(41,25521)
范成大《甲辰人日病中吟六言六首以自嘲》(41,25967)
攒眉辄作山字，啾耳唯闻水声。(41,25967)
目慌慌蚁旋磨，头岑岑鳌负山。(41,25967)
政尔荣枯卫涩，刚云人厄天穷。(41,25967)
复古既愆七日，泰来唯候三阳。(41,25967)
有日犹嫌开牖，无风不敢上帘。(41,25967)

壮岁喜新节物，老来惜旧年华。(41,25967)

范成大《寿栎前假山成移丹桂于马城自嘲》　堂前趣就小嶙峋，未许蹒跚杖屦亲。(41,25979)

范成大《咏怀自嘲》　檐溜春犹冻，门扉晚未开。(41,26026)

范成大《自嘲》二绝　终日哓哓漫说空，触来依旧与争锋。(41,26032)

恶声恶色横相干，觌面须臾万箭攒。(41,26032)

郑清之《自嘲》　我亦逢场因作戏，要令竿木自随身。(55,34674)

方岳《自嘲》　耕雨虽微负郭田，卧云不用买山钱。(61,38306)

高斯得《生日自嘲》　今朝出门去，路逢揶揄子。(61,38551)

自宽

王禹偁《自宽》　身世龙钟且自宽，追量才分合饥寒。(2,744)

晁说之《自宽》　无奈愁何强自宽，细将心事乐江干。(21,13805)

唐庚《除凤州教授非所欲也作诗自宽》　人生纔食顷，何处分好弱。(23,15033)

程俱《自宽吟戏效白乐天体》　武陵谪九年，下惠仕三已。(25,16323)

陆游《予宿疾多已失去独气痛时作赋诗自宽》　疾久难全去，扶持度岁年。(40,25040)

陆游《自宽》　兀兀空斋静掩扉，篝炉香细着秋衣。(40,25420)

华岳《自宽游少翁韵》　十事相寻九不谐，骨穷更值五行乖。(55,34383)

邱一中《自宽》　仙都有敕到林泉，谁信祠官无俸钱。(72,45525)

自笑

王禹偁《自笑》　年来失职别金銮，身世漂沦鬓发残。(2,753)

郭祥正《自笑》　自笑姑溪客，还投瘴海边。(13,8910)

唐庚《自笑》二绝　案头故纸如拨山，三年只有马上闲。(23,15049)

平生所学尽虚谈，为吏文书百不谙。(23,15049)

唐庚《自笑》　已白穷经首，仍丹许国心。(23,15050)

李纲《自哂》　自哂何为者，南游亦偶然。(27,17525、17526)

郑刚中《自笑》　他人将钱买田园，尚患生财不神速。(30,19051)

陆游《自笑》 自笑平生醉后狂，千钟使气少年场。(39,24277)
陆游《自笑》 自笑谋生事事疏，年来锥与地俱无。(39,24310)
陆游《自笑》 诸公衮衮几金貂，自笑无材负圣朝。(39,24729)
陆游《自笑》 自笑胸中抵海宽，韭齑麦饭日加餐。(39,24746)
陆游《自笑》 学道功赊岁月驰，平居自笑着鞭迟。(40,25404)
陆游《自笑》 宦途昔似伏辕驹，退处今如纵壑鱼。(41,25591)
陆游《自笑》 左车第二牙辞去，团坐无生话又新。(41,25721)
陈藻《自哂》 且安愚分住天涯，休问明朝买马回。(50,31316)
敖陶孙《自笑》 抱瓮终焉与世迷，斲轮久矣叹吾衰。(51,31908)
杜范《和花翁自笑韵》 村翁活计谢田庄，肯与时人较短长。(56,35295)
释绍嵩《自笑》 自笑从来癖，平生断在诗。(61,38617)
胡仲弓《自笑》 自笑谋生拙，多应涉世疎。(63,39820)
杨公远《自笑》二首 自笑人生立世难，甘辛滋味饱曾参。(67,42093、42094)
东郊结屋恰三间，景物供吟要细参。(67,42094)
于石《自笑》 归来更读十年书，自笑今吾即故吾。(70,44141)
仇远《自笑》 谒客登门不敢嗔，强颜应按暂时亲。(70,44223)

自问

王禹偁《自问》 自问意何如，身穷业有余。(2,753)
邵雍《自问》二首 因甚年来可作诗，奈何人老又春归。(7,4614)
年来因甚可吟诗，桃李无言莺有辞。(7,4614)
陆游《自诘》 修行力量浅，触事常寡悰。(41,25574)

自题

赵湘《自题》 独居颜子巷，还自种忘忧。(2,870)
薛师石《自题》 半生作计在田庐，习懒何曾好读书。(56,34822)
陶梦桂《自题》 短衣匹马遍关山，二十年来一梦间。(56,35207)

自乐

赵湘《自乐》　自乐原西趣，疏林入户清。（2，877）

释契嵩《山中自怡谢所知》　万事随宜勿强攀。暂过朝市即归山。（6，3570）

邵雍《自乐吟》　麟凤何尝不在郊，太平消得苦譊譊。（7，4636）

韩维《自欢》　逢春何事有咨嗟，短发昏瞳对好花。（8，5254）

晁说之《自乐》　避地悠悠处处居，何妨涕泪作欢娱。（21，13809）

自愁还自乐，于道得吾真。（21，13809）

自修

晁迥《晚年勤道自修诗》　老来何故惜分阴，如月明亏魄渐侵。（1，610、611）

丘葵《自修》　昔髧两鬓今白头，肯将胸次着闲愁。（69，43877）

自叙

释智圆《山中自叙》　闭门业文翰，谁谓溪山陋。（3，1507）

释智圆《病起自叙》　盗跖死牖下，伯牛遭恶疾。（3，1557）

邵雍《自述》二首　何者堪名席上珍，都缘当日得师真。（7，4582）

陆海卧龙收爪甲，辽天老鹤戢毛衣。（7，4582）

邵雍《自述》　春暖秋凉人半醉，安车麈尾闲从事。（7，4625）

陈宝之《自述》　少年落魄走京华，老大无钱赴酒家。（10，6813）

释净瑞《自述》　潇洒岩居畔，结茅唯一庵。（12，8339）

按：《宋代禅僧诗辑考》，222 页，作《又述》九首之二。

刘奉世《自述》　楚国中分后，东南世泽长。（15，10410）

罗从彦《自述》　松菊相亲莫厌频，纷纷人世只红尘。（23，15589）

綦崇礼《自述》　箕裘绍弓冶，不绝仅如发。（27，17837）

陆游《闲居自述》　自许山翁懒是真，纷纷外物岂关身。（40，24947）

陆游《自述》二首　二亩新蔬圃，三间旧草堂。（40，25028）

睡美不知旦，气衰先觉秋。（40，25028）

陆游《自述》二首　寄怀鱼鸟卧烟汀，结友松筠醉草亭。（40，25140）
意望天公本自廉，甘餐美睡偶容兼。（40，25140）
陆游《自述》　藜藿安贫陋，柴荆俯莽苍。（40，25191）
陆游《自述》三首　古井无由浪，浮云一扫空。（40，25203）
旧业还耕钓，残年迫耄期。（40，25203）
屏迹归休后，颐生寂寞中。（40，25203）
陆游《自述》　偶策青驴出，还将白鹤随。（40，25270）
陆游《自述》　早畏危机避巧丸，长安未到意先阑。（40，25470）
陆游《自述》　勃落为衣隐薜萝，扫空尘抱养天和。（40，25491）
陆游《自述》二首　怡然气貌渐还婴，淡饭粗裘过此生。（41，25554）
齿牖复牢能咀嚼，足挛渐愈可蹁跌。（41，25554）
陆游《初秋自述》　平生偶有爱山僻，垂老常无沽酒资。（41，25605）
刘过《自述》二首　扁舟送客出姑苏，晚泊吴江夜雨余。（51，31844）
按：《江湖集》第一首题作垂虹送汪仲冕。
精神凋耗鬓毛衰，劫火光中第几回。（51，31845）
苏泂《自述》一首　春粮了朝炊，细大供十口。（54，33882）
苏泂《自述》　交友凋零似晓星，生涯依旧短长亭。（54，33929）
钱时《自述》九首　山翁何处是便宜，正是晴窗睡足时。（55，34314）
按：《自述》诗九首，其中八首首句皆为“山翁何处是便宜”。此不赘录，八首皆见（55，34314）。
陶梦桂《自述》　每与溪山对，自然怀抱开。（56，35204）
吴惟信《自序》　一剑辞家竟陆沉，梦思空向故庐深。（59，37062）
白玉蟾《自谓》　造物果小儿，可得问天公。（60，37505）
王柏《自述》　身坐众香国，蒲团诗思新。（60，38008）
高斯得《自叙六十韵》　苍苍大峨山，高标致青天。（61，38560）
俞桂《述己》　落落功名鬓久斑，重游京国又何颜。（62，39054）
释文珦《自纪》　生无机巧姿，所贵唯实践。（63，39526）
陈着《用前韵自述》　忆昔微官玷礬宗，归来十载坐山穷。（64，40244）
按：用《次韵王圣传自叹》韵。
方回《次韵康庆之秋夜客怀自述》　遯肥久已远罝罗，独慨流年老易过。（66，41435）

杨公远《自述》　年踰半百颇酸心，眼底朋侪试选抡。（67，42088、42089）
何梦桂《自述》　妄从缘起本非真，妄里求真妄转深。（67，42208）
甘泳《自述》　总角希闻道，残生乃付诗。（67，42383）
文天祥《自述》二首　当年嚼血洒铜驼，风气悠悠奈若何。（68，43054）
江南啼血送残春，漂泊风沙万里身。（68，43054）
文天祥《自述》　赤舄登黄道，朱旗上紫垣。（68，43075）
方凤《述志》　只因生在胡元世，岂将襤褛换罗衣。（69，43344）
黄庚《生朝自述》　都道人生七十稀，老逢初度叹衰迟。（69，43573）
于石《自述》　大儿不学小儿痴，四十头颅已可知。（70，44145）
董杞《用洪宪韵自述》　壮志摩云一剑闲，欲屠石堡斩楼兰。（72，45183、45184）
蔡盘《自叙》　江湖闲步几经年，穷似襄阳孟浩然。（72，45692、45693）

自语

钱时《岁除自语》二首　尽道今年岁运恶，谁知岁运不关渠。（55，34322、34323）
尽道今年岁运恶，谁知最好是今年。（55，34323）
释斯植《自谓》　自谓清贫苦，那知即是安。（63，39330）

自诲

释重显《自诲》　麟龙不为瑞，草木生光辉。（3，1647）

自讼

宋庠《自讼》一首并序　右辅朱幡守，南宫革履臣。（4，2228、2229）
宋庠《淮南自讼》　偶然人乏贰中枢，赐罢犹专督府居。（4，2259）
宋祁《自讼》三首　史藁虽残得自随，兵符未解定堪蚩。（4，2509）
有人多病卧遥帷，误舍寒耕失故畦。（4，2509）
坐毡无客冻鸱愁，谈树萧然两见秋。（4，2509）
邵雍《安乐窝中自讼吟》　不向红尘浪着鞭，唯求寡过尚无缘。（7，4533）
王安石《自讼》　孔子见南子，子路为不怡。（10，6548）

李复《自讼》 前善后随非，失于任私意。（19，12409）
贺铸《自讼》 朝听明钟出，暮随衙鼓归。（19，12544）
郑刚中《自讼》 我昔贫时冬少袴，四壁亦无唯有柱。（30，19129）
曹勋《怀归自讼》 读书老不入，屡读屡遗忘。（33，21103）
陆游《自讼》 家弊须微禄，年衰尚远游。（39，24517）
陆游《自讼》 年少宁知道废兴，搏风变化羡鲲鹏。（40，25131）
薛季宣《自讼》 学问非干禄，宦游端为贫。（46，28624）
陈淳《自讼》 气一志以动，志动气益狂。（52，32334）
华岳《自讼次溪南壁间韵》 我生素不事诙谐，檐板方头唤不回。（55，34392）

自适

宋庠《次韵和新命留台吴侍郎自适之作》 谢病弥年叹偃床，知君灵气本无伤。（4，2241）
邵雍《自适吟》 郏鄏城中，凤凰楼下。（7，4596）
苏轼《谪居三适》三首其一“旦起理发” 安眠海自运，浩浩朝黄宫。（14，9552）
其二“午窗坐睡” 蒲团蟠两膝，竹几阁双肘。（14，9552）
其三“夜卧濯足” 长安大雪年，束薪抱衾裯。（14，9552）
苏辙《次韵子瞻谪居三适》三首其一“旦起理发” 道人鸡鸣起，趺坐存九宫。（15，10080）
其二“午窗坐睡” 定中龙眠膝，定起柳生肘。（15，10080）
其三“夜卧濯足” 海民慢寒备，不畜衾与裯。（15，10080）
晁说之《自适》 避难三年百感生，众虽溷浊自澄清。（21，13820）
李纲《次韵谪居三适》三首其一“旦起理发” 未能运河车，上泝泥丸宫。（27，17678）
其二“午窗坐睡” 涉世几灭顶，欲为多掣肘。（27，17678）
其三“夜卧濯足” 养生贵养足，不假衾与裯。（27，17678）
张九成《读东坡谪居三适辄次其韵》其一“旦起理发” 忆昔叨从班，入朝大明宫。（31，19998、19999）
其二“午窗坐睡” 年老目飞花，心化柳生肘。（31，19999）
其三“夜卧濯足” 夏日乏絺葛，冬来无衾裯。（31，19999）

姜特立《闲退自适》　老退保余生，不愧身与口。(38，24172)
陆游《自适》　远游思里巷，久困念耕桑。(40，25163)
陈造《自适》三首　自怜老瘦仍痴绝，每强衰颜趁后生。(45，28153)
渺莽湖天入短篷，心期只许白鸥同。(45，28153)
云水为家百累无，意行从昔略方隅。(45，28153)
袁说友《自适》　有地容投老，无田解赋归。(48，29933)
韩淲《新辟小室自适》　扫除闲室置书琴，偃仰之间万古心。(52，32609)
叶茵《自适》　澹薄野人心，难教着利名。(61，38244)
贝守一《自适》　迹晦心须晦，神清梦亦清。(62，38691)

自叹

宋祁《移病还台凡阅半岁乃愈始到家园视园夫治畦植花因成自叹》二首　十年独漉走天涯，耗尽流光得鬓华。(4，2444)
卧治无功赐告回，骤叨鸣履上中台。(4，2444)
邹浩《自叹》　好学颜渊怒不迁，犯而不校古称贤。(21，14033)
王十朋《予还自武林葺先人弊庐净扫一室晨起焚香读书于其间兴至赋诗客来饮酒啜茶或弈棋为戏藏书数百卷手自暴之有小园时策杖以游时遇秋旱驱家僮浚井汲水浇花良天佳月与兄弟邻里把酒杯同赏过重九见菊以泛觞有足乐者每览镜见苍颜白发亦聊自叹也作小诗十五首》
《扫室》
洒扫学者事，陈蕃胡不然。(36，22761)
《焚香》
扫地眼尘净，焚香心境清。(36，22761、22762)
《读书》
入政惭无学，还家更读书。(36，22762)
《赋诗》
秋兴最难遣，诗怀如乱云。(36，22762)
《饮酒》
我意岂在酒，衔杯聊乐天。(36，22762)
《啜茶》

滥与金华讲，赐沾龙凤团。(36,22762)
《弈棋》
光景老尤惜，忍销枰弈间。(36,22762)
《暴书》
秋日更可畏，所宜唯暴书。(36,22762)
《策杖》
园小日思涉，山高时欲登。(36,22762)
《汲水》
山中久不雨，汲水欲何从。(36,22762)
《浇花》
花木正憔悴，秋阳那更骄。(36,22763)
《赏月》
还舍八十日，三逢明月圆。(36,22763)
《采菊》
既晚开何益，采之聊泛觞。(36,22763)
《览镜》
可正宜频览，无尘亦自磨。(36,22763)
《浚井》
旱久井垂涸，汲多泉更浑。(36,22763)
陆游《自嗟》　青蔬半亩老生涯，霜鬓萧萧只自嗟。(39,24819)
陆游《自叹》　恶杀常根食，安贫但缊袍。(41,25545)
陆游《自叹》　晨兴袖手观空寂，饭罢宽腰习按摩。(41,25566)
舒邦佐《自叹》二首　莫莫更莫莫，休休复休休。(47,29592)
怡颜今得盼庭柯，黄鸟啼边绿荫多。(47,29592)
张镃《自叹》　居士年来更觉痴，竹梢云过望移时。(50,31594)
刘过《自叹》　群公列屋居，官贵辄鼎台。(51,31822)
许应龙《自叹》　仆诉无衣婢诉饥，老妻终日不开眉。(54,33778)
华岳《自叹次黄魁韵》　自叹身谋我独疎，只贪风月恣欢娱。(55,34379)
朱继芳《有叹》　与老本无期，相寻天一涯。(62,39066)
陈着《次韵黄子羽七十自叹》　弃瓢巢父固云稀，解印陶潜未是非。(64,40205)
陈着《次韵王圣传自叹》　道义相从自一宗，世人扰扰等鸡虫。(64,40244)

真山民《观书自叹》 皓首抱遗经,堪怜误一生。(65,40884)
文天祥《自叹》 长安不可诣,何故会皋亭。(68,42987、42988)
文天祥《自叹》 草宿披宵露,松餐立晚风。(68,43023、43024)
文天祥《自叹》 瑟瑟秋风悲,烈烈寒气骄。(68,43041)
文天祥《自叹》 门掩牢愁白日过,不应老子坐婆娑。(68,43053)
文天祥《自叹》三首 猛思身世事,四十七年无。(68,43063)
北辙更寒暑,南冠几晦冥。(68,43063)
疾病连三次,形容落九分。(68,43063)
文天祥《自叹》 海阔南风慢,天昏北斗斜。(68,43066)
文天祥《自叹》 绿槐云影弄黄昏,月照牢愁半掩门。(68,43074)
文天祥《自叹》 可怜大流落,白发鲁连翁。(68,43077)
文天祥《自叹》 功业羞前辈,形骸感故吾。(68,43079)
仇远《自叹》 休言五十九年非,本自无知底用疑。(70,44232)

自陈

刘三嘏《自陈诗》 虽惭涔勺赴沧溟,仰诉丹衷不为名。(4,2704)
刘敞《诏书求方略之士咸令自陈》 破敌须多士,忧民赖九重。(9,5895)

自和

梅尧臣《自和》 陶公种五柳,华氏戏五禽。(5,3146)
韦骧《自和》 将旦云天惨,前瞻使旆高。(13,8480)
叶梦得《自和》 生涯一茅屋,物役忘万殊。(24,16188)
陆游《明日自和》 二顷元知未易求,不如马磨学文休。(40,24891)
叶茵《自和》 壮士须张燕角弧,男儿须诵圣人书。(61,38202)
叶茵《又》 一雁云间落劲弧,经秋不见寄来书。(61,38202、38203)
按:题下注云:“有感”。

自感

梅尧臣《自感》二首　左目忽昏花，愁心乱剧麻。（5，3167）
我不嫌髭白，白髭何自落。（5，3167）
叶茵《自感》二首　未险先藜杖，逢亭便小留。（61，38215）
倦听花卿曲，狂歌侠士行。（61，38215）

自赠

释契嵩《自赠》　静坐还看竹，闲行亦合樵。（6，3567）
陆游《醉中自赠》　富贵犹宜早退休，一生龃龉更何求。（40，24890）
陆游《老疾戏自赠》　年过七十日夜衰，羸然骨立不支持。（40，24900）

自解

王禹偁《量移自解》　商山五百五十日，若比昔贤非滞留。（2，740）
李觏《自解》　人生何苦要多才，百虑攒心摘不开。（7，4349）
郭祥正《自释》二首　去日不可追，来日已无多。（13，8888）
遭时如尧舜，击壤欢且歌。（13，8888）
曹勋《感齿发之衰作诗自解》　我生饱艰苦，初年心已衰。（33，21102）
吴芾《予与王瞻叔韩通一林梅卿余知默徐彦才六人皆同庚也一登政路五上禁涂其四久已物故所存者独知默与予耳今日得报知默又已云亡念年齿至此予亦岂久于世者乎怅然有感于怀因成数语以自解》　同庚非不多，达者能有几。（35，21862、21863）
李吕《予一病七十日心事牢落作诗自解》　抱病懒巾栉，自度作黄冠。（38，23824）
陆游《自解》　四十头颅已可知，残年至此复何为。（39，24803）
陆游《悲齿落自解》　年运而往君自宽，此生毕竟有衰残。（40，25376）
陆游《明日观孤寂诗不觉大笑作长句自解》　独处将如长夜何，直将寂默养天和。（40，25442）
陆游《又作二首自解》　尽日溪边艇子斜，治生不种邵平瓜。（41，25580）

灵府安平四体和，经时止酒颊常酡。（41，25580）
李洪《清明自释》　异乡节物又清明，懒复追游年少行。（43，27186）
虞俦《除日失步诗以自解》　双脚平生不踏空，谁教仰面看飞鸿。（46，28517）
虞俦《连日将行泥涂风雪因作二诗一以自嘲一以自解》　薄宦才堪鸡肋比，泥涂风雪不偿劳。（46，28589）
天公怜我太徒劳，为散冰花洗郁陶。（46，28589）
王炎《二十五日闻德莹弟讣音越三日悲不能禁以小诗自解》　我以官为累，君因病得衰。（48，29805）
叶茵《自释》　繁红妒紫绚前林，杖策来栖花下阴。（61，38249）
陈着《次韵石秀叔慈云逃席自解》　山林幸自绝尘氛，旧事谁嗟散幅裙。（64，40247）
方回《自释休官之意》　七载休官学老农，间关垂死脱兵锋。（66，41629）

自尤

苏洵《自尤》并叙　五月之旦兹何辰，有女强死无由伸。（7，4372）

自悯

邵雍《自悯》　天无私覆古今同，手足情多骤一空。（7，4504）
陆游《自闵》　破帽羸骖厌垢氛，挂冠归伴故溪云。（40，25339）
陆游《自闵》　主人元是客，儒上却成僧。（40，25370）

自贻

邵雍《戊申自贻》　虽老仍思鼓缶歌，庶几都未丧天和。（7，4504）
邵雍《岁暮自贻》　当年志意欲横秋，今日思之重可羞。（7，4525）
邵雍《安乐窝中自贻》　物如善得终为美，事到巧图安有公。（7，4527）
邵雍《六十五岁新正自贻》　予家洛城里，况在天津畔。（7，4604）
邵雍《岁暮自贻吟》　天道无长春，地道无常珍。（7，4623）
邵雍《自贻吟》　六十有七岁，生为世上人。（7，4666、4667）

郑獬《自贻》 乌巾筇杖白云夫，寄谢黄公旧酒垆。（10，6875）
郭祥正《自贻》 自恨心肝拙，题诗愈不工。（13，8906）
陆游《永日无一事作诗自贻》 目昏罢观书，足蹇停游山。（39，24854）
陆游《自贻》 健忘闲何害，贪眠老正宜。（39，25034）
陆游《自诒》二首 愈老愈知生有涯，此时一念不容差。（40，25125）
行年耄及卧蜗庐，山水登临亦已疏。（40，25125）
陆游《自诒》 荒圃风烟入荷鉏，孤村巷陌看骑驴。（40，25148）
陆游《自诒》二首 病中看周易，醉后读离骚。（40，25261）
庄语畏如俳，端居要若斋。（40，25261）
陆游《自诒》二首 足蹇须人惯，颜衰着黡多。（40，25482、25483）
莫笑幽栖僻，谋生亦未疏。（40，25483）
陆游《自诒》 一廛东近会稽城，凿破烟芜俿俿耕。（41，25498）
陆游《自贻》四首 寒暑衣一称，朝晡饭数匙。（41，25598）
家风本韦布，生事但渔樵。（41，25598）
痴孙护雀雏，馋仆放池鱼。（41，25598）
退士愤骄虏，闲人忧旱年。（41，25598）

自庆

邵雍《自庆吟》 俗阜知君德，时和见帝功。（7，4572）
王大烈《自庆生次子》 屈指春归三月余，葱葱佳气应充闾。（56，35239）

自责

邵雍《责已吟》 不为十分人，不责十分事。（7，4616）
朱淑真《自责》二首 女子弄文诚可罪，那堪咏月更吟风。（28，17978）
闷无消遣只看诗，又见诗中话别离。（28，17978）
陆游《自责》 穷途敢恃舌犹存，小筑城西十里村。（39，24802）
陆游《自责》 晨起登堂正幅巾，萧然聊欲养吾神。（40，25174）
陈文蔚《责已》 圣人当耳顺，吾年已逾再。（51，31930）

自砭

范纯仁《自砭》　人有好胜心，当以善胜恶。(11,7405)
郑清之《臂疼自砭》　云长凿骨未为奇，断臂亭亭对祖师。(55,34619)
林希逸《老来犹喜看书清晨有警书以自砭》　千古兴亡大略同，自为儿戏是天公。(59,37281)
禅学元非妄诋诃，声前句后总成魔。(59,37281)

自守

韦骧《自守》　薄仕功名未许高，懒随时辈强譊譊。(13,8440)

自谢

彭汝砺《自谢》　瘠田历水旱，畎亩多荒芜。(16,10484)

自诫

彭汝砺《自诫》　居方贵由礼，待物当竭诚。(16,10483)
陆游《家居自戒》六首　曩得京口俸，始卜湖边居。(40,25285)
平居少愧怍，动以直自遂。(40,25285)
世人无奈愁，沃以杯中酒。(40,25285)
疾病当治本，神医古难遭。(40,25285)
饥寒陷侵暴，其实可怜伤。(40,25285)
霜严鸡报晨，月落犬警盗。(40,25285)
范成大《或劝病中不宜数亲文墨医亦归咎题四绝以自戒末篇又以解嘲》　作字腕中百斛，吟诗天外片心。(41,26014)
意马场中汗血，隙驹影里心灰。(41,26014)
诗成徒能泣鬼，博塞未必亡羊。(41,26014)
师熸尚合余烬，羹热休吹冷齑。(41,26014)

徐元杰《自戒》 震畏四知，我畏我知。(60,37805)

自重

孔平仲《自重》 千金人所重，一物人所轻。(16,10872)

自怜

毕仲游《自怜》 自怜贫病也为儒，灯火相亲十岁余。(18,11939)
郑刚中《自怜》 木偶漂来万里身，自怜藏拙向三春。(30,19142)

自暴

李复《自暴》 交际知其心，莫良占辞气。(19,12409)

自省

李复《自省》 理容本求妍，造次遽成丑。(19,12409)
郑刚中《循省》 僦居栽竹暮清幽，絷系其如是楚囚。(30,19144)
曾丰《自省》 肺肝供物态，须鬓管年华。(48,30230)
曾丰《辛酉冬罢归至家自省》 彼哉言者固云云，老矣归欤敢自文。(48,30306)
程端蒙《省过》 此道从来信不疑，安行何处履危机。(48,30359)
释了惠《自省》 瞎眵眼孔忽然开，冷汗通身笑满腮。(61,38108)
徐瑞《自省》 闭阁焚香一欠伸，晴窗如镜暖如春。(71,44683)

自况

邵雍《自况》三首 名利场中难着脚，林泉路上早回头。(7,4494)
满天风月为官守，遍地云山是事权。(7,4494)
每恨性昏闻道晚，长惭智短适时难。(7,4494)
张尚《补和州助教自况》 老未脱场屋，揆才无寸长。(33,21249)

戴昺《自况》　多赀徒作守钱奴，伏腊无忧更有余。(59,36982)

谢枋得《自况》　手捻琪花吹玉萧，至人长与道逍遥。(66,41418)

自规

陆游《自规》　陆君拙自谋，七十犹粝食。(40,24900)

陆游《自规》　曲肱饮水彼何人，汝独何为厌贱贫。(40,24986)

陆游《老学庵自规》　尧德被四表，其本在身修。(40,25189)

陆游《自箴》　带宽非复昔年腰，颊上余丹日日消。(40,25260)

陆游《又明日复作长句自规》　大学渊源不易穷，古人立志自童蒙。(40,25324)

陆游《自规》　忿欲俱生一念中，圣贤本亦与人同。(40,25395、25396)

陆游《自规》　老疾今俱至，艰难亦备更。(40,25404)

陆游《自规》　立志当如塞决河，犀编铁砚未为过。(41,25671)

范成大《自箴》　有对易成畛域，无情那有从违。(41,26038)

白傅病犹牵爱，晁公老未断嗔。(41,26038)

俗物汩陈大好，家奴倒迕何诛。(41,26038)

刘克庄《自箴》　梦亦齐庄非矫戾，病犹温习见操存。(58,36736)

自伤

陆游《自伤》　朝雨暮雨梅子黄，东家西家鬻兰香。(40,24963)

自戏

陆游《贫中自戏》　种枳为篱草结庐，人间知足更谁如。(40,25335)

自咎

陆游《习懒自咎》　习懒多遗事，时能害睡眠。(40,25406)

自诳

陈造《再次韵自诳简宾王》二首　鱼避清澄鸟爱昏，陶翁归计酒盈樽。(45,28193)
庾郎胸次枉堆愁，冯衍才名迄不投。(45,28193)

自知

周孚《日者吴九万精三命又精于相三命则吾不知骨相不媚则吾自知之》　官槐广文舍，愧子独来频。(46,28797)
林希逸《自知》　学问深功要不疑，空谈长笑晋人痴。(59,37239)
丘葵《自知》　古寺栖身又两期，西风吹我鬓成丝。(69,43873)

自料

张镃《自料》　自料躬耕体力微，他年为圃雅相宜。(50,31602)

自惭

刘过《自惭》　一榻留人去便垂，自惭非友亦非师。(51,31845)
丘葵《八十岁吟》　自愧身无济世才，茅斋高卧白云隈。(69,43878)
按：《全宋诗》注“汲本题作自愧”，今收入。

自欺

金朋说《自欺吟》　揠苗昧所养，乞祭骄其妻。(51,32197、32198)

自广

陈淳《横逆自广》三绝　汤文事小岂为迷，物我从来绝町畦。(52,32353)
乐天一说见轲书，岂是高谈强解渠。(52,32353)

仁人方寸万机空，片逆何能介此中。（52，32353）
黄文雷《自广》　今古纷纷孰控抟，太平方寸豁忧端。（65，41086）

自寿

范成大《丙午新年六十一岁俗谓之元命作诗自觋》　岁复当生次，星临本命辰。（41，25995）
释居简《自寿》　燕雀生成日几何，技㩮断断更无他。（53，33061）
释居简《九月十四日自寿》　九月明朝望，思亲到鹡鸰。（53，33193）
檐外无多地，秋芳以类从。（53，33193）
王迈《四十自寿》　前四十年非，追之已莫返。（57，35711）
舒岳祥《自寿》　阆风老人五十九，白头饥冻荒山走。（65，40907）
舒岳祥《辛巳自寿》　六十三翁自荷天，乱余骨肉几家全。（65，40993）
林景熙《和监簿山中自寿》　梅传春信菊延秋，万壑千岩引胜游。（69，43523）

自赋

高翥《自赋》　蜗角蝇头总是虚，何须留恋市朝居。（55，34124）
李曾伯《累日脾疾自歌》　壮年筋力惯驱驰，堪叹新来数问医。（62，38767）
林尚仁《自赋》　学书学剑两无成，天乞梅边隐姓名。（62，38983）
方回《丙申生日七十自赋》二首　先君无罪谪封川，天畀遗孤出瘴烟。（66，41765）
一尺光阴七寸余，暗惊前路恐无余。（66，41765）

自误

林希逸《自误》　老守平生自误书，人间事事付痴愚。（59，37311）

自爱

释文珦《自爱》　衣裳唯毳衲，饱啄只箪瓢。（63，39626）
释文珦《自爱》　自爱予生爱性真，真存浑不管渠嗔。（63，39643）

自悼

释智圆《挽歌词》三首　平生宗释复宗儒，竭虑研精四体枯。(3,1499)

萧萧墓后千竿竹，郁郁坟前一树松。(3,1499)

莫谈生灭与无生，谩把心神与物争。(3,1499)

按：题下注云："二月二十八日作至二十九日终"。

郭祥正《拟挽歌五首》　百年苦役役，一死已休休。(13,8902)

形坏影亦灭，有神竟何依。(13,8902)

生前势有殊，死去分始齐。(13,8902)

于生动以扰，既死静且潜。(13,8902)

枯骨蝼蚁余，空棺蔓草缠。(13,8902)

朱棆《自作挽歌辞》　忧幽坐南轩，万壑取我囚。(33,20774)

吴芾《和陶挽歌词》三首　吾年七十五，寿命不为促。(35,21841)

嗟我在生日，一饮数十觞。(35,21841)

老眼日昏昏，华发日萧萧。(35,21841)

叶茵《己酉生日敬次靖节先生拟挽歌辞》三首　放浪宇宙间，世事笑局促。(61,38219)

自古皆有死，载歌酹清觞。(61,38219)

重云翳苍柏，零露栖白萧。(61,38219)

徐琦《濒死自悼》　每说天兵出守疆，忽闻劲敌犯睢阳。(65,40862)

郑思肖《自挽》　堂堂男子不封侯，与命为仇死未休。(69,43417)

《宋代禅僧诗辑考》

洞山守初《真赞》，8页

雪窦重显《禅徒写予幻质复请为赞辞曰》，56页

雪窦重显《周生强图梦身予亦不能伏笔》，56页

西余净瑞《真赞》，230页

黄龙慧南《自述真赞》，244页

死心悟新《禅人写真求赞》二首，276页

长灵守卓《自赞》,309 页
杨岐方会《自术真赞》,337 页
白云守端《滋禅为凝禅写予真因以为示》,342 页
圜悟克勤《禅人写真求赞》二十首,382、384 页
龙翔士珪《自赞》,404 页
湖隐济颠《自赞》,422 页
坏衲大琏《赞出山相佛偈》,428 页
大慧宗杲《题像》,455 页
大慧宗杲《自赞》,458 页
舟峰庆老《自题记容》,460 页
最庵道印《自赞》,467 页
剑门安分《自题像》,471 页
大川普济《自赞》,507 页
藏叟善珍《自赞》,516 页
石门善来《送熏雪崖写神》,529 页
无准师范《出山像》,573 页
石林行巩《赠姚肖斋写真》,586 页
释德英《自赞》,674 页

法昌倚遇《自咏》,68 页
汾阳善昭《自庆歌》,164 页
汾阳善昭《自书》,180 页
汾阳善昭《自怀》,180、181 页
西余净瑞《自述》,222 页
西余净瑞《又述》,222、223 页
元叟行端《山房自述》,541 页
螺庵肇《自题照子》,672 页

净土可嵩《辞世颂》,22 页
承天澄月《辞世颂》,22 页
荐福承古《辞世》,23 页

福州显端《辞世颂》,200 页
径山宝印《辞世偈》,419 页
大洪庆预《临终偈》,443 页
光孝思彻《遗偈》,447 页
悦堂祖誾《诀众偈》,525 页
楠堂元益《临终偈》,532 页
无相范《辞世颂》,562 页
龙源介清《辞世偈》,622 页

参考文献

一　古籍(按时代先后排列)

东周春秋・左丘明传,西晋・杜预注,唐・孔颖达疏:《春秋左传正义》,清・阮元校勘:《十三经注疏》,台北:艺文印书馆股份有限公司,2001 年 12 月
东周春秋・孔门后学编,三国魏・何晏集解,宋・邢昺疏:《论语注疏》,清・阮元校勘:《十三经注疏》,台北:艺文印书馆股份有限公司,2001 年 12 月
东周战国・列御寇撰,杨伯峻集释:《列子集释》,北京:中华书局,1985 年 3 月
东周战国・孟轲撰,清・焦循注疏,沈文倬点校:《孟子正义》,北京:中华书局,2004 年 2 月
东周战国・韩非撰,陈启天校释:《增订韩非子校释》,台北:商务印书馆,1994 年 11 月
西汉・韩婴撰,许维遹校释:《韩诗外传》,北京:中华书局,1980 年 6 月
西汉・司马迁:《史记》,北京:中华书局,1963 年 6 月
西汉・刘向集录,范祥雍笺证,范邦瑾协校:《战国策笺证》,上海:上海古籍出版社,2006 年 12 月
东汉・班固:《汉书》,北京:中华书局,1964 年 11 月
东汉・许慎著,清・段玉裁注:《圈点段注说文解字》,台北:万卷楼,1992 年 8 月
东晋・葛洪著,王明校释:《抱朴子内篇校释》,北京:中华书局,1996 年 9 月
东晋・陶潜著,龚斌校笺:《陶渊明集校笺》(修订本),上海:上海古籍出版社,2011 年 9 月
东晋・僧肇著,张春波校释:《肇论校释》,北京:中华书局,2011 年 4 月
后秦・鸠摩罗什译:《中论》,欧阳竟无编:《藏要》二,上海:上海书店,1991 年 6 月
南朝宋・范晔撰,唐・李贤等注:《后汉书》,北京:中华书局,1973 年 8 月
南朝宋・刘义庆著、南朝梁・刘孝标注,余嘉锡笺疏,周祖谟、余淑宜、周士琦整理:《世说新语笺疏》,北京:中华书局,2007 年 3 月
南朝梁・刘勰著,詹锳义证:《文心雕龙义证》,上海:上海古籍出版社,1999 年 12 月
北齐・魏收:《魏书》,北京:中华书局,1974 年 6 月
唐・陆德明撰,黄焯断句:《经典释文》,北京:中华书局,1983 年 9 月
唐・李延寿:《南史》,北京:中华书局,1975 年 6 月
唐・房玄龄等撰:《晋书》,北京:中华书局,1974 年 11 月
唐・王绩著,韩理洲校点:《王无功文集五卷本会校》,上海:上海古籍出版社,1987 年 11 月
唐・刘知几撰,清・浦起龙释:《史通通释》,台北:里仁书局,1993 年 6 月
唐・李白著,詹锳主编:《李白全集校注汇释集评》,天津:百花文艺出版社,1996 年 12 月
唐・杜甫著,仇兆鳌注:《杜诗详注》,北京:中华书局,1999 年 9 月
唐・寒山、拾得著,项楚注:《寒山诗注附拾得诗注》,北京:中华书局,2000 年 3 月
唐・孟郊著,韩泉欣校注:《孟郊集校注》,杭州:浙江古籍出版社,1995 年 12 月
唐・韩愈著,马其昶校注,马茂元整理:《韩昌黎文集校注》,上海:上海古籍出版社,2015 年 3 月

唐・韩愈著，钱仲联集释：《韩昌黎诗系年集释》，上海：上海古籍出版社，1984 年 8 月
唐・白居易著，朱金城笺校：《白居易集笺校》，上海：上海古籍出版社，1988 年 12 月
唐・刘禹锡著，瞿蜕园笺证：《刘禹锡集笺证》，上海：上海古籍出版社，1989 年 12 月
唐・柳宗元著：《柳宗元集》，北京：中华书局，1979 年 10 月
唐・刘肃撰，许德楠，李鼎霞点校：《大唐新语》，北京：中华书局，2004 年 5 月
五代・荆浩撰，王伯敏注译，邓以蛰校阅：《笔法记》，北京：人民美术出版社，1963 年 3 月
五代・王定保著：《唐摭言》，北京：中华书局，1960 年 5 月
五代・静、筠二禅师编撰，孙昌武、〔日〕衣川贤次、〔日〕西口芳男点校：《祖堂集》，北京：中华书局，2007 年 10 月
五代・孙光宪撰，俞钢整理：《北梦琐言》，朱易安、傅璇琮等主编：《全宋笔记》第一编一，郑州：大象出版社，2003 年 10 月
宋・陶谷撰，郑村声、俞钢整理：《清异录》，朱易安、傅璇琮等主编：《全宋笔记》第一编二，郑州：大象出版社，2003 年 10 月
宋・李昉等撰：《太平御览》，北京：中华书局，1995 年 10 月
宋・李昉等编：《太平广记》，北京：中华书局，1986 年 3 月
宋・梅尧臣著、朱东润编年校注：《梅尧臣集编年校注》，上海：上海古籍出版社，2006 年 11 月
宋・欧阳修、宋祁撰：《新唐书》，北京：中华书局，1975 年 2 月
宋・欧阳修著，李逸安点校：《欧阳修全集》，北京：中华书局，2001 年 3 月
宋・欧阳修著，洪本健校笺：《欧阳修诗文集校笺》，上海：上海古籍出版社，2009 年 8 月
宋・苏舜钦著，沈文倬校点：《苏舜钦集》，上海：上海古籍出版社，2011 年 6 月
宋・苏舜钦著，傅平骧、胡问涛校注：《苏舜钦集编年校注》，成都：巴蜀书社，1991 年 3 月
宋・苏洵著，曾枣庄、金成礼笺注：《嘉祐集笺注》，上海：上海古籍出版社，2001 年 4 月
宋・邵雍著，郭彧整理：《邵雍集》，北京：中华书局，2010 年 6 月
宋・曾巩撰，王瑞来笺证：《隆平集校证》，北京：中华书局，2015 年 1 月
宋・司马光撰，李文泽、霞绍晖校点：《司马光集》，成都：四川大学出版社，2010 年 2 月
宋・王安石著，宋・李壁笺注，高克勤点校：《王荆文公诗笺注》，上海：上海古籍出版社，2010 年 12 月
宋・王安石撰，李之亮笺注：《王荆公文集笺注》，成都：巴蜀出版社，2005 年 5 月
宋・沈括撰，胡静宜整理：《梦溪笔谈》，朱易安、傅璇琮等主编：《全宋笔记》第二编三，郑州：大象出版社，2006 年 1 月
宋・王辟之撰，吕友仁点校：《渑水燕谈录》，北京：中华书局，1981 年 3 月
宋・苏轼撰，明・茅维编，孔凡礼点校：《苏轼文集》，北京：中华书局，2008 年 7 月
宋・苏轼著，清・冯应榴辑注，黄任轲、朱怀春校点：《苏轼诗集合注》，上海：上海古籍出版社，2001 年 6 月
宋・苏轼撰，清・王文诰辑订：《苏文忠公诗编注集成》，台北：台湾学生书局，1987 年 10 月
宋・苏轼著，清・朱孝臧编年，龙榆生校笺，朱怀春标点：《东坡乐府笺》，上海：上海古籍出版社，2009 年 7 月
宋・苏辙著，陈宏天、高秀芳点校：《苏辙集》，北京：中华书局，2004 年 5 月
宋・吴处厚撰，夏广兴整理：《青箱杂记》，朱易安、傅璇琮等主编：《全宋笔记》第一编十，郑州：大象出版社，2003 年 10 月
宋・孔平仲等：《清江三孔集》，《景印文渊阁四库全书》，台北：商务印书馆，1983 年
宋・黄庭坚撰，任渊、史容、史季温注，刘尚荣校点：《黄庭坚诗集注》，北京：中华书局，2003 年 5 月
宋・黄庭坚著，刘琳、李贵先、王蓉贵校点：《黄庭坚全集》，成都：四川大学出版社，2001 年 5 月

宋・贺铸著，钟振振校注：《东山词》，上海：上海古籍出版社，1989 年 12 月
宋・邵伯温撰，查清华、潘超群整理：《闻见录》，朱易安、傅璇琮等主编：《全宋笔记》第二编七，郑州：大象出版社，2006 年 1 月
宋・邹浩：《道乡集》，《景印文渊阁四库全书》，台北：商务印书馆，1983 年
宋・圜悟克勤撰：《碧岩集》定本，收入蓝吉富主编：《禅宗全书》杂集部（六），台北：文殊文化有限公司，1990 年 4 月
宋・唐庚：《眉山文集》，《景印文渊阁四库全书》，台北：商务印书馆，1983 年
宋・阮阅编，周本淳校点：《诗话总龟》，北京：人民文学出版社，1987 年 8 月
宋・蔡绦撰，冯惠民、沈锡麟点校：《铁围山丛谈》，北京：中华书局，1983 年 9 月
宋・释惠洪撰：《禅林僧宝传》，《景印文渊阁四库全书》，台北：商务印书馆，1983 年
宋・朱胜非编：《绀珠集》，《景印文渊阁四库全书》，台北：商务印书馆，1983 年
宋・胡仔纂集，廖德明校点：《苕溪渔隐丛话》，北京：人民文学出版社，1962 年 6 月
宋・李焘撰，上海师范大学古籍整理研究所、华东师范大学古籍研究所点校：《续资治通鉴长编》，北京：中华书局，1995 年 4 月
宋・陆游撰，李剑雄、刘德权点校：《老学庵笔记》，北京：中华书局，1997 年 12 月
宋・陆游撰，李建国校点：《南唐书》，收入傅璇琮、徐海荣、徐吉军主编：《五代史书汇编》玖，杭州：杭州出版社，2004 年 5 月
宋・陆游著，孔凡礼点校：《陆游集》，北京：中华书局，1976 年 11 月
宋・陆游著，钱仲联校注：《剑南诗稿校注》，上海：上海古籍出版社，1985 年 9 月
宋・杨万里著，辛更儒笺校：《杨万里集笺校》，北京：中华书局，2007 年 9 月
宋・释晓莹撰，夏广兴整理：《罗湖野录》，上海师范大学古籍整理研究所编：《全宋笔记》第五编一，郑州：大象出版社，2012 年 1 月
宋・项安世撰：《平庵悔稿》，收入《宛委别藏》，南京：江苏古籍出版社，1988 年 2 月
宋・朱熹撰，徐德明、王铁校点：《晦庵先生朱文公文集》，收入宋・朱熹撰，朱杰人、严佐之、刘永翔主编：《朱子全书》第二三册，上海：上海古籍出版社、合肥：安徽教育出版社，2002 年 12 月
宋・陈亮撰，邓广铭点校：《陈亮集》（增订点校本），收入邓广铭著：《邓广铭全集》第五卷，石家庄：河北教育出版社，2005 年 7 月
宋・叶适著，刘公纯、王孝鱼、李哲夫点校：《叶适集》，北京：中华书局，1961 年 12 月
宋・黎靖德编，郑明等校点：《朱子语类》（一），收入宋・朱熹撰，朱杰人、严佐之、刘永翔主编：《朱子全书》第十四册，上海：上海古籍出版社、合肥：安徽教育出版社，2002 年 12 月
宋・姜夔著，夏承焘笺校：《姜白石词编年笺校》，上海：上海古籍出版社，1981 年 5 月
宋・姜夔著，陈书良笺注：《姜白石词笺注》，北京：中华书局，2009 年 7 月
宋・李心传撰，徐规点校：《建炎以来朝野杂记》，北京：中华书局，2006 年 3 月
宋・李心传：《建炎以来系年要录》，北京：中华书局，1956 年 7 月
宋・陈振孙撰，徐小蛮、顾美华点校：《直斋书录解题》，上海：上海古籍出版社，1987 年 12 月
宋・普济著，苏渊雷点校：《五灯会元》，北京：中华书局，1997 年 10 月
宋・刘克庄著，辛更儒笺校：《刘克庄集笺校》，北京：中华书局，2011 年 11 月
宋・刘克庄著，钱仲联笺注：《后村词笺注》，上海：上海古籍出版社，1980 年 7 月
宋・严羽著，郭绍虞校释：《沧浪诗话校释》，北京：人民文学出版社，1983 年 8 月
宋・白玉蟾：《白玉蟾全集》，文山遯叟萧天石主编：《道藏精华》第十集之二，台北：自由出版社，1990 年 1 月
宋・罗大经撰，王瑞来点校：《鹤林玉露》，北京：中华书局，1983 年 8 月
宋・物初大观编：《北磵居简禅师语录》，收入蓝吉富主编：《禅宗全书》语录部（十一），台北：文殊文化有限公司，1989 年 8 月

宋・张世南撰，张茂鹏点校：《游宦纪闻》，北京：中华书局，1981 年 1 月
宋・绍昙：《五家正宗赞》，收入藏经书院编：《新编卍续藏经》第一三五册，台北：新文丰出版股份有限公司，1995 年 5 月
宋・周密著，吴企明点校：《癸辛杂识》，北京：中华书局，1988 年 1 月
宋・周密撰，张茂鹏点校：《齐东野语》，北京：中华书局，1997 年 12 月
宋・郑思肖著，陈福康校点：《郑思肖集》，上海：上海古籍出版社，1991 年 5 月
宋・佚名编，汝企和点校：《续编两朝纲目备要》，北京：中华书局，2013 年 11 月
元・佚名撰，王瑞来笺证：《宋季三朝政要笺证》，北京：中华书局，2012 年 7 月
元・脱脱等撰：《宋史》，北京：中华书局，2010 年 2 月
明・朱棣集注：《金刚经集注》，台北：文津出版社，1992 年 7 月
明・程敏政辑：《宋遗民录》，收入王民信主编：《宋史资料萃编》第四辑，台北：文海出版社，1981 年 10 月
明・陈邦瞻编：《宋史纪事本末》，北京：中华书局，1977 年 5 月
清・黄宗羲：《宋元学案》，收入沈善洪主编：《黄宗羲全集》（增订本）第五册，杭州：杭州古籍出版社，2005 年 9 月
清・王夫之等撰：《清诗话》，上海：上海古籍出版社，1978 年 9 月
清・王士禛著，张宗柟纂集，夏闳校点：《带经堂诗话》，北京：人民文学出版社，1963 年 11 月
清・彭定求等编，中华书局编辑部点校：《全唐诗》（增订本），北京：中华书局，1999 年 1 月
清・王懋竑：《朱子年谱考异》，收入宋・朱熹撰，朱杰人、严佐之、刘永翔主编：《朱子全书》第二七册，上海：上海古籍出版社、合肥：安徽教育出版社，2002 年 12 月
清・钱大昕著，田汉云点校：《陆放翁先生年谱》，收入陈文和主编：《嘉定钱大昕全集》（增订本）第四册，南京：凤凰出版社，2016 年 3 月
清・毕沅编著，标点续资治通鉴小组校点：《续资治通鉴》，北京：中华书局，1979 年 6 月
清・董诰等编：《全唐文》，北京：中华书局，1983 年 11 月
清・邵晋涵：《南江文钞》，《续修四库全书》集部，第 1463 册，上海：上海古籍出版社，1995 年
清・永瑢、纪昀等撰：《武英殿本四库全书总目提要》，台北：台湾商务印书馆，2001 年 2 月
清・何文焕辑：《历代诗话》，北京：中华书局，1982 年 8 月
清・李兆洛：《邹道乡先生年谱》，北京图书馆编：《北京图书馆藏珍本年谱丛刊》第 21 册，北京：北京图书馆出版社，1999 年 5 月
清・徐松辑：《宋会要辑稿》，北京：中华书局，1957 年 11 月
清・郭庆藩撰，王孝鱼点校，《庄子集释》，北京：中华书局，1997 年 10 月

二　近现代论著（以下所引著述，均按作者姓名笔划排列）

于北山：《陆游年谱》，北京：中华书局，1961 年 12 月
于北山：《范成大年谱》，上海：上海古籍出版社，1987 年 11 月
于北山著，于蕴生整理：《杨万里年谱》，上海：上海古籍出版社，2006 年 9 月
于安澜编：《画史丛书》，上海：上海人民美术出版社，1963 年 10 月
上海书画出版社编：《宋陆游自书诗卷》，上海：上海书画出版社，2003 年 7 月
马德富：《唐庚年谱》，收入四川大学古籍整理研究所、四川大学宋代文化研究资料中心编：《宋代文化研究》（第三辑），成都：四出大学出版社，1993 年 11 月
王水照：《苏轼研究》，石家庄：河北教育出版社，1999 年 5 月
王兆鹏、王可喜、方星移著：《两宋词人丛考》，南京：凤凰出版社，2007 年 5 月
王岚：《宋人文集编刻流传丛考》，南京：江苏古籍出版社，2003 年 5 月

王叔岷：《陶渊明诗笺证稿》，北京：中华书局，2007 年 6 月
王梦鸥：《中国文学理论与实践》，台北：时报文化出版企业股份有限公司，1997 年 4 月
王德毅：《宋史研究论集》，台北：商务印书馆，1993 年 7 月
〔日〕土屋太祐：《北宋禅宗思想及其渊源》，成都：巴蜀书社，2008 年 12 月
中外文学编辑部编：《中国古典文学论丛——册一：诗歌之部》，台北：中外文学月刊社，1976 年 5 月
中国书画全书编纂委员会编：《中国书画全书》，上海：上海书画出版社，1993 年 10 月
中国社会科学院历史研究所宋辽金元史研究室编：《宋辽金史论丛》第一辑，北京：中华书局，1985 年 8 月
毛文芳：《图成行乐：明清文人画像题咏析论》，台北：台湾学生书局，2008 年 1 月
毛文芳：《物・性别・观看——明末清初文化书写新探》，台北：台湾学生书局，2001 年 12 月
方东美：《新儒家哲学十八讲》，台北：黎明书局，1993 年 6 月
邓小南：《祖宗之法：北宋前期政治述略》，北京：生活・读书・新知三联书店，社，2006 年 9 月
孔凡礼：《孔凡礼文存》，北京：中华书局，2009 年 6 月
孔凡礼：《苏轼年谱》，北京：中华书局，1998 年 2 月
北京大学古文献研究所编：《全宋诗》，北京：北京大学出版社，1998 年 12 月
田余庆：《东晋门阀政治》，北京：北京大学出版社，2014 年 9 月
乐黛云：《比较文学与比较文化十讲》，上海：复旦大学出版社，2004 年 5 月
乐黛云、陈珏编选：《北美中国古典文学研究名家十年文选》，南京：江苏人民出版社，1996 年 5 月
成明明：《北宋馆阁与文学研究》，北京：中国社会科学出版社，2007 年 12 月
吕澄：《中国佛学源流略讲》，收入《吕澄佛学论著选集》第五卷，济南：齐鲁书社，1991 年 7 月
朱刚、陈珏：《宋代禅僧诗辑考》，上海：复旦大学出版社，2012 年 3 月
朱承铎纂：《新安月潭朱氏族谱朱子世系》，收入宋・朱熹撰，朱杰人、严佐之、刘永翔主编：《朱子全书》第二七册，上海：上海古籍出版社、合肥：安徽教育出版社，2002 年 12 月
任继愈主编：《佛教大辞典》，南京：江苏古籍出版社，2002 年 12 月年 12 月
刘子健：《两宋史研究汇编》，台北：联经出版事业公司，1997 年 4 月
刘述先：《朱子哲学思想的发展与完成》，台北：台湾学生书局，1984 年 8 月
衣若芬：《观看・叙述・审美——唐宋题画文学论集》，台北："中央研究院"中国文哲研究所，2014 年 2 月
劳悦强：《文内文外——中国思想史中的经典诠释》，台北：台湾大学出版中心，2010 年 6 月
杜松柏：《禅学与唐宋诗学》，台北：黎明文化事业股份有限公司，1978 年 12 月
杨惠南：《禅史与禅思》，台北：东大图书股份有限公司，1995 年 4 月
杨渭生等著：《两宋文化史》，杭州：杭州大学出版社，2008 年 1 月
杨儒宾主编：《中国古代思想中的气论及身体观》，台北：巨流图书公司，1993 年 3 月
李则芬：《隋唐五代历史论文集》，台北：台湾商务印书馆，1989 年 7 月
李承贵：《儒士视域中的佛教——宋代儒士佛教观研究》，北京：宗教文化出版社，2007 年 10 月
李贵：《中唐至北宋的典范选择与诗歌因革》，上海：复旦大学大学出版社，2012 年 10 月
李栖：《两宋题画诗论》，台北，台湾学生书局，1994 年 7 月
吴小锋：《古典诗教中的文质说探源》，上海：华东师范大学出版社，2016 年 5 月
吴文治主编：《宋诗话全编》，南京：凤凰出版社，2006 年 10 月
吴言生：《禅宗诗歌境界》，北京：中华书局，2001 年 9 月
吴承学：《晚明小品研究》，南京：江苏古籍出版社，1999 年 9 月
何传馨主编：《文艺绍兴：南宋艺术与文化・书画卷》，台北：故宫博物院，2010 年 10 月
余英时：《朱熹的历史世界：宋代士大夫政治文化的研究》，台北：允晨文化实业股份有限公司，

2007 年 1 月
宋史座谈会主编：《宋史研究集》第三十五辑，台北：兰台出版社，2005 年 7 月
宋代文哲研究集刊编辑委员会编辑：《宋代文哲研究集刊》，台北：里仁书局，2011 年 6 月
张兴武：《五代作家的人格与诗格》，北京：人民文学出版社，2000 年 3 月
张伯伟：《中国古代文学批评方法研究》，北京：中华书局，2002 年 5 月
张伯伟：《东亚汉籍研究论集》，台北：台湾大学出版中心，2007 年 7 月
张海沙：《佛教五经与唐宋诗学》，北京：中华书局，2012 年 11 月
张曼涛主编：《禅宗思想与历史》(禅学专集之六)，台北：大乘文化出版社，1978 年 9 月
张淑香：《抒情传统的省思与探索》，台北：大安出版社，1992 年 3 月
张毅：《宋代文学思想史》(增订本)，北京：中华书局，2006 年 6 月
张澜：《中国古代类书的文学观念：〈事文类聚翰墨全书〉与〈古今图书集成〉》，北京：九州出版社，2013 年 7 月
陈少松：《古诗词文吟诵研究》，北京：社会科学文献出版社，1997 年 3 月
陈世骧：《中国文学的抒情传统》，北京：生活·读书·新知三联书店，2015 年 1 月
陈乐素著，陈智超编：《陈乐素史学文存》，广州：广东人民出版社，2012 年 11 月
陈学霖：《金宋史论丛》，香港：中文大学出版社，2003 年 3 月
陈垣：《二十史朔闰表》，北京：中华书局，1999 年 7 月
陈垣编纂，陈智超、曾庆瑛校补：《道家金石略》，北京：文物出版社，1988 年 6 月
陈荣捷：《朱子门人》，台北：台湾学生书局，1982 年 3 月
陈荣捷：《朱子新探索》，台北：台湾学生书局，1988 年 4 月
陈得芝：《蒙元史研究丛稿》，北京：人民出版社，2005 年 11 月
陈新等补正：《全宋诗订补》，郑州：大象出版社，2007 年 4 月
林义正：《〈周易〉〈春秋〉的诠释原理与应用》，台北：台湾大学出版中心，2010 年 12 月
昌彼得：《增订蟫庵群书题识》，台北：商务印书馆，1997 年 10 月
金毓黻：《中国史学史》，上海：上海古籍出版社，2013 年 4 月
周剑之：《宋诗叙事性研究》，北京：中国社会科学出版社，2013 年 8 月
周裕锴：《宋代诗学通论》，上海：上海古籍出版社，2007 年 12 月
周裕锴编：《第六届宋代文学国际研讨会论文集》，成都：巴蜀书社，2011 年 5 月
郑文惠：《诗情画意——明代题画诗的诗画对应内涵》，台北，东大图书股份有限公司，1995 年 4 月
郑永晓：《黄庭坚年谱新编》，北京：社会科学文献出版社，1997 年 12 月
郑岩：《中国表情——文物所见古代中国人的风貌》，成都：四川人民出版社，2004 年 1 月
郑毓瑜编：《中国文学研究的新趋向：自然、审美与比较研究》，台北：台湾大学出版中心，2005 年 9 月
赵毅衡：《苦恼的叙述者》，成都：四川文艺出版社，2013 年 3 月
柯庆明、萧驰编：《中国抒情传统的再发现》，台北：台湾大学出版中心，2009 年 12 月
钟巧灵：《宋代题山水画诗研究》，北京：中国社会科学出版社，2008 年 5 月
侯体健：《刘克庄的文学世界——晚宋文学生态的一种考察》，上海：复旦大学大学出版社，2013 年 3 月
俞昆编著：《中国画论类编》，台北：华正书局，2003 年 10 月
饶宗颐：《澄心论萃》，上海：上海文艺出版社，1996 年 7 月
莫砺锋：《唐宋诗歌论集》，南京：凤凰出版社，2007 年 4 月
夏承焘：《贺方回年谱》，收入《夏承焘集》第一册《唐宋词人年谱》，杭州：浙江古籍出版社、浙江教育出版社，1997 年 6 月

钱林森编:《法国汉学家论中国文学》,北京:外语教学与研究出版社,2008 年 9 月
钱钟书:《宋诗选注》,北京:生活·读书·新知三联书店,2007 年 7 月
钱钟书:《谈艺录》,北京:生活·读书·新知三联书店,2007 年 12 月
钱钟书:《管锥编》,北京:生活·读书·新知三联书店,2007 年 12 月
钱穆:《朱子学提纲》,台北:东大图书股份有限公司,2001 年 6 月
钱穆:《宋代理学三书随札》,台北:东大图书有限公司,1983 年 10 月
徐规:《王禹偁事迹著作编年》,北京:中国社会科学出版社,1982 年 4 月
徐复观:《中国人性论史——先秦篇》,台北:台湾商务印书馆,2010 年 7 月
徐复观:《中国艺术精神》,台北:台湾学生书局,1998 年 5 月
徐复观:《中国文学论集续篇》,台北:台湾学生书局,1984 年 9 月
徐晓望:《福建民间信仰源流》,福州:福建教育出版社,1993 年 12 月
高友工:《中国美典与文学研究论集》,台北:台湾大学出版中心,2011 年 8 月
郭绍虞编选,富寿荪校点:《清诗话续编》,上海:上海古籍出版社,1988 年 12 月
郭登峰:《历代自叙传文钞》,台北:台北商务印书馆,1965 年
唐圭璋编:《全宋词》,北京:中华书局,1965 年 6 月
唐明邦:《邵雍评传》,南京:南京大学出版社,2001 年 4 月
陶晋生:《宋辽金史论丛》,台北:联经出版事业股份有限公司,2013 年 11 月
黄启方:《两宋文史论丛》,台北:学海出版社,1985 年 10 月
黄启方:《宋代诗文纵谈》,台北:台湾商务印书馆,1997 年 8 月
黄启江:《一味禅与江湖诗——南宋文学僧与禅文化的蜕变》,台北:台湾商务印书馆,2010 年 7 月
黄启江:《无文印的迷思与解读》,台北:台湾商务印书馆,2010 年 10 月
黄启江:《北宋佛教史稿》,台北:台湾商务印书馆,1997 年 4 月
萧驰:《玄智与诗兴》,台北:联经出版事业股份有限公司,2011 年 8 月
萧驰:《佛法与诗境》,台北:联经出版事业股份有限公司,2012 年 7 月
萧启庆:《元朝史新论》,台北:允晨文化实业股份有限公司,1999 年 5 月
龚延明:《宋代官制辞典》,北京:中华书局,1997 年 4 月
龚隽:《禅史钩沉:以问题为中心的思想史论述》,北京:生活·读书·新知三联书店,2006 年 8 月
梁天锡:《宋代祠禄制度考实》,香港:龙门书店,1978 年
梁庚尧:《南宋的农地利用政策》,台北:台湾大学出版中心,1977 年 2 月
逯钦立辑校:《先秦汉魏晋南北朝诗》,北京:中华书局,1988 年 9 月
蒋寅:《古典诗学的现代诠释》(增订本),北京:中华书局,2009 年 4 月
蒋寅编译:《日本学者中国诗学论集》,南京:凤凰出版社,2008 年 8 月
韩经太:《诗学美论与诗词美境》,北京:北京语言文化大学出版社,2000 年 1 月
程民生:《宋代物价研究》,北京:人民出版社,2008 年 11 月
傅伟勋:《死亡的尊严与生命的尊严》,台北:正中书局股份有限公司,2009 年 10 月
傅璇琮主编:《唐才子传校笺》,北京:中华书局,2002 年 8 月
傅璇琮、辛更儒主编:《宋才子传笺证·南宋前期卷》,沈阳:辽海出版社,2011 年 12 月
傅璇琮、祝尚书主编:《宋才子传笺证·北宋前期卷》,沈阳:辽海出版社,2011 年 12 月
傅璇琮、程章灿主编:《宋才子传笺证·南宋后期卷》,沈阳:辽海出版社,2011 年 12 月
释圣严:《禅钥》,台北:法鼓文化事业股份有限公司,2001 年 3 月
曾枣庄、刘琳主编:《全宋文》,上海:上海辞书出版社、合肥:安徽教育出版社,2006 年 8 月
曾枣庄、吴洪泽:《宋代文学编年史》,南京:凤凰出版,2010 年 10 月

鲍绍霖、黄兆强、区志坚主编：《北学南移：港台文史哲溯源(学人卷 I)》，台北：秀威信息科技股份有限公司，2015 年 4 月
蔡英俊：《比兴、物色与情景交融》，台北：大安出版社，1990 年 7 月
蔡英俊：《中国古典诗论中语言与意义的论题》，台北：台湾学生书局，2001 年 4 月
裴汝诚：《半粟集》，保定：河北大学出版社，2000 年 6 月
廖蔚卿：《六朝文论》，台北：联经出版事业公司，1985 年 9 月
漆侠：《宋学的发展和演变》，石家庄：河北人民出版社，2002 年 10 月
颜崑阳：《反思批判与转向——中国古典文学研究之路》，台北：允晨文化实业股份有限公司，2016 年 4 月
颜崑阳：《李商隐诗笺释方法论——中国古典诠释学例说》，台北：里仁书局，2005 年 11 月

三　国外论著

Lin Shuen-fu/Stephen Owen：*The Vitality of the Lyric Voice*，Princeton University Press，1986
〔日〕土田健次郎著，朱刚译：《道学之形成》，上海：上海古籍出版社，2010 年 4 月
〔日〕小川隆著，何燕生译：《语录的思想史：解析中国禅》，上海：复旦大学出版社，2015 年 8 月
〔日〕川合康三著，刘维治、张剑、蒋寅译：《终南山的变容：中唐文学论集》，上海：上海古籍出版社，2013 年 9 月
〔日〕川合康三著，蔡毅译：《中国的自传文学》，北京：中央编译出版社，1999 年 4 月
〔日〕中野美代子著，王秀文等译：《西游记的秘密》(外二种)，北京：中华书局，2002 年 12 月
〔日〕内山精也著，朱刚等译：《传媒与真相——苏轼及其周围士大夫的文学》，上海：上海古籍出版社，2005 年 8 月
〔日〕吉川幸次郎著，郑清茂译：《宋诗概说》，台北：联经出版事业股份有限公司，2012 年 11 月
〔日〕寺地遵著，刘静贞、李今芸译：《南宋初期政治史研究》，台北：稻禾出版社，1995 年 7 月
〔日〕西谷启治著，陈一标、吴翠华译：《宗教是什么》，台北：联经出版事业股份有限公司，2011 年 5 月
〔日〕浅见洋二著，金程宇、〔日〕冈田千穗译：《距离与想象——中国诗学的唐宋转型》，上海：上海古籍出版社，2013 年 10 月
〔日〕增野弘幸等著，李寅生译：《日本学者论中国古典文学：村山吉广教授古稀纪念集》，成都：巴蜀书社，2005 年 6 月
(比)魏希德著，胡永光译：《义旨之争：南宋科举规范之折冲》，杭州：浙江大学出版社，2015 年 12 月
〔美〕Joseph Campbell 著，朱侃如译：《千面英雄》，台北：立绪文化事业有限公司，1997 年 7 月
〔美〕William McKinley Runyan 著，丁兴祥、张慈宜、赖诚斌等译：《生命史与心理传记学——理论与方法的探索》，台北：远流出版事业股份有限公司，2002 年 8 月
〔美〕宇文所安著，胡秋蕾、王宇根、田晓菲译，田晓菲校：《中国早期古典诗歌的生成》，北京：生活・读书・新知三联书店，2012 年 6 月
〔美〕宇文所安著，陈引驰、陈磊译，田晓菲校：《中国"中世纪"的终结：中唐文学文化论集》，北京：生活・读书・新知三联书店，2006 年 1 月
〔美〕宇文所安著，郑学勤译：《追忆：中国古典文学中的往事再现》，北京：生活・读书・新知三联书店，2007 年 3 月
〔美〕艾布拉姆斯著，郦稚牛、张照进、童庆生译，王宁校：《镜与灯：浪漫主义文论及批评传统》，北京：北京大学出版社，2015 年 8 月
〔美〕高居翰著，宋伟航等译：《隔江山色：元代绘画，1279——1368》，北京：生活・读书・新知三

联书店，2011 年 11 月
〔英〕柯林武德著，何兆武、张文杰、陈新译：《历史的观念》(增补版)，北京：北京大学出版社，2010 年 1 月
〔英〕齐格蒙・包曼(Zygmunt Bauman)著，陈正国译：《生与死的双重变奏：人类生命策略的社会学诠释》，台北：东大图书股份有限公司，1997 年 4 月
(瑞士)毕来德(Jean François Billeter)著，宋刚译：《庄子四讲》，台北：联经出版事业股份有限公司，2011 年 10 月
〔德〕阿莱达・阿斯曼著，潘璐译：《回忆空间：文化记忆的形式和变迁》，北京：北京大学出版社，2016 年 3 月
〔德〕扬・阿斯曼著，金寿福、黄晓晨译：《文化记忆：早期高级文化中的文字、回忆和政治身分》，北京：北京大学出版社，2015 年 10 月

四　学位论文

李伟红：《刘兼诗集研究》，西安：西北大学中国古典文献学硕士论文，2007 年 6 月
唐玲：《唐庚诗集校注》，上海：华东师范大学古籍研究所博士论文，2011 年 4 月
张蓓蓓：《宋代汉族服饰研究》，苏州：苏州大学博士论文，2010 年 5 月
郑真熙：《默照禅与看话禅比较研究》，台北：台湾师范大学国文学系博士论文，2002 年

五　论文

〔日〕吉川幸次郎著，郑清茂译：《推移的悲哀——古诗十九首的主题》，《中外文学》第 6 卷第 4—5 期，1977 年
〔日〕佐藤秀孝：《曹洞宗宏智派の短篷远について——天童如净に参じて孤高な坐禅を贯いた远铁櫆》，《驹泽大学佛教学部研究纪要》第六十七号，2009 年 3 月
王德毅：《墓志铭的史料价值》，《“宋代墓志史料的文本分析与实证运用”国际学术研讨会》，2003 年 10 月 18、19 日
王学玲：《不可侵犯的忏语——明清之际自叙传文的谐谑与悔愧》，《淡江中文学报》第 13 期，2005 年 12 月
衣若芬：《自我的凝视：白居易的写真诗与对镜诗》，《中山大学学报》(社会科学版)第 47 卷第 6 期，2007 年
何映涵：《陆游晚年人生志趣新探》，台湾大学中国文学研究所：《中国文学研究》第三十六期，2013 年 7 月
李更：《宛委别藏本〈平庵悔稿〉小识》，《中国典籍与文化》，2009 年(总第 70 期)
李丰楙：《罪罚与解救：〈镜花缘〉的谪仙结构研究》，《中国文哲研究集刊》第七期，1995 年 9 月
查屏球：《从西域之神到东土隐士——唐宋维摩诘图题诗之衍变》，《佛光学报》新一卷・第二期，2015 年 7 月
高明道：《“猕猴弄黐胶”觅迹》，《法光学坛》卷期 5，2001 年
张高评：《印刷传媒之崛起与宋诗特色之形成》，《成大中文学报》第十八期，2007 年 10 月
曹淑娟：《从自叙传文看明代士人的生死书写》，收入古典文学研究会主编：《古典文学》第 15 集，台北：学生书局，2000 年 9 月
莫砺锋：《陆游诗中的学者自画像》，《南京师范大学文学院学报》第 2 期，2003 年 6 月
刘宛如：《从品鉴到借鉴——叶德辉辑刻〈山公启事〉与阅读》，《中国文哲研究集刊》第 38 期，2011 年 3 月
蔡荣婷：《北宋禅宗“赞”的演变与发展》，收入国际佛教学大学院大学学术フロンティア实行委员

会编：《佛教文献と文学　日台共同ワークショップの记録2007》，2008年9月
蔡荣婷：《唐代禅宗"赞"研究》收入逢甲大学唐代研究中心、中国文学系主办：《唐代文化、文学研究及教学国际学术研讨会》，2007年5月19、20日
蒋寅：《权德舆与唐代赠序文体之确立》，《北京大学学报》（哲学社会科学版）第47卷，第2期，2010年3月
邓国军、王发国：《〈高斯得诗话〉等讹漏举正》，《重庆三峡学院学报》，2005年第5期第21卷
郑毓瑜：《抒情、身体与空间——中国古典文学研究的一个反思》，《淡江中文学报》第15期，2006年12月
郑毓瑜：《身体表演与魏晋人伦品鉴——一个自我"体现"的角度》，《汉学研究》第24卷第2期，2006年12月
谢佩芬：《自我观看的影像——宋代自赞文研究》，《新国学》第九辑，2012年6月
萧丽华：《汉译〈维摩诘经〉文献回顾及其与中国文学的关系》，《佛光学报》新一卷・第二期，2015年7月
钟晓峰：《文化意象与自我形象：论陆游的骑驴诗》，《清学学报》新45卷第3期，104年9月
颜崑阳：《从反思中国文学"抒情传统"之建构以论"诗美典"的多面向变迁与丛聚状结构》，《东华汉学》第9期，2009年6月
颜崑阳：《论唐代"集体意识诗用"的社会文化行为现象——建构"中国诗用学"初论》，《东华人文学报》第一期，1997年8月
罗宗涛：《全宋诗禅僧诗偈颂赞之考察》，《玄奘佛学研究》第一期，2004年7月
罗宗涛：《宋代诗人赠相士诗探讨》，《政大中文学报》第十八期，2012年12月

六　网络数据

《中华百科全书・典藏版》
http://ap6.pccu.edu.tw/encyclopedia/data.asp?id=3725&forepage=7
《教育部异体字字典》
http://dict.variants.moe.edu.tw/yitic/frc/frc13178.htm
复旦大学出土文献与古文字研究中心网站论文
http://www.gwz.fudan.edu.cn/SrcShow.asp?Src_ID=2200
万方数据知识服务平台
http://s.g.wanfangdata.com.hk.autorpa.lib.ccu.edu.tw/Paper.aspx?q=%E5%85%A8%E5%AE%8B%E8%AF%97&f=top&p=1

图书在版编目(CIP)数据

宋代自叙诗研究/张诒政著. —上海:上海三联书店,2021.6
ISBN 978-7-5426-7434-0

Ⅰ.①宋… Ⅱ.①张… Ⅲ.①古典诗歌-诗歌研究-中国-宋代 Ⅳ.①I207.22

中国版本图书馆 CIP 数据核字(2021)第 091980 号

宋代自叙诗研究

著　　者 / 张诒政

责任编辑 / 郑秀艳
装帧设计 / 一本好书
监　　制 / 姚　军
责任校对 / 张大伟　王凌霄

出版发行 / 上海三联书店
(200030)中国上海市漕溪北路 331 号 A 座 6 楼
邮购电话 / 021-22895540
印　　刷 / 上海惠敦印务科技有限公司

版　　次 / 2021 年 6 月第 1 版
印　　次 / 2021 年 6 月第 1 次印刷
开　　本 / 710×1000　1/16
字　　数 / 300 千字
印　　张 / 20.25
书　　号 / ISBN 978-7-5426-7434-0/I·1701
定　　价 / 78.00 元